Papel certificado por el Forest Stewardship Council®

Título original: *The Exorcist*

Segunda edición, revisada, en esta colección: septiembre de 2022

© 1972, William Peter Blatty
© 1996, 2022, Penguin Random House Grupo Editorial, S. A. U.
Travessera de Gràcia, 47-49. 08021 Barcelona
© Raquel Albornoz, por la traducción
Diseño de cubierta: Penguin Random House Grupo Editorial / Andreu Barberan
Imagen de cubierta: © Zeferli / iStock

Printed in Spain – Impreso en España

ISBN: 978-84-1314-530-3
Depósito legal: B-11.800-2022

Compuesto en Comptex & Ass., S.L.

Impreso en Novoprint
Sant Andreu de la Barca (Barcelona)

BB 4 5 3 0 3

El exorcista

WILLIAM PETER BLATTY

Traducción de Raquel Albornoz

A mis hermanos
Maurice, Edward y Alyce,
y a la querida memoria de mis padres

Y al llegar Él a tierra, le salió al encuentro un hombre poseído por el demonio [...]. Este se apoderaba de él muchas veces y lo ataban con cadenas, pero rompía las ligaduras [...]. Jesús le preguntó: «¿Cuál es tu nombre?». Y él le contestó: «Legión».

Lucas 8, 27-30

JAMES TORELLO: A Jackson lo colgaron de ese gancho de carnicero. Era tan pesado que lo dobló. Estuvo ahí tres días hasta que estiró la pata.

FRANK BUCCIERI (riéndose): Jackie, tendrías que haber visto al tipo. Parecía un elefante y cuando Jimmy le puso la aguijada eléctrica...

TORELLO (con entusiasmo): Se balanceaba en el gancho, Jackie. Le echamos agua para que trabajara mejor la aguijada y se puso a gritar...

Fragmento de una conversación telefónica
de la Cosa Nostra interceptada por el FBI con
motivo del asesinato de William Jackson

... No hay otra explicación para algunas de las cosas que hicieron los comunistas, como el caso del sacerdote a quien le clavaron ocho clavos en la cabeza... Y también el de los siete niños y su maestro. Estaban rezando el padrenuestro cuando llegaron los soldados. Uno arremetió con la bayoneta y le cortó la lengua al maestro. Los otros cogieron palitos chinos y se los metieron en las orejas a los siete niños. ¿Cómo se tratan los casos como estos?

DR. TOM DOOLEY
Dachau
Auschwitz
Buchenwald

Prólogo

Norte de Irak

El ardiente sol hacía que al viejo le brotasen gotas de sudor de la frente; pese a ello, envolvió la taza de té humeante y dulce con las manos, como si quisiera calentárselas. No podía desprenderse de aquel presentimiento. Lo llevaba adherido a la espalda como unas hojas frías y húmedas.

La excavación había terminado. Habían revisado el montículo concienzudamente, estrato por estrato, y habían examinado, etiquetado y enviado el material: cuentas y collares, cuños, falos, morteros tallados en piedra manchados de ocre, vasijas pulidas. Nada excepcional. Una caja asiria de marfil para productos de tocador. Y el hombre. Los huesos del hombre. Los restos quebradizos del tormento cósmico que antaño le hicieron preguntarse si la materia no sería Lucifer que volvía a alzarse a tientas en busca de Dios. Y, sin embargo, ahora sabía que no era así. La fragancia de las plantas de regaliz y tamarisco atrajeron su mirada hacia las colinas cubiertas de amapolas, hacia las llanuras de juncos, hacia el camino irregular sembrado de rocas que se precipitaba en una pendiente hacia el abismo. Al norte estaba Mosul; al este, Erbil; al sur, Bagdad, Kirkuk y el horno de fuego de Nabucodonosor. Movió las piernas debajo de la mesa que estaba frente a la choza solitaria junto al camino y miró las manchas de hierba en sus botas y en sus pantalones color caqui. Sorbió el té. La excavación había terminado. ¿Qué vendría ahora? Desempolvó aquel pensamiento como si fuese un tesoro de arcilla recién encontrado, pero no pudo etiquetarlo.

Alguien resollaba en el interior de la *chaijana*. El propietario se acercaba a él agotado y arrastrando los pies, levantando polvo con sus zapatos, de fabricación rusa, que usaba como si fueran zapatillas; la parte de los talones crujían bajo su peso. Su sombra oscura se deslizó sobre la mesa.

—*Kaman chay, chawaga?*

El hombre de caqui negó con un movimiento de cabeza y bajó la vista hacia sus zapatos embarrados y sin cordones, cubiertos por una gruesa capa de detritos del sufrimiento de la vida. La sustancia del cosmos, reflexionó en silencio. Materia, pero, de algún modo, espíritu al fin. El espíritu y los zapatos eran, para él, solo aspectos de un elemento más importante, prístino y totalmente distinto.

La sombra se movió. El kurdo se quedó esperando como una antigua deuda. El hombre de caqui clavó la mirada en unos ojos húmedos y desteñidos, como si el iris estuviera velado por la membrana de una cáscara de huevo. Glaucoma. Antes no hubiera podido querer a este hombre.

Sacó la cartera y buscó una moneda entre los billetes rotos y arrugados: unos dinares, un carnet de conducir iraquí, un almanaque de plástico descolorido de hacía doce años. En el reverso tenía la inscripción: LO QUE DAMOS A LOS POBRES ES LO QUE NOS LLEVAMOS CON NOSOTROS CUANDO MORIMOS. La tarjeta la habían impreso las misiones jesuíticas. Pagó el té y dejó una propina de cincuenta fils sobre la mesa resquebrajada de color desvaído.

Caminó hasta su jeep. El suave clic de la llave al entrar en el arranque se oyó con nitidez en aquel silencio. Esperó un instante, lleno de quietud. Apiñados en la cima de un monte imponente, los tejados resquebrajados de Erbil se cernían a lo lejos, suspendidos entre las nubes como una bendición de escombros manchados de barro. Las hojas le oprimieron la piel de la espalda con más fuerza.

Algo iba a ocurrir.

—*Allah ma'ak, chawaga.*

Dientes podridos. El kurdo sonreía y lo despedía con la mano. El hombre de caqui buscó afecto en el fondo de su ser y pudo responder agitando la mano con una sonrisa forzada, que se oscureció al desviar la mirada. Puso el motor en marcha, hizo un giro estrecho y estrafalario para dar la vuelta y se dirigió a Mosul. El kurdo se quedó mirando, desconcertado por la sensación descorazonadora de haber perdido algo, mientras el jeep cobraba velocidad. ¿Qué era lo que había perdido? ¿Qué era lo que había sentido en presencia del extraño? Algo parecido a la seguridad, recordó, un sentimiento de protección y de profundo bienestar que ahora disminuía a medida que el jeep se alejaba veloz. Se sintió extrañamente solo.

El detallado inventario estuvo listo para las seis y diez. El conservador mosulí de las antigüedades, un árabe de mejillas hundidas, registraba cuidadosamente la última anotación en el libro de contabilidad que estaba sobre su escritorio. Se detuvo un momento y levantó la vista hacia su amigo mientras sumergía la pluma en el tintero. El hombre de caqui parecía perdido en sus pensamientos. Estaba de pie junto a una mesa, con las manos en los bolsillos, mirando fijamente hacia uno de aquellos vestigios resecos del ayer, ya etiquetado. El conservador lo observó curioso, inmóvil; luego volvió a su tarea, escribiendo con una caligrafía pequeña, firme y pulcra. Finalmente, suspiró y dejó la pluma al darse cuenta de la hora. El tren para Bagdad partía a las ocho. Secó la hoja y le ofreció té.

El hombre de caqui negó con la cabeza; sus ojos seguían fijos en algo que había sobre la mesa. El árabe lo observaba, algo preocupado. ¿Qué había en el ambiente? Había algo. Se levantó y se acercó. Entonces, sintió un leve cosquilleo en la base del cuello cuando su amigo, por fin, se movió para coger un amuleto; pensativo, lo sostuvo entre las manos. Era la cabeza, tallada en piedra verde, del demonio Pazuzu, personificación del viento del sudoeste. Tenía poder sobre la enfermedad y los males. La cabeza estaba perforada. El dueño del amuleto lo había usado como protección.

—El mal contra el mal —susurró el conservador mientras se abanicaba lánguidamente con una revista científica francesa, cuya portada estaba manchada con una huella dactilar aceitosa.

Su amigo no se movió ni hizo ningún comentario.

—¿Pasa algo?

No hubo respuesta.

—¿Padre?

El hombre de caqui parecía no escucharle, absorto en el amuleto, el último de sus hallazgos. Al cabo de un momento lo dejó y le dedicó al árabe una mirada inquisitiva. ¿Había dicho algo?

—Nada.

Murmuraron frases de despedida.

Ya en la puerta, el conservador cogió la mano del viejo con una firmeza inusitada.

—Mi corazón tiene un deseo, padre: que no se vaya.

Su amigo musitó algo relacionado con el té, el tiempo y algo que debía hacer.

—¡No, no, no! Quiero decir que no vuelva a su casa.

El hombre de caqui clavó los ojos en un pedacito de garbanzo hervido que el árabe tenía en la comisura de la boca; sin embargo, su mirada era distante.

—Volver a casa —repitió.

La palabra sonaba como un adiós definitivo.

—A Estados Unidos —añadió el conservador árabe y, al instante, se preguntó por qué lo habría dicho.

El hombre de caqui vislumbró las tinieblas en la preocupación del otro. Siempre le había resultado sencillo apreciar a aquel hombre.

—Adiós —murmuró. Luego se volvió rápidamente y se internó en la creciente sombra de las calles para emprender el regreso a casa, cuyo recorrido parecía algo indefinido.

—¡Lo veré dentro de un año! —le gritó el conservador desde la puerta. Pero el hombre de caqui no miró atrás. El árabe observó la silueta que se empequeñecía al atravesar la calle angosta, en la cual casi chocó con un *drosky* que pasaba velozmente. En la cabina del carruaje iba una anciana árabe corpulenta; su cara era tan solo una sombra detrás del velo de encaje negro que la cubría como una mortaja. Imaginó que tenía prisa por llegar a alguna cita. Pronto perdió de vista al amigo que se iba.

El hombre de caqui caminaba a pasos forzados. Al desembarazarse de la ciudad, se abrió paso por las afueras mientras cruzaba el Tigris. A medida que se acercaba a las ruinas, disminuyó el ritmo, porque con cada paso el incipiente presentimiento tomaba una forma más consistente y horrible. Aun así, debía saberlo. Tendría que prepararse.

El tablón de madera que atravesaba el Khosr —un arroyo fangoso— crujió bajo su peso. Y por fin llegó; se detuvo sobre el montículo donde una vez brillara, con sus quince pórticos, Nínive, la temida guarida de las hordas asirias. Ahora la ciudad yacía esparcida sobre el polvo sangriento de su sino. Y, sin embargo, allí estaba él; el aire seguía siendo denso, lleno de ese *otro* que asolaba sus sueños.

Un vigilante kurdo dobló una esquina, empuñó su rifle y empezó a correr hacia él. Entonces, se detuvo bruscamente, lo saludó con una sonrisa al reconocerlo y prosiguió con la ronda.

El hombre de caqui merodeó por las ruinas. El templo de Nabu. El templo de Istar. Sintió una corazonada. Se detuvo frente al palacio de Asurbanipal; luego miró de soslayo hacia una estatua de piedra caliza descomunal que había *in situ*: alas irregulares, pies con garras, un pene protuberante y rechoncho que sobresalía y una boca tensada en una sonrisa salvaje. El demonio Pazuzu.

De repente, se tambaleó.

Lo supo.

Se estaba acercando.

Clavó la vista en el polvo. Las sombras se avivaban. Oyó los tenues ladridos de una jauría de perros salvajes que merodeaban por las afueras de la ciudad. La órbita del sol comenzaba a caer tras los confines del mundo. Se desenrolló las mangas de la camisa y se abrochó los puños; se había levantado una brisa helada. Venía del sudoeste.

Partió presuroso hacia Mosul a tomar el tren, con el corazón encogido por la escalofriante convicción de que pronto se enfrentaría a un viejo enemigo.

I

El comienzo

1

Como el destello maldito y fugaz de las explosiones solares que solo se graban vagamente en los ojos de los ciegos, el comienzo del horror pasó casi inadvertido. De hecho, quedó olvidado en el fragor de lo que vino después, y quizá no se lo relacionó de ningún modo con aquel horror. Era difícil de juzgar.

La casa era alquilada. Acogedora. Hermética. Una casa de ladrillo colonial cubierta de hiedra, en la zona de Georgetown, en Washington D. C. Al otro lado de la calle había una franja del campus perteneciente a la Universidad de Georgetown, al fondo, un terraplén escarpado que descendía en una pendiente hasta la bulliciosa calle M y, más allá, el fangoso río Potomac. El 1 de abril, por la mañana temprano, la casa estaba en silencio. Chris MacNeil se hallaba incorporada en la cama, repasando el texto para grabar al día siguiente; Regan, su hija, dormía al final del pasillo y, en la planta baja, los sirvientes, Willie y Karl, ambos de mediana edad, también dormían en una habitación contigua a la despensa. Aproximadamente a las 12.25 de la noche, Chris apartó la mirada del guion y frunció el ceño desconcertada. Oía ruidos extraños. Eran raros. Amortiguados. Una serie de sonidos rítmicos. Un código desconocido de golpecitos producidos por un muerto.

«Qué raro».

Escuchó durante un momento y luego dejó de prestar atención, pero como los ruidos proseguían, no se podía concentrar. Arrojó el guion sobre la cama.

«¡Dios, qué fastidio!».

Se levantó para investigar. Salió del cuarto y miró a su alrededor. Parecían provenir del dormitorio de Regan.

«Pero ¿qué estará haciendo?».

Caminó lentamente por el pasillo y, de pronto, los golpes se oyeron más fuertes, más rápidos. Al empujar la puerta y entrar en la habitación, cesaron repentinamente.

«¿Qué diablos pasa?».

La preciosa niña de once años dormía, firmemente abrazada a un gran oso panda de peluche de ojos redondos. Se llamaba Pookey. Estaba descolorido tras años de achuchones, y de cubrirlo de tiernos besos húmedos.

Chris se acercó al lecho en silencio y se inclinó sobre él.

—Rags, ¿estás despierta? —murmuró.

La respiración era rítmica. Pesada. Profunda.

Chris paseó la vista por el cuarto. La débil luz del pasillo llegaba mortecina y se fragmentaba sobre los cuadros que había pintado Regan, sobre sus esculturas, sobre otros animales de peluche.

«Está bien, Rags. Tu madre ya está mayor para estas cosas. Dilo: "¡Inocente!"».

Y, sin embargo, Chris sabía que ese comportamiento no era propio de Regan. La niña era de talante tímido y reservado. Entonces ¿quién era el bromista? ¿Una mente somnolienta que trataba de imponerse sobre el repiqueteo de las tuberías de la calefacción o de las cañerías? Cierta vez, en las montañas de Bután, había pasado horas y horas contemplando a un monje budista que meditaba acuclillado en el suelo. Al final creyó verlo levitar. Quizá. Cuando

le contaba la historia a alguien, siempre añadía: «Quizá».
Y quizá ahora también su mente, esa incansable narradora
de ilusiones, había exagerado los golpes.

«¡Y una mierda! ¡Los he oído!».

De repente, lanzó una mirada al techo. ¡Allí! Unos leves rasguños.

«¡Ratas en el altillo, Dios mío! ¡Ratas!».

Suspiró. «Eso era. Colas largas. Pum, pum». Se sintió
extrañamente aliviada. Y luego notó el frío. La habitación
estaba helada.

Avanzó lentamente hasta la ventana. Comprobó si estaba cerrada. Tocó el radiador. Caliente.

«Venga ya, ¿en serio?».

Desconcertada, volvió hasta la cama y puso la mano
sobre la mejilla de Regan. La tenía suave, como de costumbre, y ligeramente sudorosa.

«¡Debo de estar enferma!».

Miró a su hija, su nariz respingona y su cara pecosa y,
en un arrebato de ternura, se agachó y la besó en la mejilla.

—Te quiero mucho —susurró; luego regresó a su dormitorio y al guion.

Lo estudió durante un rato. La película era una nueva
versión de la comedia musical *Caballero sin espada*. Le habían añadido una trama secundaria acerca de las revueltas
universitarias. Chris era la protagonista. Hacía el papel
de una profesora de psicología que estaba de parte de los
rebeldes. Y odiaba ese papel. «¡Es una estupidez! ¡Esta escena es absolutamente estúpida!». Su mente, aunque no cultivada, no confundió nunca los eslóganes con la verdad y,
como un arrendajo curioso, picoteaba incansable entre la
palabrería para encontrar la reluciente verdad escondida.
Y, por eso, para ella la causa revolucionaria era «estúpida». No tenía sentido. «¿Cómo es eso? —se preguntaba—.

¿Brecha generacional? Absurdo. Yo tengo treinta y dos. ¡Es una estupidez pura y dura, es...!».

«Calma. Una semana más».

Habían completado el rodaje en interiores en Hollywood. Lo único que faltaba era unas cuantas escenas exteriores en el campus de la Universidad de Georgetown, que empezarían al día siguiente. Como eran las vacaciones de Pascua , los estudiantes se habían ido a su casa.

Estaba empezando a amodorrarse. Le pesaban los párpados. Pasó una hoja curiosamente desgarrada. Distraída, sonrió. Su director inglés. Cuando estaba muy nervioso, arrancaba una tirita estrecha del borde de la hoja que tuviera más cerca y luego la masticaba poco a poco hasta que se convertía en una pelota en su boca.

«¡Querido Burke!».

Bostezó y miró tiernamente los bordes de las hojas del guion. Las páginas parecían mordisqueadas. Se acordó de las ratas. «¡Qué ritmo tienen las condenadas!». Tomó nota mental para decirle a Karl que pusiera trampas por la mañana.

Se le relajaron los dedos. El guion resbaló entre ellos. Lo dejó caer. «Estúpido. Es estúpido». Tanteó con una mano para encontrar el interruptor de la luz. ¡Listo! Suspiró. Durante un rato se quedó inmóvil, casi dormida; luego se quitó de encima la sábana con un movimiento perezoso de la pierna. «Qué calor tan insoportable».

Unas lágrimas de rocío se adherían con suavidad y ligereza a los cristales de la ventana.

Chris se durmió. Y soñó con la muerte, con todos sus asombrosos detalles, con una muerte como si aún no se hubiera oído hablar de ella mientras algo sonaba, mientras ella contenía el aliento, se disolvía, se hundía en la nada, mientras pensaba una y otra vez: «Desapareceré, voy a morir, no estaré, por los siglos de los siglos, ¡ay, papá, no lo permitas, ay, no dejes que lo hagan, no dejes que me convierta en nada para siempre!». Y mientras se desvanecía, se desmoronaba, se oyó un timbre, el timbre...

«¡El teléfono!».

Se incorporó en la cama. El corazón le latía violentamente. Tenía la mano en el teléfono y el estómago, vacío, un núcleo sin peso, y el teléfono sonaba.

Descolgó. Era el ayudante de dirección.

—En maquillaje a las seis, querida.

—Claro.

—¿Cómo te sientes?

—Si voy al baño y no salgo ardiendo, creo que estaré bien.

Él se rio.

—Hasta luego.

—De acuerdo. Gracias.

Colgó. Y durante un rato permaneció sentada, inmóvil, pensando en el sueño. ¿Un sueño? Se parecía más a un pensamiento en la semiconsciencia del despertar. Esa terrible lucidez. El fulgor de la calavera. El no ser. Irreversible. No se lo podía imaginar. «¡Dios, no puede ser!».

Reflexionó. Y, al fin, inclinó la cabeza. «Pero sí lo es».

Se dirigió al baño, se puso el albornoz y bajó rápidamente a la cocina, a la vida que la aguardaba con el jugoso tocino.

—Ah, buenos días, señora MacNeil.

Willie, canosa, encorvada y con ojeras violáceas, exprimía naranjas. Tenía cierto acento extranjero. Suizo, como el de Karl. Se secó las manos en un trozo de papel de cocina y se acercó al fogón.

—Yo lo haré, Willie.

Chris, siempre tan perceptiva, había notado su mirada

cansada y mientras Willie se dirigía con un gruñido hacia el fregadero, la actriz se sirvió café y se retiró al rincón donde siempre tomaba el desayuno. Se sentó. Y sonrió afectuosamente al mirar el plato. Una rosa color rojo encendido. «Regan. Mi ángel». Muchas mañanas, cuando Chris trabajaba, Regan se levantaba de la cama en silencio, bajaba a la cocina y le ponía una flor junto al plato; luego volvía a tientas, con los ojos llenos de legañas, para dormirse de nuevo. Chris, apenada, sacudió la cabeza al recordar que estuvo a punto de llamarla Goneril. «Por supuesto, muy acertado. Prepárate para lo peor». Chris sonrió ante el recuerdo. Sorbió el café. Cuando su mirada cayó de nuevo sobre la rosa, su expresión se tornó triste por un momento y sus grandes ojos verdes parecieron apesadumbrados con la mirada perdida. Se acordaba de otra flor. Un hijo. Jamie. Había muerto a los tres años, hacía mucho tiempo, cuando Chris era una corista de Broadway, muy joven y desconocida. Había jurado no volver jamás a entregarse tanto a nadie como lo había hecho con Jamie, como lo había hecho con su padre, Howard MacNeil. Rápidamente desvió la mirada de la rosa y, mientras su sueño sobre la muerte se elevaba en una nube desde el café, encendió un cigarrillo. Willie le llevó zumo y Chris se acordó de las ratas.

—¿Dónde está Karl? —preguntó a la sirvienta.

—¡Estoy aquí, señora!

Apareció con una agilidad felina por la puerta de la alacena. Imponente. Respetuoso. Vigoroso. Servil. Con un pedacito de servilleta de papel pegado en la barbilla, porque se había cortado al afeitarse.

—¿Sí? —jadeó junto a la mesa. Era corpulento, de ojos brillantes, nariz aguileña y calvo.

—Hola, Karl. Hay ratas en el altillo. Habría que comprar algunas trampas.

—¿Dónde hay ratas?

—Acabo de decirlo.

—Pero el altillo está limpio.

—Bueno, está bien. ¡Tenemos ratas limpias!

—No hay ratas.

—Karl, las oí anoche —dijo Chris con paciencia, pero imperativa.

—Quizá sean las cañerías —sonrió Karl—, tal vez los tablones.

—¡Tal vez las ratas! ¿Va a comprar las malditas ratoneras y dejar de discutir?

—Sí, señora. —Salió disparado—. ¡Ahora mismo!

—¡No, ahora no, Karl! ¡Las tiendas están cerradas!

—¡Están cerradas! —lo reprendió Willie.

—Voy a ver.

Se fue.

Chris y Willie intercambiaron miradas; luego Willie hizo un gesto con la cabeza y volvió al tocino. Chris sorbió el café. «Qué hombre tan extraño». Al igual que Willie era trabajador, muy leal, discreto. Y, aun así, algo en él la inquietaba un tanto. ¿Qué era? ¿Su aire sutil de arrogancia? ¿De desafío? No. Otra cosa. Algo difícil de definir. Hacía seis años que la pareja trabajaba para ella y Karl seguía siendo un enigma: un jeroglífico no traducido que hablaba, respiraba y le hacía los mandados con las piernas rígidas. Sin embargo, detrás de la máscara, se movía algo; Chris podía oír su mecanismo latiendo como una conciencia. Apagó el cigarrillo; oyó el chirrido de la puerta de la calle, que se abría y luego se cerraba.

—Están cerradas —dijo Willie entre dientes.

Chris mordisqueó el tocino; después volvió a su habitación, donde se vistió con el jersey y la falda del vestuario. Se echó una rápida mirada en el espejo, observando con atención su pelo corto rojizo, que siempre parecía despeinado, y la explosión de pecas en su cara pequeña y limpia. Luego se puso bizca y sonrió como una idiota. «¡Hola! Pero ¡qué encanto de vecina! ¿Puedo hablar con su marido? ¿Con su amante? ¿Con su amiguito? ¡Oh!, ¿su amiguito está en el hospicio? ¡Llaman de Avon!». Se sacó la lengua a sí misma. Al instante perdió el ánimo. «¡Jesús, qué vida!». Cogió la caja de la peluca, bajó las escaleras arrastrando los pies y salió a la alegre calle arbolada.

Ya fuera de la casa, se detuvo un momento; la mañana le hizo contener el aliento. Miró hacia su derecha. Junto a la casa, unos escalones viejos de piedra se precipitaban hasta la calle M, que quedaba muy abajo. Un poco más allá estaba la entrada de los garajes, que en otro tiempo se usaron para guardar tranvías. Eran de estilo mediterráneo, con el techo de tejas, torretas rococó y ladrillo antiguo. Los contempló, tristona. «Qué calle tan divertida. Maldita sea, ¿por qué no me quedo? ¿Compro la casa? ¿Empiezo a vivir?». En alguna parte, una campana empezó a sonar. Dirigió la vista hacia el lugar de donde provenía el sonido. La torre del reloj en el campus de Georgetown. La melancólica resonancia hizo eco en el río, tembló, se filtró en su corazón cansado. Fue caminando al trabajo, hacia aquella pantomima espectral, hacia la ridícula imitación del suelo cubierto de paja.

Entró por el pórtico principal del campus, y su depresión disminuyó; luego se hizo aún menor al contemplar la hilera de los camerinos alineados en la entrada, muy cerca del muro que circundaba el perímetro sur. A eso de las ocho de la mañana, hora de la primera toma del día, ya era casi la misma de siempre: empezó a discutir por el guion.

—Oye, Burke, ¿por qué no le echas una ojeada a esta porquería?

—¡Ah, veo que tienes el guion! ¡Qué bien!

El director Burke Dennings, severo y menudo, con un tic en el ojo izquierdo, aunque irradiaba picardía, arrancó una tirita de papel del guion con una precisión quirúrgica a pesar de que le temblaban los dedos.

—Creo que voy a masticar —se rio.

Estaban en la explanada frente al edificio de oficinas, rodeados por actores, luces, técnicos, extras y ayudantes. Por aquí y por allá había algunos espectadores diseminados en el césped, en su mayoría profesores jesuitas. Muchos niños. El cámara, aburrido, cogió el diario *Daily Variety* cuando Dennings se metió un papel en la boca y sonrió tontamente; después de la primera ginebra de la mañana, tenía una ligera halitosis.

—Me alegro mucho de que te hayan dado un guion.

Era un cincuentón astuto de aspecto débil. Hablaba con un inconfundible acento inglés, tan entrecortado y preciso que sublimaba las obscenidades más crudas hasta hacerlas incluso parecer elegantes. Cuando bebía, siempre daba la impresión de que iba a estallar en carcajadas; parecía que estuviera haciendo constantes esfuerzos por conservar la compostura.

—Bueno, nena, dime, ¿qué pasa? ¿Qué es lo que anda mal?

La escena en cuestión requería que el decano de la mítica universidad le hablara a un grupo de estudiantes, en un intento por sofocar una manifestación pacífica con la que habían amenazado. Entonces Chris tenía que subir corriendo los escalones de la explanada, encararse con el decano y, señalando al edificio principal, gritar: «¡Derribémoslo!».

—No tiene ningún sentido —dijo Chris.

—Bueno, está perfectamente claro —mintió Dennings.

—¿Por qué diablos tienen que echar abajo el edificio, Burke? ¿Para qué?

—¿Te estás riendo de mí?

—No. Estoy preguntando: «¿para qué?».

—¡Porque está ahí, querida!

—¿En el guion?

—No, en el terreno.

—Bueno, sigue sin tener sentido, Burke. Ella no haría eso.

—Sí que lo haría.

—No, no lo haría.

—¿Mandamos llamar al autor? ¡Creo que está en París!

—¿A qué ha ido allí? ¿A esconderse?

—No. A follar.

Lo articuló con una dicción impecable; sus ojos astutos chispeaban en su rostro pálido como una masa, mientras la palabra se elevaba tersa hasta los capiteles góticos. Chris se dejó caer sobre sus hombros con suavidad, riendo.

—¡Oh, Burke, no tienes arreglo, maldito!

—Sí. —Lo dijo como César al ratificar con modestia los informes de su triple rechazo de la corona—. Bueno, entonces, ¿seguimos con esto?

Chris no lo escuchó. Había arrojado una mirada fugaz y avergonzada a un jesuita cercano. Quería comprobar si había oído o no la obscenidad. Era de piel morena y arrugada. Como la de un bóxer. Estropeado. Cuarentón. Había cierta tristeza en sus ojos, algo de sufrimiento, y, sin embargo, su mirada fue cálida y tranquilizadora al posarse en la de ella. Lo había oído. Sonreía. Le echó un vistazo a su reloj y se alejó.

—¡Digo que sigamos de una vez con esto!

Se volvió, sorprendida.

—Sí, tienes razón, Burke. Vamos allá.

—Gracias a Dios.

—No, espera.

—¡Ay, por Dios!

Se quejó de lo que habían añadido en la escena. Opinaba que el punto culminante eran las palabras que tenía que pronunciar, y no entrar corriendo inmediatamente después por la puerta del edificio.

—No le aporta nada —dijo Chris—. Es una estupidez.

—Sí, querida. Tienes razón —admitió Burke con sinceridad—. Sin embargo, el montador insiste en que lo hagamos —continuó—, de modo que así será, ¿entiendes?

—No.

—No, por supuesto que no. Es una tontería. Mira, como la escena siguiente —se rio— empieza con Jed, que viene hacia nosotros por la puerta, el montador está seguro de que lo van a nominar si la escena anterior termina contigo saliendo por la puerta.

—Eso es una idiotez.

—¡Por supuesto que lo es! ¡Es vomitivo! ¡Sencillamente, es una puta locura! Pero lo filmaremos; aunque puedes estar segura de que lo arreglaré cuando le demos los últimos cortes. Debería quedar algo bastante jugoso.

Chris se rio. Y estuvo de acuerdo. Burke miró en dirección al montador, que era conocido como un egoísta temperamental, muy aficionado a las discusiones que hacen perder tiempo. Estaba ocupado con el cámara. El director respiró aliviado.

Mientras esperaba al pie de la escalinata que las luces se calentaran, Chris miró a Dennings cuando este le soltó una grosería a un desafortunado ayudante y, después, se le iluminó el rostro ostensiblemente. Parecía deleitarse con su excentricidad. Sin embargo, Chris sabía que después de haber bebido una cierta cantidad explotaría el mal genio, y si esto sucedía a las tres o cuatro de la madrugada, podría llamar por teléfono a gente importante y hacerles objeto de provocaciones fútiles. Chris se acordó de un jefe de estudio cuyo único crimen fue el haber hecho, durante las proyecciones de prueba, un comentario inofensivo acerca de la camisa de Dennings, que se veía algo deshilachada; esto bastó para que lo despertara a eso de las tres de la madrugada, con objeto de decirle que era un «patán de mierda» y que su padre estaba «con toda seguridad, loco de remate». Y al día siguiente simulaba tener amnesia e irradiaba cierto placer cuando aquellos a quienes había ofendido contaban con detalle lo que les había hecho. Aunque, si le convenía, se acordaba. Con una sonrisa en la boca, Chris recordó la noche en que él había destruido las oficinas del estudio, enardecido por la ginebra, en un ataque de furia descontrolada, y cómo más tarde, cuando le presentaron una cuenta detallada y fotos de los daños, las había descartado con picardía porque eran «puras farsas, ya que los daños habían sido, a todas luces, mucho mayores». Chris no creía que Dennings fuera ni un alcohólico ni un bebedor empedernido, sino, más bien, que bebía porque eso era lo que se esperaba de él: hacía honor a la tradición.

«¡Ah, bueno! —pensó—. Supongo que es una manera de ser inmortal».

Se volvió y buscó al jesuita que le había sonreído con la mirada. Iba caminando a lo lejos, con aire abatido, cabizbajo, una nube negra y solitaria en busca de la lluvia.

A ella nunca le habían gustado los curas. Así lo afirmaba. Y, sin embargo, este...

—¿Lista, Chris? —dijo Dennings.

—Sí, lista.

—Muy lista. ¡Silencio! —ordenó el ayudante de dirección.

—¡Empieza a rodar! —exclamó Burke.

—¡Cámara!

—¡Acción!

Chris subió corriendo las escalinatas mientras los extras vitoreaban y Dennings la observaba, tratando de imaginarse qué estaría pensando. Ella había abandonado la discusión demasiado pronto. Lanzó una mirada significativa al coach de diálogos, que se le acercó caminando, sumiso, y le entregó el guion abierto como un monaguillo entrega el misal al sacerdote en una misa solemne.

Trabajaron bajo un sol intermitente. A eso de las cuatro, el cielo se había cubierto de nubes negras; el ayudante de dirección despachó al grupo para el resto del día.

Chris volvió caminando a su casa. Estaba cansada. En la esquina de la calle Treinta y seis y O le firmó un autógrafo a un viejo dependiente italiano que la había llamado a voces desde la puerta de su tienda. Escribió su nombre y «Mis mejores deseos» en una bolsa de papel marrón. Mientras esperaba para cruzar, miró en diagonal al otro lado de la calle; había una iglesia católica. San no sé cuánto. La llevaban los jesuitas. John F. Kennedy y Jackie se habían casado allí —según le habían dicho— y habían orado allí. Trató de imaginárselo: John F. Kennedy entre las velas votivas y piadosas mujeres arrugadas, John F. Kennedy inclinado mientras rezaba: «Creo... en una tregua con los rusos; creo, creo... en el Apolo IV —entre medias, el ruido de las cuentas del rosario—; creo... en la resurrección de la carne y la vida eterna...».

«Eso. Eso es. Eso es lo importante».

Observó un camión de cerveza que avanzaba lentamente, cargado con el tintineo de tibias, húmedas y vibrantes promesas.

Cruzó. Mientras caminaba por la calle O, y al pasar por el salón de actos de la escuela primaria, un sacerdote apareció corriendo detrás de ella con las manos en los bolsillos de un guardapolvo de nailon. Joven. Muy erguido. Le hacía falta un afeitado. Al pasar por delante de ella, giró a la derecha y se internó por un sendero que conducía a los atrios posteriores de la iglesia.

Chris se detuvo junto al camino y lo observó, curiosa. Parecía dirigirse hacia una casita de vigas blancas. Una vieja reja metálica se abrió con un chirrido y apareció otro sacerdote. Tenía aspecto hosco y muy nervioso. Saludó cortésmente con la cabeza al hombre joven y, con la mirada baja, se dirigió hacia la puerta de entrada de la iglesia. Una vez más, la puerta de la casita se abrió desde dentro. Otro sacerdote. Parecía... «¡Sí, es él! ¡El que sonrió cuando Burke dijo "a follar"!». Solo que ahora estaba serio al saludar en silencio al recién llegado, al que le pasó un brazo sobre los hombros, en un gesto amable y algo paternal. Lo condujo al interior de la casa y la puerta se cerró con un lento y leve chirrido.

Chris se miró los zapatos. Estaba desconcertada. «¿Cómo los instruirán?». Se preguntó si los jesuitas se confesarían.

Un trueno retumbó distante. Levantó la vista hacia el cielo. ¿Llovería?... «La resurrección de la...».

«Sí, sí, seguro. El martes que viene». Los destellos de unos relámpagos crepitaron a lo lejos. «No nos llames, pequeña; nosotros te llamaremos a ti».

Se levantó el cuello del abrigo y prosiguió su lenta marcha. Quería que lloviera.

Al minuto estaba en su casa. Se metió apresuradamente en el baño. Luego fue a la cocina.

—Hola, Chris. ¿Cómo te ha ido?

Una bonita rubia de veintitantos años estaba sentada a la mesa. Sharon Spencer. Brillante. De Oregón. Hacía tres años que era tutora de Regan y asistente personal de Chris.

—¡Oh, las pamplinas de siempre! —Chris se acercó lentamente a la mesa y empezó a examinar los mensajes—. ¿Nada interesante?

—¿Quieres cenar la semana que viene en la Casa Blanca?

—Ah, pues no lo sé, Marty. ¿A ti qué te apetece hacer?

—Hincharme a caramelos hasta que me duela la tripa.

Chris se echó a reír.

—Por cierto, ¿dónde está Rags?

—Abajo, en el cuarto de los juguetes.

—¿Haciendo qué?

—Esculturas. Un pájaro, creo. Para ti.

—Sí, necesito uno —murmuró Chris. Se acercó a la cocina y se sirvió una taza de café caliente—. ¿Estabas bromeando con eso de la cena? —preguntó.

—No, por supuesto que no —respondió Sharon—. Es el jueves.

—¿Una fiesta grande?

—No, creo que solo cinco o seis personas.

—¡No me digas!

Estaba contenta, pero no muy sorprendida. Taxistas, poetas, profesores y reyes solían buscar su compañía. ¿Qué era lo que les gustaba de ella? ¿Su vida? Chris se sentó a la mesa.

—¿Qué tal ha ido la clase?

Sharon encendió un cigarrillo y frunció el entrecejo.

—Lo hemos pasado regular con las matemáticas otra vez.

—¿Sí? Vaya, qué raro.

—Lo sé. Es su asignatura favorita —dijo Sharon.

—Ya, bueno, estas «matemáticas modernas»... Por Dios, yo no sabría dar el cambio en un autobús si...

—¡Hola, mamá!

Entró brincando por la puerta con sus delgados brazos extendidos. El cabello pelirrojo recogido en una coleta. La cara, brillante, suave, llena de pecas.

—¡Hola, torbellino! —Con una sonrisa alegre, Chris la estrechó con fuerza; luego le llenó la mejilla de besos amorosos. No podía reprimir el amor que la inundaba—. ¡Mua-mmmua-mmua! —Más besos. Después alejó un poco a Regan y la examinó expectante—. ¿Qué has hecho hoy? ¿Algo emocionante?

—Cosas.

—Pero ¿qué clase de cosas?

—A ver... —Tenía las rodillas junto a las de su madre, y se columpiaba suavemente hacia delante y atrás—. Bueno, he estudiado, claro.

—¡Ajá!

—Y pintado.

—¿Qué has pintado?

—Pues flores, ya sabes. ¿Margaritas? Todas rosadas. Y también... ¡Ah, sí! ¡Un caballo! —De pronto se emocionó y abrió mucho los ojos—. El hombre tenía un caballo, ¿sabes?, allá junto al río. Caminábamos y se nos acercó el caballo, ¡era precioso! Mamá, tendrías que haberlo visto, ¡y el hombre me dejó montarlo! ¡De veras! ¡Casi un minuto!

Chris, divertida, le guiñó un ojo a Sharon.

—¿El mismo? —preguntó, levantando una ceja.

Cuando se trasladaron a Washington para el rodaje de la película, la asistente rubia, que ahora era prácticamente una más de la familia, vivía en la casa y ocupaba un dormitorio en la planta de arriba. Hasta que conoció al «hombre del caballo» en un establo cercano. Entonces, Chris decidió que Sharon necesitaba un lugar donde poder estar sola, por lo cual le buscó un apartamento en un hotel caro e insistió en pagar ella la factura.

—El mismo —sonrió Sharon en respuesta a Chris.

—¡Era un caballo gris! —agregó Regan—. Mamá, ¿podemos tener un caballo? Quiero decir, ¿no podríamos?

—Ya lo veremos, cariño.

—¿Cuándo podré tener uno?

—Te he dicho que ya lo veremos. ¿Dónde está el pájaro que has hecho?

Regan pareció quedar desconcertada un momento; luego se volvió en dirección a Sharon y le dedicó una sonrisa tímida de recriminación con aparatos en los dientes.

—Se lo has dicho... —Y después, conteniendo la risa, se dirigió a su madre—: Quería darte una sorpresa.

—¿Quieres decir...?

—¡Con una nariz larga y cómica, como tú querías!

—¡Oh, Rags, qué detalle! ¿Puedo verlo?

—No, todavía tengo que pintarlo ¿Cuándo estará la cena, mamá?

—¿Tienes hambre?

—Estoy muerta de hambre.

—¡Y todavía no son las cinco! ¿A qué hora habéis almorzado? —preguntó Chris a Sharon.

—A eso de las doce —respondió Sharon.

—¿Cuándo volverán Willie y Karl?

Les había dado la tarde libre.

—Creo que a las siete —dijo Sharon.

—Mamá, ¿podemos ir a Hot Shoppe? —imploró Regan—. ¿Podemos?

Chris levantó la mano de su hija, le sonrió tiernamente y la besó.

—¡Vístete rápido y nos vamos!

—¡Cuánto te quiero!

Regan salió corriendo de la habitación.

—¡Cariño, ponte el vestido nuevo! —gritó Chris.

—¿Te gustaría tener once años? —caviló Sharon.

—¿Es un ofrecimiento?

Chris cogió la correspondencia y empezó a clasificar distraídamente las adulaciones garabateadas en las cartas.

—¿Te gustaría? —preguntó Sharon.

—¿Con lo que sé ahora? ¿Y todos los recuerdos?

—Claro.

—No hay trato.

—Piénsalo de nuevo.

—Lo estoy pensando. —Chris cogió un guion con una notita sujeta cuidadosamente en la primera página con un clip. Jarris. Su representante—. Creo que les dije que no quería más guiones durante un tiempo.

—Deberías leerlo —dijo Sharon.

—¿Sí?

—Sí. Yo lo he leído esta mañana.

—¿Es bueno?

—¡Magnífico!

—Y a mí me tocará hacer el papel de una monja que descubre que es lesbiana, ¿no es cierto?

—No, no tendrías que hacer nada.

—¡Anda! ¡Ahora sí que las películas se están poniendo mejor que nunca! ¿De qué diablos me estás hablando, Sharon? ¿A qué viene esa sonrisita burlona?

—Quieren que la dirijas —dijo Sharon con afectada modestia, tras expulsar el humo de su cigarrillo.

—¿Qué?

—Lee la carta.

—¡Shar, dime que es una broma!

Chris se precipitó sobre la carta con una mirada ansiosa. Empezó a espetar con avidez fragmentos de palabras:

—... un guion nuevo... un tríptico... el estudio quiere al señor Stephen Moore... en el caso en que aceptase el papel... ¡Que dirija esta parte!

Chris lanzó los brazos al aire con un grito ronco y penetrante de alegría y, con ambas manos, estrechó la carta contra su pecho.

—¡Oh, Steve, te acordaste! ¡Eres un cielo! —Estaban filmando en África. Borrachos. En sillas plegables. Contemplaban la quietud rojiza del atardecer. «¡Buf, este oficio es una porquería! ¡Para el actor es una mierda, Steve!». «A mí me gusta». «Es una mierda. ¿Acaso no sabes que en este oficio lo único que vale la pena es dirigir?». «¡Ah, sí!». «¡Entonces sí que ha hecho uno algo, algo que es propio, algo que perdura!». «Bueno, hazlo entonces». «Lo intenté, pero no les interesa». «¿Por qué no?». «¡Oh, vamos, sabes bien por qué! No me creen lo suficientemente capaz».

Un tierno recuerdo. Una sonrisa tierna. Querido Steve...

—¡Mamá, no encuentro el vestido! —gritó Regan desde el rellano de la escalera.

—¡Está en el armario! —respondió Chris.

—¡Ya he mirado!

—¡Subo enseguida! —gritó Chris. Examinó el guion un momento. Luego, poco a poco, se desanimó—. Tal vez sea una porquería.

—Vamos... De verdad creo que es muy bueno.

—Venga ya, si pensabas que en *Psycho* hacían falta risas enlatadas.

Sharon se rio.

—¡Mamá!

—¡Ya voy!

Chris se levantó despacio.

—¿Tienes una cita, Shar?

—Sí.

Chris se acercó hasta donde estaba la correspondencia.

—Entonces puedes irte. Mañana despacharemos todo esto.

Sharon se levantó.

—¡Ah, no, espera! —exclamó Chris al acordarse de algo—. Hay una carta que ha de salir esta noche.

—Ah, vale. —La secretaria buscó la libreta de la taquigrafía.

—¡Ma-mááá! —Un quejido de impaciencia.

—Espera, bajo enseguida —dijo Chris a Sharon. Salía ya de la cocina, pero se detuvo al darse cuenta de que Sharon miraba el reloj.

—Es mi hora de meditación, Chris —dijo.

Esta la miró fijamente con muda irritación. Hacía ya seis meses había notado que su asistente se había embarcado, de pronto, en la «búsqueda de la serenidad». Había empezado en Los Ángeles, con la autohipnosis. De esta pasó luego a la entonación de cantos budistas. Durante las últimas semanas que Sharon había dormido en la habitación de la planta alta, la casa apestaba a incienso y se escuchaban aburridos cantos de *Nam myoho renge kyo* («No hay más que repetir esto, Chris, y se te conceden los deseos, consigues todo lo que pides...») a horas intempestivas e inoportunas, generalmente cuando Chris estudiaba los guiones. «Puedes encender el televisor —le había dicho Sharon generosamente en una de aquellas ocasiones—. No me molesta. Yo puedo cantar con cualquier clase de ruido a mi alrededor». Ahora era la meditación trascendental.

—¿De veras crees que eso te hará bien, Shar? —preguntó Chris con un tono monótono.

—Me da paz espiritual —respondió Sharon.

—Ya —dijo Chris secamente. Se volvió y le dio las buenas noches. No mencionó la carta y, al salir de la cocina, murmuró—: *Nam myoho renge kyo*.

—Repítelo durante quince o veinte minutos —dijo Sharon—. A lo mejor te funciona.

Chris se detuvo mientras pensaba una respuesta apropiada, pero se dio por vencida. Subió al dormitorio de Regan y se dirigió inmediatamente al armario. Regan estaba de pie en medio de la habitación, mirando el techo.

—¿Qué estás haciendo? —le preguntó Chris mientras buscaba el vestido. Era de algodón color celeste. Lo había comprado la semana anterior y recordaba haberlo colgado en el armario.

—Oigo ruidos extraños —dijo Regan.

—Ya lo sé. Tenemos visita.

Regan la miró.

—¿Eh?

—Ardillas, cariño, tenemos ardillas en el altillo.

Las ratas le producían náuseas y pánico a su hija. Hasta los ratoncitos la incomodaban.

La búsqueda del vestido resultó infructuosa.

—¿Ves como no está ahí?

—Sí, ya lo he visto. Tal vez Willie se lo haya llevado con la ropa sucia.

—Tampoco está.

—Bueno, entonces ponte el azul marino. Es muy bonito.

Fueron al Hot Shoppe. Chris pidió una ensalada, mientras que Regan se tomó una sopa, cuatro panecillos, pollo frito, un batido de chocolate y una porción y media de tarta de arándanos con helado de café. «¿Dónde lo mete todo? —se preguntaba Chris con ternura—. ¿En las muñecas?». La niña era delgada como una esperanza efímera.

Chris se fumó un cigarrillo mientras se tomaba el café y miró por la ventana de la derecha. El río parecía esperar, oscuro y quieto.

—Muy rica la cena, mamá.

Chris se volvió hacia ella y, como le pasaba a menudo, contuvo el aliento, sintiendo de nuevo el dolor al reconocer la imagen de Howard en la cara de Regan. Era el ángulo de la luz. Clavó la vista en el plato de la niña.

—¿Vas a dejar ese pedazo de tarta? —le preguntó. Regan bajó los ojos.

—Me he comido muchos caramelos.

Chris apagó el cigarrillo y se rio.

—Vamos.

Volvieron antes de las siete. Willie y Karl ya habían regresado. Regan se fue corriendo hacia el cuarto de los juguetes en el sótano, ansiosa por terminar la escultura para su madre. Chris se encaminó a la cocina en busca del guion. Encontró a Willie, que preparaba café granulado con la cafetera abierta. Parecía huraña y malhumorada.

—Hola, Willie, ¿qué tal ha ido? ¿Se han divertido?

—No pregunte. —Agregó una cáscara de huevo y una pizca de sal en el contenido burbujeante de la cafetera. Willie le contó que habían ido al cine. Ella quería ver a los Beatles, pero Karl había insistido en ver una película sobre Mozart.

—¡Horrible! —La mujer hervía de ira mientras bajaba la llama del fuego—. ¡Ese cabezota!

—Vaya, lo siento. —Chris se puso el guion debajo del brazo—. Ah, Willie, ¿no habrá visto el vestido que le compré a Regan la semana pasada? El azul de algodón.

—Sí, en el armario. Esta mañana.

—¿Dónde lo pusiste?

—Está allí.

—¿No lo habrás sacado, por error, junto con la ropa sucia?

—Está allí.

—¿Con la ropa sucia?

—En el armario.

—No, no está. Ya lo he mirado.

Iba a decir algo, pero apretó los labios y miró, ceñuda, el café. Karl había entrado.

—Buenas noches, señora.

Se dirigió al fregadero para tomar un vaso de agua.

—¿Ha puesto las trampas? —preguntó Chris.

—No hay ratas.

—¿Las ha puesto o no?

—Por supuesto que sí, pero el altillo está limpio.

—Cuénteme, ¿qué le ha parecido la película, Karl?

—Muy buena.

Su espalda era tan inexpresiva como su cara.

Chris inició la retirada mientras tarareaba una famosa canción de los Beatles. Pero luego se detuvo. «¡Un último intento!».

—¿Ha tenido algún inconveniente para conseguir las ratoneras, Karl?

—No, ninguno.

—¿A las seis de la mañana?

—En una tienda que está abierta durante toda la noche.

«¡Santo cielo!».

Chris se dio un baño largo y suntuoso y, cuando fue al armario de su cuarto en busca del albornoz, encontró el vestido azul de Regan. Estaba arrugado, sobre una pila de ropa, en el suelo del armario.

Lo cogió. «¿Qué hace aquí?».

Aún tenía las etiquetas puestas. Se dedicó a hacer memoria durante un momento, tratando de recomponer las piezas. Entonces recordó que había comprado el vestido junto con otras dos o tres prendas para ella. «Debo de haberlo puesto todo junto».

Chris llevó el vestido al dormitorio de Regan y lo colgó de una percha. Echó una mirada a las prendas de la niña. «Son bonitas. Tiene ropa bonita. Sí, Rags, piensa en esto y no en papá, que nunca escribe».

Al salir tropezó contra la pata de la cómoda. «¡Joder, qué dolor!». Cuando levantó el pie para frotarse el dedo, notó que la cómoda estaba desplazada medio metro de su sitio. «¡Claro, cómo no me iba tropezar! Willie habrá pasado la aspiradora».

Bajó al despacho con el guion que le había enviado su representante.

A diferencia del imponente e inmenso salón con sus grandes ventanales y su hermosa vista, el despacho invitaba a densos susurros, a cuchicheos secretos entre tíos ricos. Contaba con una chimenea de ladrillo rojizo elevada, paneles de roble, y unas vigas de madera entrecruzadas que parecían que antaño hubieran formado parte de un puente levadizo. Los únicos toques modernos de la habitación eran el bar, unos cuantos almohadones de colores y la alfombra de piel de leopardo de Chris que cubría el suelo frente al hogar, ante el que se hallaba tendida ella, con la cabeza y los hombros apoyados en un mullido sofá.

Echó otra ojeada a la carta de su representante. *Fe, Esperanza y Caridad*: tres partes distintas, con repartos y directores diferentes. La suya sería *Esperanza*. Le gustaba la idea. Y le gustaba el título. «Aburrida, sin duda —pensó—, pero refinada. Seguramente lo cambiarán por algo así como *La roca de las virtudes*».

Sonó el timbre de la puerta. Era Burke Dennings. Como era un hombre solitario, solía ir con frecuencia. Chris sonrió sintiendo remordimientos y sacudió la cabeza al oír que le gritaba una obscenidad a Karl, a quien parecía odiar y, por ello, lo atormentaba continuamente.

—¿Hola? ¿Dónde está mi copa? —exigió enojado, mientras entraba en la estancia y se dirigía a la barra sin mirar a Chris y con las manos en los bolsillos del impermeable arrugado.

Se sentó en la banqueta de la barra. Irritado. Tenía la mirada inquieta. Vagamente decepcionado.

—¿Otra vez andas vagabundeando? —preguntó Chris.

—¿Qué diablos quieres decir? —resopló él.

—Tienes un aspecto muy cómico.

Ella lo había notado ya cuando hicieron juntos una película en Lausana. En la primera noche que pasaron allí, en un hotel que daba al lago de Ginebra, Chris no podía conciliar el sueño. Saltó de la cama a las cinco de la mañana y decidió vestirse y bajar al vestíbulo a tomar un café o en busca de alguien que le hiciera compañía. Mientras esperaba el ascensor en el pasillo, miró por la ventana y vio al director, que caminaba erguido por la orilla del lago, con las manos hundidas en los bolsillos del abrigo, para resguardarlas del frío glacial del invierno. Cuando ella llegó al vestíbulo, él acababa de entrar en el hotel.

—¡Ni una puta a la vista! —le había dicho bruscamente al pasar por su lado con la cabeza baja; después se metió en el ascensor y se fue a dormir. Cuando ella le había mencionado más tarde y entre risas el incidente, el director se puso furioso y la acusó de andar propagando por ahí «groseras alucinaciones», que la gente podía «creer fácilmente, solo porque eres una estrella». También la trató de «loca de mierda», pero luego para apaciguarla añadió, haciendo un esfuerzo para calmar su desconcierto, que «quizá» ella había visto a alguien y que lo había confundido con Dennings. «Después de todo —recalcó—, mi tatarabuela era suiza».

Chris le recordó ahora el incidente mientras se metía detrás de la barra del bar.

—¡Vamos, no seas tonta! —le espetó Dennings—. Lo que ocurre es que me he pasado toda la tarde tomando un maldito té, ¡un té con los profesores!

Chris se apoyó sobre la barra.

—Conque tomando un té, ¿eh?

—¡Sigue riéndote como una boba!

—Te has emborrachado bebiendo té —le dijo secamente— con unos jesuitas.

—No, los jesuitas estaban sobrios.

—¿No beben?

—¿Se te ha ido la puta olla? —gritó—. ¡Bebían como condenados! ¡Nunca en mi vida he visto a nadie beber tanto!

—¡Vamos, baja la voz, Burke! ¡Regan!

—Sí, claro, Regan —murmuró Dennings—. ¿Dónde diablos está mi copa?

—¿Me vas a decir de una vez qué has estado haciendo tomando el té con los profesores?

—Pues practicando esas malditas relaciones públicas, algo que tú tendrías que hacer.

Chris le alargó un vaso de ginebra con hielo.

—¡Joder, cómo les hemos dejado el terreno! —exclamó el director, que, compungido, se llevó el vaso contra los labios—. ¡Ahora, sí, ríete! Es para lo único que sirves, para reír y enseñar un poco el trasero.

—Solo estoy sonriendo.

—Bueno, alguien tenía que salvar las apariencias.

—¿Y cuántas veces dijiste «follar», Burke?

—Querida, no seas grosera —la reprochó amablemente—. Ahora dime cómo te encuentras.

Ella respondió encogiéndose de hombros, abatida.

—¿Estás malhumorada? Vamos, cuéntame.

—No sé.

—Cuéntaselo a tu tío.

—Mierda, creo que yo también voy a tomar algo —dijo, y alcanzó un vaso.

—Sí, es bueno para el estómago. Bueno, ¿qué te pasa?

Despacio, ella se sirvió vodka.

—¿Nunca has pensado en la muerte?

—¿Cómo dic...?

—En morir —lo interrumpió—. ¿Nunca has pensado en ello, Burke? ¿En lo que significa? ¿En lo que realmente significa?

— No lo sé. No, nunca pienso en eso —respondió él, algo cortante—. Solo lo hago. ¿A qué diablos viene todo esto?

Ella se encogió de hombros.

—No lo sé —contestó ella en un tono suave. Echó hielo en el vaso y lo contempló, pensativa—. Sí... sí, lo sé —rectificó—. Yo... Bueno, lo he pensado esta mañana..., una especie de sueño... mientras me despertaba. No sé. Quiero decir que me ha impresionado un poco... lo que significa..., el fin, ¡el fin!, como si nunca lo hubiera sabido. —Sacudió la cabeza—. ¡Cómo me he asustado! Sentí que huía de este maldito planeta a millones de kilómetros por hora.

—Tonterías. La muerte es un alivio —resopló Dennings.

—Para mí no.

—Bueno, vives a través de tus hijos.

—¡Déjate de idioteces! Mis hijos no son como yo.

—Gracias a Dios. Con una ya es suficiente.

—¡Piénsalo, Burke! No existir... ¡nunca más! Es...

—¡Oh, por Dios! ¡Enseña un poco el trasero en el té con los profesores la semana que viene y tal vez esos curas puedan darte consuelo! —Dejó el vaso con un golpe sobre la barra—. Tomemos otro.

—¿Sabes? No sabía que ellos bebiesen.

—Bueno, es que eres tonta.

Los ojos del hombre habían adquirido una expresión ruin. ¿Estaría llegando al límite de la exasperación?, se preguntó Chris. Tenía la impresión de haberle tocado una fibra sensible. ¿Lo habría hecho?

—¿Se confiesan? —preguntó ella.

—¿Cómo voy a saberlo? —bramó súbitamente.

—Bueno, ¿pero tú no estabas estudiando para convertirte en...?

—¡Dónde está ese maldito trago!

—¿Quieres café?

—No te hagas la tonta. Quiero otro trago.

—Toma un poco de café.

—Venga ya, una para el camino.

—¿Pasarás por la autopista Lincoln?

—No, eso es feo, y yo odio a los borrachos feos. ¡Vamos, llena el vaso!

Deslizó su vaso por la barra y ella le sirvió más ginebra.

—Tal vez debería invitar a un par de ellos —murmuró Chris.

—¿A un par de quiénes?

—Bueno, a cualquiera. —Se encogió de hombros—. Los peces gordos, los curas.

—No se irían nunca; son unos putos abusones —profirió con voz ronca, tomando la ginebra de un trago.

«Sí, está empezando a perder la calma», pensó Chris y rápidamente cambió de tema. Le habló del guion y de la oportunidad que le habían dado para dirigir.

—Ah, qué bien —murmuró Dennings.

—Me da miedo.

—¡Bah, tonterías! Querida, lo difícil de dirigir es hacer que parezca difícil. Yo, al principio, desconocía la clave, y aquí me tienes. Es como un juego de niños.

—Burke, si he de serte sincera, ahora que me han ofrecido esta oportunidad, no estoy segura ni de poder dirigir a mi abuela para que cruce la calle. Me refiero a la parte técnica.

—Eso déjaselo al director de escena, al cámara y a la guionista, querida. Consíguete unos buenos profesionales y te sacarán del paso. Lo que importa es el manejo de los actores, y eso se te dará de maravilla. No solo puedes indicarles cómo hacer o decir algo, querida, sino que incluso puedes enseñarles cómo se hace. Acuérdate de Paul Newman y *Raquel, Raquel*, y no te pongas nerviosa.

Ella parecía seguir dudando aún.

—Bueno, lo que me preocupa es la parte técnica.

Borracho o sobrio, Dennings era el director más experto en la materia. Ella quería su consejo.

—¿Por ejemplo? —le preguntó él.

Durante casi una hora estuvo exponiéndole los pequeños detalles. Podría encontrar explicaciones en algunos textos, pero la lectura la impacientaba. En lugar de eso, leía a la gente. Al ser curiosa por naturaleza, los exprimía hasta sacarles la última gota de jugo. Pero era imposible exprimir los libros. Estos eran superficiales. Decían «por tanto» y «claramente» cuando algo no estaba claro en absoluto y sus circunloquios nunca se podían impugnar. Nunca se los podía desarmar con agudeza: «Espera un momento, no entiendo. ¿Me puedes repetir eso último?». Nunca se los podía sujetar con alfileres, retorcerlos, diseccionarlos. Los libros eran como Karl.

—Querida, lo único que necesitas es un montador brillante —se rio el director, para rematar el tema—. Uno que sea competente de verdad.

Se había puesto encantador y eufórico, y parecía haber pasado el temido momento de peligro.

—Con permiso, señora. ¿Deseaba algo?

Karl estaba en la puerta del despacho, diligente.

—¿Cómo le va, Thorndike? —se rio Dennings—. ¿O se llama Heinrich? Nunca me acuerdo.

—Soy Karl.

—Sí, por supuesto. Me había olvidado. Dígame, Karl, ¿qué me contó usted que había hecho para la Gestapo? ¿Relaciones públicas o comunitarias? Creo que hay una diferencia.

Karl habló respetuosamente.

—Ninguna de las dos cosas, señor. Soy suizo.

—¡Ah, sí! —El director se rio a carcajadas—. Y usted nunca jugaría a los bolos con Goebbels, supongo.

Karl, sin hacerle caso, se volvió hacia Chris.

—¡Y nunca voló con Rudolph Hess!

—¿Deseaba algo, señora?

—No, creo que no. Burke, ¿quieres café?

—¡Y una porra!

El director se levantó bruscamente y salió, rabioso, de la habitación y de la casa.

Chris agitó la cabeza y luego se dirigió a Karl.

—Desconecte los teléfonos —le pidió, inexpresiva.

—Sí, señora. ¿Algo más?

—Sí, tal vez un poco de café. ¿Dónde está Rags?

—Abajo, en el cuarto de los juguetes. ¿La llamo?

—Sí. Es hora de acostarse. Pero no, espere un segundo, Karl. No se moleste. Tengo que ir a ver el pájaro. Solo tráigame el café, por favor.

—Sí, señora.

—Y, por enésima vez, le pido disculpas en nombre de Burke.

—No le hago caso.

—Lo sé. Eso es lo que lo irrita.

Chris caminó hasta el vestíbulo, abrió la puerta que daba a la escalera del sótano y miró hacia abajo.

—Hola, pecosilla, ¿qué estás haciendo ahí abajo? ¿Terminaste el pájaro?

—¡Sí, ven a verlo! ¡Baja, está terminado!

El cuarto de los juguetes estaba revestido de paneles de madera y estaba decorado con colores alegres. Caballetes. Cuadros. Un tocadiscos. Mesas para juegos y otra para esculpir. Guirnaldas con banderines rojos y blancos que se habían quedado ahí de una fiesta que celebró el hijo del inquilino anterior.

—¡Es fantástico! —exclamó Chris, mientras su hija le tendía la figura. No estaba seca del todo; parecía más bien uno de esos pájaros antiestrés, de color naranja excepto el pico, pintado con rayas verdes y blancas a ambos lados. Le había pegado un penacho de plumas en la cabeza.

—¿Te gusta? —preguntó Regan.

—Me encanta, cariño; de verdad. ¿Le has puesto nombre?

—Pues... no.

—¿Cómo lo podríamos llamar?

—No sé.

Regan se encogió de hombros.

—Vamos a ver. —Chris se tocó los dientes con las yemas de los dedos—. No sé, ¿qué te parece Pájaro Tonto, eh? Solo Pájaro Tonto.

Regan trató de contener la risa y se tapó la boca con la mano para no enseñar los aparatos. Asintió con la cabeza.

—¡Ha ganado Pájaro Tonto con una victoria aplastante! Lo dejaré aquí para que se seque, y luego me lo llevaré a mi cuarto.

Chris estaba a punto de dejar el pájaro cuando reparó en el tablero de ouija. Cerca. Sobre la mesa. Se había olvidado de que lo tenía. Tan curiosa acerca de sí misma como de los demás, lo había comprado con la intención de sacar a la luz ciertas ideas de su subconsciente. No había dado resultado. Lo había usado una o dos veces con Sharon y una vez con Dennings, que había movido con mucha habilidad el puntero («¿Lo estás moviendo tú, cielo?») de manera que reprodujese mensajes obscenos; luego le echó las culpas a los «¡putos espíritus!».

—¿Has jugado con la ouija?

—Sí.

—¿Sabes cómo hacerlo?

—Sí, claro. Mira, te lo voy a mostrar. —Se acercó para sentarse junto al tablero.

—Bueno, creo que se necesitan dos personas, cariño.

—No, mamá. Yo siempre lo hago sola.

Chris acercó una silla.

—¿Quieres que juguemos las dos?

Vaciló.

—Está bien.

Había puesto los dedos sobre el puntero blanco y cuando Chris estiró la mano para colocar los suyos, el puntero se movió de pronto hasta el lugar en que el tablero marcaba un «No».

Chris le sonrió con astucia.

—«Mamá, prefiero hacerlo yo sola». ¿Era eso lo que querías decirme? ¿No quieres que yo juegue?

—No, yo sí quiero. Pero el capitán Howdy ha dicho que «No».

—¿El capitán qué?

—El capitán Howdy.

—Cariño, ¿quién es el capitán Howdy?

—Ah, ya sabes, yo le hago preguntas y él me responde.

—¿Qué?

—Es muy bueno.

Chris trató de no fruncir el ceño al sentir una preocupación repentina y sombría. La niña había querido mucho a su padre y, sin embargo, nunca había manifestado ninguna reacción visible ante el divorcio. Y eso no le gustaba a Chris. Tal vez lloraba en su habitación; no lo sabía. Chris temía que la niña se estuviera reprimiendo y que algún día sus emociones estallaran de forma que le hicieran daño. Un amigo imaginario no le parecía sano. ¿Por qué «Howdy»? ¿Por Howard? ¿Su padre? Se parecía mucho.

—¿Y cómo es que no se te ha ocurrido un nombre para el pájaro y ahora me vienes con el de «capitán Howdy»? ¿Por qué lo llamas así?

—Pues porque ese es su nombre —contestó Regan con una risita.

—¿Y cómo lo sabes?

—Porque me lo ha dicho él.

—Por supuesto.

—Por supuesto.

—¿Y qué más te dice?

—Cosas.

—¿Qué cosas?

Regan se encogió de hombros.

—Solo cosas.

—¿Por ejemplo...?

—Te lo voy a enseñar. Le haré algunas preguntas.

—Sí, hazlo.

Regan colocó los dedos sobre el puntero y clavó los ojos en el tablero, muy concentrada.

—Capitán Howdy, ¿crees que mi mamá es guapa?

Un segundo... cinco... diez... veinte...

—¿Capitán Howdy?

Más segundos. Chris estaba sorprendida. Había esperado que su hija moviera la planchita a la casilla que decía «Sí». «Por Dios, ¿ahora qué? ¿Una hostilidad inconsciente? Es absurdo».

—Capitán Howdy, no seas maleducado —le regañó Regan.

—Tal vez esté durmiendo, cariño.

—¿Tú crees?

—Creo que eres tú la que debería estar durmiendo.

—¿Ya?

—¡Vamos, pequeña! ¡A la cama! —Chris se levantó.

—Es un gallina —musitó Regan. Luego siguió a su madre por las escaleras.

Chris le remetió las sábanas por los costados y se sentó a su lado.

—El domingo no trabajo, cariño. ¿Quieres hacer algo?

—¿El qué?

Cuando llegaron a Washington, Chris había intentado buscar compañeros de juego para Regan. Solo encontró a una niña, Judy, de doce años. Pero la familia de Judy se había ido a pasar la Pascua a otra parte y a Chris le preocupaba que Regan se sintiera sola.

—Bueno, no sé —replicó Chris—. Cualquier cosa. ¿Quieres que salgamos a pasear? ¡Podemos ir a ver los cerezos en flor! Este año han florecido pronto. ¿Quieres ir a verlos?

—¡Ay, sí, mamá!

—¡Y mañana por la noche, al cine! ¿Qué te parece?

—¡Te quiero!

Regan la abrazó, y Chris hizo lo mismo, con más fervor que nunca, mientras susurraba:

—Ay, Rags, cariño, yo también te quiero.

—Si quieres, puedes invitar al señor Dennings.

—¿El señor Dennings? —Chris se separó para mirarla.

—Bueno, creo que estaría bien.

Chris se rio.

—No, no estaría bien. ¿Por qué habría de invitarlo, cariño?

—Porque te gusta.

—Sí, por supuesto que me gusta. ¿Y a ti?

No respondió.

—¿Qué pasa, cariño? —Chris instó a su hija.

—Te vas a casar con él, ¿verdad, mami?

No era una pregunta, sino una lúgubre afirmación. Chris estalló en carcajadas.

—¡Por supuesto que no, pequeña! ¡Qué cosas se te ocurren! ¿El señor Dennings? ¿De dónde has sacado esa idea?

—Pero te gusta.

—También me gusta la pizza, pero ¡no me casaría con una! Cariño, es un amigo, solo un viejo amigo.

—¿No te gusta como te gustaba papi?

—A tu padre lo quiero, cariño. Siempre lo querré. El señor Dennings viene muchas veces de visita porque está solo, eso es todo. Es un amigo.

—Es que he oído...

—¿Qué has oído y a quién?

Un remolino de dudas se agolpó en sus ojos; vaciló. Después, se encogió de hombros como para cambiar de tema.

—No sé. Se me ha ocurrido.

—Bueno, pues es una tontería, así que olvídalo.

—Está bien.

—Ahora, a dormir.

—¿Puedo leer? No tengo sueño.

—Claro. Lee tu libro nuevo hasta que te canses.

—Gracias, mami.

—Buenas noches, cariño.

—Buenas noches.

Chris le mandó un beso desde la puerta y luego la cerró. Bajó las escaleras. «¡Estos niños! ¿De dónde sacan las ideas?». Tenía curiosidad por saber si Regan relacionaba a Dennings con el divorcio. «Venga ya, es una estupidez». Regan solo sabía que Chris había iniciado el trámite. Sin embargo, era Howard quien lo había querido. Largas separaciones. El ego afectado del marido de una estrella. Había conocido a otra mujer. Regan no lo sabía. «¡Oh, deja ya todo este psicoanálisis de aficionado y trata de pasar un poco más de tiempo con ella!».

Vuelta al despacho. El guion. Chris leyó. Cuando llevaba la mitad, vio que Regan se acercaba a ella.

—Hola, cielo. ¿Qué pasa?

—Oigo ruidos muy extraños, mamá.

—¿En tu cuarto?

—Sí, son como golpes. No me puedo dormir.

«¿Dónde diablos están las trampas?».

—Duerme en mi habitación, cariño; yo averiguaré qué es.

Chris la acompañó hasta su dormitorio y la metió en la cama.

—¿Puedo ver la tele un ratito hasta que me duerma?

—¿Dónde está tu libro?

—No lo encuentro. ¿Puedo ver la tele?

—Sí, por supuesto. —Chris sintonizó un canal en el televisor portátil de su dormitorio—. ¿Está bien de volumen?

—Sí, mamá.

—Intenta dormir.

Chris apagó la luz y se alejó por el pasillo. Subió por la escalera angosta y alfombrada que conducía al altillo. Abrió la puerta y tanteó en busca del interruptor de la luz; lo encontró y se agachó al entrar.

Miró a su alrededor. Había cajas de recortes y correspondencia sobre el suelo de madera. Nada más, excepto las trampas. Seis. Con cebo. La habitación estaba impoluta. Hasta el aire olía a fresco y limpio. El altillo no tenía calefacción. No había cañerías, ni agujeritos en el techo.

—No hay nada.

Chris se sobresaltó, asustada.

—¡Joder! —exclamó, volviéndose rápidamente, con una mano sobre su corazón agitado—. ¡Por Dios, Karl, no vuelva a hacer eso!

Karl estaba en la escalera.

—Lo lamento mucho. Pero ¿ve? Está limpio.

—Sí, está limpio. Muchas gracias.

—Tal vez sería mejor un gato.

—¿Qué?

—Para cazar las ratas.

Sin esperar una respuesta, hizo un gesto con la cabeza y se fue.

Durante un momento, Chris se quedó contemplando la puerta. O Karl no tenía ningún sentido del humor o este era tan sutil que se le escapaba. No supo cómo catalogarlo.

Se puso a pensar de nuevo en los golpes y luego miró al techo inclinado. La calle estaba sombreada por árboles, la mayor parte de ellos retorcidos y cubiertos con enredaderas; las ramas enormes de un tilo se habrían en forma de hongo y cubrían como un paraguas la tercera parte de la fachada de la casa. ¿Serían las ardillas, después de todo? «Tienen que serlo. O las ramas. Claro. También podrían ser las ramas». Las últimas noches había hecho viento.

«Tal vez sería mejor un gato».

Chris echó otra mirada al vano de la puerta. «¿Se estaría haciendo el listo?». De repente sonrió y adoptó un aire descarado y travieso.

Bajó al dormitorio de Regan, recogió algo, lo subió al altillo y, un minuto después, regresó a su habitación. Regan dormía. La llevó a su cuarto, la metió en la cama, volvió a su propio dormitorio, apagó el televisor y se acostó.

La casa permaneció en silencio hasta la mañana.

Mientras desayunaba, Chris le dijo a Karl como quien no quiere la cosa que durante la noche le pareció oír un chasquido, como el de una trampa al cerrarse.

—¿Quiere ir a echar un vistazo? —le sugirió mientras le daba un sorbo al café, simulando estar enfrascada en el diario de la mañana.

Sin hacer ningún comentario, Karl se levantó y fue a investigar.

Chris se cruzó con Karl en el pasillo de la segunda planta cuando él volvía; contemplaba, inexpresivo, el ratón grande de peluche que llevaba en las manos. Lo había encontrado con el hocico firmemente sujeto a la trampa para ratones.

Mientras se dirigía hacia su dormitorio, Chris arqueó una ceja al ver el ratón.

—Alguien se está haciendo la graciosa —musitó Karl al pasar a su lado. Dejó el peluche en el cuarto de Regan.

—Es cierto que están pasando muchas cosas —murmuró Chris, sacudiendo la cabeza al entrar en su dormitorio. Se quitó el camisón y se preparó para ir a trabajar. «Sí, tal vez sea mejor un gato, amigo. Mucho mejor».

Cuando sonreía, parecía que se le arrugaba toda la cara.

Aquel día la grabación transcurrió sin contratiempos. Durante la mañana, Sharon fue al plató y, en los descansos entre las tomas, ella y Chris se ocuparon de despachar asuntos de negocios en el camerino: una carta a su representante para decirle que pensaría en su proposición; otra aceptando la invitación a la Casa Blanca; un telegrama a Howard para recordarle que llamara a Regan por teléfono el día de su cumpleaños; una llamada a su asesor financiero para preguntarle si podría permitirse el lujo de no trabajar durante un año; planes para una cena el 23 de abril.

Al anochecer, Chris llevó a Regan al cine y al día siguiente visitaron distintos lugares de interés en el Jaguar de Chris. El monumento a Lincoln. El Capitolio. El lago bordeado por los cerezos en flor. Picaron algo. Luego, al otro lado del río, el cementerio de Arlington y la tumba del soldado desconocido. Regan se puso seria y, más tarde, junto a la tumba de John F. Kennedy, adoptó un aire reservado y un poquito triste. Contempló la «llama eterna» un rato y luego, en silencio, cogió la mano de su madre.

—Mamá, ¿por qué tiene que morir la gente?

La pregunta taladró el alma de su madre. «¡Ay, Rags!, ¿tú también? ¡Ay, no!». Pero ¿qué podría decirle? ¿Mentiras? No. Contempló la nariz respingona de su hija, sus ojos velados por las lágrimas. ¿Habría percibido sus propios pensamientos? Era una cosa tan habitual en ella... tan habitual...

—Cariño, la gente se cansa —le contestó cariñosamente.

—¿Por qué permite Dios eso, mamá?

Por un momento, Chris se la quedó mirando. Estaba desconcertada. Perturbada. Como era atea, no le había enseñado religión a su hija. Creía que sería deshonesto.

—¿Quién te ha hablado de Dios? —le preguntó.

—Sharon.

—¡Ah! —Tendría que hablar con ella.

—Mamá, ¿por qué permite Dios que nos cansemos?

Al ver aquellos ojos sensibles y advertir su sufrimiento, Chris se rindió. No podía decirle lo que creía.

—Bueno, ocurre que, después de un tiempo, Dios nos echa de menos, Rags, y quiere que volvamos con él.

Regan se encerró desde entonces en un obstinado silencio. No habló durante el trayecto de vuelta y su estado de ánimo persistió el resto del día y durante todo el lunes.

El martes, el día del cumpleaños de Regan, pareció cambiar. Chris se la llevó al plató y, cuando hubo terminado de grabar, los actores y los técnicos le cantaron el *Cumpleaños feliz* y sacaron una tarta. Como Dennings era un hombre atento y amable cuando estaba sobrio, hizo encender de nuevo las luces y grabó a la niña cuando cortaba la tarta. Dijo que era una «prueba artística» y prometió que más adelante la convertiría en una estrella. Regan parecía estar muy contenta.

Pero después de la cena y de abrir los regalos, se le acabó de nuevo el buen humor. No hubo noticias de Howard. Chris lo llamó a Roma, pero un empleado del hotel le informó que hacía ya varios días que no iba por allí y que no lo podían localizar. Se había ido a algún sitio en yate.

Chris lo disculpó ante Regan.

La niña asintió, resignada, y le hizo un gesto negativo ante la sugerencia de ir a tomar un helado a Hot Shoppe. Sin decir palabra, bajó al cuarto de los juguetes, donde permaneció hasta la hora de irse a dormir.

A la mañana siguiente, cuando Chris abrió los ojos, se la encontró en su cama, medio dormida.

—¿Qué diab...? ¿Qué estás haciendo aquí? —se rio Chris.

—Mi cama se movía.

—Tontorrona. —Chris la besó y la arropó—. Duérmete. Todavía es muy temprano.

Lo que parecía ser una mañana, fue el comienzo de una noche sin fin.

2

Se detuvo en el borde del solitario andén del metro, esperando oír el estruendo del tren que apaciguaría aquel dolor que siempre lo acompañaba. Como el pulso. Lo oía solo en el silencio. Se cambió de mano la maleta y contempló el túnel. Unos focos de luz. Se alargaban en la oscuridad como guías hacia la desesperanza.

Una tos. Miró a su izquierda. Un hombre canoso, con aspecto de mendigo y sin afeitar, se incorporaba en medio de un charco de orina. Sus ojos amarillentos observaron al sacerdote con una expresión triste.

El sacerdote desvió la mirada. El hombre se acercaría. Empezaría a lloriquear. «¿Podría ayudar a un viejo monaguillo, padre? ¿Lo hará?». La mano, salpicada de vómito, apoyada en su hombro. Rebuscar la medalla. La vaharada apestando a vino y ajo que había soportado en miles de confesiones y los pecados mortales trillados eructados al mismo tiempo y que lo asfixiaban... lo asfixiaban...

El sacerdote oyó que el vagabundo se levantaba.

«¡Que no se acerque!».

Oyó un paso...

«¡Por Dios, que me deje en paz!».

—¡Hola, padre!

Dio un respingo. Se encogió. No se atrevía a volverse.

No podría soportar volver a buscar a Cristo en aquel tufo y en esos ojos hundidos, al Cristo del pus y los excrementos sanguinolentos, al Cristo que no podía ser. Con un ademán distraído, se tocó la manga, como si buscara una banda de luto inexistente. Le llegó el tenue recuerdo de otro Cristo.

—¡Oiga, padre!

El murmullo del tren que llegaba. El ruido de un tropezón. Miró al vagabundo. Se tambaleaba. Se desmayaba. Con un ciego impulso, el sacerdote se le acercó, lo agarró y lo arrastró hasta el banco que había contra la pared.

—Soy católico —murmuró el vagabundo—, soy católico.

El sacerdote lo tranquilizó, lo ayudó a recostarse y vio que se acercaba su tren. Rápidamente sacó un dólar de la cartera y lo metió en el bolsillo de la chaqueta del vagabundo. Luego le pareció que ahí podría perderlo. Lo sacó y se lo metió en el bolsillo del pantalón, húmedo de orina; después cogió la maleta y se metió en un vagón.

Se sentó en un rincón y fingió dormir. Al final del trayecto, caminó hasta la Universidad de Fordham. El dólar era para el taxi.

Cuando llegó al pabellón en que se alojaban los visitantes, registró su nombre, Damien Karras, y se quedó mirando el papel. Faltaba algo. Cansado, se dio cuenta de que no había puesto S. J. y lo añadió.

Le asignaron una habitación en el edificio Weigel y, al cabo de una hora, pudo dormir.

Al día siguiente asistió a una reunión de la Asociación Estadounidense de Psiquiatría. Como principal conferenciante, expuso su tesis, titulada *Aspectos psicológicos del desarrollo espiritual*. Al final de la jornada se fue a tomar unas copas y a picar algo con otros psiquiatras. Pagaron ellos. Los dejó pronto. Tenía que ver a su madre.

Se fue caminando hasta el edificio semiderruido de apartamentos de la calle Veintiuno Este, en Manhattan. Se detuvo junto a la escalinata de acceso y contempló a los niños que había allí. Desaliñados. Mal vestidos. Sin casa. Se acordaba de los desahucios, las humillaciones, volver a casa con una novia que iba al primer curso de instituto para hallar a su madre revolviendo el cubo de la basura de la esquina con la esperanza de encontrar algo. Subió la escalera y abrió la puerta como si fuera una herida delicada. Olía a comida. Un olor dulzón a podrido. Se acordaba de las visitas a la señora Choirelli en su pequeño apartamento con dieciocho gatos. Se agarró a la barandilla y subió, vencido por un repentino cansancio demoledor que sabía que provenía de un sentimiento de culpa. No tendría que haberla abandonado nunca. Sola no.

Lo recibió con alegría. Un grito. Un beso. Corrió a hacer café. Era morena, de piernas regordetas y torcidas. Él se sentó en la cocina y la escuchó hablar; las paredes sucias y el suelo manchado le calaban hasta los huesos. El apartamento era un cuchitril. De la Seguridad Social. Todos los meses, le llegaba un puñado de dólares de un hermano.

Ella se sentó a la mesa. La señora de Fulano. El tío Mengano. Todavía tenían acento de inmigrantes. Él esquivaba aquellos ojos como pozos de tristeza, ojos que se pasaban los días mirando por la ventana.

No tendría que haberla dejado nunca.

Después escribió unas cartas en su nombre, pues ella no sabía leer ni escribir en inglés. Más tarde reparó el sintonizador de una vieja radio de plástico. Su mundo. Las noticias. El alcalde Lindsay.

Fue al baño. Había unos diarios amarillentos sobre las baldosas y manchas de óxido en la bañera y el lavabo. Un viejo corsé en el suelo. Simientes de su vocación. Por ellos, él había huido en busca del amor. Ahora el amor se había enfriado. Por la noche lo oía silbar por los rincones de su corazón como el llanto de un viento extraviado.

A las once menos cuarto se despidió de ella con un beso. Prometió volver en cuanto pudiera. Se fue con las noticias sintonizadas en la radio.

Ya de regreso en su habitación, en el edificio Weigel, pensó escribir una carta al jesuita provincial de Maryland. Ya había tocado el tema con él una vez: una solicitud de traslado a la provincia de Nueva York para estar más cerca de su madre, un puesto como profesor y el relevo de sus tareas. Al solicitar esto último había alegado «ineptitud» para el trabajo.

El provincial de Maryland había hecho buenas migas con él durante el transcurso de su viaje anual de inspección a la Universidad de Georgetown, una función que se asemejaba mucho a las de los inspectores del ejército porque se concedían audiencias confidenciales a aquellos que tenían motivos de agravio u ofensa. Sobre el asunto de la madre de Damien Karras, el provincial había asentido y le había expresado su comprensión, pero respecto a la «ineptitud» opinó lo contrario, a juzgar por las apariencias. Pero Karras había insistido.

—*Bueno, es algo más que psiquiatría, Tom. Usted lo sabe. Muchos tienen problemas de vocación, no le encuentran sentido a la vida. Porque, ¡caramba!, no todo el problema se reduce a lo sexual, porque también cuenta la fe, y yo no puedo ignorarlo, Tom. Es demasiado. Necesito cambiar de ambiente. Tengo mis propios problemas, mis dudas.*

—*¿Qué hombre inteligente no los tiene, Damien?*

Como hombre acosado por numerosos compromisos, el provincial no había insistido en conocer las razones de sus dudas, cosa que Karras le agradeció. Sabía que sus respuestas habrían parecido insensatas: «La necesidad de ingerir comida y defecar después. Los nueve eventos públicos a los que va mi madre. Los calcetines malolientes. Los bebés con talidomida. Un artículo en un diario acerca de un joven monaguillo que, mientras esperaba el autobús, fue atacado por unos extraños; lo rociaron con queroseno; le prendieron fuego». No. Demasiado visceral. Impreciso. Existencial. Más arraigado en la lógica estaba el silencio de Dios. Había mal en el mundo. Y buena parte de ese mal provenía de la duda, de una confusión de verdad entre los hombres de buena voluntad.

«Señor, danos una señal...».

En un pasado lejano, la resurrección de Lázaro se presentaba oscura.

«¿Por qué no una señal?».

En diversas ocasiones, el sacerdote hubiera deseado haber vivido con Cristo, haberlo visto, haberlo tocado, haber explorado Su mirada. «¡Oh, Dios mío, deja que te vea! ¡Déjame conocerte! ¡Ven a mí en sueños!».

Este deseo ardiente lo consumía.

Se sentó ante su escritorio con la pluma ya lista sobre el papel. Puede que no fuese la falta de tiempo lo que había hecho guardar silencio al provincial. Tal vez había entendido que la fe es, a fin de cuentas, una cuestión de amor.

El provincial le había prometido considerar sus peticiones, pero hasta ahora no había tenido noticias suyas. Karras escribió la carta y se fue a dormir.

Se despertó perezosamente a las cinco de la mañana y fue a la capilla del edificio Weigel, se hizo con una hostia, volvió a su habitación y celebró una misa.

—*Et clamor meus ad te veniat* —rezó, con un murmullo de angustia—. Que mi súplica llegue hasta Ti...

Elevó la hostia en la consagración, recordando dolorosamente el placer que le producía antes. Como le sucedía todas las mañanas, sintió, una vez más, el dolor agudo de una visión fugaz inesperada, desde la lejanía de un amor perdido hacía ya mucho tiempo.

Dividió la hostia sobre el cáliz.

—Mi paz os dejo, mi paz os doy... —Entonces, comulgó y se tragó el sabor de la desesperación, parecido al del papel.

Cuando hubo terminado la misa, limpió el cáliz y lo guardó con cuidado en la maleta. Se apresuró para coger el tren de las siete y diez a Washington, con la maleta negra cargada de sufrimiento.

3

El 11 de abril, por la mañana temprano, Chris llamó por
teléfono a su médico de Los Ángeles y le pidió el nombre
de algún psiquiatra local para que examinara a Regan.

—¿Qué le pasa?

Chris se lo explicó. El día siguiente de su cumpleaños
—después de que Howard se olvidara de llamarla—, había
notado un cambio repentino y drástico en el comportamiento y el estado anímico de su hija. Insomnio. Hostilidad. Ataques de mal genio. Le daba patadas a las cosas. Las
tiraba. Gritaba. No quería comer. Por otra parte, parecía
tener una energía descomunal. No se quedaba quieta ni un
instante, lo tocaba todo, no paraba de dar vueltas, daba
golpes, corría y saltaba por todos lados. Le iba mal en la
escuela. Tenía un amigo imaginario. Tácticas rebuscadas
para llamar la atención.

—¿Por ejemplo? —preguntó el médico.

Comenzó con lo de los golpecitos. Desde aquella noche en que subiera a inspeccionar el altillo, había oído los
ruidos en otras dos ocasiones. Se había dado cuenta que,
en ambos momentos, Regan se hallaba en la habitación y
los golpes cesaban el instante en que Chris entraba. Además —le siguió contando—, Regan «perdía» cosas en su
dormitorio: un vestido, el cepillo de dientes, libros, los za-

patos. Protestaba porque «alguien le movía» los muebles. Por último, la mañana siguiente a la cena en la Casa Blanca, Chris vio que Karl volvía a poner en su sitio una cómoda; se la había encontrado en medio de la habitación de Regan. Cuando Chris le preguntó qué estaba haciendo, él repitió el acostumbrado «alguien se hace el gracioso» y se negó a dar más explicaciones; pero, enseguida, Chris se encontró a Regan en la cocina protestando porque durante la noche, cuando ella dormía, alguien le cambiaba los muebles de lugar.

Este fue el incidente —explicó Chris— que, al final, había hecho que sus sospechas se materializasen. Sin lugar a dudas, era su hija la que hacía todas aquellas cosas.

—¿Te refieres a que es sonámbula? ¿Que hace todo eso dormida?

—No, Marc, lo hace despierta. Para llamar la atención.

Chris mencionó el asunto de la cama que se movía; había ocurrido dos veces más y después Regan siempre insistía en dormir con su madre.

—Bueno, eso podría ser físico —se aventuró a decir el médico.

—No, Marc, no he dicho que la cama se moviera, sino que Regan dice que se mueve.

—¿Estás segura de que no se mueve?

—No.

—Bueno, pueden ser espasmos clónicos —murmuró.

—¿Qué?

—¿No tiene fiebre?

—No. Dime, ¿qué opinas? —preguntó—. ¿La llevo a un psiquiatra o no?

—Chris, has mencionado la escuela. ¿Cómo le va en matemáticas?

—¿Por qué me lo preguntas?

—¿Cómo le va? —insistió.

—Muy mal. Vamos, empezó a ir mal de repente.

Él gruñó.

—¿Por qué me lo preguntas? —repitió ella.

—Porque es parte del síndrome.

—¿Del qué?

—No es nada serio. Prefiero no aventurar una opinión por teléfono. ¿Tienes un lápiz a mano?

Le quería dar el nombre de un médico internista de Washington.

—Marc, ¿no puedes venir y examinarla tú mismo?

Jamie. Una infección persistente. En aquella ocasión, el médico de Chris le prescribió un antibiótico nuevo de amplio espectro. Al comprar otra dosis del medicamento, el farmacéutico le había dicho con cautela: «No quiero alarmarla, señora, pero este medicamento... Bueno, hace poco que ha salido a la venta y se ha comprobado que en Georgia ha causado anemia aplásica en...». Jamie. Jamie. Muerto. Y, desde entonces, Chris no volvió a confiar en los médicos jamás. Solo en Marc. Y eso le había llevado años.

—Marc, ¿no puedes venir? —suplicó Chris.

—No, no puedo, pero no te preocupes. Este hombre es brillante. El mejor. Ahora toma un lápiz.

Dudó.

—Está bien —dijo entonces.

Anotó el nombre.

—Dile que la examine y que me llame después —le aconsejó—. Y, por el momento, olvídate del psiquiatra.

—¿Estás seguro?

Empezó a darle un apasionado discursillo sobre la rapidez con que la gente pretende reconocer las enfermedades psicosomáticas mientras que es incapaz de admitir lo contrario, que las enfermedades del cuerpo son, a menudo, la causa de una enfermedad mental aparente.

—¿Qué me dirías —sugirió como ejemplo— si fueras médica (Dios no lo permita) y yo te dijera que tengo dolores de cabeza, pesadillas constantes, náuseas, insomnio, que se me nubla la vista, que me siento deprimido y que el trabajo es un tormento para mí? ¿Dirías que soy un neurótico?

—A buena has ido a preguntarle, Marc, ya sé que estás loco.

—Los síntomas que te he citado son también los de un tumor cerebral, Chris. Primero hay que examinar el cuerpo. Luego ya veremos.

Chris llamó al internista y consiguió hora para aquella tarde. Ahora tenía todo el tiempo libre del mundo. La grabación había terminado, por lo menos para ella. Burke Dennings continuaba supervisando el trabajo de la «segunda etapa», en general con un personal menos caro que rodaba escenas de menor importancia, principalmente tomas desde un helicóptero de diversos puntos de la ciudad, también escenas de riesgo; vamos, escenas en los que no aparecía ninguno de los actores principales.

Pero él pretendía que cada centímetro de la cinta de la película saliera perfecto.

El médico, Samuel Klein, vivía en Arlington. Mientras Regan permanecía sentada y de mal humor en la consulta, Klein hizo pasar a la madre a su despacho para completar la historia clínica. Ella le contó los problemas. Él escuchaba, asentía y tomaba abundantes notas. Cuando mencionó lo de la cama que se movía, él pareció fruncir el ceño. Pero Chris continuó:

—Marc cree que el hecho de que Regan vaya mal en matemáticas es importante. ¿Por qué?

—¿Se refiere a su rendimiento escolar?

—Sí, el rendimiento en general y matemáticas en particular. ¿Qué significa?

—Bueno, esperemos hasta que la haya examinado, señora MacNeil.

Luego se retiró con su permiso para hacerle un examen completo a Regan, examen que incluía análisis de orina y sangre. El de orina, para comprobar el funcionamiento del hígado y de los riñones; el de sangre para descartar o confirmar varias cosas: diabetes, la función tiroidea, hacer un recuento de hematíes en busca de una posible anemia y el de leucocitos para detectar alguna infección extraña en la sangre.

Cuando terminó, se sentó, habló un rato con Regan y observó su comportamiento; después se volvió a reunir con Chris y comenzó a rellenar una receta.

—Parece tener un trastorno hipercinético del comportamiento.

—¿Un qué?

—Un trastorno nervioso. Por lo menos, eso es lo que creo. No se sabe exactamente cómo se produce, pero es común en la primera adolescencia. Tiene todos los síntomas: hiperactividad, mal genio, poco rendimiento en matemáticas.

—Claro, las matemáticas. Pero ¿por qué?

—Perturban su concentración. —Arrancó la prescripción del pequeño talonario azul y se la tendió—. Es Ritalina.

—¿Qué?

—Metilfenidato.

—¡Ah!

—Diez miligramos, dos veces al día. Yo le aconsejaría una toma a las ocho de la mañana y otra a las dos de la tarde.

Ella miraba la receta.

—¿Qué es? ¿Un tranquilizante?

—Un estimulante.

—¿Estimulante? ¡Pero si está que se sube por las paredes!

—Su estado no es exactamente lo que aparenta —explicó Klein—. Es una forma de hipercompensación. Una reacción exaltada contra la depresión.

—¿Depresión?

Klein asintió.

—Depresión... —murmuró Chris. Quedó pensativa.

—Ha mencionado usted al padre de la niña —dijo Klein.

Chris levantó la vista.

—¿Cree que debo llevarla a un psiquiatra?

—No. Yo esperaría a ver qué pasa con la Ritalina. Creo que ahí está la clave. Espere dos o tres semanas.

—De modo que usted cree que todo se debe a los nervios, ¿verdad?

—Sospecho que sí.

—¿Y esas mentiras que ha venido diciendo? ¿Se van a acabar con esto?

Su respuesta la desconcertó. Él le preguntó si alguna vez había oído a Regan decir palabras malsonantes u obscenas.

—Nunca —respondió Chris.

—Bueno, eso tiene mucho que ver con sus mentiras. No es lo común, de acuerdo con lo que usted me cuenta, pero en ciertos trastornos mentales puede...

—Espere un momento —lo interrumpió Chris, perpleja—. ¿De dónde ha sacado que diga groserías? ¿Es eso lo que ha dicho usted o yo lo he entendido mal?

Él la contempló durante unos momentos con cierta curiosidad, lo sopesó y luego aventuró, cautelosamente:

—Sí, yo diría que dice groserías. ¿No la ha oído nunca decirlas?

—Todavía no. ¿De qué habla?

—Pues a mí me ha dicho unas cuantas mientras la examinaba, señora MacNeil.

—¡Imposible! ¿Como qué, por ejemplo?

Adoptó una actitud algo evasiva.

—Bueno, yo diría que su vocabulario es bastante extenso.

—Pero ¿qué ha dicho? ¡Dígame un ejemplo!

Él se encogió de hombros.

—¿Se refiere usted a «mierda» o «me cago en...»?

El médico se sintió más aliviado.

—Sí. Ha empleado esas palabras.

—¿Y qué más ha dicho? Literalmente.

—Pues me aconsejó que alejara mis dedos de mierda de su coño.

Chris abrió la boca, horrorizada.

—¿Ha usado esas mismas palabras?

—Bueno, es algo común, señora MacNeil, y yo no me preocuparía en absoluto por eso. Es parte del síndrome.

Ella movió la cabeza de un lado para otro, mirándose los zapatos.

—Me resulta muy difícil de creer.

El facultativo trató de consolarla:

—Mire, dudo que entendiera lo que estaba diciendo.

—Sí, tal vez —murmuró Chris—. O quizá no.

—Pruebe con la Ritalina —le aconsejó—, y veremos qué tal reacciona. Me gustaría examinarla de nuevo dentro de dos semanas.

Consultó la agenda que había sobre su escritorio.

—Vamos a ver, podemos fijar la visita para el miércoles veintisiete. ¿Le parece bien esa fecha? —preguntó, levantando la vista.

—Sí, por supuesto —musitó Chris, y se puso de pie. Se metió la receta en el bolsillo del abrigo—. De acuerdo, entonces, el veintisiete.

—Soy un gran admirador suyo —dijo Klein, sonriente, mientras abría la puerta que daba al vestíbulo.

Ella se detuvo, preocupada, y se apretó el labio inferior con la yema de un dedo. Miró fugazmente al doctor.

—Entonces ¿no cree usted necesario que la lleve a un psiquiatra?

—No lo sé. Pero la mejor explicación es siempre la más sencilla. Esperemos. Esperemos y veamos qué pasa. —Sonrió, alentador—. Mientras tanto, trate de no preocuparse.

—Sí, pero ¿cómo?

Y se marchó.

En el camino de vuelta, Regan le preguntó qué le había dicho el médico.

—Que estás nerviosa.

Chris decidió no mencionar las palabrotas. «Burke. Lo ha aprendido de Burke».

En cambio, sí se lo contó a Sharon más tarde, cuando le preguntó si nunca la había oído decir esas groserías.

—No —replicó Sharon—. Por lo menos últimamente. Pero creo que la profesora de arte hizo algún comentario.

Se trataba de una profesora particular que le daba clases en casa.

—¿Has dicho últimamente? —le preguntó Chris.

—Sí, fue la semana pasada. Pero ya la conoces. Pensé

que tal vez Regan habría dicho «diablos», «mierda» o algo por el estilo.

—A propósito, ¿le has hablado mucho de religión, Shar?

Sharon enrojeció.

—Bueno, un poco. Es difícil evitarlo. Hace tantas preguntas, que... bueno... —Indefensa, se encogió de hombros—. Es muy difícil. Porque ¿cómo le contesto sin mencionarle lo que para mí es una gran mentira?

—Dale varias opciones.

Los días anteriores a la cena que había planeado, Chris vigiló celosamente que Regan tomara sus dosis de Ritalina. Sin embargo, cuando llegó la noche de la fiesta, no había observado ninguna señal notable de mejoría. Por el contrario, había ligeros signos de un deterioro gradual: olvidos más frecuentes, introversión y, alguna vez, náuseas. En cuanto a las tácticas para llamar la atención, aunque no se repitieron las que ya conocía, al parecer se le ocurrió una nueva: afirmaba que había un «olor» repugnante en su dormitorio. Ante su insistencia, Chris fue a comprobarlo un día, pero no percibió nada.

—¿No lo hueles?

—¿Quieres decir que hueles algo ahora? —le había preguntado Chris.

—¡Pues claro!

—¿Cómo es el olor?

Regan arrugó la nariz.

—Como de algo que se quema.

—¿Sí?

Chris olfateó.

—¿No lo hueles?

—Bueno, sí, cariño —mintió—. Solo un poquito. Vamos a abrir la ventana un rato para que entre aire.

De hecho, no había olido nada, pero estaba decidida a intentar ganar tiempo, por lo menos hasta el día de la segunda visita al médico. También estaba preocupada por muchas otras cosas. Una, los preparativos para la cena. Otra tenía que ver con el guion. Aunque estaba muy entusiasmada con la posibilidad de dirigir, una cautela natural la había hecho no decidirse de inmediato. Mientras tanto, su representante la llamaba a diario. Ella le dijo que había entregado el guion a Dennings para pedirle su opinión y que esperaba que lo estuviera leyendo y no comiéndoselo.

La tercera y más importante de las preocupaciones de Chris era el fracaso de dos inversiones financieras: una compra de bonos convertibles mediante el pago de interés adelantado y una inversión en un proyecto de perforación de pozos petrolíferos en el sur de Libia. Ambas operaciones se habían emprendido para resguardar un capital por el que, de otro modo, habría tenido que pagar un elevado impuesto al fisco. Pero aún había algo peor: los pozos estaban secos y los elevadísimos índices de interés habían desembocado en la venta de bonos.

Estos fueron los problemas por los que su abatido asesor financiero había decidido venir en avión a hablar con ella. Llegó el jueves. Se pasó todo el viernes explicándole las cosas a Chris y mostrándole los gráficos. Al final se decidió por un plan de acción que el asesor consideró sensato. Demostró su aprobación con un gesto de cabeza, pero frunció el ceño cuando ella sacó a relucir el tema de que quería comprar un Ferrari.

—¿Uno nuevo?

—¿Por qué no? Ya sabes que conduje uno en una película. Si escribiéramos a la fábrica y les recordáramos ese detalle, puede que nos hagan una buena oferta. ¿No crees?

No lo creía. Y le dijo que un coche nuevo era un gasto innecesario.

—Ben, el año pasado gané ochocientos mil dólares y ahora me dices que no puedo comprarme un mísero coche. ¿No te parece ridículo? ¿Dónde está ese dinero?

Él le recordó que la mayor parte de su dinero estaba en paraísos fiscales. A continuación pasó a detallarle los distintos gastos que cubrían sus ingresos: el impuesto federal sobre la renta, impuestos provinciales, impuestos a los bienes inmuebles, diez por ciento de comisión para su representante, cinco para él, cinco a su publicista, uno y cuarto como contribución al Fondo de Ayuda a los Artistas, una reserva para vestuario a la moda, los sueldos de Willie, Karl, Sharon y el vigilante de la casa de Los Ángeles, los gastos de los viajes y, finalmente, sus gastos mensuales.

—¿Vas a grabar otra película este año? —le preguntó.

Ella se encogió de hombros.

—No lo sé. ¿Tengo que hacerlo?

—Sí, creo que sería lo más conveniente.

Apoyó la cara en ambas manos y lo miró, malhumorada.

—¿Y qué te parecería una moto Honda?

Él no hizo ningún comentario.

Aquella noche, Chris trató de dejar de lado todas sus preocupaciones y de mantenerse ocupada con los preparativos para la cena del día siguiente.

—Mejor servimos el curri a modo de bufet y que cada uno se sirva lo que quiera en vez de sentarnos todos —les dijo a Willie y Karl—. Podemos poner una mesa en el extremo del salón. ¿Os parece bien?

—Muy bien, señora —contestó Karl rápidamente.

—Y usted, ¿qué le parece, Willie? ¿Qué opina de una ensalada de frutas como postre?

—¡Excelente! —exclamó Karl.

—Gracias, Willie.

Había invitado a un grupo interesante muy heterogéneo. Además de Burke («¡Diablos, te espero sobrio!») y el joven ayudante de dirección, vendrían un senador con su esposa, un astronauta del Apolo con su esposa, dos jesuitas de Georgetown, los vecinos, además de Mary Jo Perrin y Ellen Cleary.

Mary Jo Perrin era una vidente regordeta y canosa de Washington, a quien Chris había conocido en la cena de la Casa Blanca y que le había caído muy simpática. Había esperado encontrarse con una mujer austera y desagradable y, en cambio, le pudo decir: «¡No eres para nada como te imaginaba!». Era muy afectuosa y sencilla.

Ellen Cleary era una secretaria del Departamento de Estado de mediana edad que trabajaba en la Embajada de Estados Unidos en Moscú cuando Chris hizo su gira por Rusia. Se había tomado muchas molestias por evitarle innumerables dificultades e impedimentos durante su viaje, la menor de las cuales había sido causada por la franqueza de la actriz pelirroja al manifestar sus opiniones. A lo largo de los años, Chris la había recordado con cariño y fue a visitarla apenas llegó a Washington.

—Dime, Shar, ¿qué sacerdotes vienen?

—No estoy segura todavía. He invitado al rector y al decano de la universidad, pero creo que el rector va a mandar a alguien en representación. Esta mañana me llamó su secretario para avisarme que es posible que tuviera que salir de viaje.

—¿A quién va a mandar? —preguntó Chris con un cauto interés.

—A ver. —Sharon ojeó los papelitos con anotaciones—. Sí, aquí está, Chris. Su ayudante, el padre Joseph Dyer.

—¿Alguien del campus?

—No estoy segura.

—No importa.

Parecía desilusionada.

—Vigílame a Burke mañana por la noche —le advirtió.

—Así lo haré.

—¿Dónde está Rags?

—Abajo.

—¿Sabes? Quizá deberías dejar allí la máquina de escribir, ¿no crees? De ese modo la podrás vigilar mejor mientras trabajas. ¿Te parece? No me gusta que esté sola tanto tiempo.

—Buena idea.

—Bueno, entonces puedes irte. Medita. Juega con los caballos.

Al terminar los planes y preparativos, Chris volvió a sentirse angustiada por Regan. Trató de ver la televisión. No se podía concentrar. Estaba inquieta. Había algo extraño en la casa. Como una quietud que se iba posando. Como una pátina pesada.

Al llegar la medianoche, todos dormían en la casa.

No hubo perturbaciones. Al menos aquella noche.

4

Recibió a sus invitados vestida con un traje color verde lima, de mangas y pantalones acampanados. Calzaba zapatos cómodos. Reflejaban las esperanzas que tenía puestas en aquella noche.

La primera en llegar fue Mary Jo Perrin, que vino con Robert, su hijo adolescente. El último fue el padre Dyer. Era joven y diminuto, con una lánguida mirada tras sus gafas de montura metálica.

Al entrar se disculpó por su tardanza.

—No he encontrado la corbata apropiada —le dijo a Chris inexpresivamente. Por un momento, ella lo observó distraída, y luego prorrumpió en una carcajada. El abatimiento que había sentido durante todo el día comenzaba a desvanecerse.

Las bebidas hicieron su efecto. A las diez menos cuarto, los invitados se habían esparcido por la sala de estar y cenaban enfrascados en conversaciones animadas.

Chris llenó su plato de humeante comida y buscó con la mirada a Mary Jo Perrin. Allí. En el sofá con el padre Wagner, el decano jesuita. Chris había conversado muy poco con él. Tenía una calva llena de pecas y unos modales secos y suaves. Chris se acercó al sofá y se sentó en el suelo, frente a la mesita de centro, mientras la adivina reía alegremente.

—¡Oh, vamos, Mary Jo! —dijo el decano con una sonrisa mientras se llevaba a la boca una cucharada de comida.

—¡Sí, vamos, Mary Jo! —gritó Chris.

—¡Muy rico el curri! —dijo el decano.

—¿No está demasiado picante?

—En absoluto; está perfecto. Mary Jo me estaba hablando de un jesuita que también era médium.

—¡Y no me cree! —se rio la adivina.

—Ah, *distinguo* —corrigió el decano—. Lo único que he dicho es que es difícil de creer.

—¿Te refieres a un médium médium? —preguntó Chris.

—Por supuesto —dijo Mary Jo—. ¡Hasta levitaba!

—Eso lo hago yo todas las mañanas —dijo tranquilamente el jesuita.

—¿Quieres decir que organizaba sesiones de espiritismo? —preguntó Chris a la señora Perrin.

—Pues sí —respondió—. Era muy famoso en el siglo XIX. De hecho, creo que fue el único espiritista de su época no acusado de fraude.

—Ya le he dicho que no era un jesuita —comentó el decano.

—¡Claro que lo era! —se rio ella—. Cuando cumplió veintidós años entró en la Compañía de Jesús y prometió no trabajar más de médium, pero lo echaron de Francia —se rio más fuerte aún— inmediatamente después de una sesión que celebró en las Tullerías. ¿Saben lo que hizo? En mitad de la sesión le dijo a la emperatriz que las manos del espíritu de niño que iba a manifestarse estaban a punto de tocarla y cuando, de repente, encendieron las luces —lanzó otra carcajada—, ¡lo pescaron tocándole el brazo a la emperatriz con el pie desnudo! ¿Se lo imaginan?

El jesuita sonrió al dejar su plato sobre la mesa.

—No me venga después a pedir indulgencia, Mary Jo.

—Vamos, en toda familia hay una oveja negra.

—Ya completamos nuestra cuota de ovejas en la época de los papas Médici.

—En cierta ocasión, yo tuve una experiencia —comenzó a decir Chris, pero el decano la interrumpió.

—¿Lo dice como una especie de confesión?

Chris sonrió y dijo:

—No, no soy católica.

—No te preocupes, los jesuitas tampoco lo son —bromeó la señora Perrin.

—Calumnias de los dominicos —apostilló el decano. Luego se dirigió a Chris—. Perdón, querida, ¿qué decía?

—Pues que me parece que una vez vi levitar a una persona. En Bután.

Volvió a contar la historia.

—¿Cree usted que es posible? —concluyó—. De verdad, quiero decir.

—¿Quién sabe? ¿Quién sabe lo que es la gravedad? —dijo el jesuita, encogiéndose de hombros—. O la materia, dado el caso.

—¿Les gustaría conocer mi opinión? —terció la señora Perrin.

—No, Mary Jo; he hecho voto de pobreza —respondió el decano.

—Yo también —murmuró Chris.

—¿Cómo? —preguntó el decano, inclinándose hacia delante.

—No, nada. Mire, hay algo que le quería preguntar. ¿Conoce la casita que hay detrás de esa iglesia? —dijo, señalando en aquella dirección.

—¿La Santísima Trinidad? —preguntó él.

—Exacto. Pues bien, ¿qué pasa allí?

—Pues que celebran misas negras —respondió la señora Perrin.

—¿El qué negra?

—Misas negras.

—¿Qué es eso?

—No le haga caso, está bromeando —dijo el decano.

—Sí, ya lo sé —dijo Chris—, pero soy una ignorante. ¿Qué es una misa negra?

—Básicamente es una parodia de la misa católica —explicó el decano—. Se relaciona con la brujería. Adoran al demonio.

—¿De veras? ¿Quiere decir que existe tal cosa?

—No podría decírselo. Sin embargo, una vez me enteré de una estadística sobre que hacían como cincuenta mil misas negras al año en París.

—¿En la actualidad? —preguntó Chris, asombrada.

—Es solo algo que he oído.

—Sin duda, a través del servicio secreto de los jesuitas —apuntó con malicia la señora Perrin.

—De ninguna manera. Oigo voces —respondió el decano, con picardía.

—Bueno, en Los Ángeles —comentó Chris— se oyen muchísimas historias de cultos que practican las brujas. Yo misma me he preguntado a menudo si no será verdad.

—Bueno, como ya le he dicho, no puedo asegurárselo —contestó el decano—. Pero yo le diré quién puede hacerlo. Joe Dyer. ¿Dónde está Joe?

El decano miró a su alrededor.

—Ah, allí está —dijo, haciendo un gesto con la cabeza en dirección al sacerdote, que estaba de pie junto a la mesa de espaldas a ellos. Se estaba sirviendo una segunda ración abundante en el plato—. ¡Oye, Joe!

El joven sacerdote se volvió, mostrando su rostro impasible.

—¿Es a mí, gran decano?

El otro jesuita le hizo una seña con la mano.

—Voy enseguida —contestó Dyer, y reanudó el ataque al curri y a la ensalada.

—Él es el único que sabe de cosas mágicas del clero —dijo el decano, con un dejo de cariño. Se tomó un sorbo de vino—. La semana pasada hubo dos casos de profanación en la Santísima Trinidad y Joe dijo que uno de ellos le recordó ciertas cosas que se hacían en la misa negra, de modo que creo que sabe algo del tema.

—¿Qué pasó en la iglesia? —preguntó Mary Jo Perrin.

—Algo muy desagradable —dijo el decano.

—Vamos, ya hemos acabado todos de comer.

—No, por favor. Es demasiado —objetó él.

—Vamos...

—¿Quiere decir que no puede leer mis pensamientos, Mary Jo? —le preguntó él.

Bueno, podría   respondió ella—; ¡pero no creo ser digna de entrar en ese sanctasanctórum! —emitió una risita ahogada.

—Bueno, es algo realmente enfermizo —comenzó el decano.

Describió las profanaciones. En el primer incidente, un viejo sacristán había descubierto un montón de excrementos humanos sobre el mantel del altar, frente al sagrario.

—Sí que es enfermizo —dijo la señora Perrin con una mueca de disgusto.

—Bueno, lo otro es peor aún —comentó el decano. Luego, con rodeos y eufemismos, explicó que se había encontrado un falo enorme esculpido en arcilla bien pegado a una estatua de Cristo, en el altar de la izquierda.

—¿No les parece repugnante? —concluyó.

Chris notó que Mary Jo parecía sinceramente molesta cuando dijo:

—Bueno, creo que ya es suficiente. Ahora lamento haberle preguntado. Cambiemos de tema, por favor.

—No, yo estoy fascinada —dijo Chris.

—Por supuesto. Soy un ser fascinante.

Era el padre Dyer, que se había detenido junto a ella con el plato en la mano.

—Denme solo un minuto y vuelvo. Tengo un asunto pendiente con aquel astronauta.

—¿Qué asunto?

El padre Dyer arqueó las cejas con afectada seriedad.

—¿Se imaginan lo que sería convertirse en el primer misionero en la Luna? —preguntó.

Todos estallaron en carcajadas.

—Tiene el tamaño perfecto —dijo la señora Perrin—. Podrían meterlo en la parte cónica de la cápsula.

—No, yo no —la corrigió con aire solemne, volviéndose luego hacia el decano, para explicarle—: He estado intentando organizarlo para Emory.

—Emory es nuestro prefecto de disciplina en el campus —explicó Dyer a las mujeres en un aparte—. No hay nadie allá arriba, y eso es precisamente lo que le agrada; le gustan los lugares silenciosos.

—Y entonces ¿a quién va a convertir? —preguntó la señora Perrin.

—¿Qué quiere decir? —Dyer la miró y frunció el ceño—. Convertiría a los astronautas. Además, es lo que le gusta: una o dos personas. Nada de grupos. Solo un par de ellos.

Con un ademán impasible, Dyer buscó al astronauta con la mirada.

—¿Me permiten? —dijo, y se retiró.

—Me gusta —manifestó la señora Perrin.

—A mí también —aprobó Chris. Luego se dirigió al decano—. Bueno, aún no me ha dicho lo que pasa en esa casa —le recordó—. ¿Es un gran secreto? ¿Quién es el sacerdote que veo siempre allí? Uno robusto. ¿Sabe a quién me refiero?

—El padre Karras —dijo el decano en voz baja, con un dejo de remordimiento.

—¿Qué hace?

—Es un consejero. —Apoyó la copa y la hizo girar por el tallo—. Anoche sufrió un duro golpe, pobre tipo.

—¿Qué le pasó? —preguntó Chris con repentino interés.

—Su madre falleció.

Chris experimentó un sentimiento de pena que no supo explicar.

—Lo lamento mucho —dijo.

—Parece que le ha afectado mucho —prosiguió el jesuita . Ella vivía sola y sospecho que hacía ya dos días que había muerto cuando la encontraron.

—¡Ay, qué horror! —murmuró la señora Perrin.

—¿Quién la encontró? —preguntó Chris con seriedad.

—El portero del edificio. Supongo que aún no se habrían dado cuenta de no haber sido porque los vecinos se quejaron de que tenía puesta la radio todo el día.

—¡Qué triste! —musitó Chris.

—Perdón, señora.

Levantó la vista y vio a Karl. Traía una bandeja llena de copas y licores.

—¡Ah, sí! Déjela aquí, Karl. Muchas gracias.

A Chris le gustaba servir personalmente los licores a

sus invitados. Creía que así le daba un toque de intimidad que, de otro modo, no podía lograrse.

—A ver, voy a comenzar por ustedes —dijo al decano y a la señora Perrin antes de servirles. Luego recorrió el salón, tomando nota y alargando copas y, cuando terminó la ronda, los distintos grupos ya se habían vuelto a entremezclar, excepto Dyer y el astronauta, que parecían haber intimado mucho.

—No, en realidad no soy sacerdote —oyó Chris que decía Dyer con seriedad, mientras apoyaba su brazo en el hombro del astronauta mientras este se reía—. De hecho, soy un rabino terriblemente vanguardista. —Y poco después, oyó que le preguntaba—: ¿Qué es el espacio? —Y cuando el astronauta se encogió de hombros y admitió que no lo sabía, el padre Dyer le clavó la vista, ceñudo, y le dijo—: Debería saberlo.

Más tarde, Chris estaba hablando con Ellen Cleary sobre Moscú cuando oyó una voz estridente y familiar que llegaba enojada desde la cocina.

«¡Dios mío! ¡Burke!».

Le estaba gritando groserías a alguien.

Chris se disculpó y se dirigió rápidamente a la cocina, donde Dennings insultaba a Karl, mientras Sharon hacía vanos intentos para hacerlo callar.

—¡Burke! —exclamó Chris—. ¡Deja de gritar!

El director la ignoró y siguió con su ataque de ira. Por las comisuras de la boca expelía saliva espumosa. Mientras tanto, Karl estaba apoyado sobre el fregadero en silencio y con los brazos cruzados mirando impasible a Dennings sin pestañear.

—¡Karl! —le espetó Chris—. ¿Por qué no se retira de aquí? ¡Salga! ¿No ve cómo está?

Pero el suizo no se movió hasta que Chris lo empujó hasta la puerta.

—¡Nazi de mierda! —le gritó Dennings mientras Karl salía. Y luego se volvió, cordial, hacia Chris frotándose las manos—. ¿Qué hay de postre? —preguntó con docilidad.

—¡El postre! —Chris se golpeó la frente con el dorso de la mano.

—Bueno, tengo hambre —se quejó él.

Chris se dirigió a Sharon.

—¡Dale de comer! Yo tengo que llevar a Regan a la cama. Y, Burke, por lo que más quieras —rogó al director—, ¡compórtate! ¡Hay sacerdotes ahí fuera! —señaló.

Él frunció el entrecejo, al tiempo que la miraba con intensidad, con un interés súbito y aparentemente genuino.

—¿Tú también te has dado cuenta? —preguntó sin segundas intenciones.

Chris salió de la cocina y bajó a ver qué hacía Regan en el cuarto de los juguetes, donde se había pasado todo el día. La encontró jugando con la ouija. Parecía taciturna, abstraída, distante. «Bueno, por lo menos está tranquila», pensó Chris y, para distraerla un poco, la llevó a la sala de estar y la presentó a sus invitados.

—¡Qué encantadora! —exclamó la esposa del senador.

Regan se comportó extrañamente bien, excepto cuando no quiso hablarle ni darle la mano a la señora Perrin. Pero la adivina lo tomó a broma.

—Sabe que soy una impostora. —Le guiñó un ojo a Chris.

Pero luego la escudriñó con curiosidad, se adelantó y cogió a Regan de una mano y la apretó con suavidad, como si le estuviera tomando el pulso. Regan se desprendió enseguida de ella y la miró con aspecto iracundo.

—¡Pobre! Debe de estar cansada, querida —dijo Mary Jo como quitándole importancia al incidente; sin embargo, siguió observando a la niña con una mirada inquisitiva; sentía una ansiedad inexplicable.

—No se ha sentido del todo bien estos días —murmuró Chris, disculpándola. Miró a la niña—. ¿No es cierto, cariño?

Regan no contestó. Mantenía la vista clavada en el suelo.

Solo le faltaba por presentarla al senador y a Robert, el hijo de la señora Perrin, pero Chris pensó que era mejor pasarlos por alto. Llevó a Regan a su dormitorio y la metió en la cama.

—¿Crees que podrás dormir?

—No lo sé —contestó la niña con un aire distraído. Se había puesto de lado y miraba fijamente hacia la pared con una expresión ausente.

—¿Quieres que te lea un rato?

Ella negó con la cabeza.

—Bueno, entonces intenta dormir.

Se inclinó, la besó, fue a la puerta y apagó la luz.

—Buenas noches, pequeña.

Chris casi había salido cuando Regan la llamó con un hilo de voz.

—Mamá, ¿qué me pasa?

Lo dijo con tanta aflicción. Con un tono tan desesperado. Tan desproporcionado para su edad. Por un momento, la madre se sintió agitada y confundida. Pero se recompuso enseguida.

—Ya te lo he dicho, cariño; son los nervios. Solo tienes que tomarte esas píldoras un par de semanas y estoy segura de que te pondrás bien. Bueno, ahora a dormir, ¿vale?

No hubo respuesta. Chris esperó.

—¿Vale? —repitió.

—Está bien —murmuró Regan.

De repente, Chris notó que la niña tenía la piel de gallina. Le frotó el brazo. «¡Por Dios, qué fría se está poniendo la habitación! ¿De dónde vendrá la corriente?».

Se acercó a la ventana y examinó las junturas. No encontró nada. Se volvió hacia Regan.

—¿Estás bien abrigada, cielo?

No hubo respuesta.

Chris se acercó a la cama.

—¿Regan? ¿Estás dormida? —susurró.

Tenía los ojos cerrados, la respiración profunda.

Chris salió de la habitación de puntillas.

Escuchó cantar desde el pasillo y, al bajar las escaleras, le alegró ver que el joven padre Dyer tocaba el piano junto al ventanal de la sala de estar. Dirigía a un grupo que se había reunido a su alrededor y que cantaba alegremente. Cuando entró, acababan de terminar *Till We Meet Again*.

Chris se dirigió al grupo para unirse, pero el senador y su mujer, que traían sus abrigos en el brazo, la interceptaron rápidamente. Parecían un poco molestos.

—¿Ya se van? —les preguntó.

—Lo sentimos mucho; ha sido una noche maravillosa, querida —declaró el senador—. Pero a la pobre Martha le duele la cabeza.

—Lo lamento mucho, pero es que me siento muy mal —se quejó la esposa del senador—. ¿Nos disculpas, Chris? Ha sido una velada encantadora.

—¡Es una pena que tengan que irse! —exclamó Chris.

Mientras los acompañaba a la puerta, oyó al padre Dyer preguntar al fondo:

—¿Alguien más se acuerda de la letra de *I'll Bet You're Sorry Now, Tokyo Rose*?

Les dio las buenas noches. Al volver a la sala de estar, Sharon salía en silencio del despacho.

—¿Dónde está Burke? —le preguntó Chris.

—Ahí dentro —respondió Sharon con un movimiento de cabeza—. Durmiendo la mona. Dime, ¿no te ha dicho nada el senador?

—¿A qué te refieres? —preguntó Chris—. Acaban de irse.

—Menos mal.

—Sharon, ¿qué quieres decir?

—Cosas de Burke —suspiró Sharon. En un tono cauteloso, describió el encuentro entre el senador y el director. Según Sharon, cuando Dennings pasó por su lado comentó que «había un pelo púbico ajeno flotando en mi ginebra». Luego se volvió hacia el senador y agregó, en un tono ligeramente acusador: «Nunca lo había visto en mi vida. ¿Y usted?».

Chris trató de contener la risa, mientras Sharon prosiguió describiendo cómo la azorada reacción del senador había originado uno de los quijotescos arranques de ira de Dennings, durante el cual había expresado su «inconmensurable gratitud» por la existencia de los políticos porque, sin ellos, «uno no podría distinguir quiénes eran realmente los estadistas».

Cuando el senador se alejó, ofendido, el director se acercó a Sharon y le dijo, con orgullo: «¿Ves? No he dicho ninguna palabra fea. ¿No te parece que he llevado la situación con delicadeza?».

Chris no pudo evitar reírse.

—Bueno, dejémoslo dormir. Pero conviene que te quedes con él por si se despierta. ¿No te importa?

—En absoluto. —Y Sharon entró en el despacho.

En la sala de estar, Mary Jo Perrin estaba sentada, sola y pensativa, en un rincón. Parecía molesta, disgustada. Chris se adelantó para reunirse con ella, pero cambió de idea cuando vio que otra persona se dirigía hacia el rincón.

Entonces se acercó al piano. Dyer dejó de tocar y la miró para saludarla.

—¿Qué podemos hacer por usted, jovencita? Estamos rodando un especial de novenas.

Chris rio junto con los demás.

—Yo pensaba que iba a tener la primicia de lo que ocurre en una misa negra —dijo ella—. El padre Wagner dijo que usted era un experto.

Interesado, el grupo guardó silencio.

—No, no tanto —dijo Dyer, mientras tocaba unos acordes con suavidad—. ¿Por qué ha mencionado la misa negra? —le preguntó con seriedad.

—Bueno, porque algunos hemos estado hablando de... bueno, de esas cosas que encontraron en la Santísima Trinidad, y...

—¿Se refiere a las profanaciones? —la interrumpió Dyer.

—A ver si hay alguien que nos da pistas acerca de lo que pasa —dijo el astronauta.

—Lo mismo digo —manifestó Ellen Cleary—. No entiendo nada.

—¿Qué puedo decirles? Se han descubierto algunas profanaciones en la iglesia que hay calle abajo —explicó Dyer.

—¿Qué cosas? —preguntó el astronauta.

—Olvídelo —le aconsejó el padre Dyer—. Digamos que eran obscenidades, ¿vale?

—El padre Wagner me contó que usted le había dicho que era como en una misa negra —apuntó Chris—. Me gustaría saber qué es lo que hacen en ellas.

—La verdad es que no sé tanto —protestó él—. De hecho, casi todo lo que sé se lo he oído a otro *jeb*.

—¿Qué es un *jeb*?

—La abreviatura de jesuita. El padre Karras es el experto en esta materia.

De pronto, Chris se puso alerta.

—¿El sacerdote moreno de la Santísima Trinidad?

—¿Lo conoce? —preguntó Dyer.

—No, me lo han nombrado hace un momento, eso es todo.

—Bueno, creo que en una ocasión escribió un artículo sobre el tema desde el punto de vista psiquiátrico.

—¿Qué quiere decir?

—¿Qué quiere decir con ese «qué quiere decir»?

—¿Acaso es psiquiatra?

—Sí, claro. Perdón, creí que usted ya lo sabía.

—¡A ver si alguien me explica a mí algo! —exigió el astronauta con impaciencia—. ¿Qué sucede en una misa negra?

—Bien, digamos que se cometen algunas perversiones. —Dyer se encogió de hombros—. Obscenidades. Blasfemias. Es una parodia maligna de la misa en la que adoran a Satán en vez de a Dios y, en ocasiones, ofrecen sacrificios humanos.

Ellen Cleary sacudió la cabeza y se alejó.

—Esto se está poniendo demasiado escalofriante para mí. —Sonrió débilmente.

Chris no le prestó atención. El decano se unió discretamente al grupo.

—Pero ¿cómo puede usted saber eso? —preguntó ella al joven jesuita—. Aun cuando se hubiera llevado a cabo tal misa negra, ¿quién puede decir lo que ocurrió allí?

—Supongo que se habrán enterado de casi todo —contestó Dyer— por las declaraciones de la gente que fue detenida y confesó.

—¡Ah, vamos! —exclamó el decano—. Esas confesiones no tienen ningún valor, Joe. Los torturaron.

—No, solo a los engreídos —dijo Dyer sin gracia.

Hubo un murmullo de risas algo nerviosas. El decano miró el reloj.

—Bien, tengo que irme —le dijo a Chris—. Mañana tengo que dar la misa de seis en la capilla Dahlgren.

—Yo tengo la misa del banjo. —Dyer sonrió alegremente. Después, sus ojos se dirigieron a un lugar de la habitación, detrás de Chris, y se puso serio de repente—. Bueno, parece ser que tenemos visita, señora MacNeil —le advirtió, con un movimiento de cabeza.

Chris se volvió. Y no pudo contener su asombro al ver a Regan en camisón, orinando a chorros sobre la alfombra. Con la mirada fija en el astronauta, Regan dijo con voz apagada:

—Usted morirá allí arriba.

—¡Oh, Dios mío! —exclamó Chris angustiada, corriendo hacia su hija—. ¡Ay, Dios, mi pequeña, ay, ven, ven conmigo!

Cogió a Regan en brazos y se apresuró a sacarla de ahí mientras le dedicaba una disculpa trémula al astronauta, que se había quedado blanco como la cal.

—¡Lo siento muchísimo! ¡Últimamente se ha encontrado enferma y debe de estar sonámbula! ¡No sabía lo que decía!

—Creo que es hora de irse —oyó que Dyer le decía a alguien.

—¡No, no, quédense! —protestó Chris, mientras se volvía brevemente—. ¡Por favor, no se vayan! ¡No pasa nada! ¡Regreso enseguida!

Chris se detuvo un instante en la cocina para decirle a Willie que fuera a limpiar la alfombra antes de que la mancha se hiciera indeleble, y luego llevó a Regan al baño, la lavó y le cambió el camisón.

—Cariño, ¿por qué has dicho eso? —le preguntaba Chris una y otra vez; pero Regan parecía no entenderla y farfullaba incoherencias. Tenía los ojos nublados y una expresión ausente.

Chris la metió en la cama y pareció que Regan se quedaba dormida casi de inmediato. Esperó un momento y escuchó la respiración de la niña. Luego abandonó el dormitorio.

Al pie de la escalera se encontró con Sharon y el joven ayudante de dirección, que trataban de sacar a Dennings del despacho. Habían llamado a un taxi y lo iban a acompañar hasta su habitación en el Sheraton Park.

—Tomáoslo con calma —les aconsejó Chris cuando se fueron con Dennings.

Casi inconsciente, el director murmuró:

—Que se jodan.

Y se sumergió en la niebla y en el coche que los esperaba.

Chris volvió a la sala de estar, donde los invitados que aún quedaban le expresaron su pena cuando ella les habló por encima de la enfermedad de Regan. Al mencionar los golpes y las otras tácticas para llamar la atención, la señora Perrin la observó detenidamente. En una ocasión, Chris la miró, esperando su comentario, pero como no dijo nada, continuó.

—¿Camina dormida muy a menudo? —preguntó Dyer.

—No, esta noche ha sido la primera vez. O, por lo menos, que yo sepa, así que creo que debe de ser eso de la hiperactividad. ¿No le parece?

—Realmente no sabría decirle —contestó el sacerdote—. He oído que el sonambulismo es muy común en la pubertad, pero... —Se interrumpió y se encogió de hombros—. No sé. Lo mejor es que lo consulte con su médico.

Durante el resto de la conversación, la señora Perrin se mantuvo callada mientras miraba fijamente cómo serpenteaban las llamas en la chimenea de la sala de estar. El astronauta estaba casi tan abatido como ella. Lo habían designado para un vuelo a la Luna aquel año. Miraba absorto su copa, intercalando algunos monosílabos para fingir estar interesado y atento. Como por un tácito acuerdo, nadie hizo referencia a lo que Regan le había dicho.

—Bueno, lo siento, pero como he de celebrar misa tan temprano... —dijo el decano, y se levantó para irse.

Provocó la desbandada general. Todos se levantaron y le dieron las gracias por la cena.

Ya en la puerta, el padre Dyer cogió la mano de Chris y sondeó sus ojos con una expresión seria.

—¿Cree que puede haber un papel, en alguna de sus películas, para un sacerdote bajito que toca el piano? —le preguntó.

—Si no lo hay —se rio Chris—, haré que escriban uno especialmente para usted, padre.

—Estaba pensando en mi hermano —le dijo, con aire solemne.

—¡Vaya, qué ocurrencia! —se rio ella de nuevo, y lo despidió cariñosamente.

Los últimos en partir fueron Mary Jo Perrin y su hijo. Chris los entretuvo un rato charlando en la puerta. Sospechaba que Mary Jo tenía algo que decirle, pero que no se atrevía. Para retrasar la partida, Chris le preguntó su opinión sobre el hecho de que Regan jugara constantemente con el tablero de ouija y sobre su obsesión respecto al capitán Howdy.

—¿Crees que hay algo malo en eso?

Como esperaba algún comentario superficial que le

quitase importancia, Chris quedó asombrada al ver que la señora Perrin clavaba la vista en el umbral. Parecía estar pensando y, sin cambiar de actitud, salió al encuentro de su hijo, que la esperaba en la escalinata de la entrada.

Cuando, por fin, alzó la cabeza, tenía una expresión sombría en los ojos.

—Yo se lo quitaría —dijo en voz baja.

Le dio a su hijo las llaves del coche.

—Bobby, pon en marcha el motor —le indicó—. Está muy frío.

El muchacho cogió las llaves, le dijo a Chris que le encantaban todos los papeles que había hecho y se dirigió con timidez hacia el Mustang viejo y abollado estacionado calle abajo.

Los ojos de la señora Perrin continuaban sombríos.

—No sé lo que piensas de mí —dijo pausadamente—. Muchas personas me asocian con el espiritismo. Pero no es así. Lo que sí creo es que tengo un don —continuó y bajó algo la voz—. Pero no es ocultismo. De hecho, a mí me parece natural, perfectamente natural. Como católica que soy, creo que todos tenemos un pie en dos mundos. Aquel del que somos conscientes es el tiempo. Pero, de vez en cuando, una mujer rara como yo percibe destellos del otro mundo, y ese otro, creo... está en la eternidad. Bueno, la eternidad no tiene tiempo. Allí, el futuro es el presente. De modo que cuando, a veces, siento lo otro, creo ver el futuro. ¿Quién sabe? Tal vez no. Quizá todo sean coincidencias. —Se encogió de hombros—. Pero yo creo que sí. Y si fuera así, seguiría creyendo que es natural. Pero el ocultismo... —Hizo una pausa, para elegir las palabras—. El ocultismo es diferente. Yo me he mantenido lejos de eso. Creo que es peligroso abordarlo. Y eso incluye hacer el tonto con un tablero de ouija.

Hasta entonces, Chris la había considerado como una mujer con un notable sentido común. No obstante, había algo en ella ahora que la inquietaba profundamente. Se sentía atenazada por un funesto presagio, que intentó disipar.

—Vamos, Mary Jo —sonrió Chris—, ¿no sabes cómo funcionan los tableros de ouija? No es más que el subconsciente de las personas, eso es todo.

—Sí, tal vez —contestó con voz queda—. Quizá. Podría ser solo sugestión. Pero todas las historias que he oído acerca de sesiones celebradas con la ouija parecen señalar siempre hacia una especie de puerta que se abre. Y no necesariamente hacia el mundo de los espíritus, pues tú no crees en eso. Tal vez una puerta hacia lo que tú llamas el subconsciente. No lo sé. Lo único que sé es que, al parecer, ocurren cosas. Y, querida, el mundo entero está repleto de manicomios llenos de gente que ha tratado de aventurarse en el ocultismo.

—¿Me estás tomando el pelo?

Tras un momento de silencio, su voz llegó de nuevo desde la oscuridad.

—Chris, en 1921 había una familia en Baviera. No me acuerdo del nombre, pero eran once en total. Supongo que puedes comprobarlo en los diarios. Al poco tiempo de haber intentado hacer una sesión, se volvieron todos locos. Todos. Los once. Empezaron a incendiar partes de su casa. Cuando terminaron con los muebles, la tomaron con un bebé de tres meses, nacido de una de las hijas menores. Y entonces fue cuando intervinieron los vecinos y los detuvieron. La familia entera —concluyó— fue internada en un manicomio.

—¡Qué barbaridad! —exclamó Chris al pensar en el capitán Howdy, que ahora había adquirido un aire amenazador. Una enfermedad mental. ¿Era eso? Quizá sí—. ¡Sabía que tenía que llevarla a un psiquiatra!

—¡Oh, por favor! —exclamó la señora Perrin mientras se colocaba bajo la luz—. No me hagas mucho caso a mí, sino a tu médico. —En su voz había un intento de devolverle la confianza, pero no fue muy convincente—. Me desenvuelvo bien con el futuro —sonrió—, pero el presente se me da de pena. —Hurgó en su bolsillo—. ¿Dónde están mis gafas? ¡Ah, sí, aquí están! Por un momento las había perdido. —Estaban en un bolsillo del abrigo—. Muy bonita la casa —comentó mientras se ponía las gafas y contemplaba la parte superior de la fachada—. Se ve muy acogedora.

—¡Dios santo, qué alivio! ¡Por un momento creí que me ibas a decir que estaba encantada!

La señora Perrin la observó.

—¿Por qué habría de decirte una cosa así?

Chris estaba pensando en una amiga suya, una actriz famosa que había vendido su casa de Beverly Hills porque creía que estaba habitada por un poltergeist.

—No sé. —Sonrió con desgana—. Supongo que lo he dicho por tratarse de ti. Era una broma.

—Es una casa muy bonita —le dijo Mary Jo en un tono tranquilizador—. Ya había estado aquí antes, muchas veces.

—¡No me digas!

—Sí. Era de un almirante amigo mío. De vez en cuando me escribe. Ahora al pobre lo han mandado a navegar de nuevo. No sé si realmente lo extraño a él o a la casa. —Sonrió—. Pero supongo que me invitarás a venir alguna otra vez.

—Me encantaría que volvieras, Mary Jo. Lo digo de corazón. Eres una persona fascinante.

—Bueno, por lo menos soy la persona más descarada que conoces.

—En absoluto. Bueno, llámame, por favor. ¿Lo harás la semana que viene?

—Sí. Me gustará saber cómo sigue tu hija.

—¿Tienes mi teléfono?

—Sí, lo anoté en la agenda.

¿Qué era lo que no encajaba?, se preguntó Chris. Había algo en su voz que no le cuadraba.

—Bueno, hasta la vista —dijo la señora Perrin—, y muchas gracias por esta noche tan agradable. —Antes de que Chris pudiera decirle algo más, se alejó rápidamente.

Durante un momento la siguió con la mirada; después cerró la puerta. Una pesada lasitud la abrumó. «¡Qué noche! —pensó—, una gran noche, sí...».

Entró en la sala de estar y se detuvo junto a Willie, que estaba arrodillada sobre la mancha de orina, cepillando los pelos de la alfombra.

—La he frotado con vinagre —musitó Willie—. Dos veces.

—¿Se quita?

—Tal vez lo consiga ahora —respondió Willie—. No lo sé. Ahora lo veremos.

—No, no lo sabremos hasta que la maldita cosa se seque. «Ahí has estado fina, genia. Una observación realmente brillante. Cielo santo, ¡vete ya a la cama, mujer!».

—Vamos, déjelo ya, Willie. Ve a dormir.

—No, ya acabo.

—Está bien. Gracias y buenas noches.

—Buenas noches, señora.

Chris empezó a subir la escalera arrastrando los pies.

—La comida ha estado muy rica, Willie. A todo el mundo le ha gustado muchísimo.

—Gracias, señora.

Chris comprobó que Regan seguía dormida. Luego se acordó del tablero de ouija. ¿Debería esconderlo? ¿Tirarlo? «¡Qué oscura se muestra Mary Jo cuando trata este tema!». Y, sin embargo, Chris se daba cuenta de que eso del amigo imaginario era morboso y poco saludable. «Sí, tal vez tendría que tirarlo».

Aun así, Chris tenía dudas. Inmóvil junto a la cama de Regan, se acordó de un incidente cuando su hija tenía solo tres años, la noche en que Howard decidió que ya era bastante mayorcita para seguir tomando el biberón, al que se había vuelto adicta. Se lo quitó aquella noche; Regan estuvo gritando hasta las cuatro de la madrugada y durante días se mostró histérica. Y ahora, Chris temía una reacción similar. «Lo mejor es que se lo explique todo a un psiquiatra». Por otra parte, reflexionó, la Ritalina aún no había tenido tiempo de surtir efecto.

Al final, decidió esperar y ver cómo seguía el asunto.

Chris volvió a su cuarto, se metió cansada en la cama y se quedó dormida casi al instante. De repente, se despertó al oír un alarido histérico de terror al borde de la consciencia.

—¡Mamá, ven, ven, tengo miedo!

—¡Sí, ya voy, cariño! ¡Ya voy!

Chris corrió por el pasillo hacia el dormitorio de Regan. Gemidos. Llantos. Ruidos, al parecer, de los muelles del colchón.

—¡Oh, mi pequeña! ¿Qué pasa? —exclamó Chris mientras tanteaba para encender la luz.

«¡Por todos los santos!».

Regan yacía rígida, boca arriba, con la cara bañada en lágrimas y contraída por el terror, aferrada con fuerza a los lados de su estrecha cama.

—Mamá, ¿por qué se agita? —gritó—. ¡Hazla parar! ¡Tengo mucho miedo! ¡Haz que pare! ¡Mamá, por favor, haz que pare!

El colchón se agitaba violentamente de un lado a otro.

II

Al filo

... Cuando dormimos, el sufrimiento, que
no olvida, cae gota a gota sobre el corazón,
hasta que, en nuestra propia desesperación,
contra nuestra voluntad, llega la sabiduría
por medio de la portentosa gracia sobrenatural.

Esquilo

1

La llevaron a un extremo del atestado cementerio, donde las lápidas imploraban vida.

La misa había sido solitaria, como su misma existencia. Sus hermanos de Brooklyn. El comerciante de la esquina que le fiaba. Al ver cómo la bajaban y la metían en la oscuridad de un mundo sin ventanas, Damien Karras lloró con una pena que hacía mucho no sentía.

—Vamos, Dimmy, Dimmy...

Un tío suyo le pasó el brazo alrededor del hombro.

—No importa, ahora está en el cielo, Dimmy. Es feliz.

«¡Ay, Dios, que sea así! ¡Dios, por favor! ¡Ay, Dios, que sea así!».

Le esperaron en el coche mientras él se quedaba un rato junto a la tumba. No soportaba la idea de que se quedase sola.

De camino a la estación Pennsylvania, oyó a sus tíos hablar de sus enfermedades con claro acento extranjero.

—... enfisema..., tengo que dejar de fumar... ¿Sabes que el año pasado por poco me muero?

Unos espasmos de rabia amenazaban con brotar de sus labios y, avergonzado, trató de combatirlos. Miró por la ventana: pasaban por la Casa de Beneficencia, donde los sábados por la mañana, al final del invierno, ella recogía la leche y las bolsas de patatas mientras él se quedaba en la cama; el Zoológico de Central Park, donde lo dejaba ella en verano para ir a mendigar en la fuente frente al Plaza. Al pasar por el hotel, Karras se echó a llorar, pero logró sofocar los recuerdos y se secó la humedad de sus remordimientos punzantes. Se preguntaba por qué el amor había esperado tanto, por qué había aguardado hasta el momento en que no necesitaba tocar, cuando los límites del contacto y la renuncia humana se habían reducido al tamaño de aquel recordatorio que llevaba en la billetera: *In Memoriam...*

Lo sabía. Aquel dolor era antiguo.

Llegó a Georgetown a tiempo para la cena, pero no tenía apetito. Se paseó por la casa. Sus amigos jesuitas fueron a darle el pésame. Se quedaron un ratito. Prometieron rezar por ella.

Poco después de las diez, Joe Dyer apareció con una botella de whisky. La mostró orgulloso.

—¡Es un Chivas Regal!

—¿De dónde has sacado el dinero? ¿Del cepillo de los pobres?

—No seas tonto; eso implicaría romper mi voto de pobreza.

—¿De dónde lo has sacado, pues?

—Lo he robado.

Karras sonrió y sacudió la cabeza mientras iba a por una copa y una taza de peltre para el café. Los fregó en el diminuto lavabo del baño.

—Te creo —le dijo.

—Nunca he visto una fe más profunda.

Karras sintió el aguijonazo de un dolor conocido, pero logró liberarse de él y volvió junto a Dyer, que, sentado en el catre, desprecintaba la botella. Se sentó a su lado.

—¿Quieres absolverme ahora o más tarde?

—Primero llena la copa —dijo Karras—, y luego ya nos daremos mutuamente la absolución.

Dyer llenó la copa y la taza con generosidad.

—Los rectores de universidades no deberían beber —murmuró—. Es un mal ejemplo. Así que imagino que le he evitado una tentación horrible.

Karras se tragó el whisky, pero no la historia. Conocía perfectamente al rector. Como hombre de tacto y sensibilidad, siempre actuaba por medios indirectos. Sabía que Dyer había venido como amigo, pero también como emisario personal del rector. De modo que cuando hizo un comentario de pasada sobre que quizá Karras necesitaba «un descanso», el psiquiatra jesuita lo tomó como un buen augurio con respecto al futuro y sintió una oleada de alivio momentáneo.

La visita de Dyer le sentó muy bien; le hizo reír, le habló de la fiesta y de Chris MacNeil, le contó nuevas anécdotas del prefecto de disciplina jesuita. Bebió muy poco, pero llenó una y otra vez el vaso de Karras y, cuando se dio cuenta de que estaba lo bastante anestesiado como para echarse a dormir, se levantó del catre y lo acostó; mientras, él se sentó a la mesa y siguió hablando hasta que a Karras se le cerraron los ojos y sus comentarios se convirtieron en gruñidos entre dientes.

Dyer se levantó, le desató los cordones y le quitó los zapatos.

—¿Ahora me vas a robar los zapatos? —murmuró Karras con la voz ronca.

—No. Yo adivino el futuro leyendo las arrugas. Cállate y duerme.

—Eres un jesuita ratero.

Dyer sonrió ligeramente y lo tapó con un abrigo que sacó del armario.

—Mira, alguien tiene que ocuparse de las facturas por estos lares. Lo único que hacéis vosotros es pasar las cuentas del rosario y rezar por los hippies.

Karras no respondió. Su respiración era profunda y regular. Dyer se caminó despacio hacia la puerta y apagó la luz.

—Robar es pecado —musitó Karras en la oscuridad.

—*Mea culpa* —dijo Dyer con suavidad.

Esperó un momento, hasta que consideró que Karras estaba dormido; entonces se fue.

En mitad de la noche, Karras se despertó llorando. Había soñado con su madre. Estaba de pie junto a una ventana en pleno Manhattan, y la vio salir de la boca de metro en la acera de enfrente. Se detuvo al borde de la acera, con una bolsa de papel en los brazos; lo buscaba. Él la saludó con la mano. Ella no lo vio. Recorrió la calle. Autobuses. Camiones. Multitudes poco amistosas. Se empezó a asustar. Volvió al metro y empezó a bajar las escaleras. Karras, desesperado, corrió a la calle y rompió a llorar cuando la llamó, cuando no la encontró, cuando se la imaginó indefensa y desorientada en el laberinto de túneles bajo tierra.

Esperó a que los sollozos disminuyeran y, luego, buscó el whisky a tientas. Se sentó en el catre y bebió en la oscuridad. Sintió la humedad de las lágrimas. No cesaban. Aquella pena se parecía a la de su infancia.

Recordó la llamada telefónica de su tío.

—*Dimmy, el edema le ha afectado el cerebro. No deja que se le acerque el médico. No hace más que gritar. Hasta le habla a la radio. Creo que hay que llevarla a Bellevue, Dimmy. En un hospital normal no la aguantarán. Calculo que en dos meses podría estar como nueva, luego la sacaríamos. ¿Te parece? Escucha, Dimmy, ya lo hemos hecho. Le pusieron una inyección y la llevaron en ambulancia esta ma-*

ñana. *No queremos molestarte, pero tienes que firmar los papeles. Ahora... ¿Qué...? ¿Un sanatorio privado? ¿Con qué dinero, Dimmy? ¿El tuyo?*

No recordaba haberse dormido.

Se despertó entumecido, con la impresión de haber sufrido una hemorragia gástrica. Se tambaleó hacia el cuarto de baño, se duchó, se afeitó y se puso la sotana. Eran las cinco y treinta y cinco. Abrió la puerta de la Santísima Trinidad, se puso las vestiduras y dio la misa en el altar de la izquierda.

—*Memento etiam...* —oró con desolada desesperación—. Acuérdate de tu sierva, Mary Karras...

En la puerta del sagrario vio reflejada la cara de la enfermera recepcionista de Bellevue y oyó de nuevo los gritos que llegaban desde la habitación aislada.

—*¿Es usted su hijo?*

—*Sí. Soy Damien Karras.*

—*Bueno, le aconsejo que no entre. Está sufriendo un ataque.*

Por la ventanilla, había contemplado la habitación sin ventanas, con una bombilla desnuda colgando del techo, paredes acolchadas, sin adornos, sin muebles, excepto la cama en la que ella deliraba.

—*... te rogamos le concedas un lugar de descanso, de luz y de paz...*

Cuando ella se encontró con su mirada, se calló de repente y caminó hacia la puerta con una expresión confusa.

—*¿Por qué haces eso, Dimmy? ¿Por qué?*

Lo miró con ojos de cordero; más dóciles, incluso.

—*Agnus Dei...* —murmuró mientras se inclinaba, golpeándose el pecho—. Cordero de Dios, que quitas el pecado del mundo, dale el descanso eterno...

Mientras elevaba la hostia con los ojos cerrados, vio a su

madre en el locutorio con las manos entrelazadas con suavidad sobre la falda y una expresión dócil y perpleja, mientras el juez le explicaba el informe de los psiquiatras de Bellevue.

—*¿Lo entiende, Mary?*

Ella asintió con la cabeza. No había abierto la boca; le habían quitado la dentadura postiza.

—*Bueno, ¿qué le parece, Mary?*

—*Mi hijo hablará por mí* —contestó ella con orgullo.

Un angustioso gemido se le escapó a Karras al inclinar la cabeza ante la hostia. Se golpeó el pecho como si aquel fuese el momento.

—*Domine, non sum dignus...* —murmuró—. Señor, no soy digno..., pero una palabra Tuya bastará para sanarme.

Contra toda razón, contra todo pronóstico, rezó por que hubiera alguien que escuchara su plegaria.

No creía que lo hubiera.

Después de la misa volvió a la casa y trató de dormir. Pero no pudo.

Aquella misma mañana, un cura joven al que no había visto nunca apareció de improviso. Llamó y se asomó por la puerta.

—¿Estás ocupado? ¿Podemos hablar un momento?

En sus ojos, la intranquilidad de una carga; en su voz, la tensión de una súplica.

Por un momento, Karras lo odió.

—Entra —dijo con amabilidad. Pero en su interior se enfureció contra aquella parte de su ser que lo hacía sentirse indefenso, que no podía dominar, que yacía enroscada dentro de él como una soga, siempre lista a tirar de él sin que se lo pidiera ante el grito de alguien que necesitaba ayuda. No lo dejaba en paz. Ni siquiera mientras dormía. En el duermevela escuchaba a menudo un sonido, como un grito tenue y leve queja de una persona acongojada. Era casi inaudible en la distancia. Siempre el mismo sueño. Y tras despertar, durante un rato lo atenazaba la ansiedad de no haber cumplido un deber.

El cura joven tartamudeó, titubeante; parecía tímido. Karras lo trató con paciencia. Le ofreció cigarrillos y café. Luego se obligó a adoptar una expresión de interés mientras el melancólico visitante le exponía poco a poco un problema familiar: la terrible soledad de los sacerdotes. De todas las fuentes de ansiedad con las que Karras se había topado en la comunidad, esta era la que había predominado últimamente. Al haberse distanciado de su familia, así como de las mujeres, muchos jesuitas temían también expresar su afecto por sus compañeros sacerdotes; de encariñarse y establecer una amistad profunda.

—Es como que me gustaría pasarle un brazo por los hombros a otro tío, pero me da miedo que piense que soy gay. Quiero decir, habrás oído todas esas teorías sobre que muchos gais que están en el armario se sienten atraídos por el sacerdocio. Así que no lo hago. Ni siquiera entro en la habitación de nadie para escuchar música, hablar o fumar. No es que tenga miedo; tan solo me preocupa incomodar a los demás.

Karras sintió cómo la angustia del joven se transfería lentamente a él. Dejó que lo llenara. Lo dejó hablar. Sabía que volvería a buscarlo una y otra vez, que encontraría un consuelo para su soledad, que haría de Karras un amigo y, cuando se diese cuenta que lo había hecho sin provocar miedo ni sospecha, quizá se animaría a hacer amigos entre los demás.

El psiquiatra comenzó a sentirse agotado y se percató de que se arrastraba hacia su propia pena. Miró de reojo una placa que alguien le había regalado la Navidad anterior. Decía: Mi hermano sufre. Comparto su dolor. Encuentro a Dios en él. Un encuentro fallido. Se echó la culpa a sí mismo. Había recorrido mentalmente las calles del tormento de su hermano, pero nunca había transitado por ella o, al menos, eso creía. Pensaba que el dolor que sentía era solo suyo.

Finalmente, el visitante miró su reloj. Era la hora del almuerzo en el comedor del campus. Se levantó dispuesto a marcharse. Sin embargo, se detuvo para echarle un vistazo a una novela nueva que estaba sobre el escritorio de Karras.

—¿La has leído? —le preguntó Karras.

El otro negó con la cabeza.

—No. ¿Debería?

—No lo sé. Hace poco que la terminé y no estoy nada seguro de haberla entendido —mintió Karras. Cogió el libro y se lo tendió—. ¿Te la quieres llevar? Me encantaría conocer la opinión de otra persona, ¿sabes?

—Por supuesto —dijo el jesuita mientras leía la sinopsis en la solapa de la sobrecubierta—. Intentaré devolvértelo en un par de días.

Parecía estar más animado.

En cuanto la puerta mosquitera crujió tras la marcha del visitante, Karras sintió una paz momentánea. Cogió un breviario y salió al jardín, por el que caminó lentamente mientras recitaba el oficio.

Por la tarde recibió la visita del anciano sacerdote de la Santísima Trinidad, que tomó asiento junto al escritorio y le dio el pésame por el fallecimiento de su madre.

—Le he dedicado un par de misas, Damien. Y una por ti —resolló, con ligero acento irlandés.

—Muchas gracias, padre. Es muy considerado de su parte

—¿Qué edad tenía?

—Setenta.

—Una buena edad para la vejez.

Karras clavó la vista en una hoja con oraciones que había traído el sacerdote. Era una de las tres que se leen en misa. Estaba metida en un plástico y contenía parte de las plegarias que decía el sacerdote. El psiquiatra se preguntó qué estaría haciendo con ella.

—Bueno, Damien, hoy hemos descubierto otra de esas profanaciones, aquí en la iglesia.

El sacerdote le contó que habían pintado una imagen de la Virgen que había al fondo de la iglesia como una prostituta. Luego le tendió a Karras la hoja con las oraciones.

—Y esto al día siguiente de que te fueras a Nueva York. ¿Fue el sábado? Sí, el sábado. Bueno, échale una ojeada. Acabo de hablar con un oficial de la policía y... bueno, mira la hoja, por favor, Damien.

Mientras Karras la examinaba, el sacerdote le explicó que alguien había introducido una hoja, escrita a máquina, entre el original y el plástico. La imitación, aunque con algunos tachones y varios errores ortotipográficos, básicamente estaba escrita en un latín fluido y entendible, y describía con detalles vívidos y eróticos un encuentro homosexual imaginario entre la Santísima Virgen y María Magdalena.

—Ya es suficiente; no tienes por qué leerlo todo —dijo el sacerdote, y le quitó la hoja como si temiera que fuese a cometer un pecado—. El latín es excelente. Quiero decir que tiene estilo, el latín que se utiliza en la iglesia. El oficial me ha dicho que ha hablado con un psicólogo y este opina que la persona que está detrás de todo podría ser un cura, uno muy enfermo. ¿Qué opinas?

El psiquiatra pensó durante un rato. Luego asintió.

—Sí, podría ser. Tal vez sea un acto de rebelión, quizá

en un estado de sonambulismo total. No lo sé. Podría ser. Tal vez sea así.

—¿No sospechas de nadie, Damien?

—¿Qué quieres decir?

—Pues que tarde o temprano vienen a verte, ¿no es cierto? Me refiero a los enfermos del campus, si es que los hay. ¿No conoces a ninguno así? ¿Con esa clase de enfermedad?

—No.

—Ya, imaginaba que no me lo dirías.

—Bueno, de todos modos me resultaría difícil saberlo, padre. El sonambulismo es una forma de resolver un gran número de posibles situaciones conflictivas, y normalmente la resolución es simbólica. Por tanto, en realidad no tendría forma de saberlo. Y si fuera un sonámbulo, probablemente luego sufriera una amnesia total, de modo que ni siquiera él mismo tendría ni idea.

—¿Y si tú se lo contaras? —preguntó el sacerdote subrepticiamente.

Se dio un tironcito del lóbulo de la oreja, un tic habitual en él, según había notado Karras, siempre que se mostraba sagaz.

—No lo sé, de verdad —repitió el psiquiatra.

—No. No pensaba que me lo fueras a decir. —Se levantó y se dirigió a la puerta—. ¿Sabes a lo que os parecéis los psiquiatras? ¡A los sacerdotes! —rezongó.

Mientras Karras se reía suavemente, el sacerdote volvió sobre sus pasos y dejó caer en la mesa la hoja de oraciones.

—Me parece que deberías estudiarlo —dijo entre dientes—. A lo mejor se te ocurre algo.

El sacerdote se dirigió de nuevo hacia la puerta.

—¿Han comprobado si hay huellas? —preguntó Karras.

El sacerdote se detuvo y se volvió ligeramente.

—Lo dudo. Después de todo, no andamos buscando a un criminal, ¿verdad? Lo más probable es que sea un feligrés demente. ¿Qué te parece, Damien? ¿Crees que puede ser alguien de la parroquia? Yo pienso que sí. No ha sido un sacerdote, sino alguien entre los parroquianos. —Volvía a tirar del lóbulo de la oreja—. ¿No crees?

—Sinceramente no sabría decirlo —dijo Karras de nuevo.

—No, sabía que no me lo dirías.

Aquel mismo día, al padre Karras lo relevaron de sus funciones como consejero y lo destinaron a la Facultad de Medicina de la Universidad de Georgetown como profesor de Psiquiatría. Tenía órdenes de «descansar».

2

Regan yacía de espaldas sobre la mesa de examen del consultorio de Klein, con los brazos y las piernas colgando hacia los lados. Con un pie sujeto con ambas manos, el doctor lo flexionó hacia el tobillo. Durante un rato lo mantuvo en tensión y luego lo soltó de repente. El pie volvió a su posición normal.

Repitió varias veces la prueba, con los mismos resultados. Parecía no quedar satisfecho. Cuando Regan se incorporó de pronto y le escupió en la cara, dio instrucciones a una enfermera de que permaneciese junto a la niña, y él regresó al despacho para hablar con Chris.

Era el 26 de abril. No había estado en la ciudad el domingo ni el lunes, y Chris no había podido ponerse en contacto con él hasta aquella mañana para explicarle lo ocurrido en la fiesta y la posterior agitación de la cama.

—*¿De verdad se estaba moviendo?*

—*Sí, se movía.*

—*¿Cuánto tiempo?*

—*No sé. Tal vez diez o quince segundos. Fue todo lo que vi. Luego Regan quedó rígida y se orinó en la cama. O quizá se había orinado antes. No lo sé. Pero, de repente, se durmió y no se despertó hasta el día siguiente por la tarde.*

El doctor Klein entró, pensativo.

—Bueno, ¿qué tiene? —preguntó Chris con voz ansiosa.

Tan pronto como Chris había llegado, el doctor le había comunicado su sospecha de que la sacudida de la cama obedecía a un ataque de contracciones clónicas, o sea, a la contracción y relajación alterna de los músculos. La forma crónica de tal estado —le explicó— era el clono y, por lo general, indicaba una lesión cerebral.

—Bueno, la prueba ha dado resultados negativos —le dijo, y pasó a describirle el procedimiento, explicándole que, en el clono, el hecho de flexionar y soltar el pie alternativamente habría provocado una sucesión de contracciones clónicas. Sin embargo, cuando se sentó a la mesa, todavía parecía preocupado.

—¿Ha sufrido una caída en algún momento?

—¿Algún golpe en la cabeza? —preguntó Chris.

—Sí.

—No, que yo sepa.

—¿Alguna enfermedad cuando era pequeña?

—Solo las comunes. Paperas, sarampión y varicela.

—¿Sonambulismo?

—No hasta ahora.

—¿Qué quiere decir? ¿Que caminó dormida durante la fiesta?

—Sí, aunque ella no sabe todavía lo que hizo aquella noche. Y hay otras cosas que tampoco recuerda.

—¿Ha ocurrido últimamente?

Domingo. Regan seguía durmiendo. Una llamada telefónica internacional de Howard.

—*¿Cómo está Rags?*

—*Muchas gracias por llamarla el día de su cumpleaños.*

—*Me quedé varado en un yate. ¡Por Dios, no la tomes conmigo! La llamé en cuanto llegué al hotel.*

—*Sí, seguro.*

—*¿No te lo dijo?*

—*¿Hablaste con ella?*

—*Sí. Por eso pensé que sería mejor llamarte. ¿Qué diablos le pasa?*

—*¿Qué quieres decir?*

—*Me llamó «soplapollas» y colgó.*

Al contarle el incidente al doctor Klein, Chris le explicó que cuando Regan se despertó al fin, no se acordaba ni de la llamada telefónica ni de lo que había pasado la noche de la cena.

—Entonces tal vez no haya mentido en eso de que se mueven los muebles —conjeturó Klein.

—No lo entiendo.

—Pues que los movió ella misma, sin duda, aunque quizá en uno de esos ataques en que realmente no sabía lo que hacía. Esto se conoce como automatismo. Es algo así como un estado de trance. El paciente no sabe ni recuerda lo que hace.

—Se me acaba de ocurrir algo, doctor. ¿Sabe qué? Hay una cómoda grande de madera de teca maciza en su dormitorio. Debe de pesar media tonelada. La cuestión es cómo ha podido moverla ella sola.

—En casos patológicos es común esa fuerza desmedida.

—¿Sí? ¿A qué se debe?

El doctor se encogió de hombros.

—Nadie lo sabe. Pero, además de lo que me ha contado —continuó el médico—, ¿ha notado alguna otra cosa extraña en su comportamiento?

—Bueno, se ha vuelto muy dejada.

—He dicho raro —repitió.

—En ella es raro. ¡Ah, pero espere! Hay más. ¿Se acuerda del tablero de ouija con el que jugaba? ¿Del capitán Howdy?

—El amigo imaginario. —El médico asintió.

—Pues, al parecer, ahora lo oye también —manifestó Chris.

El doctor se inclinó hacia delante y cruzó los brazos sobre el escritorio. Mientras Chris hablaba, sus ojos permanecían alerta y parecía ir especulando a medida que los entornaba.

—Ayer por la mañana —dijo Chris— la oí hablar con Howdy en su dormitorio. Es decir, ella hablaba y luego parecía esperar, como si estuviera jugando con la ouija. Sin embargo, cuando eché un ojo en la habitación, el tablero no estaba; solo vi a Rags moviendo la cabeza, como si asintiera a lo que él decía.

—¿Lo veía ella?

—No creo. Tenía la cabeza inclinada hacia un lado, como suele hacer cuando escucha discos.

El médico asintió, pensativo.

—Sí, ya veo. ¿Ningún otro fenómeno como este? ¿Ve cosas? ¿Huele cosas?

—Huele —recordó Chris—. No hace más que percibir olores desagradables en su cuarto.

—¿Como de algo que se quema?

—¡Exacto! —exclamó Chris—. ¿Cómo lo sabe?

—Porque, en ocasiones, es síntoma de un tipo de trastorno en la actividad electroquímica del cerebro. En el caso de su hija, sería en el lóbulo temporal. —Apoyó una mano junto a la sien—. Aquí, en la parte delantera del cerebro. Es poco común, pero provoca alucinaciones extrañas, por lo general, antes de una convulsión. Supongo que por eso se confunde tan a menudo con la esquizofrenia; pero no lo es. Se produce por una lesión en el lóbulo temporal. Ahora que la prueba del clono no es conclusiva, creo que deberíamos hacerle un EEG, señora MacNeil.

—¿Qué es eso?

—Un electroencefalograma. Nos mostrará el trazado de sus ondas cerebrales. Por lo general, es bastante certero para indicar un funcionamiento anormal.

—Pero usted cree que es eso, ¿verdad? Una lesión en el lóbulo temporal.

—Bueno, tiene el síndrome, señora MacNeil. Por ejemplo, la dejadez, la agresividad, un comportamiento social embarazoso y también los automatismos. Generalmente, esto va seguido por orinarse en la cama o vomitar, o ambas cosas a la vez, y luego un sueño profundo.

—¿Quiere hacerle el test ahora mismo? —preguntó Chris.

—Sí, creo que deberíamos hacerlo de inmediato, pero va a necesitar sedantes. Si se mueve o da una sacudida, los resultados serán nulos, de modo que... ¿me autoriza a administrarle veinticinco miligramos de Librium?

—Haga lo que crea conveniente —le contestó, agitada.

Lo acompañó hasta el consultorio y cuando Regan lo vio preparando la aguja hipodérmica, vomitó un torrente de palabrotas.

—Cariño, es para ayudarte —imploró Chris angustiada. Sujetó a Regan mientras el doctor le ponía la inyección.

—Enseguida vuelvo —dijo el médico con un asentimiento. Mientras una enfermera entraba empujando el aparato para el electro, él se fue a atender a otro paciente. Al volver, poco rato después, el Librium no había hecho efecto aún.

Klein pareció sorprendido.

—La dosis era bastante elevada —le señaló a Chris.

Le inyectó otros veinticinco miligramos y se marchó; al volver, encontró a Regan dócil y manejable.

—¿Qué está haciendo? —preguntó Chris cuando Klein le colocó a Regan los electrodos con solución salina sobre el cuero cabelludo.

—Ponemos cuatro a cada lado —le explicó—. Eso nos permite leer las ondas cerebrales de ambos hemisferios y luego compararlas.

—¿Compararlas para qué?

—Para observar cualquier desviación, que puede ser significativa. Por ejemplo, tuve un paciente que sufría alucinaciones —dijo Klein—. Veía y oía cosas que, por supuesto, no existían. Pues bien, encontré una diferencia entre el trazado de las ondas del hemisferio derecho y las del izquierdo, y descubrí que el hombre sufría alucinaciones tan solo en una parte de la cabeza.

—¡Qué extraño!

—Su ojo y oído izquierdos funcionaban con normalidad; solo tenía visiones y oía cosas por el lado derecho. Bueno, vamos allá. —Puso la máquina en marcha. Señaló las ondas sobre la pantalla fluorescente—. Esos son los dos hemisferios juntos —explicó—. Lo que estoy buscando son ondas en pico —trazó un dibujo con el índice, en el aire—, especialmente ondas de gran amplitud, en una frecuencia entre cuatro y ocho por segundo. Eso indica una lesión del lóbulo temporal —le contó.

Estudió cuidadosamente la gráfica de las ondas cerebrales, pero no descubrió ninguna disritmia. Ningún pico. Ninguna onda anormal. Y cuando procedió a hacer las lecturas comparativas, los resultados fueron también negativos.

Klein frunció el ceño. No lo entendía. Repitió la operación. Y no encontró cambios.

Llamó a una enfermera para que se quedara con Regan y volvió al despacho con la madre.

—Entonces ¿qué tiene? —preguntó Chris.

El doctor se apoyó con aire pensativo al borde de la mesa.

—Bueno, el EEG habría demostrado lo que tiene, pero la falta de disritmia no es una prueba fehaciente de que no lo tenga. Puede que sea histeria, pero la gráfica tomada antes y después de la convulsión ha sido demasiado sorprendente.

Chris frunció el ceño.

—No hace usted más que hablar de «convulsión», doctor. ¿Cuál es el nombre exacto de esta enfermedad?

—Bueno, no es una enfermedad —dijo tranquilo.

—Entonces ¿cómo se llama específicamente?

—Usted la conoce como epilepsia, señora.

—¡Ay, Dios!

Chris se desplomó en una silla.

—Espere un poco —la calmó Klein—. Veo que, como la mayoría de la gente, su impresión de la epilepsia es exagerada y tal vez, en gran parte, mítica.

—¿No es hereditaria? —dijo Chris con una mueca.

—Ese es uno de los mitos —le explicó Klein con calma—. Por lo menos, eso es lo que piensa la mayoría de los médicos. Mire, prácticamente cualquiera puede tener convulsiones. La mayoría hemos nacido con una gran resistencia contra ellas; otros, con poca, de modo que la diferencia entre usted y un epiléptico es una cuestión de intensidad. Eso es todo. Solo intensidad. No es una enfermedad.

—Entonces ¿qué es? ¿Una alucinación caprichosa?

—Un trastorno, uno que se puede controlar. Y hay muchas clases de trastornos de este tipo, señora MacNeil.

Por ejemplo, usted está ahora sentada aquí y, por un momento, se distrae y no capta algo de lo que estoy diciendo. Pues bien, eso es una especie de epilepsia, señora. Sí, es un verdadero ataque de epilepsia.

—Sí, claro, pero eso no es lo que le pasa a Regan —refutó Chris—. ¿Y a qué se debe el que haya empezado de repente?

—Mire, todavía no estamos seguros de que sea eso lo que tiene, y admito que tal vez tenga usted razón; probablemente sea psicosomático. Sin embargo, lo dudo. Y, para responder a su pregunta, debo decirle que un gran número de cambios en el funcionamiento del cerebro puede desencadenar una convulsión en los epilépticos: preocupación, fatiga, presión emocional, una nota en particular de un instrumento musical... En cierta ocasión atendí a un paciente que sufría ataques solo en el autobús, cuando se hallaba a una manzana de su casa. Pues bien, al fin descubrimos el motivo: una luz intermitente que provenía de una empalizada blanca y que se reflejaba en la ventanilla del autobús. A otra hora del día, o si el autobús iba a distinta velocidad, no sufría convulsiones. Tenía una lesión en el cerebro, causada por alguna enfermedad de la niñez. En el caso de su hija, el trauma estaría situado más adelante, en el lóbulo temporal, y cuando este se ve afectado por un impulso eléctrico determinado de cierta longitud y frecuencia de onda, origina un estallido repentino de reacciones anormales, partiendo de la profundidad de un foco que está en el lóbulo. ¿Entiende?

—Supongo que sí —suspiró Chris, abatida—. Pero, si le digo la verdad, lo que no entiendo es cómo le puede cambiar totalmente la personalidad.

—Es algo muy común del lóbulo temporal y puede durar varios días e incluso semanas. No es raro encontrarse con un comportamiento destructivo y hasta criminal. En realidad se produce un cambio tan grande que hace doscientos o trescientos años se consideraba que los que tenían trastornos en el lóbulo temporal estaban poseídos por el demonio.

—¿Que estaban qué?

—Gobernados por la mente de un demonio. Algo así como una versión supersticiosa del trastorno de personalidad múltiple.

Chris cerró los ojos y apoyó la frente sobre un puño.

—Dígame algo bueno —murmuró.

—Vamos, no se alarme. Si es una lesión, en cierto modo tiene suerte. En este caso, lo único que tendríamos que hacer sería extraer el tejido.

—Ah, magnífico.

—O, a lo mejor, es solo una presión sobre el cerebro. Mire, me gustaría tomarle algunas radiografías del cráneo. Hay un radiólogo en este mismo edificio y tal vez yo pueda conseguir que se las tome enseguida. ¿Lo llamo?

—¡Por Dios, sí! ¡Hágalo!

Klein lo llamó y lo organizó todo. Le dijeron que vendrían a por ella de inmediato. Colgó el teléfono y empezó a escribir la receta.

—Sala veintiuno, en el primer piso. La llamaré mañana o el jueves. Me gustaría contar con un neurólogo. Entretanto, suprimiremos la Ritalina y probaremos durante un tiempo con Librium.

Arrancó la receta del talonario y se la alargó.

—Yo trataría de quedarme cerca de ella, señora MacNeil. En este tipo de trances, si es eso lo que tiene, es posible que se lastime. ¿Su dormitorio está cerca del de ella?

—Sí.

—Bien. ¿En la planta baja?

—No, en el primer piso.

—¿Hay ventanas grandes en la habitación de la niña?

—Sí, una. ¿Por qué?

—Intente mantenerla cerrada, e incluso ponerle un candado. En un estado de trance se podría tirar por ella. Una vez tuve un...

—... paciente —completó Chris con un dejo de ironía y una sonrisa cansada.

—Parece que tengo muchos, ¿no? —dijo el médico sonriendo.

—Algunos.

Pensativa, apoyó la cabeza en una mano y se inclinó hacia delante.

—¿Sabe? Hace un momento estaba pensando en otra cosa.

—¿En qué?

—Me ha dicho usted que, después de un ataque, se quedaría profundamente dormida, ¿verdad? Así ocurrió la noche del sábado.

—Sí, así es —asintió Klein.

—Entonces ¿cómo puede ser que las otras veces que sentía moverse la cama estuviera bien despierta?

—Usted no me ha dicho eso.

—Pero ocurrió así. Parecía estar bien. Venía a mi dormitorio y me preguntaba si podía dormir conmigo.

—¿Se orinaba en la cama? ¿Vomitaba?

Chris negó con la cabeza.

—No, estaba bien.

Klein frunció el ceño y se mordió ligeramente el labio inferior.

—Bueno, veamos lo que nos dicen esas radiografías —concluyó.

Chris se sentía agotada y anestesiada cuando acompañó a Regan al radiólogo. Permaneció a su lado mientras le tomaban las radiografías y la llevó de vuelta a casa. La niña había permanecido extrañamente callada desde la segunda inyección, y ahora Chris se esforzaba por despertar su interés.

—¿Quieres jugar al *Monopoly* o a alguna otra cosa?

Regan sacudió la cabeza y clavó en su madre una mirada perdida, que parecía replegarse en una infinita lejanía.

—Tengo sueño —dijo Regan con una voz que, al igual que sus ojos, reflejaba agotamiento. Luego se volvió y subió a su dormitorio.

«Debe de ser el Librium», pensó Chris mientras la observaba.

Finalmente, suspiró y entró en la cocina. Se sirvió café y se sentó a la mesa junto a Sharon.

—¿Qué tal ha ido?

—¡Ay, Dios!

Chris dejó la receta sobre la mesa.

Será mejor llamar y encargar la medicina —dijo, y después le explicó lo que había dicho el médico—. Si estoy ocupada o tengo que salir, no la pierdas de vista, Shar. Él... —De pronto, estaba cayendo en algo. De repente—. Eso me recuerda...

Se levantó de la mesa y fue al dormitorio de Regan; la encontró tapada y aparentemente dormida.

Chris se acercó a la ventana y aseguró el pestillo. Miró hacia abajo. La ventana, que se abría en un lateral de la casa, daba directamente a la escalera empinada que descendía hasta la calle M.

«Tengo que llamar a un cerrajero enseguida».

Regresó a la cocina, añadió este encargo a la lista que le había dado a Sharon, le dio a Willie el menú para la cena y llamó a su representante.

—¿Qué te ha parecido el guion? —quiso saber él.

—Es muy bueno, Ed; hagámoslo —le contestó—. ¿Cuándo podemos empezar?

—Bueno, tu parte se rueda en julio, de modo que deberías empezar a prepararte ya.

—¿Quieres decir ahora mismo?

—Sí, ahora. Esto no es actuar ante las cámaras, Chris. Has de trabajar mucho antes del rodaje propiamente dicho. Tienes que ponerte de acuerdo con el escenógrafo, con el diseñador de vestuario, con los maquilladores y con el productor. Y deberás elegir un cámara y un montador e ir pensando ya en las tomas. Vamos, Chris, ya sabes cómo va la cosa.

—Mierda...

—¿Hay algún problema?

—Sí, tengo un problema.

—¿Cuál?

—Regan está bastante enferma.

—¡Oh, lo siento! ¿Qué le pasa?

—Todavía no saben qué es. Estoy esperando unos resultados. Escucha, Ed, ahora no puedo dejarla.

—¿Quién dice que debas dejarla?

—No me entiendes, Ed. Necesito estar en casa con ella. Necesita que la atienda. Mira, no puedo explicártelo, Ed, es muy complicado. ¿Por qué no lo aplazamos un tiempo?

—No podemos. Quieren tenerlo listo para el concierto de Navidad, y creo que ya están en ello.

—¡Por Dios, Ed! Se pueden esperar dos semanas. ¡Venga ya!

—¿Mira, no has parado de darme la brasa con que querías dirigir, y ahora, de pronto...

—Tienes razón, Ed, ya lo sé —lo interrumpió—. Quiero dirigir, me muero por hacerlo, pero vas a tener que decirles que necesito un poco más de tiempo.

—Y si te hago caso, lo echaremos todo a perder. No es a ti a quien quieren, no es una novedad. Lo hacen solo por Moore, y creo que si van y le dicen que no estás tan segura de querer hacerlo, le dará un ataque. Vamos, Chris, sé razonable. Haz lo que quieras. A mí no me importa. Esto no nos va a dar dinero a menos que produzca un gran impacto. Pero te advierto que si les pido una prórroga, lo estropearemos todo. Entonces ¿qué quieres que les diga?

—¡Ay, Dios! —suspiró Chris.

—Ya sé que no es fácil.

—No lo es. Escucha... —Pensó. Después sacudió la cabeza—. Ed, tendrán que esperar —dijo, al fin, cansada.

—Como quieras.

—Vale. Avísame con cualquier cosa, Ed.

—Lo haré. Ya te llamaré. Tómatelo con calma.

—Tú también, Ed. Adiós.

Deprimida, colgó el teléfono y encendió un cigarrillo.

—Por cierto, ¿te he dicho que he hablado con Howard? —le preguntó a Sharon.

—¿Cuándo? ¿Le has contado lo que le está pasando a Rags?

—Sí, y también que debería venir a verla.

—¿Va a venir?

—No sé. No lo creo —respondió Chris.

—Lo lógico sería pensar que hará el esfuerzo.

—Sí, ya lo sé —suspiró Chris—. Pero entiende que tiene un complejo, Shar. Es eso. Sé que es eso.

—¿Cuál?

—Ah, todo el asunto de ser «el esposo de Chris MacNeil». Rags era también parte de eso. Ella estaba dentro y él, fuera. Siempre éramos Rags y yo las que salíamos juntas en las portadas de las revistas; en las fotos, madre e hija, mellizas de la propaganda cinematográfica. —Sacudió la ceniza del cigarrillo con un movimiento malhumorado de los dedos—. Bueno, ¡quién sabe! Todo es bastante confuso. Pero resulta difícil entenderse con él, Shar. No puedo hacerlo.

Cogió un libro que había junto a Sharon.

—¿Qué estás leyendo?

—¿Cómo? ¡Ah, eso! Es para ti. Me había olvidado. Lo trajo la señora Perrin.

—¿Ha estado aquí?

—Sí, esta mañana. Dijo que lamentaba no poder verte, pero que se iba de la ciudad. Te llamará cuando vuelva.

Chris asintió y echó una rápida mirada al título del libro: *Estudio sobre la adoración al demonio y relatos de fenómenos ocultos*. Lo abrió y encontró una nota manuscrita de Mary Jo.

Querida Chris:

Pasé por casualidad por la biblioteca de la Universidad de Georgetown y saqué este libro para ti. Tiene algunos capítulos sobre la misa negra. Sin embargo, deberías leerlo todo. Creo que las otras partes te van a resultar particularmente interesantes. Hasta pronto.

Mary Jo

—¡Qué mujer tan amable! —exclamó Chris.

—Sí, lo es —coincidió Sharon.

Chris hojeó el libro.

—¿Qué dice sobre la misa negra? ¿Algo muy desagradable?

—No lo sé —contestó Sharon—. No lo he leído.

—¿No es bueno para la tranquilidad de espíritu?

Sharon se desperezó y bostezó.

—Esas cosas me dan asco.

—¿Qué ha pasado con tu complejo de mesías?

—¡Oh, vamos!

Chris empujó el libro sobre la mesa en dirección a Sharon.

—Aquí tienes. Léelo y dime qué pasa.

—¿Para tener pesadillas?

—¿Para qué crees que te pago?

—Para vomitar.

—Eso puedo hacerlo yo misma —murmuró Chris, y cogió el diario de la tarde—. Para eso solo tienes que meterte los consejos de mi representante por la garganta y así te pasarás vomitando sangre una semana. —Irritada, dejó el diario a un lado—. ¿Puedes sintonizar la radio, Shar? Quiero oír las noticias.

Sharon cenó con Chris y luego se fue a una cita. Se olvidó del libro. Chris lo vio sobre la mesa y pensó leerlo, pero al final se sintió muy cansada. Lo dejó en la mesa y subió a la planta alta.

Contempló a Regan, que parecía seguir durmiendo tapada y, aparentemente, sin haberse despertado. Examinó de nuevo la ventana. Al salir del dormitorio se aseguró de que la puerta quedaba bien abierta, y lo mismo hizo con la de su cuarto, antes de meterse en la cama. Vio parte de una película en la tele. Después se durmió.

A la mañana siguiente, el libro sobre la adoración al demonio había desaparecido de la mesa.

Nadie se dio cuenta.

3

El neurólogo al que habían consultado colgó de nuevo las radiografías; trataba de localizar marcas como si hubieran golpeado el cráneo con un martillo pequeño. El doctor Klein estaba detrás, con los brazos cruzados. Habían buscado lesiones, retenciones de líquido o una posible desviación de la glándula pineal. Ahora exploraban por si tuviera un cráneo lacunar, lo que habrían revelado unos surcos que demostrarían la existencia de una presión intracraneal crónica. No las encontraron. Era el jueves 28 de abril.

El neurólogo se quitó las gafas y las puso en el bolsillo superior izquierdo de su chaqueta.

—Aquí no hay absolutamente nada, Sam. Nada que yo alcance a ver.

Klein frunció el ceño con la mirada clavada en el suelo y sacudió la cabeza.

—Sí, no se ve nada.

—¿Quiere tomarle otras?

—Creo que no. Voy a intentar una punción lumbar.

—Buena idea.

—Entretanto, me gustaría ver a la niña.

—¿Cómo está hoy?

—Bueno, yo... —Sonó el teléfono—. Con permiso. —Descolgó el auricular—. ¿Diga?

—Es la señora MacNeil. Dice que es urgente.

—¿Por qué línea?

—Por la doce.

Marcó con fuerza la extensión.

—Al habla el doctor Klein, señora MacNeil. ¿Qué sucede?

—¡Doctor, es Regan! ¿Puede venir enseguida? —Su voz sonaba agitada y al borde de la histeria.

—Claro, ¿qué le pasa?

—No lo sé, doctor, ¡no puedo describirlo! ¡Por Dios, venga! ¡Venga ahora mismo!

—Salgo para allá.

Desconectó y llamó a la recepcionista.

—Susan, dígale a Dresner que se haga cargo de mis pacientes. —Colgó el teléfono y se quitó la bata—. Es ella. ¿Quiere venir? Vive al otro lado del puente.

—Tengo una hora.

—Entonces, vamos.

Llegaron a los pocos minutos y desde la puerta, donde los recibió Sharon, oyeron lamentos y gritos de terror que provenían del cuarto de Regan. La mujer parecía asustada.

—Soy Sharon Spencer —dijo—. Entren. Está arriba.

Los condujo hasta la puerta de la habitación de Regan. La abrió y anunció:

—Los doctores, Chris.

Inmediatamente, Chris fue hacia la puerta, con la cara contraída por el pánico.

—¡Pasen, por favor! —dijo con voz trémula—. ¡Entren y vean lo que está haciendo!

—Le presento al doctor...

En mitad de la presentación, Klein se interrumpió al

mirar a Regan. Daba alaridos histéricos y sacudía los brazos mientras su cuerpo parecía proyectarse horizontalmente sobre la cama, para luego caer con violencia sobre el colchón, en un movimiento rápido y continuo.

—¡Mamá, dile que pare! —chilló—. ¡Haz que pare! ¡Quiere matarme! ¡Haz que pare! ¡Haz que pareee, mamááá!

—¡Mi pequeña! —gimió Chris mientras se metía un puño en la boca y lo mordía. Miró a Klein con una expresión suplicante—. Doctor, ¿qué tiene? ¿Qué le pasa?

Él hizo un gesto negativo con la cabeza, con la mirada fija en Regan, mientras continuaba el fenómeno. Se levantaba como medio metro cada vez y luego caía con la respiración entrecortada, como si unas manos invisibles la levantaran y la empujasen hacia abajo.

Chris se cubrió los ojos con la mano temblorosa.

—¡Ay, Jesús, Jesús! —exclamó con voz ronca—. Doctor, ¿qué es esto?

Los movimientos cesaron de repente y entonces la niña empezó a retorcerse de un lado a otro con los ojos en blanco.

—Me está quemando... ¡Me quema! —gemía Regan—. ¡Ay, quema! ¡Quema...!

Sus piernas comenzaron a cruzarse y descruzarse con rapidez.

Los doctores se acercaron, uno a cada lado de la cama. Sin dejar de retorcerse y agitarse, Regan arqueó la cabeza hacia atrás, dejando al descubierto la garganta hinchada y turgente. Comenzó a decir algo incomprensible entre dientes, en un tono extrañamente gutural.

— ... *eidanyoson... eidanyoson...*

Klein se inclinó para tomarle el pulso.

—Bueno, vamos a ver qué pasa, pequeña —le dijo con dulzura.

De repente se tambaleó, aturdido y vacilante, a causa de un tremendo golpe que le había dado Regan con el brazo al tiempo que se incorporaba en la cama, con la cara contraída.

—¡Esta guarra es mía! —rugió con voz estentórea—. ¡Es mía! ¡Alejaos de ella! ¡Es mía!

Un aullido de risa brotó de su garganta y luego cayó de espaldas como si alguien la hubiese empujado. Se levantó el camisón, dejando al descubierto sus genitales

—¡Fóllame! ¡Fóllame! —les gritó a los médicos. Empezó a masturbarse frenéticamente con ambas manos.

Unos segundos más tarde, Chris salió corriendo del dormitorio, ahogando un sollozo, cuando Regan se llevó los dedos a la boca y se los lamió.

Cuando Klein se acercó a la cama, Regan se abrazó a sí misma y se acarició los brazos con las manos.

—¡Ah, sí, querida mía! —canturreó con aquella voz extrañamente ronca. Tenía los ojos cerrados, como en éxtasis—. Mi niña..., mi flor..., mi perla...

Entonces, comenzó a retorcerse de nuevo, gimiendo una y otra vez palabras sin sentido. Se sentó con brusquedad; tenía los ojos desorbitados, indefensos, llenos de terror.

Maulló como un gato.

Después ladró.

Luego relinchó.

Después se dobló por la cintura, comenzó a girar el torso en círculos rápidos y enérgicos. Boqueó, tratando de respirar.

—¡Páralo! ¡Haz que pare! ¡No puedo respirar!

Klein había visto lo suficiente. Llevó su maletín hasta la ventana y, rápidamente, empezó a preparar una inyección.

El neurólogo permaneció junto al lecho de la niña y la vio caer de espaldas, como si la hubieran empujado. Se le volvieron a poner los ojos en blanco y, revolcándose hacia ambos lados, empezó a mascullar frases incoherentes con una voz gutural. El neurólogo se acercó más para tratar de captar lo que decía. Luego vio que Klein lo llamaba con un gesto. Se acercó a él.

—Le voy a dar Librium —le dijo con cautela; sostuvo la jeringuilla a la luz de la ventana—. Pero usted tendrá que sostenerla.

El neurólogo asintió. Parecía preocupado. Inclinó a un lado la cabeza para escuchar el murmullo que venía de la cama.

—¿Qué está diciendo? —susurró Klein.

—No lo sé. Cosas incoherentes. Sílabas sin sentido. —Pero su propia explicación pareció dejarlo insatisfecho—. Aunque lo dice como si significara algo. Tiene ritmo.

Klein hizo un gesto señalando hacia la cama, y se acercaron en silencio por ambos lados. Al verlos venir, la niña se quedó rígida, como si le hubiese dado un espasmo de tetania, y los médicos se miraron el uno al otro significativamente. Luego volvieron a mirar a Regan, cuyo cuerpo comenzaba a arquearse hasta alcanzar una posición imposible, doblado hacia atrás como un arco, hasta que la punta de la cabeza le tocó los pies. Aullaba de dolor.

Los médicos intercambiaron una mirada dubitativa. Entonces, Klein le hizo una señal al neurólogo. Pero antes de que este pudiese agarrarla, Regan cayó desmadejada en un súbito desmayo y se orinó en la cama. Klein se inclinó sobre ella y le levantó un párpado. Le tomó el pulso.

—Seguirá inconsciente un rato —murmuró—. Creo que ha tenido una convulsión, ¿no le parece?

—Sí, eso creo.

—Bueno, es mejor que nos aseguremos —dijo Klein. Con mano diestra, le aplicó la inyección.

—Y bien, ¿qué opina? —preguntó Klein al neurólogo mientras apretaba una tela esterilizada en el punto de la inyección.

—Lóbulo temporal. Tal vez la esquizofrenia sea otra posibilidad, Sam, pero el ataque ha sido demasiado repentino. No tiene ningún antecedente, ¿verdad?

—No, no lo tiene.

—¿Neurastenia?

Klein hizo un gesto negativo con la cabeza.

—Entonces, tal vez sea histeria —insinuó el neurólogo.

—Ya he pensado en eso.

—Claro. Pero tendría que presentar alguna anomalía para poder retorcer voluntariamente el cuerpo como lo ha hecho, ¿no cree? —Negó con la cabeza—. No, yo creo que es patológico, Sam... Esa fuerza, la paranoia, las alucinaciones. Sí, la esquizofrenia tiene esos síntomas. Pero una lesión en el lóbulo temporal también provocaría convulsiones. Sin embargo, hay algo que me inquieta... —Se alejó con el ceño fruncido, desconcertado.

—¿A qué se refiere?

—Bueno, no estoy totalmente seguro, pero creo haber oído signos de disociación: «mi perla»..., «mi niña»..., «mi flor»..., «la guarra». Tengo la impresión de que hablaba de sí misma. ¿A usted no le ha parecido lo mismo o es que estoy tratando de ver más de lo que hay?

Klein se acarició el labio inferior mientras meditaba la pregunta.

—Francamente, en el momento no se me ocurrió, pero ahora que lo menciona... —Gruñó pensativo—. Podría ser. Sí, podría ser.

Luego, alejó la idea con un encogimiento de hombros.

—Bueno, le voy a hacer una punción ahora mismo, aprovechando que está dormida. Puede que luego sepamos algo.

El neurólogo asintió.

Klein hurgó en su maletín, cogió una píldora y se la metió en el bolsillo.

—¿Puede quedarse un rato?

El neurólogo miró el reloj.

—Tal vez media hora.

—Hablemos con la madre.

Salieron al pasillo.

Chris y Sharon estaban apoyadas, cabizbajas, contra la baranda de la escalera. Al acercarse los médicos, Chris se secó la nariz con un pañuelo húmedo y estrujado. Tenía los ojos enrojecidos por el llanto.

—Está dormida —le dijo Klein.

—Gracias a Dios —suspiró Chris.

—Y le he dado un sedante fuerte. Quizá duerma hasta mañana.

—Eso es bueno —dijo Chris con voz débil—. Lamento comportarme como una cría, doctor.

—Lo está haciendo bien —la consoló—. Es una experiencia espantosa. A propósito, le presento al doctor David.

Hola —dijo Chris con una sonrisa desalentadora.

—El doctor David es neurólogo.

—¿Qué opinan? —les preguntó.

—Bueno, pensamos que es una lesión del lóbulo temporal —respondió Klein— y...

—Por Dios, ¿de qué diablos me está hablando? —estalló Chris—. ¡Ha estado actuando como una psicópata, como si tuviera doble personalidad! ¿Qué...? —De pronto se serenó y se llevó la mano a la frente—. Creo que estoy un poco nerviosa —dijo agotada—. Lo siento. —Dirigió a Klein una mirada ojerosa—. ¿Qué estaba diciendo?

Fue David quien respondió.

—No se han dado más de cien casos auténticos de desdoblamiento de personalidad, señora MacNeil. Es una enfermedad rara. Sé que la tentación sería recurrir a la psiquiatría, pero cualquier psiquiatra responsable agotaría primero las posibilidades somáticas. Es el procedimiento más seguro.

—De acuerdo. Entonces ¿qué hay que hacer ahora? —suspiró Chris.

—Una punción lumbar —contestó David.

—¿En la columna?

Asintió.

—Puede revelar lo que no ha aparecido en las radiografías ni en el electroencefalograma. O, por lo menos, descartaría otras posibilidades. Querría hacerlo ahora, aquí mismo, mientras duerme. Le voy a poner anestesia local, por supuesto, para evitar que se mueva.

—¿Cómo ha podido saltar en la cama de ese modo? —preguntó Chris; se le contrajo el rostro por la ansiedad.

—Bueno, creo que ya hemos hablado de eso —dijo Klein—. Los estados patológicos pueden originar una fuerza anormal y acelerar las funciones motrices.

—Pero no sabe por qué —dijo Chris.

—Según parece, tiene algo que ver con la motivación —comentó David—. Es lo único que sabemos.

—Bueno, entonces ¿podemos hacer la punción?

Mientras clavaba la vista en el suelo, Chris suspiró, hundida.

—Adelante —murmuró—. Hagan todo lo que sea necesario. Pero cúrenmela.

—Lo intentaremos —dijo Klein—. ¿Me permite usar el teléfono?

—Por supuesto, venga conmigo. Está en el despacho.

—A propósito —dijo Klein, cuando ella se volvió para guiarlos—, necesita que le cambien las sábanas.

—Yo lo haré —dijo Sharon, y entró en el cuarto de Regan.

—¿Les apetece un café? —preguntó Chris, mientras los médicos la seguían escaleras abajo—. Le he dado la tarde libre al ama de llaves, de modo que tendría que ser instantáneo.

Ellos rehusaron.

—Veo que todavía no le han arreglado la ventana —comentó Klein.

—No, ya hemos llamado —le dijo Chris—. Mañana vendrán a poner unas persianas que se pueden asegurar con cerrojo.

Él asintió con aprobación.

Entraron en el despacho, desde donde Klein llamó a su consulta. Le dio instrucciones a un ayudante para que mandara a la casa el instrumental necesario y la medicación.

—Y preparen el laboratorio para un análisis de líquido cefalorraquídeo —le informó Klein—. Lo haré yo mismo después de la punción.

Cuando terminó de hablar, se volvió hacia Chris y le preguntó qué había sucedido desde que él vio a Regan por última vez.

—El martes —sopesó Chris— no pasó nada. Se metió en la cama y durmió de un tirón hasta la mañana siguiente; luego... ¡Ah, no, no, espere! —se corrigió—. No fue así. Willie comentó que la había oído en la cocina por la mañana muy temprano. Me acuerdo de que me alegré de que tuviera apetito de nuevo. Pero supongo que luego se volvió a la cama, porque se quedó en ella el resto del día.

—¿Durmiendo? —le preguntó Klein.

—No, leyendo —respondió Chris—. Entonces empecé a sentirme un poco mejor con respecto a todo. Parecía como si el Librium hubiera sido lo que le hacía falta. Noté que estaba algo abstraída y eso me molestó un poco; pero, aun así, es un gran progreso. Y anoche, tampoco nada. Hasta esta mañana, cuando empezó de nuevo —continuó. Inspiró profundamente—. ¡Y cómo empezó!

Sacudió la cabeza.

Chris les contó a los médicos que estaba sentada en la cocina cuando Regan bajó corriendo las escaleras gritando; se abalanzó sobre su madre, se escondió detrás de la silla mientras agarraba a Chris por los brazos y le explicó, con voz aterrorizada, que el capitán Howdy la perseguía, que le había estado dando pellizcos, puñetazos, que la había empujado, le había dicho groserías y la había amenazado con matarla. «¡Está ahí!», había chillado, finalmente, señalando hacia la puerta de la cocina. Luego se derrumbó en el suelo y su cuerpo se agitó en espasmos, mientras jadeaba y lloraba porque el capitán Howdy le estaba dando patadas. De repente, recordó Chris, Regan se incorporó, se detuvo en medio de la cocina con los brazos extendidos y empezó a girar con rapidez, «como una peonza», y estuvo moviéndose así durante varios minutos hasta caer exhausta en el suelo.

—Y luego, de pronto —terminó Chris, angustiada—, vi ese... odio en sus ojos, ese odio, y me dijo... —Se quedó sin habla—. Me dijo que era una... ¡Ay, Dios!

Se tapó los ojos con las manos, mientras sollozaba convulsivamente. En silencio, Klein se dirigió al bar y llenó un vaso con agua del grifo.

Se acercó a Chris.

—Mierda, ¿dónde hay un cigarrillo? —Chris suspiró

con voz trémula, y se enjugó los ojos con el dorso de los dedos.

Klein le dio el agua y una pildorita verde.

—Pruebe con esto —le aconsejó.

—¿Es un tranquilizante?

—Sí.

—Que sea doble.

—Con uno basta.

—¡Qué derroche! —murmuró Chris, con una sonrisa lánguida.

Se tragó la píldora y le devolvió el vaso, vacío, al médico.

—Gracias —dijo en voz baja, y apoyó la frente sobre sus dedos temblorosos. Movió la cabeza con suavidad—. Sí, ahí fue donde empezó ese otro asunto —prosiguió pensativa—. Como si fuera otra persona.

—¿Quizá como el capitán Howdy? —preguntó David.

Chris levantó la vista y lo miró desconcertada. Él la miraba fijamente.

—¿Qué quiere decir? —preguntó.

—No lo sé. —Se encogió de hombros—. Es solo una pregunta.

Ella se volvió hacia la chimenea, con la mirada ausente y turbada.

—No lo sé —dijo con un tono sombrío—. Era como si fuese otra persona.

Hubo un momento de silencio. Luego, David se levantó y les dijo que debía irse porque tenía otra cita y, tras algunas frases de consuelo, se despidió.

Klein lo acompañó hasta la puerta.

—¿Va a comprobar los niveles de azúcar? —le preguntó David.

—No, soy el tonto del pueblo de Rosslyn.

David esbozó una sonrisa.

—La verdad es que estoy preocupado por esto —dijo. Desvió la mirada, pensativo—. Es un caso muy extraño.

Durante un momento, se acarició la barbilla y pareció cavilar.

Después miró a Klein.

—Avíseme si encuentra algo.

—¿Estará en su casa?

—Sí. Llámeme.

Le dijo adiós con la mano y se marchó.

Pocos minutos después, al llegar el instrumental, Klein anestesió el área raquídea de Regan con novocaína y, mientras Chris y Sharon miraban, extrajo el líquido cefalorraquídeo y leyó el manómetro.

—Presión normal —murmuró.

Cuando acabó, fue hasta la ventana para ver si el líquido era claro o turbio.

Era claro.

Cuidadosamente, guardó los tubos con el líquido en su maletín.

—No creo que lo haga, pero en caso de que se despierte en medio de la noche y arme un escándalo, necesitarán una enfermera que le administre un sedante —dijo Klein.

—¿Puedo hacerlo yo misma? —le preguntó Chris, preocupada.

—Y ¿por qué no una enfermera?

Ella no quiso mencionar la profunda desconfianza que sentía respecto a los médicos y las enfermeras.

—Prefiero hacerlo yo —dijo simplemente—. ¿Puedo?

—A ver, las inyecciones normalmente tienen su aquel

—respondió él—. Una burbuja de aire puede ser muy peligrosa.

—Yo sé cómo se hace —medió Sharon—. Mi madre tenía una clínica en Oregón.

—¿Lo harías, Sharon? ¿Te quedarás esta noche? —le preguntó Chris.

—Después de esta noche —previno Klein— puede necesitar suero intravenoso; depende de cómo siga el proceso.

—¿No podría enseñarme a hacerlo? —le preguntó Chris, ansiosa.

Él asintió.

—Sí, supongo que sí.

Le dio una receta de Thorazine soluble y jeringuillas desechables. Se la entregó a Chris.

—Que se lo preparen enseguida.

Chris se la tendió a Sharon.

—Cielo, hazlo por mí, ¿quieres? No tienes más que llamar y ellos lo mandarán. Me gustaría estar con el doctor mientras hace esos análisis... ¿Le molesta? —preguntó al médico.

Él notó la tensión que se acumulaba alrededor de sus ojos, su mirada de confusión e impotencia. Hizo un gesto afirmativo.

—Sé cómo se siente. —Le sonrió con amabilidad—. Yo me siento igual cuando hablo de mi coche con los mecánicos.

Salieron de la casa justo a las 18.18 de la tarde.

En su laboratorio del complejo médico Rosslyn, Klein hizo una serie de análisis. Primero analizó el porcentaje de proteínas.

Normal. Luego hizo un recuento hemático.

—Demasiados hematíes —explicó Klein— revelarían una hemorragia. Y demasiados leucocitos demostrarían la existencia de una infección.

Buscaba, en particular, una infección micótica, que era a menudo la causa de un comportamiento extraño. De nuevo, estaba bien.

Por último, Klein analizó el índice de glucosa del líquido cefalorraquídeo.

—¿Por qué? —le preguntó Chris, interesada.

—La cantidad de glucosa en el líquido cefalorraquídeo debería ser dos tercios de la que se encuentra normalmente en la sangre. Si el índice está significativamente por debajo de esa proporción, revelaría una enfermedad en la cual las bacterias consumen el azúcar del líquido cefalorraquídeo. Si fuese así, esa sería la razón de su comportamiento.

Pero encontró un nivel normal.

Chris sacudió la cabeza y cruzó los brazos.

—Entonces estamos igual que antes —murmuró desanimada.

Klein meditó durante unos minutos. Finalmente, se volvió hacia Chris.

—¿Tiene usted alguna droga en su casa? —le preguntó.

—¿Eh?

—¿Anfetaminas? ¿LSD?

—¡No! Si las tuviera, ya se lo habría dicho. No, no hay nada de eso.

Él asintió y bajó la cabeza. Luego, levantó la vista y dijo:

—Bueno, entonces creo que ha llegado el momento de consultar a un psiquiatra, señora MacNeil.

Volvió a su casa exactamente a las 19.21 de la tarde. Desde la puerta llamó a Sharon.

Pero no estaba.

Chris subió al dormitorio de Regan. Aún dormía profundamente. No había ni una arruga en la ropa de cama. Notó que la ventana estaba abierta de par en par. Olía a orina. «Sharon debe de haberla abierto para ventilar el cuarto —pensó. La cerró—. ¿Dónde se habrá metido?».

Chris volvió a la planta baja justo cuando llegaba Willie.

—Hola, Willie. ¿Lo ha pasado bien?

—He ido de tiendas. Al cine.

—¿Dónde está Karl?

Willie hizo un gesto, como si quisiera alejar de sí el pensamiento.

—Esta vez me dejó ir a ver a los Beatles. A mí sola.

—¡Estupendo!

Willie hizo un gesto de victoria con los dedos. Eran las 19.35. A las 20.01, cuando Chris estaba en el despacho hablando por teléfono con su representante, Sharon entró con varios paquetes, se dejó caer en una silla y esperó.

—¿Adónde has ido? —le preguntó Chris cuando colgó el teléfono.

—Oh, ¿no te lo ha dicho?

—¿Quién no me ha dicho qué?

—Burke. ¿No está aquí? ¿Dónde está?

—¿Ha estado aquí?

—¿Quieres decir que no estaba cuando llegaste?

—Mira, explícamelo todo —dijo Chris.

—¡Está loco! —refunfuñó Sharon moviendo la cabeza—. El farmacéutico no podía mandar las cosas, de modo que cuando vino Burke pensé que se podía quedar con Regan mientras yo iba a buscar el Thorazine. —Se encogió de hombros—. Tendría que haberme imaginado que haría eso.

—Pues sí. Y entonces ¿qué has comprado?

—Como me pareció que tenía tiempo, fui a comprar una sábana con tela impermeable para la cama de Regan. —Se la mostró.

—¿Has comido?

—No. Pensaba hacerme un bocadillo. ¿Quieres uno?

—Buena idea. Vamos a comer.

—¿Qué decían los análisis? —preguntó Sharon mientras caminaban lentamente hasta la cocina.

—No han encontrado nada. Todos negativos. Voy a tener que llevarla a un psiquiatra —respondió Chris con voz apagada.

Después de tomar los bocadillos y el café, Sharon enseñó a Chris a poner inyecciones.

—Las dos cosas más importantes —explicó— son comprobar que no haya burbujas de aire y estar segura de no pinchar una vena. Succiona un poquito, así —se lo mostró—, y fíjate que no haya sangre en la jeringa.

Chris practicó un rato en un pomelo. Luego, a las 21.28, sonó el timbre de la puerta. Willie fue a abrir. Era Karl. Al pasar por la cocina, de camino de su habitación, saludó con un ademán de cabeza y dijo que se había olvidado la llave.

—No puedo creerlo —dijo Chris a Sharon—. Es la primera vez que reconoce un error.

Pasaron la velada viendo la televisión en el despacho.

A las 23.46, Chris respondió al teléfono. Era el ayudante de dirección. Su voz parecía grave.

—¿No te has enterado, Chris?

—No, ¿qué pasa?

—Una mala noticia.

—¿Cuál? —preguntó.

—Burke está muerto.

Se había emborrachado. Tropezó. Se cayó por las escaleras empinadas que había junto a la casa; un peatón que pasaba por la calle M lo vio derrumbarse hacia la noche sin fin. Se rompió el cuello. Un final escalofriante y sangriento, su última escena.

El teléfono se le resbaló de las manos mientras Chris lloraba en silencio, de pie y vacilante. Sharon corrió a sostenerla, colgó el teléfono y la llevó hasta el sofá.

—Burke ha muerto —sollozó Chris.

—¡Ay, Dios! —jadeó Sharon—. ¿Qué ha pasado?

Pero Chris no podía hablar aún. Lloraba.

Más tarde hablaron. Durante horas. Hablaron. Chris bebió. Recordaron a Dennings. A ratos reía, a ratos lloraba.

—¡Dios! —suspiraba—. ¡Pobre Burke..., pobre Burke...!

El sueño que había tenido sobre la muerte retornaba constantemente.

Poco después de las cinco de la mañana, Chris se encontraba de pie, pensativa, con los codos apoyados detrás del bar, cabizbaja y con la mirada triste. Estaba esperando que Sharon volviera con hielo de la cocina.

La oyó venir.

—Todavía no me lo creo —suspiró Sharon al entrar en el despacho.

Chris levantó la vista y se quedó petrificada.

Deslizándose como una araña con rapidez, muy cerca detrás de Sharon, con el cuerpo arqueado hacia atrás y la cabeza casi tocándole los pies, estaba Regan, que sacaba y metía la lengua de la boca mientras siseaba igual que una serpiente.

—¿Sharon? —dijo Chris atontada, mirando aún a Regan.

Sharon se detuvo. Regan también. Sharon se volvió y no vio nada. Y luego gritó al sentir la lengua de Regan lamiéndole el tobillo.

Chris empalideció.

—¡Llama al doctor enseguida! ¡Que venga ahora mismo!

Adondequiera que fuera Sharon, Regan la seguía.

4

Viernes, 29 de abril. Mientras Chris esperaba en el pasillo fuera de la habitación, el doctor Klein y un neuropsiquiatra de renombre examinaban a la niña.

Los médicos la observaron durante media hora. Se dejaba caer. Daba vueltas sobre sí misma. Se tiraba del pelo. Ocasionalmente ponía muecas y se apretaba las manos contra los oídos como para bloquear un ruido repentino y ensordecedor. Vociferaba obscenidades. Aullaba de dolor. Finalmente, se arrojó boca abajo sobre la cama con las piernas dobladas bajo del estómago. Gemía de forma incoherente.

El psiquiatra le dijo a Klein que se alejara de la cama.

—Vamos a darle un tranquilizante —murmuró—. Tal vez así pueda hablar con ella.

El internista asintió y preparó una inyección de cincuenta miligramos de Thorazine. Sin embargo, cuando los médicos se acercaron a la cama, Regan pareció sentir su presencia y, rápidamente, se dio la vuelta, y cuando el neuropsiquiatra trató de sujetarla, empezó a chillar con furia. Lo mordió. Le pegó. Lo mantuvo a distancia. Solo cuando llamaron a Karl para que los ayudara, pudieron mantenerla lo suficientemente quieta para que Klein le inyectara el sedante.

La dosis fue insuficiente. Tuvieron que administrarle otros cincuenta miligramos. Esperaron.

Regan se calmó. Luego, somnolienta, miró a los médicos con un repentino desconcierto.

—¿Dónde está mamá? Quiero que venga mamá —lloró.

Ante una seña del neuropsiquiatra, Klein salió de la habitación para llamar a Chris.

—Tu madre vendrá dentro de un momento, cariño —dijo el psiquiatra a Regan. Se sentó en la cama y le acarició la cabeza—. Vamos, vamos... No pasa nada, cielo. Soy médico.

—¡Quiero que venga mamá! —lloraba Regan.

—Ya viene. ¿Te duele algo, cariño?

La niña asintió. Lloraba a lágrima viva.

—¿Dónde?

—En todo el cuerpo —sollozó Regan.

—¡Ay, mi pequeña!

—¡Mamá!

Chris corrió a la cama y la abrazó. La besó. La calmó y la consoló. Luego, Chris también rompió a llorar.

—¡Oh, Rags, has vuelto! ¡Eres tú de verdad!

—Me está haciendo daño, mami. —Regan hacía pucheros—. ¡Dile que deje de hacerme daño! Lo harás, ¿verdad?

Por un momento, Chris se quedó desconcertada, luego echó una rápida mirada en dirección a los médicos, con una expresión suplicante en los ojos.

—Le hemos dado sedantes fuertes —dijo amablemente el psiquiatra.

—¿Quiere decir que...?

Él la interrumpió.

—Ya veremos. —Después se volvió hacia Regan—. ¿Puedes decirme qué te pasa, querida?

—No lo sé —respondió—. No sé por qué me hace esto.

—Las lágrimas le caían por las mejillas—. ¡Antes siempre fue mi amigo!

—¿Quién?

—El capitán Howdy. Y entonces es como si otra persona estuviera dentro de mí. Y me obliga a hacer cosas.

—¿El capitán Howdy?

—¡No lo sé!

—¿Es una persona?

Ella asintió.

—¿Quién?

—¡No lo sé!

—Bueno, está bien. Vamos a probar algo, Regan. Un juego. —Hurgó en su bolsillo en busca de una bolita de colores brillantes atada a una cadenita plateada—. ¿Alguna vez has visto una película en la que hipnotizan a alguien?

Ella asintió.

—Bueno, yo soy hipnotizador. Sí, hipnotizo a las personas constantemente. Si ellos me dejan, claro. Creo que si te hipnotizo a ti, Regan, eso te ayudaría a ponerte bien. Sí, esa persona que está dentro de ti va a salir enseguida. ¿Quieres que te hipnotice? Mira, tu madre está aquí a tu lado.

Regan dedicó una mirada interrogante.

—Adelante, cariño, hazlo —la apremió Chris—. Inténtalo.

Regan se volvió hacia el psiquiatra e hizo un gesto afirmativo con la cabeza.

—Está bien —dijo con suavidad—. Pero solo un poquito.

El psiquiatra sonrió y miró bruscamente detrás de él al oír el ruido de la vajilla al romperse. Un delicado florero se había caído al suelo desde la cómoda donde el doctor Klein tenía apoyado el antebrazo. Desconcertado, lo miró y luego los fragmentos rotos; se agachó para recogerlos.

—No se moleste, doctor; Willie lo recogerá —le dijo Chris.

—¿Podría bajar las persianas, Sam? —dijo el psiquiatra—. ¿Y cerrar las cortinas?

Cuando la habitación estuvo a oscuras, el psiquiatra cogió la cadena entre los dedos y comenzó a balancear la bolita hacia atrás y hacia delante, con un movimiento relajado. La iluminó con una linterna de bolsillo. Resplandecía. Empezó a musitar un ritual hipnótico.

—Mírala, Regan, sigue mirando; pronto sentirás que te empiezan a pesar los párpados, cada vez más y más...

Poco después, la niña parecía estar en trance.

—Es extremadamente sugestionable —murmuró el psiquiatra. Luego le habló a la niña—: ¿Estás cómoda, Regan?

—Sí. —Su voz era suave y como un susurro.

—¿Qué edad tienes, Regan?

—Doce.

—¿Hay alguien dentro de ti?

—A veces.

—¿Cuándo?

—En distintos momentos.

—¿Es una persona?

—Sí.

—¿Quién es?

—No lo sé.

—¿El capitán Howdy?

—No lo sé.

—¿Un hombre?

—No lo sé.

—Pero ¿está ahí?

—Sí, a veces.

—¿Ahora?

—No lo sé.

—Si le pido que me hable, ¿dejarás que me conteste?

—¡No!

—¿Por qué no?

—¡Tengo miedo!

—¿De qué?

—¡No lo sé!

—Si habla conmigo, Regan, creo que te dejará en paz. ¿Quieres que se vaya?

—Sí.

—Entonces deja que hable. ¿Lo harás?

Una pausa. Luego:

—Sí.

—Ahora me estoy dirigiendo a la persona que está dentro de Regan —dijo el psiquiatra con firmeza—. Si se halla ahí, también está hipnotizado y debe responder a todas mis preguntas. —Se calló durante un momento para dejar que la sugestión entrara en su torrente sanguíneo. Luego lo repitió—: Si se halla ahí, también está hipnotizado y debe responder a todas mis preguntas. Salga y respóndame ahora. ¿Está ahí?

Silencio. Entonces ocurrió algo extraño. De pronto, el aliento de Regan se había vuelto fétido. Denso, como una corriente. El psiquiatra lo olió a medio metro de distancia. Dirigió la luz de la linterna sobre la cara de Regan.

Chris ahogó un grito. Las facciones de su hija se estaban contrayendo en una horrible máscara: los labios se le estiraban en direcciones opuestas; la lengua, tumefacta, le colgaba de la boca como la de un lobo.

—¡Por todos los santos! —musitó Chris.

—¿Es usted la persona que está dentro de Regan? —preguntó el psiquiatra.

Ella asintió.

—¿Quién es usted?

—*Eidanyoson* —contestó con voz gutural.

—¿Así se llama usted?

Ella asintió.

—¿Es un hombre?

—Di...

—¿Ha contestado?

—Di...

—Si quiere decir «sí», haga un movimiento afirmativo con la cabeza.

Lo hizo.

—¿Está hablando en un idioma extranjero?

—Di...

—¿De dónde viene?

—*Soid*...

—¿De dónde dice que viene?

—*Soidedognevon* —respondió Regan.

El psiquiatra pensó durante un momento; luego intentó otro modo de afrontarlo:

—Cuando yo le pregunte, asienta con la cabeza para decir «sí» y niegue para decir «no». ¿Lo entiende?

Regan asintió.

—¿Tienen sentido sus respuestas? —le preguntó.

Sí.

—¿Es usted alguien que Regan haya conocido antes?

No.

—¿De quien haya oído hablar?

No.

—¿Es usted una persona que ella ha inventado?

No.

—¿Es usted real?

Sí.

—¿Parte de Regan?

No.

—¿Alguna vez fue parte de ella?

No.

—¿A usted le gusta ella?

No.

—¿Le disgusta?

Sí.

—¿La odia?

Sí.

—¿Por algo que ella hizo?

Sí.

—¿Usted la culpa por el divorcio de los padres?

No.

—¿Tiene algo que ver con sus padres?

No.

—¿Con un amigo?

No.

—Pero ¿la odia?

Sí.

—¿Está castigando a Regan?

Sí.

—¿Quiere hacerle dano?

Sí.

—¿Matarla?

Sí.

—Si ella muriera, ¿moriría usted también?

No.

La respuesta pareció turbarlo y bajó la vista, pensativo. Los muelles de la cama crujieron cuando cambió de postura. En aquella quietud asfixiante, la respiración de Regan parecía salir de unos pulmones pútridos. Allí. Y, sin embargo, lejos. Lejanamente siniestra.

El psiquiatra levantó de nuevo la vista y la clavó en aquella cara contraída y espantosa. Sus ojos brillaban con intensidad al barajar las posibilidades.

—¿Hay algo que ella puede hacer para que usted se vaya?

Sí.

—¿Me lo va a decir?

No.

—Pero...

De repente, el psiquiatra abrió la boca, sobresaltado por el dolor cuando se dio cuenta, con horrorizada incredulidad, de que Regan le estaba apretando el escroto con una mano tan fuerte como una tenaza de hierro. Con los ojos abiertos desmesuradamente, luchó por librarse. No pudo.

—¡Sam, Sam, ayúdeme! —graznó.

Agonía. Alboroto.

Chris levantó la mirada y fue a encender la luz.

Klein se adelantó corriendo.

Regan, con la cabeza inclinada hacia atrás, se rio diabólicamente; luego aulló como un lobo.

Chris encendió el interruptor de la luz de un manotazo. Se dio la vuelta. Aquello parecía la película granulada y titilante de una pesadilla a cámara lenta: Regan y los médicos retorciéndose sobre la cama en una maraña de brazos y piernas en movimiento, en una refriega de muecas, respiraciones entrecortadas y palabrotas; el aullido, el ladrido y la risa horripilante; Regan relinchando; luego, la escena pasaba a cámara rápida y la cama se agitaba, se sacudía con violencia de un lado a otro mientras Chris observaba, impotente, que su hija ponía los ojos en blanco y emitía un penetrante aullido de terror, que emergía de la base de su columna retorcida.

Regan se arqueó y cayó inconsciente. Algo atroz abandonó la habitación.

Durante un momento, de tensa expectación, nadie se

movió. Luego, despacio y con cuidado, al fin los médicos pudieron liberarse y ponerse de pie. Miraron fijamente a Regan. Al cabo de un rato, Klein le tomó el pulso, inexpresivo. Satisfecho, la tapó con la manta e hizo un gesto con la cabeza a los demás, que salieron del cuarto y fueron al despacho.

Durante un momento, nadie habló. Chris estaba en el sofá. Klein y el psiquiatra se sentaron cerca de ella, en sillas enfrentadas. El psiquiatra, pensativo, se pellizcaba el labio inferior mientras miraba fijamente la mesita de café; luego suspiró y levantó la vista hacia Chris. Se encontró con la mirada agotada de ella.

—¿Qué diablos pasa? —preguntó ella, demacrada, en un susurro sombrío.

—¿Reconoció el idioma que hablaba? —le preguntó él. Chris negó con la cabeza.

—¿Profesa usted alguna religión?

—No.

—¿Y su hija?

—Tampoco.

Entonces el psiquiatra le hizo una serie interminable de preguntas relacionadas con la historia psicológica de Regan. Cuando por fin terminó, parecía desconcertado.

—¿Qué pasa? —preguntó Chris; tenía los nudillos blancos de tanto torcer y retorcer el pañuelo, hecho un ovillo—. ¿Qué tiene?

—Es algo confuso —respondió, evasivo, el psiquiatra—. Honestamente sería muy irresponsable de mi parte aventurar un diagnóstico con solo un examen tan breve.

—Pero debe de tener alguna idea, ¿verdad? —insistió ella. El psiquiatra suspiró y se pasó un dedo por la ceja.

—Sé que está usted muy ansiosa, así que le daré una o dos impresiones hipotéticas.

Chris se inclinó hacia delante y asintió, algo tensa. Los dedos, sobre su falda, empezaron a manosear el pañuelo, tanteando las puntadas del dobladillo como si fueran las cuentas de un rosario de hilo arrugado.

—Para empezar —le dijo—, es muy poco probable que esté fingiendo.

Klein asintió, de acuerdo con él.

—Lo creemos por una serie de razones —continuó el psiquiatra—. Por ejemplo, las contorsiones anormales y dolorosas y, sobre todo, por el cambio en sus facciones cuando le hablaba a la persona que ella cree tener dentro. Un efecto psíquico de esa índole no se daría a menos que ella creyera en esa persona. ¿Me entiende?

—Creo que sí —respondió Chris entornando los ojos con asombro—. Pero no entiendo de dónde ha salido esta persona. Quiero decir que he oído hablar de la «doble personalidad», pero nunca me han dado una explicación del fenómeno.

—Bueno, en realidad nadie la tiene, señora MacNeil. Usamos conceptos como «conciencia», «mente», «personalidad», pero no sabemos todavía lo que son en realidad. —Sacudió la cabeza—. No lo sabemos. En absoluto. De modo que cuando yo empiezo a hablar de la personalidad múltiple o del desdoblamiento de personalidad, expongo solo algunas teorías que plantean interrogantes, más que responder a ellos. Freud opinaba que la mente consciente reprime ciertas ideas y sentimientos, aunque permanecen ocultos en el subconsciente de una persona; quedan, de hecho, muy arraigados, y siguen expresándose a través de ciertos síntomas psiquiátricos. Pues bien, cuando este material reprimido, o llamémoslo disociado (la palabra «disociación» implica una separación de la conciencia), se halla lo suficientemente arraigado o cuando la personalidad del sujeto es débil o está desorganizada, el resultado puede ser una psicosis esquizofrénica. Lo cual no es lo mismo —la previno— que doble personalidad. La esquizofrenia es un quebrantamiento de la personalidad. Pero cuando la materia disociada es tan intensa como para presentarse de algún modo unida, para organizarse en el subconsciente del individuo, se dice que funciona independientemente como una personalidad separada y que gobierna las funciones del cuerpo.

Respiró. Chris no perdía palabra; él prosiguió:

—Esa es una teoría. Hay muchas otras, algunas de las cuales hablan de la noción de evasión hacia la inconsciencia, la evasión de algún conflicto o problema emocional. Volviendo a Regan, no tiene antecedentes de esquizofrenia, y el electroencefalograma no ha mostrado el trazado de ondas cerebrales que generalmente la acompañan. De modo que me inclino a descartar la esquizofrenia. Lo cual nos lleva a la histeria.

—Lo hablamos la semana pasada —murmuró Chris deprimida.

El psiquiatra, preocupado, esbozó una leve sonrisa.

—La histeria —continuó— es una forma de neurosis en la cual las perturbaciones emocionales se convierten en trastornos del cuerpo. En algunas de sus formas hay disociación. En la psicastenia, por ejemplo, el individuo pierde la conciencia de sus actos, pero se ve a sí mismo actuar y atribuye sus actos a otra persona. Sin embargo, su idea de la segunda personalidad es vaga, y la de Regan parece específica. De modo que llegamos a la forma de histeria que Freud llamó «conversión». Nace de sentimientos inconscientes de culpa y de la necesidad de ser castigado. El síntoma predominante sería la disociación, o incluso la personalidad múltiple. Y el síndrome podría también incluir convulsiones epileptoides, alucinaciones y una excitación motriz anormal.

—Vaya, eso se parece a lo que tiene Regan —aventuró Chris, pensativa—. ¿No le parece? Si no fuera por eso de la culpa... ¿De qué podría sentirse culpable?

—Una respuesta estereotipada sería el divorcio —dijo el psiquiatra—. A menudo los niños sienten que ellos son los rechazados, y asumen la responsabilidad total por la partida de uno de los padres. En el caso de su hija, hay motivos para creer que esa pueda ser la razón. Y aquí pienso en la preocupación y en la profunda depresión por la idea de que la gente muere: la tanatofobia. En los niños va acompañada de la formación de culpa relacionada con una presión familiar, a menudo, el temor a perder a uno de los padres. Provoca furia y una frustración intensa. Más aún, la culpa, en este tipo de histeria, no es necesariamente conocida por la mente inconsciente. Incluso podría ser esa culpa de la que decimos que «flota libre», o sea, una culpa general no relacionada con nada en particular —concluyó.

Chris sacudió la cabeza.

—Estoy algo confusa —murmuró—. ¿De dónde vendría esta nueva personalidad?

—Voy a emitir otra suposición —replicó—, solo una conjetura; aunque si presuponemos que es una conversión histérica provocada por un complejo de culpa, entonces la segunda personalidad sería, simplemente, un agente que aplica el castigo. Si ella misma se lo infligiera, significaría que Regan reconoce su culpa. Pero quiere escapar de ese reconocimiento. Por tanto, surge una segunda personalidad.

—¿Y eso es lo que cree usted que tiene?

—Como ya le he dicho, no lo sé —contestó el psiquiatra, aún evasivo. Parecía escoger las palabras como si eligiera las piedras para cruzar un arroyo—. Es muy poco común, en una criatura de la edad de Regan, el poder reunir y organizar los componentes de una nueva personalidad. Y ciertas... bueno, otras cosas son desconcertantes. Su actuación con el tablero de ouija, por ejemplo, indicaría una naturaleza extremadamente sugestionable y, no obstante, según parece, nunca la he hipnotizado del todo. —Se encogió de hombros—. Bueno, tal vez ella se resistió. Pero lo realmente asombroso —anotó— es la aparente precocidad de la nueva personalidad. No es en absoluto la de una persona de doce años. Es mucho mayor. Y también las palabras que ha usado... —Clavó la vista en la alfombra frente a la chimenea, mordiéndose, pensativo, el labio inferior—. Existe un estado similar, por supuesto, pero no sabemos mucho de él, una forma de sonambulismo en la que el sujeto manifiesta repentinamente conocimientos o habilidades que nunca había aprendido antes, y en la que la segunda personalidad intenta destruir a la primera. Sin embargo...

Arrastró la palabra. De pronto, el psiquiatra miró a Chris.

—Todo esto es terriblemente complicado —le dijo—, y yo lo he simplificado mucho.

—Entonces ¿dónde está la clave? — preguntó Chris.

—Por el momento la desconocemos —le dijo—. La niña necesita un examen exhaustivo por un equipo de expertos, dos o tres semanas de estudio realmente intensivo en una clínica, por ejemplo, la clínica Barringer, en Dayton.

Chris desvió la mirada.

—¿Tiene algún inconveniente?

—No, ninguno —suspiró ella—. Solo que he perdido la esperanza, eso es todo.

—No la entiendo.

—Es una tragedia personal.

El psiquiatra llamó por teléfono a la clínica Barringer desde el despacho de Chris. Quedaron en que llevarían a Regan al día siguiente.

Los médicos se fueron.

Chris se tragó el dolor del recuerdo de Dennings, junto con el recuerdo de la muerte y los gusanos, de vacíos y una soledad indecible, y de quietud, tinieblas, bajo la tierra, donde nada se mueve, nada... Lloró un momento. Demasiado... Demasiado... Y empezó a hacer las maletas.

Estaba en su dormitorio eligiendo la peluca de camuflaje que llevaría en Dayton cuando apareció Karl. Le dijo que alguien había venido a verla.

—¿Quién?

—Un detective.

—¿Y quiere verme a mí?

Él asintió. Luego le tendió una tarjeta. La miró con aire ausente. Decía: WILLIAM P. KINDERMAN, TENIENTE DE POLICÍA; y, abajo, en la esquina izquierda y como un pariente lejano, se leía: *Departamento de Homicidios*. Estaba impresa en letra inglesa, más apropiada para un vendedor de antigüedades.

Levantó la mirada de la tarjeta con un resoplido de sospecha.

—¿Trae algo que pueda ser un guion? ¿Un sobre marrón grande o algo por el estilo?

Chris había descubierto que no había una sola persona en el mundo que no tuviera una novela, un guion o un bosquejo de ambos metidos en un cajón, o una comedia en la cabeza. Ella parecía atraerlos como los curas a los borrachos.

Pero Karl hizo un gesto negativo con la cabeza. A Chris le entró curiosidad y bajó las escaleras. ¿Burke? ¿Tendría algo que ver con Burke?

La esperaba en el vestíbulo; tenía el ala del sombrero, blando y maltrecho, aferrado entre unos dedos cortos, gruesos y con la manicura hecha recientemente. Regordete. Cincuentón. Tenía las mejillas caídas, brillantes por el jabón. Pero sus pantalones arrugados, remangados y sueltos, contrastaban con el atildamiento de su cuerpo. La vieja chaqueta de tweed gris, ya pasada de moda, le quedaba muy holgada y sus ojos marrones y húmedos, algo encapotados, parecían contemplar tiempos pasados. Jadeaba como un asmático mientras esperaba.

Chris se acercó. El detective le tendió su mano con un gesto cansado y algo paternal, y habló con una voz ronca y enfisematosa.

—Reconocería su rostro en cualquier rueda de identificación, señorita MacNeil.

—¿Me he metido en algún lío? —le preguntó Chris con seriedad al estrecharle la mano.

—¡Ah, no, qué va! —exclamó él, e hizo un gesto con una mano como si espantara una mosca. Había cerrado los ojos e inclinado la cabeza. Tenía la otra mano suavemente apoyada sobre el estómago.

Chris estaba esperando un «¡Dios no lo quiera!».

—No, es estrictamente rutinario —la tranquilizó—, rutinario. ¿Está ocupada? Si lo está, puedo volver mañana.

Hizo el ademán de irse, pero Chris le dijo, ansiosa:

—¿De qué se trata? ¿Es por Burke? ¿Burke Dennings?

De alguna manera, el aplomo del detective y aquella tranquilidad despreocupada la tensó aún más.

—¡Es una lástima! —musitó el detective con los ojos clavados en el suelo y moviendo la cabeza.

—¿Lo mataron? —preguntó Chris con una mirada de estupor—. ¿Es esa la razón de su presencia aquí? Lo mataron, ¿verdad?

—¡No, no, no! Es algo rutinario —repitió él—, solo rutinario. Como era un hombre tan importante, no podíamos ignorar el asunto. No podíamos —manifestó con aire de impotencia—. Solo nos surgen un par de preguntas. ¿Se cayó o lo empujaron? —Al pronunciarlo, subrayó cada posibilidad con movimientos de cabeza y de manos. Luego se encogió de hombros y susurró con voz ronca—: ¡Quién sabe!

—¿Le robaron algo?

—No, nada, señorita MacNeil, pero en estos tiempos no se necesita un motivo. —Movía constantemente las manos, como un guante flácido manejado por un titiritero—. Hoy por hoy, señorita, un motivo es un estorbo para un asesino; le digo más, un impedimento. —Sacudió la cabeza—. Esas drogas, esas drogas... —deploró—. Las drogas, el LSD...

Miró a Chris mientras tamborileaba los dedos sobre el pecho.

—Créame, soy padre, y se me parte el corazón al ver las cosas que están pasando. ¿Tiene usted hijos?

—Sí, uno.

—¿Varón?

—No, una niña.

—Bueno...

—¿Por qué no pasa al despacho? —lo interrumpió Chris, inquieta, mientras se volvía para indicarle el camino. Estaba perdiendo la paciencia.

—Señorita MacNeil, ¿podría pedirle un favor?

Chris se volvió con el leve y hastiado presentimiento de que le pediría un autógrafo para sus hijos. Nunca era para quienes lo pedían. Siempre para los chicos.

—Sí, por supuesto —dijo.

—Mi estómago. —Hizo una mueca—. ¿No tendría por casualidad alguna bebida de sal de frutas? Lamento molestarla.

—No es ninguna molestia —suspiró Chris—. Siéntese en el despacho. —Señaló hacia la estancia; luego fue a la cocina—. Creo que tengo una botella en la nevera.

—No, voy con usted —le dijo, y la siguió—. No quisiera importunarla.

—No es ninguna molestia.

—No, de verdad, sé que está ocupada, mejor la acompaño. ¿Tiene hijos? —preguntó mientras caminaba a su lado—. ¡Ah, sí, una hija, ya me lo ha dicho! Solo una hija.

—Sí, solo ella.

—¿Qué edad tiene?

—Acaba de cumplir doce.

—Entonces no tiene de qué preocuparse —musitó—. Al menos todavía. Pero en unos años tenga cuidado. —Sacudió la cabeza. Chris notó que su andar era torpe—. Cuando uno no deja de ver males un día tras otro... —continuó—. Es inconcebible. Increíble. Una locura. Hace unos días (o semanas, no me acuerdo) miré a mi esposa y le dije: «Mary, el mundo, el mundo entero, está trastornado». Todos. El mundo entero. —Hizo un ademán como si quisiera abarcar el mundo.

Entraron en la cocina, donde Karl estaba limpiando el interior del horno. Ni se volvió ni se dio por enterado de su presencia.

—Esto es muy bochornoso —resolló el detective con voz ronca cuando Chris abrió la puerta de la nevera. Pero tenía la mirada puesta en Karl, aquella mirada que le rozaba inquisitivamente la espalda, brazos y cuello, como un ave planeando sobre un lago—. Conozco a una famosa actriz de cine —continuó— y le pido sal de frutas. ¡Hay que ver!

Chris había encontrado la botella y buscaba un abridor.

—¿Hielo? —le ofreció.

—No, gracias; así está bien.

Abrió la botella.

—¿Sabe que he visto seis veces su película *Ángel*? —comentó

—Si busca al asesino —murmuró ella, mientras le servía la bebida burbujeante—, arreste al productor y al montador.

—¡Oh, no! ¡Me pareció excelente! ¡De veras, me encantó!

—Siéntese. —Chris señaló la mesa con la cabeza.

—Muchas gracias. —Se sentó—. La película es simplemente extraordinaria —insistió—. Muy conmovedora. Pero hay una cosa —se aventuró—, un pequeño, pequeñísimo detalle. ¡Oh, gracias!

Ella le había dejado la bebida sobre la mesa y se había sentado al otro lado, con las manos entrelazadas.

—Un pequeño error —prosiguió en tono de excusa—. Sin importancia. Y créame, por favor, soy solo un aficionado. ¿Sabe? Uno más del público. ¿Qué puedo saber? Sin embargo, me pareció (a mí, un aficionado) que la música entorpecía algunas escenas. Era demasiado intrusiva. —Se había puesto serio, absorto en sus palabras—. No hacía más que recordarme que era una película, ¿sabe? Igual que esos ángulos fotográficos raros que usan hoy en día. ¡Distraen tanto! A propósito, señorita MacNeil, la música ¿es un plagio de Mendelssohn?

Chris tamborileó los dedos suavemente sobre la mesa. Qué detective tan extraño. ¿Y por qué miraba constantemente a Karl?

—No sabría decirle —contestó—, pero me alegro de que le haya gustado la película. Debería tomársela —le dijo, señalando bebida con un gesto de la cabeza—. Se va a quedar sin gas.

—¡Ah, sí! ¡Soy tan parlanchín! Y usted tiene cosas que hacer. Perdóneme. —Levantó el vaso como si fuera a hacer un brindis y vació su contenido; levantó el dedo meñique de manera recatada—. ¡Qué rica! —exclamó satisfecho al dejar el vaso, mientras la escultura del pájaro de Regan atraía su atención. Ocupaba el centro de la mesa; su pico flotaba, burlón y estirado, sobre el salero y el pimentero—. ¡Qué pintoresco! —Sonrió—. Es bonito. —Levantó la mirada—. ¿Quién es el artista?

—Mi hija —contestó Chris.

—Muy bonito.

—Mire, no quisiera ser...

—Sí, sí, ya sé, soy un pesado. Pues bien, le haré una o dos preguntas y terminamos. De hecho, una sola y me iré. —Miró su reloj de pulsera como si estuviera impaciente por acudir a otra cita. . Como el pobre señor Dennings —dijo con esfuerzo— había terminado de rodar en esta zona, pensamos que tal vez visitara a alguien la noche del accidente. Además de usted, claro, ¿tenía otros amigos por aquí?

—Estuvo aquí aquella noche —le dijo Chris.

—¿Sí? —El detective arqueó las cejas—. ¿Cerca de la hora del accidente?

—¿A qué hora ocurrió? —le preguntó Chris.

—A las siete y cinco —respondió él.

—Entonces, creo que sí.

—Bueno, eso lo explica todo. —Asintió con la cabeza y se volvió en su silla, como si se preparase para marcharse—. Estaba borracho y se cayó por la escalera cuando se marchó. Sí, esto cierra el caso. Definitivamente. Pero escuche, solo para el sumario: ¿podría decirme aproximadamente a qué hora salió de la casa?

Tanteaba la verdad como un solterón aburrido las verduras en el mercado. ¿Cómo había podido llegar a ser teniente?, se preguntó Chris.

—No lo sé —respondió—. Yo no lo vi.

—No lo entiendo.

—Él vino y se fue mientras yo no estaba. Yo había ido al médico, en Rosslyn.

—Ah, ya veo. —Hizo un gesto afirmativo con la cabeza—. Por supuesto. Pero, entonces, ¿cómo sabe que estuvo aquí?

—Bueno, Sharon me dijo...

—¿Sharon? —la interrumpió.

—Sharon Spencer. Es mi secretaria. Estaba aquí cuando llegó Burke. Ella...

—¿Vino a verla a ella? —le preguntó.

—No, a mí.

—Claro. Perdóneme por haberla interrumpido.

—Mi hija estaba enferma y Sharon lo dejó aquí mientras ella iba a comprar unos medicamentos. Pero cuando volví a casa, Burke ya no estaba.

—¿Y a qué hora fue eso, por favor?

—Más o menos a las siete y cuarto o siete y media.

—¿A qué hora salió usted?

—A eso de las seis y cuarto.

—¿Y a qué hora se marchó la señorita Spencer?

—No lo sé.

—Y entre la hora en que se fue la señorita Spencer y el momento en que usted llegó, ¿quién estaba aquí en la casa con el señor Dennings, aparte de su hija?

—Nadie.

—¿Nadie? ¿La dejó sola?

Chris asintió.

—¿Ningún sirviente?

—No. Willie y Karl estaban...

—¿Quiénes son?

De pronto, Chris sintió que el suelo se movía bajo sus pies. La entrevista —se dio cuenta— se había convertido de repente en un interrogatorio inflexible.

—Bueno, Karl está aquí, ya lo ve. —Hizo un gesto con la cabeza, mientras clavaba una mirada sombría en la espalda del sirviente, que seguía limpiando el horno—. Willie es su esposa —prosiguió—. Son los sirvientes. Tenían la tarde libre, y cuando llegué, ellos no habían vuelto aún. Willie... —Chris hizo una pausa.

—¿Willie qué?

—No, nada. —Se encogió de hombros, al tiempo que desviaba la vista de la espalda de su sirviente. El horno estaba limpio. ¿Por qué seguía frotándolo Karl?

Buscó un cigarrillo. Kinderman se lo encendió.

—Entonces solo su hija podría saber cuándo se marchó Dennings.

—Pero ¿de verdad que solo fue un accidente?

—¡Oh, por supuesto! Es rutinario, señorita MacNeil, rutinario. No le robaron nada al señor Dennings y él no tenía enemigos; por lo menos, ninguno que nosotros conozcamos en el distrito.

Chris lanzó una discreta mirada a Karl, pero rápidamente se volvió hacia Kinderman. ¿Se habría dado cuenta? Aparentemente, no. Estaba rozando la escultura con los dedos.

—Este tipo de pájaro tiene un nombre; no me acuerdo cuál es, algo como... —Notó que Chris lo miraba, y le dio un poco de vergüenza—. Discúlpeme, está ocupada. Un minuto más y acabamos. ¿Podría decir su hija cuándo se fue el señor Dennings?

—No, no podría. Le habían dado sedantes fuertes.

—¡Oh, vaya! Qué lástima, qué lástima. —Sus ojos parecían llenos de preocupación—. ¿Es grave?

—Me temo que sí.

—¿Puedo preguntar...? —tanteó con un ademán delicado.

—Todavía no sabemos nada.

—Tenga cuidado con las corrientes de aire —le advirtió con firmeza.

Chris permaneció inexpresiva.

—Una corriente de aire en invierno, cuando la casa está caliente, es una alfombra mágica para los microbios. Mi madre solía decirlo. Tal vez fuera solo un cuento. Quizá. —Se encogió de hombros—. Pero yo creo que un cuento, si le soy sincero, es como un menú en un distinguido restaurante francés: un camuflaje fascinante y complicado de algo que, de otro modo, no se tragaría uno, por ejemplo, las algarrobas —dijo con un tono serio.

Chris se relajó. Kinderman había vuelto a ser el perrito lanudo retozando por los campos de trigo.

—El cuarto de ella, ¿es ese de la ventana grande que da a la escalinata de la calle? —dijo mientras señalaba con el pulgar en dirección al dormitorio.

Chris asintió.

—Mantenga cerrada la ventana y verá cómo mejora la niña.

—Siempre está cerrada y con las persianas bajadas —dijo Chris, mientras él hundía una mano regordeta en el bolsillo interior de su chaqueta.

—Mejorará —repitió en tono sentencioso—. Recuerde: más vale prevenir...

Chris volvió a tamborilear los dedos sobre la mesa.

—Está ocupada. Bueno, hemos terminado. Solo unas anotaciones para el sumario, pura rutina, y acabamos.

Del bolsillo de la chaqueta sacó un programa arrugado, de una representación escolar de *Cyrano de Bergerac*, y luego se palpó los bolsillos del abrigo, donde encontró un lápiz amarillo y mordisqueado cuya punta parecía haber sido afilada con unas tijeras. Aplastó el programa sobre la mesa y le alisó las arrugas.

—Solo un nombre o dos —resopló—. Spencer, ¿con «c»?

—Sí, con «c».

—Con «c» —repitió, escribiendo el nombre en el margen del programa—. ¿Y los sirvientes de la casa? ¿John y Willie...?

—Karl y Willie Engstrom.

—Karl. Bien. Karl Engstrom. —Anotó los nombres con un trazo grueso y oscuro—. Ahora repasemos las horas —dijo con voz ronca, mientras le daba la vuelta al programa y buscaba un espacio en blanco—. Las horas. ¡Ah, no, espere! Me olvidaba. Sí, los sirvientes. ¿A qué hora dijo que llegaron?

—No lo he dicho. Karl, ¿a qué hora volvió anoche? —Chris se dirigió a él. El suizo se volvió, mostrando su rostro inescrutable.

—Exactamente a las nueve y media, señora.

—¡Cierto! ¡Usted se había olvidado la llave! Recuerdo que miré el reloj de la cocina cuando llamó al timbre.

—¿Vio una película buena? —preguntó el detective a Karl—. Yo nunca me guío por los comentarios —le dijo a Chris, en un susurro aparte—. Es lo que piensa la gente, el público.

—Paul Scofield en *Lear* —informó Karl al detective.

—¡Ah, sí, yo también la he visto! Es magnífica.

—Sí, en el cine Crest —continuó Karl—. La sesión de las seis. Inmediatamente después cogí el autobús frente al cine y...

—Por favor, eso no es necesario —protestó el detective con un gesto—. Por favor.

—No me importa.

—Si insiste...

—Me bajé en el cruce de la avenida Wisconsin con la calle M a las nueve y veinte, quizá. Después volví a la casa andando.

—No es necesario que siga —le informó el detective—, pero, de todos modos, gracias. ¿Le gustó la película?

—Excelente.

—Sí, a mí me pareció lo mismo. Excepcional. Bueno... —Volvió a dirigirse a Chris y a escribir en el programa—. Le he hecho perder tiempo, pero tengo que cumplir con mi deber. —Se encogió de hombros—. Solo un momento y terminamos. Una tragedia... una tragedia... —jadeó, mientras escribía en los márgenes—. ¡Un talento tan grande! Y un hombre que conocía a la gente; estoy seguro de que sabía cómo manejar a las personas. Con tantos aspectos que podían mostrar su lado bueno o su lado malo, por ejemplo, los cámaras, los técnicos de sonido, los compositores, todos... Corríjame si me equivoco, pero me parece que, hoy por hoy, un director importante ha de ser casi un Dale Carnegie. ¿Estoy en lo cierto?

—Bueno, Burke tenía su genio —suspiró Chris.

El detective recolocó el programa.

—Tal vez los tipos importantes sean así. La gente de su talla. —Volvió a garabatear—. Pero la clave está en la gente que pasa inadvertida, esos que manejan los pequeños detalles, y que, si no los resuelven bien, se convierten en problemas mayores. ¿No le parece?

Chris se miró las uñas y, con aire de arrepentimiento, movió la cabeza.

—Cuando Burke empezaba a despotricar, nunca hacía distinciones —murmuró ella con una débil sonrisa cansada—. No, señor. Solo ocurría cuando bebía.

—Terminamos. Hemos terminado. —Kinderman le puso el punto a la última i—. ¡Ah, no, espere! —Se acercó de repente—. La señora Engstrom. ¿Salieron y volvieron juntos? —Hizo un gesto en dirección a Karl.

—No, ella fue a ver una película de los Beatles —respondió Chris, en el momento en que Karl se disponía a contestar—. Volvió unos minutos·después que yo.

—¿Por qué habré preguntado eso? No tiene importancia. —Se encogió de hombros, mientras doblaba el programa y se lo metía, junto con el lápiz, en un bolsillo de la chaqueta—. Bueno, eso es todo. Cuando esté en mi oficina, seguro que me acordaré de algo que debería haber preguntado. Siempre me pasa lo mismo. En tal caso, podría llamarla —resopló mientras se levantaba.

Chris se puso de pie al mismo tiempo.

—Estaré ausente de la ciudad dos semanas —dijo ella.

—Esto puede esperar —la tranquilizó. Tenía la vista clavada en la escultura, con una sonrisa afectuosa—. Bonita, muy bonita —dijo. Se inclinó y la cogió, pasándole el pulgar por el pico.

Chris se agachó para coger un hilo del suelo.

—¿Tiene un buen médico? —le preguntó el detective—. Para su hija, quiero decir.

Dejó la figura en su sitio y se dispuso a marcharse. Chris lo siguió taciturna, mientras enrollaba el hilo alrededor del pulgar.

—Tengo muchos médicos —murmuró ella—. De todas formas, la voy a internar en una clínica; se supone que es muy buena en el tipo de trabajo que usted hace, aunque con virus.

—Esperemos que sean bastante mejores que yo. ¿Queda fuera de la ciudad esa clínica?

—Sí.

—¿Es buena?

—Pronto lo sabremos.

—Manténgala alejada de las corrientes de aire.

Habían llegado a la puerta de entrada. Él puso una mano en el tirador.

—Bueno, ahora diría que ha sido un placer, pero en estas circunstancias... —Inclinó la cabeza y la sacudió—. Lo siento, de veras. Lo siento mucho.

Chris se cruzó de brazos y clavó la mirada en la alfombra. Hizo un leve gesto afirmativo.

Kinderman abrió la puerta y salió. Mientras se volvía hacia Chris, se puso el sombrero.

—Suerte con lo de su hija.

—Gracias. —Sonrió débilmente—. Suerte con el mundo.

Saludó con la cabeza, en un ademán de amabilidad afectuosa y triste, y se marchó renqueando. Chris lo vio dirigirse hacia el coche patrulla que lo esperaba cerca de la esquina, frente a una boca de incendio. Se sujetó el sombrero con la mano, pues se había levantado un viento cortante del sur. Los bajos de su abrigo ondearon. Chris cerró la puerta.

Cuando se hubo sentado en el asiento de copiloto del coche patrulla, Kinderman se volvió enfurecido para mirar la casa. Creyó ver un movimiento en la ventana de Regan, como una ágil figura que se apartaba fuera de la vista. No estaba seguro. La había visto de reojo al darse la vuelta. Pero se fijó en que las persianas estaban levantadas. Qué extraño. Esperó un momento. No apareció nadie. Frunciendo el ceño, desconcertado, el detective abrió la guantera, extrajo un pequeño sobre marrón y una navaja, sacó la hoja más pequeña y, con el pulgar dentro del sobre, se raspó la pintura del pájaro de Regan que tenía bajo la uña. Cuando terminó, cerró el sobre e hizo un gesto con la cabeza al sargento que estaba al volante. Arrancaron.

Mientras iban por la calle Prospect, Kinderman se metió el sobre en el bolsillo.

—Tranquilo —advirtió al sargento, al ver el tráfico que se acumulaba frente a ellos—. Esto es por trabajo, no por placer. —Se restregó los ojos con los dedos cansados—. ¡Ah, qué vida! —suspiró—. ¡Qué vida!

Más tarde, mientras el doctor Klein le inyectaba a Regan cincuenta miligramos de Sparine para que pudiera viajar tranquila hasta Dayton, el teniente Kinderman meditaba en su despacho, con las palmas de las manos apoyadas en la mesa, escudriñando los fragmentos de los desconcertantes datos. La luz sutil de una vieja lámpara de mesa brillaba sobre un desorden de informes desparramados. No había otra luz. Creía que esto le ayudaba a limitar el foco de atención.

La respiración de Kinderman se oía pesada en la oscuridad, al tiempo que su mirada se paseaba por la estancia. Después respiró hondo y cerró los ojos. «¡Liquidación por claridad mental! —se instruyó a sí mismo, como lo hacía siempre que quería ordenar sus pensamientos para considerar un nuevo punto de vista—. ¡Debemos deshacernos de absolutamente todo!».

Al abrir los ojos examinó el informe del forense sobre Dennings.

... desgarre de la médula espinal con fracturas de cráneo y cuello, numerosas contusiones, heridas y abrasiones; estiramiento y equimosis de la piel del cuello, rotura del platisma, del esternocleidomastoideo, del esplenio, del trapecio y de varios músculos menores, con fractura de columna y vértebras y rotura de los ligamentos espinosos anterior y posterior...

Por la ventana contempló la oscuridad de la noche. La luz de la cúpula del Capitolio. En el Congreso trabajaban hasta muy tarde. Cerró los ojos de nuevo y recordó la conversación que había tenido con el forense del distrito, a las doce menos cinco, la noche en que murió Dennings.

—*¿Puede haberse hecho todo esto en la caída?*
—*No, es poco probable. Los músculos del esternocleidomastoideo y el trapecio bastarían para impedirlo. Además, tenemos la resistencia que ofrecen las diferentes articulaciones de las vértebras cervicales, así como los ligamentos que unen los huesos.*
—*Hablando llanamente, ¿es posible o no?*
—*Por supuesto que es posible, ya que estaba borracho y esos músculos, en tal circunstancia, se hallaban, sin duda, algo relajados. Quizá si la fuerza del impacto inicial hubiese sido lo suficientemente fuerte y...*
—*¿Al caerse, tal vez, desde ocho o diez metros de altura, antes de golpearse?*
—*Sí, eso; y si inmediatamente después del impacto su cabeza se hubiera atascado en algún sitio; en otras palabras, si hubiera habido una interferencia inmediata entre la rotación normal de la cabeza y el cuerpo como unidad... Quizá, y solo digo quizá, se podría haber llegado a este resultado.*

—¿Podría habérselo hecho alguien?
—Sí, pero tendría que ser excepcionalmente fuerte.

Kinderman había verificado la explicación de Karl Engstrom respecto al sitio en que se encontraba en el momento de la muerte de Dennings. Las horas del cine coincidían, así como también los horarios de los autobuses de la capital. Más aún, el conductor del autobús que Karl dijo haber cogido frente al cine estaba de servicio en las calles Winconsin y M, donde Karl dijo que se había bajado sobre las nueve y veinte. Se había producido un relevo de conductores, y el que se retiró había anotado la hora del relevo: las nueve y dieciocho exactamente.

Sin embargo, sobre la mesa de Kinderman se hallaba un sumario, un cargo por delito grave contra Engstrom del 27 de agosto de 1963, que lo acusaba de haber estado robando narcóticos, durante meses, de la casa de un médico en Beverly Hills, donde él y Willie trabajaban por aquel entonces.

> ... nacido el 20 de abril de 1921 en Zúrich, Suiza. Casado con Willie Braun el 7 de septiembre de 1941. Hija: Elvira, nacida en Nueva York el 11 de enero de 1943; domicilio actual: Desconocido. Defendido...

El resto, para el detective resultaba desconcertante.

El médico, cuyo testimonio era indispensable para proseguir el sumario, de repente —y sin explicación alguna— había retirado la acusación.

«¿Por qué lo haría?».

Chris MacNeil había contratado los servicios de los Engstrom solo dos meses después, lo cual significaba que el médico les había dado buenas referencias.

«¿Por qué lo haría?».

No cabe duda de que Engstrom había robado las drogas, y, sin embargo, un examen médico efectuado después de la acusación no había demostrado ni el más leve signo de que fuera toxicómano ni de que consumiera drogas alguna vez.

«¿Por qué no?».

Con los ojos aún cerrados, el detective recitó lentamente el poema «Galimatazo», de Lewis Carroll: «Brillaba, brumeando negro, el sol...». Otro de sus recursos para despejar la mente.

Cuando terminó de recitarlo, abrió los ojos y clavó la mirada en la rotonda del Capitolio, tratando de no pensar en nada. Pero, como siempre, le resultó imposible. Con un suspiro, echó una ojeada al informe del psicólogo de la policía sobre las recientes profanaciones en la iglesia de la Santísima Trinidad: «... estatua... falo... excrementos humanos... Damien Karras», había subrayado en rojo. Respiró en el silencio y cogió un libro de texto sobre la brujería, que abrió por una página marcada con sujetapapeles.

La misa negra... una convención de adoración al diablo en un ritual que, principalmente, consiste en (1) un llamamiento (el «sermón») para hacer el mal en la comunidad, (2) el coito con el demonio (presuntamente doloroso, pues siempre se describe el miembro del demonio como «frío como el hielo» y (3) diversas profanaciones de naturaleza sexual en su mayoría. Por ejemplo, se prepararon hostias para la comunión de un tamaño inusual (hechas de harina, heces, sangre menstrual y pus), que luego abrieron por la mitad y para usarlas como vaginas artificiales con las que los sacerdotes copularían ferozmente mientras deliran sobre estar violando a la Virgen María, Madre de Dios, o estar sodomizando a Cristo. En otro ejemplo de dichas prácticas, insertaron una estatua de Cristo en la vagina de una joven mientras le introducían la hostia por el ano; posteriormente, el sacerdote destrozó la hostia y empezó a gritar blasfemias mientras sodomizaba a la joven. Frecuentemente, las imágenes a tamaño real de Cristo y la Virgen María también desempeñaron su papel en el ritual. Por ejemplo, la imagen de la Virgen María —la cual pintaban para darle un aspecto disoluto y promiscuo— estaba provista de pechos que los miembros de la secta succionaban y también una vagina en la que podían introducir el pene. Las estatuas de Cristo estaban provistas de un falo para realizar felaciones, tanto por parte de los hombres como de las mujeres, y también para introducirlo en la vagina de las mujeres y en el ano de los hombres. De manera ocasional, en lugar de una imagen, ataban una figura humana a una cruz a modo de estatua y, cuando este descargaba el semen, lo recogían profanamente en un cáliz consagrado, y luego utilizaban este semen para hacer una hostia que estaba destinada a consagrarse sobre un altar cubierto de excrementos. Este...

Kinderman pasó las páginas hasta llegar a un párrafo subrayado que trataba sobre los asesinatos rituales. Lo leyó detenidamente, mordisqueándose la yema del dedo índice. Cuando terminó, frunció el ceño y agitó la cabeza. Clavó en la lámpara una mirada pensativa. Al fin apagó la luz, salió de su despacho y se dirigió al depósito de cadáveres.

Cuando Kinderman se acercó, el joven empleado de la entrada se estaba comiendo un bocadillo de jamón y queso; sacudió las migas que se le habían caído sobre el crucigrama.

—Dennings —murmuró el detective con voz ronca.

El empleado asintió, mientras llenaba una horizontal de cinco letras; luego se levantó con el bocadillo en la mano y se dirigió al pasillo. Kinderman caminaba detrás, sombrero en mano, siguiendo un tenue perfume a semillas de alcaravea y mostaza, hacia las hileras de cámaras frigoríficas, hacia la sala sin sueños, utilizada para archivar los ojos que miran sin ver.

Se detuvieron en la cámara 32. El inexpresivo empleado la abrió. Mordió el bocadillo y, sobre la mortaja, cayó una miga de pan con mayonesa.

Durante un momento, Kinderman miró hacia abajo; luego, despacio y con suavidad, retiró la sábana para descubrir lo que ya había visto y, sin embargo, se resistía a creer.

La cara de Burke Dennings estaba completamente vuelta hacia atrás.

5

En la tibia y verde hondonada del campus, Damien Karras corría en soledad por una pista ovalada de greda; vestía unos pantalones cortos color caqui y una camisa de algodón, empapada en sudor, que se adhería a su cuerpo. Frente a él, sobre un montículo, la cúpula color blanco calizo del observatorio astronómico latía al ritmo de su paso. Detrás de él, la Facultad de Medicina se desvanecía en medio del polvillo que levantaba en su carrera.

Desde que lo habían relevado de sus funciones, venía aquí diariamente. Sumaba kilómetros con cada vuelta, mientras perseguía el sueño. Casi lo había conseguido; casi había mitigado el zarpazo del dolor que le atenazaba el corazón como un profundo tatuaje. Ahora le dolía menos.

«Veinte vueltas...».

Mucho menos.

«¡Más! ¡Dos más!».

Mucho menos...

Sentía pinchazos en los fuertes músculos de las piernas por la circulación de la sangre mientras corría con gracia felina. Al doblar una curva, Karras notó que había alguien sentado en el banco donde dejara su toalla, el jersey y los pantalones: un hombre de mediana edad con un abrigo poco elegante y un sombrero deformado de fieltro. Parecía estar mirándolo a él. ¿Lo estaba? Sí... Siguió a Karras con la mirada cuando pasó.

Al entrar en la vuelta final el sacerdote aceleró, y sus fuertes pisadas hicieron vibrar la tierra; luego disminuyó la velocidad hasta pasar, jadeante, frente al banco sin mirar siquiera, con ambas manos apoyadas sobre los costados punzantes. Cuando los músculos desarrollados del torso y los hombros se elevaban con la respiración, se le estiraba la camisa y le deformaban la palabra FILÓSOFOS impresa en la parte delantera con letras que en su día fueron negras, pero que, a fuerza de lavados, ahora estaban casi desvanecidas.

El hombre del abrigo se puso de pie y se acercó a él.

—¿El padre Karras? —dijo el teniente Kinderman con voz ronca.

El sacerdote se volvió, lo saludó con un leve movimiento de cabeza y entornó los ojos para protegerlos del sol, mientras esperaba que Kinderman, a quien le hizo un gesto para que lo siguiera, llegara a su altura.

—¿No le molesta? Si no, me entrarán calambres —jadeó.

—En absoluto —dijo el detective, asintiendo con tan poco entusiasmo que resultaba vergonzoso, al tiempo que se metía las manos en los bolsillos. La caminata desde el aparcamiento lo había cansado.

—¿Nos... nos conocemos? —preguntó el jesuita.

—No, padre. Pero unos curas de la residencia me han dicho que parecía un boxeador, no recuerdo quiénes. —Sacó su billetera—. Me olvido fácilmente de los nombres.

—¿Y usted es?

—William Kinderman, padre. —Le mostró su documento de identidad—. Homicidios.

—¿En serio? —Karras observó la placa y el documento

de identidad, con un interés radiante e infantil. En su semblante, enrojecido y sudoroso, se reflejaba la inocencia cuando miró al detective renqueante—. ¿De qué se trata?

—¿Sabe una cosa, padre? —respondió Kinderman, mientras examinaba las toscas facciones del jesuita—. Tenían razón: parece usted un boxeador. Perdone, pero esa cicatriz que tiene junto a la ceja —señaló— se parece a la de Brando en *La ley del silencio*; sí, es igual que la de Marlon Brando. Le pusieron una cicatriz —ilustró estirándose la comisura del ojo— que hacía que el párpado pareciese un poco cerrado, solo un poquito, y le daba un aspecto soñador, triste. Así es usted —dijo a la vez que lo señalaba—. Es usted Brando. ¿No se lo dice la gente, padre?

—No.

—¿No ha boxeado nunca?

—Solo un poco.

—¿Es de por aquí?

—De Nueva York.

—De Golden Gloves. ¿Me equivoco?

Deberían ascenderle a capitán —sonrió Karras—. Bueno, y ahora ¿en qué puedo ayudarle?

—Camine un poco más despacio, por favor. Tengo enfisema. —El detective se señaló la garganta.

—¡Oh, lo siento! —exclamó Karras aminorando la marcha.

—No importa. ¿Fuma?

—Sí.

—No debería hacerlo.

—Bueno, ahora dígame cuál es el problema.

—Por supuesto. Me desvío del tema. A propósito, ¿está ocupado? —le preguntó el detective—. ¿No lo interrumpo?

—¿Interrumpir qué? —preguntó Karras, desconcertado.

—De sus oraciones mentales, por ejemplo.

—Seguro que lo ascienden a capitán. —Karras sonrió con un aire enigmático.

—Perdón, ¿me he perdido algo?

Karras sacudió la cabeza, pero mantuvo su sonrisa.

—Dudo que a usted se le escape algo alguna vez —comentó. La mirada de reojo que le echó a Kinderman era astuta y con un toque amable.

Kinderman se detuvo e hizo un desesperado esfuerzo por aparentar confusión, pero al ver los ojos arrugados del jesuita, bajó la cabeza y rio con cierto remordimiento.

—Ahora lo entiendo. Por supuesto, es usted psiquiatra. ¿A quién quiero engañar? —Se encogió de hombros—. Mire, es un hábito que tengo, padre. Perdóneme. Sentimentalismo, ese es el método Kinderman: puro sentimentalismo. Bueno, ya lo dejo; voy a decirle de qué se trata.

—De las profanaciones —dijo Karras con un asentimiento.

—De modo que he malgastado mi sentimentalismo... —dijo el detective como en un murmullo.

—Lo lamento.

—No importa, padre, me lo merecía. Sí, se trata de las cosas ocurridas en esa iglesia —confirmó—. Correcto. Pero hay algo más, algo mucho más serio.

—¿Un asesinato?

—Sí, ilumíneme otra vez. Lo estoy disfrutando.

—Bueno, viene del Departamento de Homicidios —dijo el jesuita encogiéndose de hombros.

—No importa, no importa, Marlon Brando, no importa. ¿No le dice la gente que es bastante astuto para ser sacerdote?

—*Mea culpa* —murmuró Karras. Aunque no dejó de sonreír, temía haber herido el amor propio de aquel hombre. No era su intención. Y ahora se alegraba de tener la ocasión de expresarle una sincera perplejidad—. Sin embargo, no lo entiendo —añadió, y arrugó el entrecejo—. ¿Qué tiene que ver una cosa con la otra?

—Mire, padre, ¿podría quedar esto entre nosotros dos? ¿Que sea confidencial? Como materia de confesión, por así decirlo.

—Por supuesto. —Miró fijamente al detective con una expresión seria—. ¿De qué se trata?

—¿Conocía al director que estaba rodando una película aquí? ¿Burke Dennings?

—Lo he visto alguna vez.

—Lo ha visto alguna vez —asintió el detective—. ¿Sabe también la forma en que murió?

—Según los periódicos... —Karras se encogió nuevamente de hombros.

—Eso es solo parte del asunto.

—¿Sí?

—Solo una parte. Escuche, ¿qué sabe usted sobre la brujería?

—¿Qué?

—Tenga un poco de paciencia, estoy tratando de llegar a algo. Empecemos por la brujería. ¿Está familiarizado con ella?

—Un poco.

—Desde el punto de vista de las brujas, no de quienes les daban caza.

—Una vez escribí una monografía sobre el tema —sonrió Karras—. Desde el punto de vista psiquiátrico.

—¡No me diga! ¡Maravilloso! ¡Extraordinario! Eso es un bonus. Un plus. Usted podría ayudarme mucho, mucho más de lo que pensaba. Escuche, padre. La brujería...

Se acercó y cogió al jesuita del brazo al doblar una esquina para acercarse al banco.

—No soy religioso y, hablando con franqueza, no muy bien educado. Me refiero a la educación formal. No. Pero leo. Yo sé lo que dicen de los autodidactas, que son ejemplos horribles de una mano de obra inexperta. Pero yo, hablando lisa y llanamente, no tengo vergüenza. En absoluto. Soy... —De pronto detuvo el torrente de palabras, bajó la vista y movió la cabeza—. Sentimental. Es un hábito en mí. No puedo evitar mi sentimentalismo. Perdóneme, debe de estar ocupado.

—Sí, estoy rezando.

El sutil comentario del jesuita había sonado seco e inexpresivo. Kinderman se detuvo un instante y lo observó con detenimiento.

—¿Lo dice en serio? No.

El detective volvió a mirar adelante y siguieron caminando.

—Mire, voy a ir al grano: las profanaciones. ¿No le recuerdan nada que tenga que ver con la brujería?

—Quizá. Algunos de los ritos se utilizan en la misa negra.

—Muy bien. Y ahora, volviendo a Dennings, ¿sabe cómo murió?

—De una caída.

—Bueno, yo se lo voy a contar y, por favor, ¡que sea confidencial!

—Por supuesto.

El detective pareció de pronto desagradablemente sorprendido cuando se dio cuenta de que Karras no tenía intención de detenerse en el banco.

—¿Le importa? —preguntó con una expresión melancólica.

—¿Qué?

—¿Podemos pararnos? ¿O sentarnos?

—Ah, claro.

Regresaron al banco.

—¿No le dará algún calambre?

—No, ahora me encuentro bien.

—¿Seguro?

—Estoy bien.

—Bueno, bueno, si insiste...

—¿Qué me estaba diciendo?

—Enseguida, por favor, enseguida. —Kinderman dejó caer en el banco su cuerpo dolorido con un suspiro de alivio—. Así está mejor, mucho mejor —dijo mientras el jesuita cogía la toalla y se secaba el sudor de la cara—. Se hace uno viejo. ¡Qué vida!

—¿Decía de Burke Dennings?

—Burke Dennings, Burke Dennings, Burke Dennings...

El detective, cabizbajo, hacía ademanes de asentimiento. Luego levantó la vista y miró a Karras. El sacerdote se estaba secando el cuello.

—Padre, Burke Dennings fue encontrado al pie de esa escalera tan alta exactamente a las siete y cinco, con la cabeza torcida por completo hacia atrás.

Unos gritos coléricos llegaban amortiguados desde el campo de béisbol, donde practicaba el equipo de la universidad.

Karras dejó de secarse y sostuvo la mirada del teniente.

—¿No murió por la caída? —dijo, finalmente.

—Sí, es posible. —Kinderman se encogió de hombros—. Pero...

—Es improbable —musitó Karras.

—Y entonces ¿qué cree usted que puede haber sido, en el contexto de la brujería?

El jesuita se sentó lentamente, con aspecto meditabundo.

—Bueno —dijo al fin—, se supone que los demonios les rompían el cuello a las brujas de ese modo. Al menos, ese es el mito.

—¿Un mito?

—Sí, en gran medida —dijo, y se volvió hacia Kinderman—. Aunque hubo gente que murió de ese modo, como los miembros de algún aquelarre que cometían errores o divulgaban secretos. Es solo una suposición. Pero sé que ese era el distintivo de los asesinos satánicos.

Kinderman asintió.

—Exactamente. Se dio un caso análogo de asesinato en Londres. Pero esto es de ahora. Quiero decir de estos últimos tiempos, hace cuatro o cinco años. Me acuerdo de que lo leí en los diarios.

—Sí, también yo lo leí, pero creo que resultó ser una noticia falsa. ¿Me equivoco?

—No se equivoca, padre, tiene razón. Pero en este caso, al menos, quizá pueda ver usted alguna conexión, entre eso y las cosas que pasaron en la iglesia. Tal vez algún loco, padre, alguien resentido contra la Iglesia. Alguna rebelión inconsciente...

—Un cura enfermo —murmuró Karras—. ¿Es eso lo que cree?

—Mire, usted es el psiquiatra, padre. Usted dirá.

—Bueno, es obvio que las profanaciones son claramente de tipo patológico —dijo Karras, pensativo, mientras se ponía el jersey—. Y si Dennings fue asesinado, supongo que el asesino es también un enfermo.

—¿Podría tener conocimientos de brujería?

—Es probable.

—Puede ser —gruñó el detective—. ¿De modo que el

que lo hizo vive en el vecindario y tiene acceso a la iglesia por la noche?

—Algún cura enfermo —repitió Karras mientras cogía, malhumorado, unos pantalones color caqui, desteñidos por el sol.

—Mire, padre, comprendo que esto sea duro para usted, pero para los sacerdotes de este campus, usted es el psiquiatra, padre, de modo que...

—No, ya no lo soy; ahora me han asignado otras tareas.

—¡No me diga! ¿A mitad de curso?

—Orden de la Compañía. —Karras se encogió de hombros mientras se subía los pantalones.

—Pero, aun así, usted sabría quién estaba enfermo en ese momento y quién no, ¿me equivoco? Me refiero a este tipo de enfermedad. Usted debería de saberlo.

—No necesariamente, teniente. En absoluto. De hecho, si lo supiera, sería solo por casualidad. Usted sabe que yo no soy psicoanalista. Lo único que hago es orientar. De cualquier modo —comentó al abrocharse los pantalones—, no conozco a nadie que coincida con esa descripción.

—¡Ah, sí, la ética médica! Si lo supiera, tampoco me lo diría.

—No, probablemente no.

—A propósito —dijo como de pasada—, últimamente esa ética se considera ilegal. No es que pretenda importunarlo explicándole estas trivialidades, pero hace poco a un psiquiatra de California lo encarcelaron por no decir lo que sabía acerca de un paciente.

—¿Es una amenaza?

—No sea tan desconfiado. Lo he mencionado de pasada.

—De todos modos, podría decirle al juez que es secreto de confesión —manifestó el jesuita sonriendo con ironía, mientras se metía la camisa dentro del pantalón—. Hablando claro —agregó.

El detective le echó una mirada algo sombría.

—¿Quiere que vayamos al grano, padre? —dijo. Luego desvió la vista de modo lúgubre—. ¿«Padre»? ¿Qué «padre»? —preguntó retóricamente—. Usted es judío; me he dado cuenta de ello tan pronto como lo he visto.

El jesuita se rio.

—¡Ríase, ríase! —exclamó Kinderman, pero cuando sonrió, parecía maliciosamente contento consigo mismo. Se volvió hacia él; tenía los ojos brillantes—. Eso me recuerda al examen para entrar en la policía, padre. Cuando lo hice, una de las preguntas decía algo como: «¿Qué son los rabinos y qué puedes hacer por ellos?». ¿Sabe lo que respondió un tarugo? «Los rabinos», dijo, «son curas judíos y haría lo que fuera por ellos». ¡Qué honesto! —Hizo una especie de gesto de juramento con la mano.

Karras se rio.

—Vamos, lo acompañaré hasta el coche. ¿Lo ha dejado en el aparcamiento?

El detective levantó la mirada hacia él. Era evidente que no tenía ganas de irse.

—Entonces ¿hemos terminado?

El sacerdote puso un pie sobre el banco, se inclinó hacia delante y apoyó pesadamente un brazo sobre la rodilla.

—Mire, no estoy encubriendo a nadie —dijo—. De verdad. Si conociera a algún cura como el que usted busca, como mínimo le diría que existe, aunque sin darle el nombre. Luego supongo que informaría al provincial. Pero no conozco a nadie que se le asemeje.

—¡Ah, bueno! —suspiró el detective—. Nunca creí que

se tratase de un cura. —Hizo un ademán con la cabeza, señalando hacia el aparcamiento—. Sí, lo he dejado allí.

Empezaron a caminar.

—Lo que sí sospecho... —continuó el detective—. Si se lo dijera, creería usted que estoy loco. No sé. No sé. —Sacudió la cabeza—. Todos estos grupos y cultos que matan sin motivo me hacen pensar en cosas raras. Para estar al día en estos tiempos, hay que estar algo loco.

Karras asintió.

—¿Qué es eso que lleva en la camiseta? —le preguntó el detective, mientras señalaba, con un movimiento de cabeza, el pecho del jesuita.

—¿El qué?

—En la camiseta —aclaró el detective—. La inscripción. «Filósofos».

—Ah, sí, un año impartí unas clases —dijo Karras—, en el seminario de Woodstock, en Maryland. Jugaba en el equipo de béisbol, de segunda. Se llamaba Filósofos.

—¿Y el equipo de primera?

Teólogos.

Kinderman sonrió y sacudió la cabeza.

—Teólogos, tres; Filósofos, dos —musitó.

—Filósofos, tres; Teólogos, dos.

—Claro.

—Claro.

—Cosas extrañas —musitó el detective—. Extrañas. Escuche, padre —comenzó reticente—. Mire, doctor... ¿Estoy loco o es posible que haya un aquelarre de brujas en el distrito?

—¡Oh, vamos! —exclamó Karras.

—Entonces es posible.

—Yo no he dicho eso.

—Ahora yo seré el doctor —anunció el detective agitando un dedo—. No ha dicho que no, solo ha vuelto a hacerse el gracioso. Eso es estar a la defensiva, padre, a la defensiva. Tiene miedo de parecer un incauto, tal vez; un cura supersticioso frente a Kinderman, la mente maestra, el racionalista —se tocó las sienes con los dedos—, el genio que está junto a usted, la personificación de la Era de la Razón. ¿Estoy en lo cierto?

El jesuita lo miraba con creciente incredulidad y respeto.

—Muy astuto de su parte —comentó.

—Muy bien; entonces —gruñó Kinderman— le preguntaré de nuevo: ¿es posible que haya aquelarres de brujas aquí, en el distrito?

—Bueno, no sabría decirle —respondió Karras pensativo, con los brazos cruzados sobre el pecho—. Pero en algunas partes de Europa aún se dan misas negras.

—¿Hoy en día?

—Sí.

—¿Quiere usted decir que lo hacen igual que en los viejos tiempos, padre? Mire, yo he leído algo sobre esas cosas del sexo, de las estatuas y qué sé yo cuánto más. No quisiera molestarlo, pero ¿es verdad que se han hecho todas esas cosas?

—No lo sé.

—Entonces ¿cuál es su opinión, Padre a la Defensiva?

El jesuita se rio por lo bajo.

—Está bien. Creo que fueron reales. O, por lo menos, así lo sospecho. Pero la mayor parte de mi razonamiento se basa en la patología. Claro, fue una misa negra. Pero cualquier persona que haga esas cosas tiene una mente muy perturbada, y perturbada de un modo muy especial. De hecho, hay un nombre clínico para esa clase de alteración mental; se llama satanismo y se refiere a aquellas personas que no obtienen ningún placer sexual a menos que sea en conexión con un acto blasfemo. Y, bueno, no es tan inusual, ni siquiera en estos tiempos, y la misa negra es solo el medio para llevar a cabo esa conexión.

—Perdone, pero el asunto de las estatuas de Jesús y María...

—Sí, ¿qué pasa?

—¿Eran ciertas?

—Creo que lo que voy a decirle puede interesarle como policía. —Su interés intelectual se había despertado y aquello lo estaba estimulando, por lo que el tono de Karras se volvió más animado—. En los archivos de la policía de París figura todavía el caso de dos monjes de un monasterio cercano a... —Se rascó la cabeza, tratando de recordar—. Sí, el de Crépy, creo. Bueno, donde sea. —Se encogió de hombros—. Por allí cerca. Lo cierto es que los monjes llegaron a una posada y armaron un lío porque querían una cama para tres. Al tercero lo llevaban a cuestas: era una estatua, a tamaño real, de la Virgen María.

¡Dios, es horripilante! —musitó el detective—. ¡Estremecedor!

—Pero es cierto. Y una clara indicación de que lo que usted ha leído se basa en hechos reales.

—El sexo... puede ser, quizá. Me doy cuenta. Es otra historia totalmente diferente. No importa. Pero ¿qué me dice de los asesinatos rituales, padre? ¿Es cierto que usan sangre de recién nacidos? —El detective se refería a algo más que había leído en el libro sobre brujería donde se describía cómo, a veces, el cura renegado hacía un corte en la muñeca de un recién nacido y recogía en un cáliz la sangre vertida, sangre que luego era consagrada y consumida en forma de comunión—. Es exactamente como las historias que solían contar de los judíos —continuó el detective—.

Cómo robaban niños cristianos y se bebían su sangre. Perdóneme, pero fue su gente la que contó todos esos cuentos.

—Si lo hacíamos, perdóneme.

—Queda absuelto.

Algo oscuro y triste cruzó por los ojos del sacerdote, como la sombra de un dolor que había recordado momentáneamente. Clavó la mirada en el sendero que se abría ante ellos.

—En realidad no sé mucho de asesinatos rituales —dijo Karras—. Pero una comadrona de Suiza confesó, en cierta ocasión, haber dado muerte a treinta o cuarenta recién nacidos para emplear su sangre en misas negras. Tal vez la torturaron —admitió—. ¿Quién sabe? Pero, sin duda, la historia que contó sonaba convincente. Dijo que ella se escondía una aguja fina y larga en la manga, de modo que, cuando el niño nacía, sacaba la aguja y se la clavaba en la coronilla; después la volvía a esconder. No dejaba marcas —añadió, mirando de reojo a Kinderman—. Parecía que el recién nacido había venido muerto al mundo. Seguramente habrá oído decir que los católicos europeos recelaban mucho de las comadronas. Bueno, así es como empezó.

—¡Es espantoso!

—Este siglo tampoco ha acabado con la demencia. De todos modos...

—Perdón, espere un momento. Estas historias las contaron personas torturadas, ¿no es eso? De modo que, básicamente, no son dignas de confianza. Firmaron las confesiones, y, después, los ejecutores llenaban los espacios en blanco. Quiero decir que por aquel tiempo no había derecho de *habeas corpus* ni recursos de apelación, por así decirlo. ¿Tengo razón o no?

—Sí, tiene razón, aunque, por otra parte, muchas de las confesiones fueron voluntarias.

—Pero ¿quién se ofrecía voluntario a hacer tales confesiones?

—Tal vez personas con trastornos mentales.

—¡Ajá! ¡Otra fuente digna de crédito!

—Por supuesto que tiene usted razón, teniente. Yo solo hago de abogado del diablo. Sin embargo, una cosa que parecemos olvidar es que las personas lo bastante psicópatas como para confesar tales cosas, tal vez fueran lo bastante psicópatas como para haberlas hecho. Por ejemplo, los mitos sobre los hombres lobo. Está bien, son ridículos: nadie se puede convertir en lobo. Pero ¿qué pasa si el hombre se halla tan perturbado que no solo piensa que es un lobo, sino que también actúa como tal?

—Terrible. ¿Qué es eso, padre? ¿Teoría o realidad?

—Bueno, existió un tal William Stumpf, por ejemplo. O Peter, no me acuerdo bien. De todos modos, fue un alemán del siglo xvi que creía ser un hombre lobo. Asesinó a veinte o treinta niños.

—¿Me está diciendo que confesó?

—Sí, pero creo que la confesión fue válida.

—¿Por qué?

—Cuando lo detuvieron se estaba comiendo los sesos de sus dos nueras.

En la clara luz de abril llegaban, desde el campo de entrenamiento, ecos de voces y golpes de bate contra las pelotas. «¡Vamos, Mullins, cógela, venga, elimina al bateador!».

El sacerdote y el detective habían llegado al aparcamiento. Ahora caminaban en silencio.

Ya junto al coche patrulla, Kinderman asió el tirador de la portezuela con aire distraído. Se detuvo un momento; luego levantó la vista y clavó en Karras una mirada hosca.

—Entonces ¿quiere decirme qué es lo que estoy persiguiendo, padre?

—A un loco —respondió Damien Karras con suavidad—. Tal vez a algún toxicómano.

El detective, tras pensarlo un momento, asintió en silencio. Se volvió hacia el sacerdote.

—¿Quiere que lo lleve? —preguntó mientras abría la portezuela del coche.

—Muchas gracias, pero está aquí al lado.

Kinderman hizo un gesto impaciente, invitando a Karras a subir al coche.

—No se preocupe. ¡Vamos, disfrútelo! Así les podría contar a sus amigos que se ha montado en un coche de policía.

El jesuita sonrió y se sentó en la parte de atrás.

—Muy bien, muy bien —dijo el detective, respirando con voz ronca; luego se colocó, con dificultad, a su lado, y cerró la portezuela—. Ninguna caminata es corta —comentó—, ninguna.

Karras les indicó el camino. Se dirigieron al moderno edificio de residencia de los jesuitas en la calle Prospect, donde el sacerdote se alojaba desde hacía poco. Creía que, de haberse quedado en la casita, los hombres a los que había atendido habrían seguido buscando su ayuda profesional.

—¿Le gusta el cine, padre Karras?

—Mucho.

—¿Ha visto *Lear*?

—No me lo puedo permitir.

—Yo la he visto. Me dan pases.

—Qué bien.

—Me dan entradas para las mejores sesiones. A mi esposa le cansa el cine; por eso no va nunca.

—¡Qué lástima!

—Desde luego. A mí no me gusta ir solo. Me encanta hablar con alguien de las películas, discutirlas, criticarlas.

Miraba por la ventanilla; había apartado la vista del sacerdote.

Karras asintió en silencio mientras contemplaba sus manos grandes y poderosas, apretadas entre las piernas. Tras un momento, Kinderman se volvió, vacilante, con una mirada anhelante.

—¿Alguna vez le gustaría ir al cine conmigo, padre? Es gratis... Me dan entradas —agregó con rapidez.

El sacerdote lo miró sonriente.

—Como diría Elwood P. Dowd en *Harvey*: ¿Cuándo, teniente?

—¡Ya lo llamaré! —El rostro del detective resplandecía de alegría.

Habían llegado a la residencia y el coche se detuvo frente a la entrada. Karras abrió la portezuela.

—No deje de hacerlo. Lamento no haberle ayudado mucho.

—No importa, ha sido de ayuda. —Kinderman le hizo un leve gesto con la mano. Karras se apeó—. Debo confesarle que, para ser un judío que trata de pasar inadvertido, me ha caído usted muy simpático.

Karras se volvió, cerró la puerta y se inclinó para mirar por la ventanilla, sonriendo amablemente.

—¿No le han dicho nunca que se parece usted a Paul Newman?

—Siempre. Y puedo asegurarle que, dentro de este cuerpo, el señor Newman está luchando por salir. Hay mucha gente aquí dentro —dijo—. También está Clark Gable.

Karras le dijo adiós con la mano y una sonrisa; luego, se alejó.

—¡Padre, espere!

Karras se volvió. El detective emergió fatigosamente del coche.

—Me olvidaba, padre —resopló al acercarse—. Se me ha ido de la cabeza. Esa hoja con las inscripciones obscenas... La que encontraron en la iglesia...

—¿Se refiere a las oraciones del altar?

—Lo que sea. ¿La tiene por ahí?

—Sí, en mi habitación. Estaba examinando el latín. ¿La quiere?

—Sí, tal vez sirva para algo.

—Espere un minuto y se la traeré.

Mientras Kinderman esperaba fuera, junto al coche, el jesuita fue a su habitación de la planta baja que daba a la calle Prospect y cogió la hoja. Luego salió y se la dio a Kinderman.

—Quizá encuentre algunas huellas —dijo Kinderman con la respiración entrecortada, mientras la miraba. Luego añadió—: No, porque usted la ha tocado. —De repente pareció darse cuenta, mientras manoseaba la cubierta de plástico de la hoja—. Bien razonado. Ante usted, el mister Moto judío. ¡No, mire, se puede sacar, se puede sacar! —Luego elevó la mirada hasta Karras, con evidente consternación—. Supongo que también habrá tocado el interior, ¿verdad, Kirk Douglas?

Karras le sonrió con un aire de culpabilidad y asintió.

—No importa, quizá podamos encontrar algo más. A propósito, ¿ya lo ha examinado bien?

—Sí.

—¿A qué conclusión ha llegado?

Karras se encogió de hombros.

—No parece ser obra de un bromista. Al principio pensé que podría ser un estudiante. Pero ahora lo dudo. Quienquiera que lo haya hecho, tiene una mente muy perturbada.

—Tal y como dijo antes.

—Y el latín... —meditó Karras—. No es solo perfecto,

teniente, es..., bueno, tiene un estilo personal muy defini-
do. Es como si el que lo redactó estuviera acostumbrado a
pensar en latín.

—O sea, como un cura, ¿verdad?

—¡Oh, venga ya!

—Conteste a mi pregunta, por favor, Padre Paranoia.

—Pues bien, sí, en algún momento de su carrera, los
curas piensan en latín. Al menos los jesuitas y algunos religiosos de otras órdenes. En el seminario de Woodstock,
algunas clases de filosofía se impartían en latín.

—¿Y eso por qué?

—Por la precisión del pensamiento. Es como en Derecho.

—¡Ah, ya!

Karras se puso serio de pronto.

—Mire, teniente, ¿me permite que le diga quién creo
que lo hizo?

El detective se acercó.

—¿Quién?

—Los dominicos. Vaya a investigar entre ellos.

Karras sonrió, dijo adiós con un gesto de la mano y se
alejó.

—¡Le mentí! —le gritó, hosco, el detective—. ¡Se parece a Sal Mineo!

Kinderman se quedó mirando al sacerdote, que lo saludó nuevamente con la mano y entró en el edificio. Luego
se volvió y se metió en el coche. Cabizbajo, jadeó inmóvil.

—¡Ese hombre resuena, resuena...! —murmuró—.
Como un diapasón debajo del agua.

Durante un minuto mantuvo la vista en la misma posición. Luego se dirigió al conductor:

—Bueno, volvamos a la comisaría. ¡Rápido! Sáltate las
leyes.

Arrancaron.

La nueva habitación de Karras estaba amueblada con sencillez: una cama, una silla, una mesa de trabajo y estanterías empotradas. Sobre la mesa tenía una foto de su madre de cuando era joven y un crucifijo de metal colgaba sobre la cabecera de la cama con una expresión de reproche silenciosa.

Le bastaba su estrecha habitación. No le importaba poseer muchas cosas, sino que estuvieran limpias.

Se duchó, se puso unos pantalones color caqui y una camiseta, y fue a comer al refectorio de la comunidad. Allí vio a Dyer, con sus mejillas rosadas, sentado solo a la mesa del rincón. Se sentó a su lado.

—¡Hola, Damien! —dijo Dyer. El joven sacerdote llevaba una sudadera con un dibujo descolorido de Snoopy.

Karras inclinó la cabeza, de pie tras la silla, mientras rezaba una oración. Después se persignó, se sentó y saludó a su amigo.

—¿Cómo te va, holgazán? —preguntó Dyer, al tiempo que Karras se extendía la servilleta sobre las rodillas.

—¿Quién es un holgazán? Estoy trabajando.

—¿Dando una clase a la semana?

—Lo que cuenta es la calidad —dijo Karras—. ¿Qué hay para cenar?

—¿No lo hueles?

—Mierda, ¿es día de perritos? —Eran salchichas con chucrut.

—La cantidad es lo que cuenta —replicó Dyer serenamente.

Karras movió la cabeza con resignación y cogió una jarrita de aluminio llena de leche.

—Yo no tomaría eso —murmuró Dyer, inexpresivo,

mientras untaba mantequilla en una rebanada de pan integral—. ¿Ves las burbujas? Salitre.

—Lo necesito —dijo Karras. Al inclinar el vaso para llenarlo de leche, escuchó que alguien más se sentaba a la mesa.

—Bueno, al fin he podido leer ese libro —dijo alegremente el recién llegado. Karras levantó la vista y experimentó cierta consternación; sintió sobre sus espaldas un peso abrumador al reconocer al sacerdote que recientemente lo había visitado en busca de consejo, aquel que no conseguía hacer amigos.

—Ah, y ¿qué le ha parecido? —le preguntó Karras. Apoyó la jarra sobre la mesa como si se tratara de un devocionario cuya lectura se hubiera interrumpido.

El joven sacerdote habló y, media hora más tarde, Dyer iba de mesa en mesa, llenando el comedor con sus risotadas. Karras miró la hora en su reloj.

—¿Quiere coger una chaqueta? —preguntó al joven sacerdote—. Podemos cruzar la calle y contemplar la puesta del sol.

No tardaron en estar apoyados contra la barandilla de la escalinata que bajaba a la calle M. Era la hora del ocaso. Los bruñidos rayos del sol poniente encendían las nubes y se desmenuzaban en motas rizadas de color carmesí sobre las oscuras aguas del río. Cierta vez, Karras se había encontrado con Dios en aquel lugar. Hacía mucho tiempo. Como un amante abandonado, aún acudía a la cita.

—¡Menudas vistas! —exclamó el joven sacerdote.

—Sí —coincidió Karras—. Procuro venir aquí todas las noches.

El reloj del campus anunció la hora. Eran las siete de la tarde.

A las 19.23, el teniente Kinderman examinaba un análisis espectrográfico que reveló que la pintura de la escultura hecha por Regan coincidía con la de la estatua de la Virgen María profanada.

A las 20.47, en un barrio bajo de la zona norte de la ciudad, un impasible Karl Engstrom emergió de un bloque de viviendas infestadas de ratas, caminó tres manzanas en dirección sur, hasta la parada del autobús, y esperó solo un momento, con el rostro inexpresivo; luego se apoyó, sollozando, en una farola.

En aquel momento, el teniente Kinderman estaba en el cine.

El miércoles 11 de mayo estaban de vuelta en casa. Metieron a Regan en la cama, pusieron un cerrojo en las persianas y quitaron todos los espejos de su dormitorio y del baño.

—... *intervalos lúcidos cada vez menos frecuentes; además, me temo que ahora se produce una pérdida total de la conciencia durante los ataques. Es algo nuevo y descartaría, por lo que parece, la histeria genuina. Mientras tanto, uno o dos síntomas en el campo de lo que llamamos fenómenos parapsíquicos han...*

El doctor Klein se pasó por la casa para enseñarles a Chris y Sharon a administrarle a la niña suero Sustagen durante los periodos de coma. Le insertó la sonda nasogástrica.

—Primero...

Chris se obligó a mirar y, al mismo tiempo, no ver la cara de su hija; en retener las palabras que decía el médico y olvidar otras que había oído en la clínica. Se filtraban en su alma como la llovizna a través de las ramas de un sauce llorón.

—*Ha dicho usted «ninguna religión», ¿verdad, señorita MacNeil? ¿Ninguna educación religiosa en absoluto?*

—*Tal vez solo creo en «Dios». Ya sabe, en general. ¿Por qué?*

—*Para empezar, debo decirle que el contenido de muchos de sus desvaríos, aparte las incoherencias que farfullaba, tiene fundamentos religiosos. ¿De dónde cree usted que lo puede haber sacado?*

—*Deme un ejemplo.*

—*Pues bien, «Jesús y María, sesenta y nueve», por ejem...*

Klein había introducido la sonda en el estómago de Regan.

—Primero deben comprobar si ha entrado líquido en el pulmón —les indicó, pellizcando el tubo para impedir el paso del suero—. Si...

—*... síndrome de un tipo de alteración que raramente se observa ya, excepto en las culturas primitivas. Nosotros la llamamos posesión sonambuliforme. Honestamente, no sabemos mucho sobre ella, solo que empieza con algún conflicto o sentimiento de culpa que, eventualmente, conduce al delirio del enfermo, convencido de que su cuerpo ha sido poseído por una inteligencia extraña, un espíritu, por así decirlo. Antes se creía que tal entidad posesora era siempre el demonio. Sin embargo, en casos relativamente modernos, generalmente es el espíritu de algún muerto, a menudo, alguien a quien el enfermo ha conocido o visto y del que puede, inconscientemente, imitar la voz, la forma de hablar y, a veces, incluso sus facciones. Ellos...*

Después de que el preocupado doctor Klein abandonara la casa, Chris habló por teléfono con su representante en Beverly Hills y le anunció, con tono desanimado, que no dirigiría la película. Luego llamó a la señora Perrin. Había salido. Chris colgó el teléfono con un creciente sentimiento de desesperación. Alguien. Tendría que conseguir la ayuda de...

—*... Los casos más fáciles de tratar son aquellos en que*

la entidad posesora es el espíritu de algún muerto. Casi nun-
ca se observan paroxismo, hiperactividad o excitación mo-
tora. Sin embargo, en el otro caso principal de posesión so-
nambuliforme, la nueva personalidad es siempre agresiva y
hostil respecto a la primera. De hecho, su principal objetivo
es destruir, torturar y, a veces, incluso matar.

Enviaron a la casa un juego de correas de sujeción.
Chris, pálida y agotada, contempló cómo Karl las asegura-
ba en la cama de Regan y le ataba las muñecas. Luego, mientras Chris le movía las almohadas en un intento por cen-
trarlas debajo de la cabeza, el suizo se enderezó y miró
compasivamente el semblante demacrado de la niña.

—¿Mejorará? —preguntó. Un dejo de emoción había
teñido sus palabras; como con un leve tono de preocupación.

Pero Chris no podía contestarle. Mientras Karl le hablaba, ella había tomado un objeto que se hallaba debajo
de la almohada de Regan.

—¿Quién ha puesto aquí este crucifijo? —preguntó.

— *El síndrome es solo la manifestación de algún conflic-*
to, de alguna culpa, por lo que tratamos de llegar a él, des-
cubrir qué es. En tal caso, el mejor procedimiento es la hip-
nosis. Sin embargo, no pudimos hacerlo con ella. Así que
probamos con la narcosíntesis, esto es, un tratamiento a base
de narcóticos, pero, francamente, me parece que va a ser
otro camino sin salida.

—*Entonces ¿qué sigue ahora?*

—*Tiempo; me temo que lo único que queda es esperar.*
Tendremos que seguir intentándolo, a la espera de que se
produzca algún cambio. Entretanto, habrá que internarla
para...

Chris encontró a Sharon en la cocina, preparando la
máquina de escribir sobre la mesa. Hacía poco que la había

traído del cuarto de los juguetes, en el sótano. Willie cortaba rebanadas de zanahorias en el fregadero para hacer un guiso.

—¿Has sido tú la que ha puesto el crucifijo debajo de su almohada, Shar? —preguntó Chris con una nota de tensión.

—¿Qué...? —respondió Sharon desconcertada.

—¿No has sido tú?

—Chris, ni siquiera sé de qué estás hablando. Mira, ya te lo dije en el avión: lo único que le he dicho a Rags en este sentido es que «Dios creó el mundo», y tal vez algunas cosas sobre...

—Está bien, Sharon, está bien, te creo, pero...

—Yo no lo he puesto —refunfuñó Willie, a la defensiva.

—¡Pues alguien lo ha tenido que poner, maldita sea! —estalló Chris; luego se dirigió a Karl cuando este entró en la cocina y abrió la nevera—. Mire, se lo voy a preguntar otra vez —dijo apretando los dientes con un tono que lindaba con la estridencia—. ¿Ha sido usted el que ha puesto ese crucifijo debajo de su almohada?

—No, señora —contestó él en el mismo tono. Envolvía unos cubitos de hielo en una toalla—. No, yo no he puesto ningún crucifijo.

—¡Pues esa puta cruz no ha podido entrar por su propio pie, joder! ¡Uno de vosotros miente! —Gritaba con tanta ira que su voz retumbaba en la estancia—. ¡Me vais a decir quién lo puso ahí, quién...! —Se hundió bruscamente en una silla y empezó a llorar tras sus temblorosas manos—. ¡Perdón, perdón, no sé lo que digo! —lloró—. ¡Por Dios, no sé lo que digo!

Willie y Karl observaron en silencio cómo Sharon se acercaba a ella y le acariciaba el cuello con una mano.

—Está bien, está bien...

Chris se secó la cara con la manga.

—Sí, supongo que el que lo haya puesto —resopló—, lo habrá hecho con buena intención.

—*Mire, se lo digo nuevamente, y le aconsejo que me crea: ¡no la voy a meter en un maldito manicomio!*

—*Es...*

—*¡No me importa cómo lo llame usted! ¡No la pienso perder de vista!*

—*Bueno, lo lamento mucho.*

—*¡Sí, laméntelo! ¡Joder! ¡Ochenta y ocho médicos y lo único que me pueden decir entre toda esa mierda es...!*

Chris se fumó un cigarrillo, lo aplastó con un tic nervioso en el cenicero y subió a ver a Regan. Abrió la puerta. En la penumbra de la habitación distinguió una figura junto a la cama, sentada en una silla de madera de respaldo recto. Karl. ¿Qué estaba haciendo?, se preguntó.

Al acercarse Chris, él no levantó la vista, sino que la mantuvo fija en la cara de la niña. La tocaba con un brazo extendido. ¿Qué tenía en la mano? Cuando Chris llegó junto a la cama, vio lo que era: la toalla con el hielo, que había preparado en la cocina. Le estaba refrescando la frente a Regan.

Conmovida, se quedó mirando, extrañada, y cuando vio que Karl no se movía ni demostraba haber advertido su presencia, dio media vuelta y abandonó la habitación en silencio.

Fue a la cocina, se tomó un café cargado y se fumó otro cigarrillo. Luego, siguiendo un impulso, se dirigió al despacho. Quizá... quizá...

—*... una remota posibilidad a lo sumo, ya que la posesión está vagamente relacionada con la histeria por el hecho de que el origen del síndrome es casi siempre la autosuges-*

tión. Su hija tiene que haber oído hablar de la posesión, creído en ella y conocido algunos de sus síntomas, de modo que ahora su subconsciente reproduce el síndrome. Si es posible establecer eso, se puede intentar una forma de cura por autosugestión. En estos casos, yo sería partidario de una terapia de electrochoque, aunque supongo que la mayoría de mis colegas no estarían de acuerdo. Bien, le repito que es una posibilidad remota, y ya que usted se opone a que internemos a su hija, voy...

—¡Dígamelo, por Dios! ¡¿Qué es?!

—¿Ha oído hablar alguna vez de exorcismo, señora MacNeil?

Los libros que había en el despacho formaban parte de la decoración. Chris no los había hojeado nunca. Ahora los examinaba, y buscaba, buscaba...

—... rituales estilizados, ya pasados de moda, en los cuales rabinos y sacerdotes trataban de alejar el espíritu. Tan solo los católicos lo siguen haciendo, aunque casi que lo mantienen en secreto por vergüenza, o eso creo. Pero para alguien que cree que está realmente poseído, diría que el ritual es bastante impactante. Solía dar resultado, de hecho, aunque no por el motivo que ellos creen, claro está; básicamente, es por el poder de sugestión. El hecho de que la víctima creyera en la posesión contribuía a causarla o, por lo menos, a favorecer la aparición del síndrome. Del mismo modo, la creencia en el poder del exorcismo puede hacer que desaparezca dicho síndrome. Es... Ah, veo que frunce usted el ceño. Quizá debería contarle algo de los aborígenes australianos. Están convencidos de que morirán si un brujo les manda «el rayo de la muerte» a distancia porque, de hecho, van a morir. ¡Y el hecho es que se mueren! ¡Se acuestan y se mueren lentamente! Lo único que los salva, a veces, es una forma similar de sugestión: ¡un «rayo» neutralizante de otro hechicero!

—¿Me está diciendo que la lleve a un hechicero?

—No propiamente a un hechicero, sino a un sacerdote, pero sí, supongo que es eso, una medida desesperada. Es un consejo insólito, lo sé, e incluso peligroso, a menos que podamos saber a ciencia cierta si Regan sabía algo sobre posesión y, particularmente, de exorcismo, antes de que enfermara. ¿Cree usted que puede haber leído algo sobre el tema?

—No.

—¿O que haya visto alguna película de este tipo? ¿Algo en la televisión?

—Tampoco.

—¿Que haya leído los Evangelios? ¿El Nuevo Testamento?

—¿Por qué?

—Hay bastantes relatos de posesión en los Evangelios, exorcismos realizados por Cristo. Las descripciones de los síntomas son las mismas que en los casos de posesión actuales. Si usted...

Mire, es inútil. No se moleste, no siga. Lo único que me faltaría es que su padre se enterase de que he consultado a una sarta de...

Chris pasaba revista con la uña del dedo índice lentamente libro a libro. Nada. Ninguna Biblia. Ningún Nuevo Testamento. Ningún...

«¡Un momento!».

Sus ojos se desviaron rápidamente sobre un título que destacaba en el estante de abajo. El libro sobre brujería que le había enviado Mary Jo Perrin. Chris lo sacó, lo abrió y recorrió la columna del índice con el dedo...

«¡Aquí!».

El título del capítulo palpitaba como el latido de un corazón: «Estados de posesión».

Cerró el libro y los ojos simultáneamente mientras se preguntaba: «Tal vez... solo tal vez...».

Abrió los ojos y se dirigió a la cocina con lentitud. Sharon escribía a máquina. Chris le mostró el libro.

—¿Lo has leído, Shar?

Esta siguió tecleando, sin levantar la vista.

—¿Leído el qué? —respondió.

—Este libro sobre brujería.

—No.

—¿Lo has puesto tú en el despacho?

—No. Nunca lo he tocado.

—¿Dónde está Willie?

—En el mercado.

Chris asintió, pensativa. Luego subió de nuevo al cuarto de Regan. Le enseñó el libro a Karl.

—¿Ha puesto usted este libro en el despacho, Karl?

—No, señora.

—Quizá ha sido Willie —murmuró Chris, mirando el libro. Una ligera excitación por lo que estaba conjeturando la recorrió. ¿Tendrían razón los médicos de la clínica Barringer? ¿Sería aquello? ¿Se habría provocado Regan su trastorno por medio de la autosugestión, a través de las páginas de aquel libro? ¿Se citarían allí sus síntomas? ¿Algo parecido a lo que Regan hacía?

Chris se sentó a la mesa, abrió el libro por un capítulo sobre la posesión y empezó a buscar, a investigar, a leer:

Directamente derivado de la creencia común en los demonios, tenemos el fenómeno conocido como posesión, estado en el cual muchas personas creían que sus funciones mentales y físicas habían sido invadidas y dominadas por un demonio (lo cual era muy frecuente en el periodo que estamos tratando) o por el espíritu de alguien fallecido. No hay época de la historia ni parte del planeta en los que no se hayan referido casos como estos y en términos semejantes. Sin embargo, aún han de ser explicados de forma adecuada. Desde el estudio definitivo hecho por Traugott Oesterreich, publicado en 1921, muy poco se ha agregado a lo ya conocido, pese a los avances en psiquiatría.

¿No estaban totalmente explicados? Chris frunció el ceño. Ella tenía una impresión distinta de lo que le habían dicho los médicos.

Solo sabemos lo siguiente: distintas personas, en distintos momentos, han sufrido transformaciones tan profundas que quienes las rodeaban creían estar tratando con otras personas. No solo se alteran la voz, los modales, las facciones y los movimientos característicos, sino que el sujeto se considera incluso totalmente distinto de la persona original, con un nombre —sea humano o demoniaco— y una historia propios...

Los síntomas. ¿Dónde estaban los síntomas?, se preguntaba Chris, impaciente.

En el archipiélago malayo, donde aún es frecuente la posesión, el espíritu posesor del fallecido hace a menudo que el poseído imite, de una manera tan real, ademanes, voz y modales, que los familiares del muerto estallan en sollozos. Aparte la llamada «casiposesión» —o sea, los casos que son esencialmente fraudes, paranoia e histeria—, el problema lo ha constituido la interpretación de los fenómenos. La interpretación más antigua es la espiritista, impresión que parece tener fundamento para afirmarse en el hecho de que la personalidad intrusa llega a adquirir talentos que le eran desconocidos a la primera. En la forma demoniaca de la posesión, por ejemplo, el «demonio» puede hablar en idiomas que no conocía la persona original, o...

¡Aquí! ¡Algo! ¡Los sinsentidos de Regan! ¿Un intento de hablar otro idioma? Siguió leyendo rápidamente:

... o manifestar varios fenómenos parapsíquicos, por ejemplo, telequinesia, es decir, el mover objetos a distancia sin la aplicación de una fuerza material.

¿Y los golpes? ¿Y cuando la niña se elevaba y se revolvía en la cama?

... En los casos de posesión por personas fallecidas se dan tales manifestaciones como la que explica Oesterreich relativa a un monje que, estando poseído, se convirtió de pronto en un brillante bailarín, siendo así que antes de la posesión nunca había tenido la ocasión de bailar más que unos pasos. Estas manifestaciones son tan impresionantes a veces que el psiquiatra Jung, tras estudiar detenidamente un caso, pudo dar solo una explicación parcial de aquello de lo que estaba seguro que «no era un fraude»...

Inquietante. Lo que seguía era inquietante.

... y William James, el psicólogo más importante que haya visto Estados Unidos, recurrió a proponer la «credibilidad de la interpretación espiritista del fenómeno» tras estudiar en profundidad el caso de la llamada «Maravilla de Watseka», una adolescente de Watseka (Illinois), cuya personalidad llegó a ser idéntica a la de una niña llamada Mary Roff, fallecida en un asilo estatal doce años antes de la posesión...

Chris frunció el ceño. No oyó que sonaba el timbre de la puerta de entrada; no oyó que Sharon dejaba de teclear y se levantaba para abrir.

Se suele pensar que la forma de posesión demoniaca tuvo sus orígenes durante el cristianismo primitivo, aunque, de hecho, tanto la posesión como el exorcismo son anteriores a Cristo. Los antiguos egipcios, al igual que las primeras civilizaciones del Tigris y el Éufrates, creían que los trastornos físicos y mentales eran causados por demonios que se introducían en el cuerpo. He aquí, por ejemplo, la fórmula del exorcismo contra las enfermedades de los niños en el Antiguo Egipto: «Vete, tú que vienes de la oscuridad, que tienes la nariz torcida y la cara contrahecha. ¿Has venido a besar a este niño? No permitiré que...».

—¿Chris?

Ella siguió leyendo absorta.

—Shar, estoy ocupada.

—Hay un detective de Homicidios que quiere verte.

—¡Por Dios, Shar, dile que...! —Se interrumpió—. ¡No, no, espera! —Chris frunció el ceño y siguió con la vista clavada en el libro—. No, dile que entre.

Ruido de pasos.

Ruido de espera.

«¿Qué estoy esperando?», se preguntó Chris. Sintió una expectativa que le resultaba familiar y, al mismo tiempo, no sabía definir, como un sueño vívido que uno nunca recuerda exactamente al despertar.

Entró acompañado de Sharon, con el sombrero arrugado en la mano, la respiración jadeante, deferente.

—Perdóneme. ¿Está usted ocupada? ¿Molesto?

—¿Qué tal va el mundo?

—Mal, muy mal. ¿Cómo está su hija?

—Sin novedad.

—Lo lamento mucho, sinceramente. —Era una figura tosca junto a la mesa; transmitía preocupación por los párpados caídos—. Mire, no quisiera importunarla; lo digo por lo de su hija, debe de estar preocupada. Sabe Dios que cuando mi Ruthie estaba en cama con... No, no, fue Sheila, la más pequeñita...

—Siéntese, por favor —lo interrumpió Chris.

—Ah, sí, gracias —exhaló de alivio mientras se sentaba en una silla al otro lado de la mesa, frente a Sharon, que seguía redactando cartas en la máquina de escribir.

—Perdón, ¿qué me estaba diciendo? —preguntó Chris al detective.

—Bueno, mi hija... ¡oh, no importa! —Hizo un ademán como para alejar el pensamiento—. Está usted ocupada. Si le cuento la historia de mi vida, podría hacer una película con ella. ¡En serio! ¡Es increíble! Si solo supiera la mitad de las cosas que solían ocurrir en mi alocada familia, como mi... bueno, usted está... ¡Pero le voy a contar una! Mi madre hacía albóndigas de pescado todos los viernes. Pero la semana entera, durante toda la semana, nadie se podía bañar porque mi madre tenía el pez metido en la bañera, nadando de un lado a otro, toda la semana; mi madre decía que así se le iba el veneno que tenía. ¿Le basta con esto? Porque... No, con esto es suficiente por ahora. —Suspiró, cansado, haciendo un gesto con la mano, como si desechara el pensamiento—. Pero es bueno sonreír de vez en cuando, aunque sea solo para no echarnos a llorar.

Chris lo observaba inexpresiva, esperando...

—¡Ah, veo que está leyendo! —Miró el libro sobre brujería—. ¿Es para una película? —quiso saber.

—No, lo leo por gusto.

—¿Es bueno?

—Acabo de empezarlo.

—Brujería —murmuró, con la cabeza inclinada, al leer el título en la cabecera.

—Bueno, ¿qué pasa? —le preguntó Chris.

—¡Ah, sí, perdone! Veo que está ocupada. Termino enseguida. Como ya le he dicho, no la molestaría si no fuera porque...

—¿Por qué?

De repente se puso serio y, apoyando los codos en la mesa, entrelazó las manos.

—El caso del señor Dennings, señora MacNeil...

—Sí...

—¡Maldita sea! —exclamó Sharon irritada, sacando de un tirón una carta de la máquina. Hizo una bola con la hoja y la arrojó a la papelera, que estaba cerca de Kinderman—. Perdón —se disculpó al ver que su exclamación los había interrumpido.

Chris y Kinderman la miraron.

—¿Es usted la señorita Fenster? —le preguntó Kinderman.

—Spencer —dijo Sharon, empujando su silla hacia atrás para levantarse y recuperar la carta.

—No importa, no importa —dijo Kinderman mientras se agachaba para recoger del suelo la bola de papel.

—Gracias —dijo Sharon.

—De nada. Perdone, ¿es usted la secretaria?

—Sharon, este es el señor...

—Kinderman —le recordó el detective—. William Kinderman.

—Sí. Ella es Sharon Spencer.

—Es un placer —dijo Kinderman a la rubia, que había cruzado los brazos sobre la máquina de escribir, para examinarlo detenidamente—. Tal vez pueda ayudarme —agregó—. La noche de la muerte del señor Dennings, usted fue a la farmacia y lo dejó solo en la casa, ¿verdad?

—No. También estaba Regan.

—Regan es mi hija —le aclaró Chris.

Kinderman siguió interrogando a Sharon.

—¿Vino él a ver a la señora MacNeil?

—Sí, así es.

—¿Esperaba él que ella volviera pronto?

—Yo le dije que creía que vendría de un momento a otro.

—Muy bien. ¿Y a qué hora se fue usted? ¿Se acuerda?

—Veamos. Estaba viendo las noticias, de modo que... no, espere... sí, fue así. Recuerdo que me enfadé porque el farmacéutico me dijo que el repartidor ya se había ido a su casa, y yo me quejé de que eran solo las seis y media. Luego vino Burke unos diez, quizá veinte, minutos más tarde. Pongamos a las siete menos cuarto.

—Así que aproximadamente —concluyó el detective—, ¿lo situaría aquí sobre las siete menos cuarto?

—¿Y a qué viene todo eso? —preguntó Chris, cada vez más tensa.

—A que plantea un interrogante, señora MacNeil —jadeó Kinderman, que se volvió para mirarla—. Llegar a casa, por ejemplo, a las siete menos cuarto e irse solo veinte minutos después...

—Así era Burke —dijo Chris—. Típico de él.

—¿También tenía por costumbre frecuentar los bares de la calle M? —preguntó Kinderman.

—No.

—Ya me lo parecía. Hice unas pequeñas averiguaciones. ¿Y tampoco solía coger taxis? ¿No llamó un taxi desde aquí, al irse?

—Eso sí pudo haberlo hecho.

—Entonces me pregunto qué hacía caminando por la plataforma en lo alto de la escalinata. Y por qué las compañías de taxis no tienen en sus registros ninguna llamada desde esta casa aquella noche —agregó Kinderman—, aparte de la que hizo usted, señorita Spencer, para que la recogiese exactamente a las seis cuarenta y siete.

—No lo sé... —respondió Chris con una voz impersonal... y esperando.

—¡Lo sabía todo desde el principio! —exclamó Sharon, perpleja.

—Sí, perdóneme —le respondió el detective—. Sin embargo, el asunto se ha puesto serio ahora.

Chris, casi conteniendo la respiración, miró fijamente al detective.

—¿En qué sentido? —preguntó ella con un hilillo de voz.

Él se inclinó, con las manos aún entrelazadas sobre la mesa; la bola de papel se interponía entre ellos.

—El informe del forense, señora, parece indicar que la posibilidad de una muerte accidental es todavía muy factible. Pero...

—¿Quiere usted decir que es posible que fuera asesinado? —inquirió Chris, tensa.

—La posición... sé que esto la va a afectar...

—Prosiga.

—La posición de la cabeza de Dennings y ciertos desgarros de los músculos del cuello indicarían...

—¡Oh, Dios! —Chris dio un respingo.

—Sí, es doloroso. Lo lamento, lo lamento mucho. Podemos evitar los detalles, pero esto no podría haber ocurrido nunca a menos que el señor Dennings se hubiera caído desde cierta altura antes de estrellarse contra los escalones; por ejemplo, unos seis u ocho metros antes de rodar hasta abajo. De modo que una posibilidad, hablando sencillamente, sería... Pero antes quisiera preguntarle... —Se volvió, frunciendo el ceño, hacia Sharon—. Cuando se fue usted, ¿dónde se encontraba el señor Dennings? ¿Con la niña?

—No, aquí abajo, en el despacho. Se estaba sirviendo una copa.

—¿Podría recordar su hija si el señor Dennings estuvo en su dormitorio aquella noche? —le preguntó a Chris.

«¿Se había quedado a solas alguna vez con él?».

—¿Por qué lo pregunta?

—¿Podría recordarlo su hija?

—No, ya le he dicho que le habían administrado sedantes fuertes y...

—Sí, sí, me lo dijo usted, es verdad; ahora me acuerdo. Pero tal vez se despertó y...

—Imposible. Y...

—¿También le habían administrado sedantes fuertes cuando hablamos la última vez? —la interrumpió,

—Pues, sí. Casualmente, sí —recordó Chris—. ¿Por qué?

—Creo que la vi en la ventana aquel día.

—Debe de ser un error.

—Podría ser, podría ser. No estoy seguro.

—Escuche, ¿por qué me pregunta todo esto? —exigió saber Chris.

—Porque, como le he dicho, existe la evidente posibilidad de que el señor Dennings estuviera tan borracho que tropezara y cayera desde la ventana del dormitorio de su hija.

Chris negó con la cabeza.

—No puede ser. De ninguna manera. En primer lugar, porque la ventana estuvo siempre cerrada y, en segundo lugar, porque Burke siempre estaba borracho, pero nunca ido del todo, nunca tan ido. ¿No es cierto, Shar?

—Exacto.

—Burke dirigía películas en ese estado. ¿Cómo podría, entonces, haber tropezado y caído por la ventana?

—¿Esperaba usted quizá otra visita aquella noche? —le preguntó él.

—No.

—¿Tiene amigos que se presenten sin avisar?

—No. Eso solo lo hacía Burke —respondió Chris—. ¿Por qué?

El detective bajó la cabeza, la sacudió, frunció el ceño y contempló el papel arrugado que tenía entre las manos.

—Extraño... desconcertante... —suspiró con una expresión de cansancio—. Desconcertante. —Luego levantó la vista hacia Chris—. El fallecido viene a visitarla, se queda solo veinte minutos, no llega a verla y se va, dejando completamente sola a una niña muy enferma. Y hablando con franqueza, señora MacNeil, como usted dice, no es probable que se cayera por la ventana. Por otra parte, una caída no le produciría esa torcedura en el cuello con la que lo encontramos nosotros; se trata solo de una posibilidad entre mil. —Hizo un gesto con la cabeza, señalando el libro sobre brujería—. ¿No ha encontrado en ese libro nada sobre asesinatos rituales?

Chris sintió un presentimiento escalofriante; negó con la cabeza.

—Tal vez no en este libro —añadió él—. Sin embargo, y discúlpeme, pues solo lo menciono porque así tal vez pueda pensar algo más... Descubrieron al pobre señor Dennings con la cabeza torcida hacia atrás, como en los asesinatos rituales cometidos por los llamados demonios, señora MacNeil.

Chris se puso lívida.

—Algún lunático mató al señor Dennings —continuó el detective, mirando fijamente a Chris—. Al principio no le dije nada para evitarle este dolor. Y, además, porque, desde el punto de vista técnico, podría haber sido un accidente. Pero yo no lo creo. Es solo una corazonada. Mi opinión es esta: primero, creo que lo mató un hombre muy fuerte; segundo, sería probable (probable, no cierto) que, por la fractura del cráneo más las otras lesiones que ya he mencionado, el señor Dennings fuese asesinado primero y luego arrojado por la ventana del cuarto de su hija. Pero aquí no había nadie, excepto ella. Entonces ¿cómo podría haber sucedido? Solo hay una explicación: si hubiera venido alguien entre el momento en que se fue la señorita Spencer y usted volvió. ¿No le parece? Tal vez sí. Ahora le vuelvo a preguntar: por favor, ¿quién pudo haber venido?

—¡Cielo santo, espere un segundo! —murmuró Chris con voz queda, todavía conmocionada.

—Sí, lo siento. Es doloroso. Y tal vez me equivoque. En ese caso, lo reconocería. Pero ¿lo pensará? ¿Quién? Dígame quién pudo haber venido.

Chris permanecía con la cabeza baja y el ceño fruncido, en un esfuerzo de concentración. Luego levantó la vista hacia Kinderman.

—No. No se me ocurre nadie.

—¿Y a usted, señorita Spencer? —le preguntó—. ¿Viene alguien a visitarla a veces?

—¡Oh, no, nadie! —dijo Sharon, con los ojos bien abiertos.

Chris se volvió hacia ella.

—El hombre de los caballos, ¿sabe dónde trabajas?

—¿El hombre de los caballos? —preguntó Kinderman.

—Su novio —explicó Chris. La rubia negó con la cabeza.

—Nunca ha venido aquí. Además, aquella noche estaba en una convención en Boston.

—¿Es un comercial?

—No, abogado.

El detective se dirigió nuevamente a Chris.

—¿Y los sirvientes? ¿No reciben visitas?

—No, nunca.

—¿Esperaba algún paquete aquel día? ¿Alguna entrega?

—Que yo sepa, no. ¿Por qué?

—Como bien ha dicho, el señor Dennings (y no es por hablar mal de los muertos, que en paz descanse) se ponía algo... irascible, digamos, sin duda, capaz de provocar una pelea; en este caso, un ataque de furia con algún repartidor que hubiera venido a entregar un paquete... Entonces no esperaba que le enviasen nada, ¿verdad? ¿Algo de la tintorería, tal vez? ¿El pedido del almacén? ¿La compra? ¿Licores? ¿Algún encargo?

—De veras que no lo sé —contestó Chris—. Karl se encarga de todo eso.

—Ah, ya veo.

—¿Quiere preguntarle a él?

El detective suspiró y se reclinó hacia atrás, con las manos metidas en los bolsillos del abrigo. Miró el libro sobre brujería con un aire sombrío.

—No importa, no se moleste; es una posibilidad muy remota. Usted tiene una hija enferma y... bueno, no se moleste. —Hizo un ademán como si desechara la idea y se levantó de la silla—. Ha sido un placer conocerla, señorita Spencer.

—Lo mismo digo —respondió Sharon, con un asentimiento distraído.

—Desconcertante —dijo Kinderman moviendo también la cabeza—. Extraño. —Estaba concentrado en algún pensamiento íntimo. Después miró a Chris cuando esta se levantó de la silla—. Bueno, lamento haberla molestado por nada. Perdóneme.

—No hay de qué. Lo acompañaré hasta la puerta —le dijo Chris, solícita.

—No se moleste.

—No es molestia.

—Bueno, si insiste... A propósito —dijo al salir de la cocina—, sé que es una posibilidad entre un millón, pero me gustaría que le preguntara usted a su hija si vio al señor Dennings en su dormitorio aquella noche.

Chris caminaba con los brazos cruzados.

—Mire, en primer lugar debo decirle que no tenía ningún motivo para subir.

—Sí, lo comprendo. Es verdad. Pero si cierto médico inglés no se hubiera preguntado nunca «¿Qué hongo es este?», hoy no tendríamos la penicilina. ¿No le parece? Por favor, pregúnteselo. ¿Lo hará?

—Cuando mejore, se lo preguntaré.

—No le hará daño. Mientras tanto... —Habían llegado a la puerta de entrada y Kinderman titubeó, avergonzado. Se llevó los dedos a los labios en un gesto de duda—. Mire, odio tener que decirle esto, pero...

Chris se puso tensa, esperando un nuevo impacto; una vez más, un presentimiento hizo que le hormigueara la sangre.

—¿Qué?

—Es para mi hija..., ¿podría firmarme un autógrafo? —Se había puesto colorado y Chris estuvo a punto de echarse a reír de alivio, de sí misma, de la desesperación y de la condición humana.

—¡Faltaría más! ¿Tiene un lápiz? —dijo.

—¡Justo aquí! —respondió él al instante, y sacó el cabo

de un lápiz mordisqueado del bolsillo de su abrigo, mientras hundía la otra mano en un bolsillo de la chaqueta para extraer una tarjeta de visita—. Le va a gustar mucho —dijo mientras alargaba a Chris el lápiz y la tarjeta.

—¿Cómo se llama? —preguntó Chris; apoyó la tarjeta contra la puerta y colocó el lápiz para escribir. A continuación se produjo un largo titubeo. Ella solo oía la respiración entrecortada del detective. Se volvió. En los ojos de Kinderman vio una lucha terrible, colosal.

—Le he mentido —dijo él, finalmente, con una mirada desesperada y desafiante a la vez—. Es para mí.

Clavó la mirada en la tarjeta y se sonrojó.

—Ponga «A William... William Kinderman», está escrito en el otro lado.

Chris lo observó con un lánguido e inesperado afecto, comprobó cómo se escribía su apellido y anotó: «Para William F. Kinderman, ¡te quiero!». Y firmó debajo. Luego le entregó la tarjeta, que él se metió en el bolsillo sin leer la dedicatoria.

—Es usted una mujer muy amable —dijo tímidamente, desviando la vista.

—Y usted un hombre muy amable.

Él pareció ponerse más colorado.

—No, no lo soy. Soy un incordio. —Abrió la puerta—. No se preocupe por lo que le he dicho hoy. Es desagradable. Olvídelo. Preocúpese solo de su hija. Su hija.

Chris asintió. De nuevo, se sintió desalentada cuando el hombre, al bajar los escalones de la entrada, se puso el sombrero.

—¿Se lo preguntará a la niña? —le recordó al tiempo que se daba la vuelta.

—Sí —susurró Chris—. Le prometo que lo haré.

—Bueno, adiós. Y cuídese.

Una vez más, Chris hizo un gesto afirmativo con la cabeza.

—Y usted también.

Cerró suavemente la puerta. Pero al instante la volvió a abrir, porque él llamó otra vez.

—¡Disculpe la molestia! Soy un incordio. Me he olvidado el lápiz. —Hizo un ademán de disculpa.

Chris examinó atentamente el pedacito de lápiz que aún tenía en la mano, esbozó una sonrisa y se lo dio a Kinderman.

—Y otra cosa... —Dudó—. No tiene sentido, lo sé, es una molestia, es una estupidez... pero sé que no voy a poder dormir pensando en que tal vez haya un loco o un toxicómano suelto por ahí si no me preocupo por averiguar todos los detalles... ¿Cree que yo podría...? No, no, es una estupidez, es... pero sí, sí, tengo que hacerlo. ¿Podría hablar con el señor Engstrom? La entrega de pedidos... el asunto de los repartos. Creo que debería...

—Por supuesto, entre —dijo Chris con tono cansino.

—No es necesario, que está ocupada. Podemos hablar aquí fuera. Aquí está bien.

Se había apoyado contra la baranda.

—Si insiste... —Chris esbozó una sonrisa—. Ahora está con Regan. Enseguida se lo mando.

—Se lo agradezco.

Chris cerró la puerta rápidamente. Un minuto más tarde la abrió Karl. Se asomó a la escalera de entrada y dejó la puerta levemente entornada. De pie, alto y erguido, miró a Kinderman con ojos límpidos y fríos.

—¿Sí? —preguntó, inexpresivo.

—Tiene derecho a permanecer en silencio —le dijo Kinderman, con una mirada de acero, fija en la de Karl—. Si renuncia al derecho de permanecer en silencio —añadió rápidamente, con tono aburrido y fatigoso—, cualquier cosa que diga podrá ser y será utilizada en su contra en un tribunal de justicia. Tiene el derecho de hablar con un abogado y que un abogado esté presente durante cualquier interrogatorio. Si no puede pagar un abogado, se le asignará uno pagado por el Gobierno. ¿Le han quedado claro los derechos previamente mencionados?

Los pájaros piaban entre las ramas de un viejo árbol y los ruidos del tráfico de la calle M les llegaban apagados como el zumbido de las abejas desde un prado distante. La mirada de Karl no vaciló al responder.

—Sí.

—¿Renuncia al derecho de permanecer en silencio?

—Sí.

—¿Renuncia al derecho de hablar con un abogado y a que un abogado esté presente durante el interrogatorio?

—Sí.

—Me dijo usted que el 28 de abril, la noche de la muerte del señor Dennings, estuvo viendo usted una película en el cine Crest.

—Sí.

—¿A qué hora entró en el local?

—No lo recuerdo.

—Declaró que vio la sesión de las seis. ¿Le ayuda esto a recordar?

—Sí. Fue la de las seis. Ahora recuerdo.

—¿Vio la película... desde el principio?

—Sí.

—¿Y salió al acabar la proyección?

—Sí.

—¿Antes no?

—No, vi la película entera.

—Y al salir del cine, ¿subió a un autobús urbano frente

al cine y se apeó en la esquina de la calle M con la avenida Wisconsin aproximadamente a las nueve y veinte de la noche?

—Sí.

—¿Y regresó a casa andando?

—Volví andando.

—¿Y llegó a esta residencia aproximadamente a las nueve y media?

—Volví exactamente a las nueve y media —respondió Karl.

—¿Está seguro?

—Sí, miré el reloj. Estoy muy seguro.

—¿Y vio toda la película, hasta el final?

—Sí, eso he dicho.

—Estamos grabando sus respuestas, señor Engstrom. Quiero que esté completamente seguro de lo que dice.

—Estoy seguro.

—¿Se acuerda de la pelea que hubo entre el acomodador y un espectador borracho que se produjo en los últimos cinco minutos de la película?

—Sí.

—¿Podría decirme qué ocurrió?

—El espectador estaba muy borracho y armaba jaleo.

—Y, finalmente, ¿qué hicieron con él?

—Lo echaron.

—Dicho altercado no se produjo. ¿Se acuerda también de que en la sesión de las seis se produjo una avería técnica que duró aproximadamente quince minutos y que provocó la interrupción de la proyección?

—No.

—¿Recuerda que el público empezó a abuchear?

—No. No recuerdo nada de eso.

—¿Está seguro?

—No ocurrió nada.

—Sí ocurrió, como consta en el parte del proyeccionista, parte según el cual la sesión de aquella tarde no terminó a las ocho cuarenta, sino, aproximadamente, a las ocho cincuenta y cinco, lo cual significa que el primer autobús que usted pudo haber cogido lo habría dejado en la esquina de la calle M y la avenida Wisconsin no a las nueve y veinte, sino a las nueve cuarenta y cinco y, por tanto, lo más temprano que usted podría haber llegado a la casa sería a las diez menos cinco, y no a las nueve y media, como también atestiguó la señora MacNeil. ¿Querría hacer algún comentario sobre esta desconcertante discrepancia?

Karl, que no había perdido la compostura ni por un momento, contestó con toda tranquilidad:

—No.

El detective lo miró fijamente y en silencio durante un momento; luego suspiró y desvió la vista mientras apagaba el control del aparato que llevaba metido en el forro del abrigo. Mantuvo baja la mirada por un momento; luego la levantó hacia Karl.

—Señor Engstrom... —comenzó, en un tono triste y comprensivo—. Se ha cometido un crimen muy grave. Está bajo sospecha. El señor Dennings lo trataba mal, me he enterado por otras fuentes. Y, aparentemente, usted mintió sobre el lugar donde se hallaba en el momento del asesinato. Pero a veces ocurre (somos humanos, ¿por qué no?) que un hombre casado se encuentra, en ciertas ocasiones, en algún lugar en que él niega haber estado. ¿Se da cuenta de que arreglé esta entrevista de modo que pudiéramos conversar en privado, sin que nadie nos molestase, lejos de su esposa? Ahora no estoy grabando. Está apagado. Puede confiar en mí. Si salió usted aquella noche con otra mujer, puede decírmelo; yo lo comprobaría, usted se quitaría el problema de encima y su esposa no se enteraría. Dígame, pues: ¿dónde estaba en el momento de la muerte de Dennings?

Por un momento, algo tembló en la profundidad de los ojos de Karl, pero lo reprimió enseguida.

—¡En el cine! —insistió, con los labios apretados.

El detective lo observó fijamente, en silencio e inmóvil, sin emitir más sonido que su jadeo, mientras los segundos transcurrían lentamente, lentamente...

—¿Me va a detener? —Karl rompió el silencio con voz algo temblorosa.

El detective no respondió, sino que siguió mirándolo sin pestañear; y cuando Karl parecía dispuesto a seguir hablando, el detective se alejó bruscamente de la baranda y se dirigió, con las manos en los bolsillos, hasta el coche patrulla. Caminó sin prisa, mirando a derecha e izquierda, como un turista curioso.

Desde la entrada, Karl, con sus facciones impasibles, vio que Kinderman abría la portezuela del coche, buscaba una caja de pañuelos de papel sobre el salpicadero, sacaba uno y se sonaba la nariz mientras miraba, con aire ausente, hacia el otro lado del río, como si estuviera decidiendo dónde ir a almorzar. Luego se subió al coche sin mirar atrás.

Cuando el coche arrancó y dobló la esquina de la calle Treinta y cinco, Karl comprobó que la mano que no tenía apoyada en el picaporte le temblaba.

Cuando oyó que la puerta se cerraba, Chris se encontraba en la barra del despacho, pensativa, mientras se servía un vodka con hielo. Ruido de pasos. Karl subía las escaleras... Cogió el vaso y se dirigió lentamente hacia la cocina removiendo el vodka con el dedo índice, mientras su mirada permanecía ausente. Algo... algo andaba horriblemente mal. Como una luz que se filtra por debajo de una puerta, un resplandor de espanto penetró en el rincón más oscuro de su mente. ¿Qué había detrás de la puerta? ¿Qué era?

«¡No mires!».

Entró en la cocina, se sentó a la mesa y empezó a beberse el vodka.

«Creo que lo mató un hombre con mucha fuerza». Bajó la mirada y la clavó en el libro de brujería.

«Algo...».

Ruido de pasos. Sharon volvía del cuarto de Regan. Entró. Se sentó a la máquina de escribir. Puso una nueva hoja de papel en el rodillo.

«Algo...».

—Muy escalofriante —murmuró Sharon, mientras sus dedos descansaban sobre el teclado y sus ojos miraban las notas de taquigrafía que tenía al lado.

No hubo respuesta. La inquietud se podía palpar en la estancia. Chris bebía con aire ausente.

Sharon rompió el silencio con voz baja y tensa.

—Hay una cantidad enorme de fumaderos de hippies cerca de la calle M y la avenida Wisconsin. Fumetas. Ocultistas. Los policías los llaman «sabuesos infernales». —Hizo una pausa como si esperara algún comentario, con los ojos todavía fijos en las notas taquigráficas; luego continuó—: ¡Quién sabe si Burke...!

—¡Por Dios, Shar! ¡No pienses más en eso, haz el favor! —estalló Chris—. ¡Ya tengo bastante con pensar en Rags! ¿Te importa? —Mantuvo los ojos cerrados. Sujetaba el libro con fuerza.

Sharon volvió enseguida a su máquina y empezó a escribir a un ritmo furioso; luego, se levantó de la silla con brusquedad y salió de la cocina.

—¡Me voy a dar una vuelta! —dijo fríamente.

—¡Ni se te ocurra acercarte a la calle M! —rugió Chris de mal humor, con la vista fija en el libro que tenía entre los brazos cruzados.

—¡No pienso hacerlo!

—¡Ni a la calle N!

Chris oyó cómo se abría y se cerraba la puerta de la calle. Suspiró. Sintió una punzada de arrepentimiento. Pero la descarga había aliviado parte de su tensión. No toda. Todavía quedaba el resplandor al final del pasillo. Muy tenue.

«¡Déjalo!».

Aspiró profundamente y trató de concentrarse en el libro. Encontró la página por donde iba; cada vez se sentía más impaciente; comenzó a pasar rápidamente las páginas, saltándose algunas, en busca de la descripción de los síntomas de Regan. «... Posesión por el demonio... síndrome... caso de una niña de ocho años... anormal... cuatro hombres fuertes para sujetarla...».

Al pasar una página, Chris clavó la vista en ella... y se quedó helada.

Ruidos. Willie, que venía con la compra.

—¿Willie...? ¿Willie? —preguntó Chris con una voz inalterable.

—Sí, señora —respondió Willie mientras dejaba las bolsas. Sin levantar la vista, Chris levantó el libro.

—¿Fuiste tú la que puso este libro en el despacho, Willie?

Willie le echó una mirada rápida, asintió, se volvió y empezó a sacar los artículos de las bolsas.

—¿Dónde lo encontraste?

—Arriba, en el dormitorio —contestó, guardando el tocino en el cajón de la carne en la nevera.

—¿Qué dormitorio, Willie?

—En el de la señorita Regan. Lo encontré debajo de su cama al hacer la limpieza.

—¿Cuándo lo encontraste? —preguntó Chris, con la vista aún clavada en las páginas del libro.

—Cuando fueron todos al hospital, señora; al pasar la aspiradora por el dormitorio.

—¿Estás segura?

—Sí, señora, estoy segura.

Chris no se movió, ni pestañeó, ni respiró, cuando el recuerdo de la ventana abierta de Regan la noche del accidente de Dennings la asaltó con las garras extendidas como un ave de rapiña que la conociera, ni cuando reconoció una imagen inquietantemente familiar, al mirar la página del libro que tenía abierto ante sí.

A lo largo de todo el margen, alguien había cortado, con precisión quirúrgica, una estrecha tira de papel.

Chris levantó la cabeza con un movimiento brusco al oír ruido en el cuarto de Regan.

¡Eran golpes secos y rápidos, que reverberaban como una pesadilla, imponentes como un martillo que golpeara sobre una tumba!

¡Regan gritando, atormentada, aterrada, implorando!

¡Y Karl! ¡Karl le gritaba enojado a Regan!

Chris salió, disparada, de la cocina.

«Dios santo, ¿qué está pasando?».

Frenética, Chris se lanzó escaleras arriba, hacia el dormitorio, oyó un golpe, el ruido de alguien que se tambaleaba, de alguien que se estrellaba contra el suelo como un fardo, mientras su hija gritaba: «¡No! ¡No lo hagas! ¡No, por favor!», y Karl gritaba... ¡No, no era Karl, sino otra persona! Una voz estentórea y grave enfurecida, amenazante.

Chris se precipitó por el pasillo y entró violentamente en el dormitorio. Contuvo el aliento, se quedó rígida, paralizada por el shock, al tiempo que los golpes arreciaban estruendosos, vibrando a través de las paredes. Karl yacía inconsciente en el suelo, cerca de la cómoda, y Regan estaba con las piernas en alto y abiertas completamente sobre la cama, que se agitaba y estremecía con violencia. Agarraba el crucifijo con fuerza, con los nudillos en carne viva. El crucifijo de marfil apuntaba a su vagina; Regan lo miraba aterrorizada, con ojos desorbitados y la cara ensangrentada porque se había arrancado la sonda nasogástrica.

—¡Por favor! ¡Por favor, no! —gritaba mientras las manos bajaban el crucifijo, cada vez más cerca, mientras ella parecía intentar alejarlo.

—¡Harás lo que yo te diga, guarra! ¡Lo que yo te diga!

El rugido amenazador, aquellas palabras, provenían de Regan, con una voz áspera y gutural que rezumaba veneno. En un instante, sus facciones se transmutaron horriblemente en las de la personalidad demoniaca y maligna que había aparecido durante la hipnosis. Y ahora rostros y voces se intercambiaban velozmente mientras Chris observaba atónita.

—¡No!

—¡Lo harás!

—¡Por favor!

—¡Lo harás, puta, o te mataré!

—¡Por favor!

—Sí, vas a dejar que Jesús te folle, te folle, te...

Regan tenía los ojos desmesuradamente abiertos y parecía retroceder frente a un destino horrible, con la mandíbula desencajada mientras chillaba ante el terror del desenlace. Luego, de pronto, la cara diabólica se apoderó de ella una vez más, la inundó. La habitación se llenó de un hedor insoportable y un frío helado se filtró por las paredes al tiempo que los golpes cesaron, y el grito desgarrador de terror de Regan se convirtió en el aullido de una risa gutural teñida de rencor y maldad, con una furia victoriosa mientras se introducía el crucifico en la vagina y empezaba a masturbarse con ferocidad, rugiendo con esa voz profunda, ronca y ensordecedora.

—¡Ahora eres mía, eres mía, guarra asquerosa! ¡Puta! ¡Deja que Jesús te folle, te folle!

Chris se quedó clavada en el sitio horrorizada, paralizada, con las manos presionadas con fuerza contra las mejillas cuando aquella risa demoniaca y fuerte volvió a estallar de júbilo, mientras la sangre manaba de la vagina de Regan manchando las sábanas por el desgarramiento del himen y los tejidos. De repente, con un grito que le arañó la garganta, Chris corrió hasta la cama, agarró el crucifijo sin pensar y sin dejar de gritar mientras Regan la fulminó con la mirada, llena de cólera. Con las facciones infernalmente contraídas, alargó una mano, cogió a Chris por los pelos y, de un tirón, le presionó la cabeza con fuerza contra su vagina, embadurnándola de sangre mientras movía la pelvis frenéticamente.

—¡Aaah, la madre de la cerdita! —canturreó Regan con una voz cargada de erotismo, gutural, áspera, ronca—. ¡Aaah! —Luego, levantó de un tirón la mano que sostenía la cabeza de Chris mientras con la otra le asestó un golpe en el pecho que la lanzó tambaleándose a la otra punta de la habitación. Chris se estrelló contra una pared con violencia increíble, acompañada por las carcajadas estridentes y diabólicas de Regan.

Chris se desplomó en el suelo, aturdida por el espanto, en medio de un torbellino de imágenes y ruidos; todo a su alrededor le daba vueltas sin parar, tenía la visión borrosa, desenfocada, al tiempo que oía un intenso zumbido que se tradujo en un concierto de ruidos caóticos, distorsionados. Trató de incorporarse. Demasiado débil, se tambaleó. Luego miró hacia la cama, todavía borrosa, y a Regan, que estaba de espaldas a ella. Se introducía el crucifijo en la vagina con un movimiento suave y sensual, luego fuera, dentro.

—Ah, así, guarra, sí, mi dulce cerdita, mi cerdita, mi... —gemía aquella voz profunda y grave.

Las palabras cesaron cuando Chris empezó a arrastrarse dolorida hasta la cama, con la cara todavía manchada de sangre, la vista aún nublada y las extremidades doloridas. Pasó junto a Karl. Luego se encogió, temblando, acometida por un increíble terror, pues le había parecido ver confusamente, como a través de una neblina, que la cabeza de su hija giraba lentamente en redondo sin que se moviera el torso, en una rotación monstruosa, inexorable, hasta que, al fin, pareció quedar mirando hacia atrás.

—¿Sabes lo que ha hecho la puta de tu hija? —se rio con una voz delicada y familiar.

Chris parpadeó ante aquella cara que la miraba y le sonreía con una expresión de locura, ante aquellos labios partidos, ante aquellos ojos diabólicos.

Gritó hasta desfallecer.

III

El abismo

Le dijeron entonces: «¿Qué señal, pues, haces tú para que veamos y te creamos?».

Juan, 6, 30

... Cierta vez, un comandante de brigada destacado en Vietnam estableció un concurso destinado a que su unidad completara los 10.000 enemigos muertos; el premio era una semana de permiso, con todas las comodidades, en la propia residencia del coronel...

Newsweek, 1969

Mas os he dicho, que aunque me habéis visto, no creéis.

Juan, 6, 36

1

Estaba de pie frente al paso de peatones del puente Key, con los brazos sobre el pretil, moviéndose nerviosa, esperando, mientras el denso tránsito discurría intermitente a sus espaldas, en medio de un concierto de cláxones y el roce indiferente de los parachoques. Se había puesto en contacto con Mary Jo; le había mentido.

—*Regan está bien. A propósito, estaba pensando dar otra cena. ¿Cómo se llama aquel jesuita psiquiatra? He creído que podría invitarlo...*

Risas que venían de abajo: era una pareja joven, con pantalones vaqueros, en una canoa alquilada. Con un rápido gesto nervioso, tiró la ceniza de su cigarrillo y miró en dirección a la ciudad. Alguien se acercaba a ella presuroso, vestido con pantalones color caqui y jersey azul; no era un cura, no era él.

Volvió a bajar la vista hacia el río, hacia su impotencia, arremolinada en la estela de la canoa pintada de un rojo brillante. Pudo distinguir el nombre que llevaba pintado: CAPRICHO.

Pasos. El hombre del jersey que se aproximaba, que se detenía al llegar a su lado. Con el rabillo del ojo lo vio apoyar un brazo sobre el pretil y, rápidamente, desvió la mirada en dirección a Virginia.

—Vete de aquí, pervertido —farfulló con voz ronca, mientras arrojaba la colilla al río—, ¡o te juro por Dios que llamo a la policía!

—¿Señorita MacNeil? Soy el padre Karras.

Sonrojada, se incorporó y se volvió hacia él, sobresaltada. Tenía el ceño contraído, la mirada severa.

—¡Dios mío! Ay, yo... ¡Joder!

Se bajó las gafas de sol, confundida, e inmediatamente se las volvió a subir cuando aquellos ojos oscuros y tristes sondearon los suyos.

—Tendría que haberle advertido que vendría vestido de una manera informal. Lo siento.

Su voz era suave y pareció quitarle un peso de encima al fijarse en sus fuertes manos entrelazadas. Eran grandes y, sin embargo, sensibles, venosas, como las que pintaba Miguel Ángel. Chris notó que su mirada se sentía instantáneamente atraída por ellas.

—He creído que sería mucho menos llamativo —prosiguió él—. Parecía usted muy preocupada por mantener esto en secreto...

—Creo que tendría que haberme preocupado de no quedar como una idiota —respondió ella, hurgando nerviosamente en su bolso—. Creí que era...

—¿Humano? —la interrumpió con una sonrisa.

—Me di cuenta de eso cuando lo vi un día en el campus —dijo ella, que ahora se buscaba algo en los bolsillos del traje—. Por eso lo llamé. Me pareció usted humano. —Levantó la mirada y vio que él le observaba las manos—. ¿Tiene un cigarrillo, padre?

Se palpó en el bolsillo de la camisa.

—¿Le importa que no tenga filtro?

—En este momento me fumaría hasta una soga.

Sacó un Camel del paquete.

—Con la paga que tengo, yo lo hago a menudo.

—Voto de pobreza —murmuró ella, con una tensa sonrisa, al coger el cigarrillo.

—El voto de pobreza tiene sus ventajas —comentó él, mientras buscaba los fósforos en el bolsillo.

—¿Como qué, por ejemplo?

—Hace que la soga tenga mejor sabor. —Nuevamente esbozó una sonrisa a medias, mientras miraba la mano de Chris que sostenía el cigarrillo. Temblaba. Vio que el cigarrillo se estremecía con movimientos rápidos e irregulares, y, sin vacilar, se lo quitó de los dedos, se lo puso en la boca; lo encendió, protegiendo la llama del fósforo con las manos ahuecadas, echó una bocanada de humo y le devolvió el cigarrillo a Chris, con la vista fija en los coches que pasaban bajo el puente.

—Así es mucho más fácil; los coches levantan mucho viento —le dijo.

—Gracias, padre.

Chris lo miró con gratitud, casi con esperanza. Sabía lo que él había hecho. Lo observó mientras encendía otro cigarrillo para él. Se olvidó ahuecar la mano. Tras una exhalación, ambos apoyaron un brazo en el pretil.

—¿De dónde es usted, padre?

—De Nueva York.

—Yo también. Sin embargo, nunca volvería allí. ¿Y usted?

Karras luchó contra la angustia que le atenazaba la garganta.

—No, no volvería. —Esbozó una sonrisa forzada—. Pero yo no tengo que tomar esas decisiones.

—Claro, soy una estúpida. Es sacerdote y tiene que ir adonde lo manden, ¿verdad?

—Exacto.

—¿Y cómo es que un psiquiatra se metió a cura? —preguntó.

Él estaba ansioso por saber cuál era el problema urgente que ella le había comentado por teléfono. Tuvo el presentimiento de que estaba tanteando el terreno... pero ¿hacia dónde? No debía presionarla. Ya vendría... ya vendría.

—Es al revés —la corrigió amablemente—. La Compañía...

—¿Quién?

—La Compañía de Jesús, o sea, los jesuitas.

—Ah, ya.

—La Compañía me mandó a estudiar Medicina y Psiquiatría.

—¿Dónde?

—En Harvard, en el Johns Hopkins, en el Bellevue.

De repente se dio cuenta de que quería impresionarla. ¿Por qué?, se preguntó, y enseguida dio con la respuesta en los barrios pobres de su niñez, en los gallineros de teatros del East Side. En el pequeño Dimmy con una estrella de cine.

—No está mal —dijo con un asentimiento de aprobación.

—No hacemos votos de pobreza mental.

Ella percibió irritación en su voz. Se encogió de hombros y se volvió hacia el río.

—Verá, es que como yo no lo conozco y... —Aspiró profundamente el humo del cigarrillo, lo exhaló y aplastó la colilla contra el pretil—. Es usted amigo del padre Dyer, ¿verdad?

—Sí.

—¿Cercano?

—Muy cercano.

—¿No le dijo nada de la fiesta?

—¿De la que celebró usted en su casa?

—Sí.

—Sí, me dijo que parecía usted humana.

Ella no captó su significado, o prefirió ignorarlo.

—¿No le habló de mi hija?

—No. No sabía que tuviera usted una.

—Tiene doce años. ¿No la mencionó?

—No.

—¿Ni le dijo lo que hizo?

—Ni siquiera la mencionó.

—Ya veo que los curas saben morderse la lengua, ¿verdad?

—Depende —respondió Karras.

—¿De qué?

—Del cura.

En un recoveco de su conciencia flotaba una advertencia de peligro contra las mujeres que se sentían atraídas de forma neurótica por los sacerdotes, a los que deseaban inconscientemente, y que intentaban seducirlos con el pretexto de algún otro problema para obtener lo inalcanzable.

—Mire, me refiero a cosas como la confesión. Ustedes no pueden contar nada de lo que se les diga en confesión, ¿verdad?

—Sí, es cierto.

—¿Y fuera de la confesión? —le preguntó—. ¿Qué pasaría si...? —Le temblaban las manos—. Soy curiosa. Yo... No, en serio, me gustaría saber qué pasaría si una persona fuera, digamos, un criminal, un asesino o algo así, y acudiera a usted a pedirle ayuda. ¿Lo delataría usted?

¿Buscaba instrucción? ¿Estaba despejando dudas en su proceso de conversión? Karras sabía que había personas que se acercaban a la salvación como si fuese un puente inestable que colgaba sobre un abismo.

—Si viniera a mí en busca de ayuda espiritual, no lo delataría —respondió.

—¿No lo delataría?

—No. No lo haría. Pero trataría de persuadirlo de que se entregase.

—¿Y qué me dice del exorcismo?

—¿Cómo?

—Si una persona está poseída por alguna clase de demonio, ¿cómo llevaría a cabo el exorcismo usted?

—En primer lugar, tendría que ponerlo en la máquina del tiempo y transportarlo al siglo XVI.

Chris se quedó desconcertada.

—¿Qué quiere decir con eso? No lo he entendido.

—Pues es fácil. Quiero decirle que ya no suelen darse ese tipo de casos, señorita MacNeil.

—¿Desde cuándo?

—Desde que se sabe que existen las enfermedades mentales como la paranoia, doble personalidad..., todas esas cosas que me enseñaron en Harvard.

—¿Me está tomando el pelo?

Su voz tembló impotente, confundida, y Karras se arrepintió de su ligereza. «¿De dónde ha salido eso?», se preguntó. No había podido contenerse.

—Mire, señorita MacNeil —le dijo, en un tono más amable—, muchos católicos ya no creen en el demonio y, con respecto a la posesión, desde que entré en la Compañía de Jesús, no he conocido a un solo sacerdote que realizara un exorcismo en toda su vida. Ni uno.

—¿De verdad es un cura? —le preguntó ella con amargura, sus palabras afiladas y cargadas de decepción—. ¿O pertenece a la agencia de castings? ¿Qué hay de esas historias de la Biblia en la que Jesús expulsa a todos esos demonios?

De nuevo, él contestó resuelto y sin pensar:

—Si Cristo hubiese dicho que tales personas supuestamente poseídas eran esquizofrénicas, las cuales imagino que lo eran, probablemente lo habrían crucificado tres años antes.

—¡No me diga! —Chris se llevó una mano temblorosa a las gafas oscuras, mientras su voz se hacía más grave con el esfuerzo para controlarse—. Pues bien, debo comunicarle, padre Karras, que creo que alguien muy querida para mí quizá esté poseída por el demonio. Necesita un exorcismo. ¿Lo hará usted?

De pronto, todo le pareció irreal a Karras: el puente Key, el Hot Shoppe al otro lado del río, el tráfico, la estrella de cine Chris MacNeil. Mientras la miraba, tratando de encontrar en su mente una respuesta, Chris se quitó las gafas y Karras sintió una conmoción instantánea y punzante al ver la súplica desesperada en aquellos ojos cansados. Se dio cuenta de que la mujer hablaba en serio.

—Se trata de mi hija, padre Karras —le dijo con angustia—, ¡mi hija!

—Entonces, con más razón hay que olvidarse del exorcismo y... —dijo finalmente el sacerdote en tono amable.

—¿Por qué? ¡Dios, no lo entiendo! —estalló con voz quebrada y enloquecida.

Él la cogió por las muñecas, en un intento de consolarla.

—En primer lugar —le dijo con tono reconfortante—, eso podría empeorar las cosas.

—Pero ¿por qué?

—El ritual del exorcismo es muy peligroso y sugestivo. Podría inculcar la idea de la posesión en alguien que no lo esté o, si la tuviera, podría contribuir a fortalecerla. En segundo lugar, señorita MacNeil, la Iglesia, antes de aprobar un exorcismo, realiza una investigación para ver si puede garantizarlo. Y eso requiere tiempo. Mientras tanto, su...

—¿No podría hacer el exorcismo por su cuenta? —suplicó ella. Le temblaba el labio inferior. Los ojos se le llenaban de lágrimas.

—Mire, cualquier sacerdote tiene el poder de exorcizar, pero debe contar con el consentimiento de la Iglesia y, francamente, muy rara vez lo concede, por lo cual...

—¿Ni siquiera puede ir a verla?

—Bueno, como psiquiatra sí, claro, pero...

—¡Ella necesita un sacerdote! —estalló Chris con las facciones contraídas por la ira y el temor—. Ya la he llevado a todos los putos psiquiatras del mundo y ellos me han enviado a usted. ¡Y ahora usted me remite a ellos!

—Pero su...

—Dios, ¿es que no hay nadie que me ayude? —Su alarido desgarrador se extendió sobre el río, de cuyas orillas levantaron el vuelo pájaros espantados—. ¡Por Dios, que alguien me ayude! —exclamó de nuevo Chris, y se dejó caer, sollozando convulsivamente, sobre el pecho de Karras—. ¡Por favor! ¡Ayúdeme! ¡Por favor, por favor, ayúdeme...!

El jesuita la miró paternalmente y le acarició la cabeza, mientras los pasajeros de los coches parados por la caravana los observaban con desinterés al pasar.

—Está bien —susurró Karras dándole golpecitos en el hombro. Quería calmarla, frenar su histeria. «¿... mi hija?». No, era Chris la que necesitaba ayuda psiquiátrica—. Está bien, iré a verla —le dijo—. Se lo prometo.

La acompañó en silencio a su casa, dominado por una sensación de irrealidad, mientras pensaba en la clase que daría al día siguiente en la Facultad de Medicina de Georgetown. Aún tenía que preparar las notas.

Subieron los escalones de la entrada. Karras echó una mirada en dirección a la residencia de los jesuitas y pensó que se perdería la cena. Eran las seis menos diez. Miró a Chris cuando introdujo la llave en la cerradura. Ella, titubeante, se volvió hacia el sacerdote.

—Padre... ¿cree que necesitará ponerse los hábitos?

Qué infantiles e ingenuas resultaban aquellas palabras.

—Sería demasiado peligroso —le respondió.

Ella asintió y abrió la puerta. Entonces fue cuando Karras lo sintió: un escalofrío, una sensación de peligro. Era como si por su sangre corrieran partículas de hielo.

—¿Padre Karras?

Él levantó la vista. Chris había entrado y mantenía la puerta abierta.

Durante un momento permaneció indeciso, sin moverse; luego, bruscamente, se adelantó y entró en la casa con la extraña sensación de que algo terminaba.

Karras oyó un gran alboroto en la planta de arriba. Una voz profunda y atronadora vomitaba obscenidades, amenazaba con furia, con odio, con frustración.

Karras dirigió a Chris una rápida mirada. Ella lo observaba en silencio. Entonces siguió andando. Él caminó tras ella, subió las escaleras y, después de recorrer el pasillo, llegaron al dormitorio de Regan. Karl estaba apoyado en la pared frente a la puerta del cuarto, cabizbajo, y los brazos cruzados. Cuando el criado alzó lentamente la vista hacia Chris, Karras notó en sus ojos desconcierto y terror. La voz que se oía en el dormitorio, ahora que estaban más cerca, era tan potente que casi parecía amplificada por medios electrónicos.

—No se deja poner las correas —le dijo Karl a Chris, con voz quebrada y sobrecogida.

—Vuelvo enseguida, padre —dijo Chris al sacerdote en un tono apagado.

Karras la vio alejarse por el pasillo, hasta su dormitorio; luego se volvió hacia Karl. El suizo lo miraba de hito en hito.

—¿Es usted sacerdote? —preguntó Karl.

Tras asentir, Karras miró a la puerta del dormitorio de Regan. A la voz furibunda había seguido ahora un largo y estridente berrido de animal, semejante al de un novillo.

Algo le rozó la mano. Bajó la vista.

—Es ella —le dijo Chris—, Regan.

Le había tendido una foto. Él la cogió. Una niña. Muy bonita. De dulce sonrisa.

—Se la hicieron hace cuatro meses —dijo Chris como atontada. El sacerdote le devolvió la foto y, con la cabeza, le hizo un gesto señalando hacia la puerta del cuarto—. Entre y examínela. —Se apoyó contra la pared, junto a Karl—. Yo esperaré aquí.

—¿Quién está con ella? —preguntó Karras.

—Nadie.

Él sostuvo su mirada y luego se volvió, con el ceño fruncido, en dirección al dormitorio. Al tocar el tirador, los ruidos de dentro cesaron bruscamente. En el silencio, Karras vaciló; luego entró en la habitación con lentitud, y casi retrocedió ante el punzante hedor a excremento mohoso cuando la vaharada le azotó la cara.

Controló la repulsión con rapidez y cerró la puerta. Sus ojos quedaron prendidos, atónitos, en aquella cosa que era Regan, en la criatura que yacía de espaldas en la cama, con la cabeza sobre la almohada, mientras sus ojos, desmesuradamente abiertos en las cuencas hundidas, reflejaban un brillo malicioso de locura y refulgían inteligentes, con interés y rabia al fijarse en los suyos, al observarlo atentamente desde aquel rostro esquelético, aquella máscara horrible de una maldad compleja. Karras dirigió la vista hacia el pelo enmarañado, hacia los brazos y las piernas consumidos, hacia el estómago dilatado, que sobresalía grotescamente; luego, de nuevo, hacia aquellos ojos que lo miraban... que lo atravesaban... que lo seguían cuando él se acercó a la silla del escritorio junto a la ventana.

—Hola, Regan —dijo el sacerdote en tono amistoso y cálido. Cogió la silla y la llevó al lado de la cama—. Soy un amigo de tu madre. Me ha dicho que no te encontrabas muy bien. —Se sentó—. ¿Crees que me podrías decir lo que te pasa? Me gustaría ayudarte.

Los ojos de la niña brillaron ferozmente, sin parpadear, y una saliva amarillenta le corrió por la comisura de la boca hasta el mentón. Los labios se le pusieron rígidos y esbozaron una mueca en su boca arqueada.

Bueno, bueno, bueno —se regodeó Regan sardónicamente. Karras sintió que se le erizaban los pelos de la espalda, pues era imposible que aquella voz fuese tan profunda, grave y cargada de amenaza y poder—. De modo que eres tú... ¡Te han mandado a ti! Bueno, no tenemos que temer nada de ti en absoluto.

—En efecto. Soy tu amigo. Me gustaría poder ayudarte —dijo Karras.

—Empieza, pues, por aflojar estas correas —gruñó Regan. Había levantado las muñecas y Karras pudo ver que estaban sujetas con una correa doble.

—¿Te molestan? —le preguntó.

—Mucho. Son una molestia. Una molestia infernal. —Sus ojos brillaron astutos y con cierta diversión disimulada.

Karras vio las marcas de arañazo de su cara, las grietas de sus labios que, al parecer, se había mordido.

—Temo que te puedas hacer daño, Regan.

—Yo no soy Regan —dijo con un gruñido sordo, todavía con esa sonrisita horripilante que ahora le pareció a Karras una expresión permanente. Qué incongruentes parecían los aparatos que tenía en los dientes, pensó.

—Ya veo. Bien, entonces creo que deberíamos presentarnos. Yo soy Damien Karras —dijo el sacerdote—. ¿Quién eres tú?

—El demonio.

—Bien, muy bien —asintió Karras con aprobación—. Ahora podemos hablar.

—¿Una pequeña charla?

—Si quieres.

—Es muy bueno para el alma. Pero te darás cuenta de que no puedo hablar libremente si estoy atado con estas correas. Me he acostumbrado a gestualizar mucho. —Regan babeaba—. Como sabes, he pasado mucho tiempo en Roma, querido Karras. ¡Ahora afloja un poco estas correas!

«¡Qué precocidad de lenguaje y pensamiento!», pensó Karras. Se inclinó hacia delante en su silla, con interés profesional.

—¿Dices que eres el demonio? —preguntó.

—Te lo aseguro.

—Entonces ¿por qué no haces que las correas desaparezcan?

—Eso sería un despliegue de poder demasiado vulgar, Karras. Demasiado burdo. ¡Después de todo, soy un príncipe! —Emitió una risa ahogada—. Prefiero utilizar la persuasión, Karras, la unión, el trabajo en comunidad. Más aún, si yo mismo me quitara las correas, amigo mío, te haría perder la ocasión de hacer un acto de caridad.

—Pero un acto de caridad —dijo Karras— es una virtud y eso es precisamente lo que el demonio querrá evitar, de modo que, de hecho, te ayudaría si no te aflojara las correas. A menos que, claro está, no fueras de verdad el demonio. —Se encogió de hombros—. En ese caso, tal vez desataría las correas.

—Eres astuto como un zorro, Karras. ¡Si mi querido Herodes estuviera aquí para disfrutar de esto!

—¿Qué Herodes? —preguntó Karras con los ojos entornados. ¿Hacía un juego de palabras aludiendo a Cristo, que había llamado a Herodes «aquella zorra»?—. Hubo dos Herodes. ¿Te refieres al rey de Judea?

—¡Al tetrarca de Galilea! —espetó con furia y un punzante desdén; luego, bruscamente, volvió a sonreír y a hablar con voz siniestra—. ¿Ves cómo me han alterado estas condenadas correas? Quítamelas y te adivinaré el futuro.

—Muy tentador.

—Es mi fuerte.

—Pero ¿quién me asegura que puedes adivinar el futuro?

—Soy el demonio.

—Sí, ya lo has dicho, pero no me lo has demostrado.

—No tienes fe.

Karras se irguió.

—¿En qué?

—¡En mí, querido Karras, en mí! —En los ojos de Regan bailaba algo maligno y burlón—. ¡Todas estas pruebas, todas estas señales en los cielos!

—Bueno, me conformo con algo muy simple —ofreció Karras—. Por ejemplo, el demonio lo sabe todo, ¿no es cierto?

—No, casi todo, Karras, casi todo. ¿Ves? Dicen que soy orgulloso. Pues no es cierto. ¿Qué te traes entre manos, zorro? —Los ojos, amarillentos e inyectados en sangre, brillaban taimados.

—Pensé que podríamos verificar el caudal de tus conocimientos.

—¡Ah, sí! ¡El lago más grande de Sudamérica —bromeó Regan, con los ojos saltándole de júbilo— es el Titicaca, en Perú! ¿Suficiente?

—No, tendré que preguntar algo que solo el demonio pueda saber. Por ejemplo: ¿dónde está Regan? ¿Lo sabes?

—Aquí.

—¿Dónde es «aquí»?

—Dentro de la cerda.

—Déjame verla.

—¿Para qué?

—Pues para demostrar que me dices la verdad.

—¿Quieres follártela? ¡Afloja las correas y dejaré que lo hagas!

—Déjame verla.

—Tiene un coño muy suculento. —Regan lo miró con lujuria y una sonrisa animal y se pasó la lengua por la saliva que tenía en los labios agrietados—. Es muy mala conversadora, amigo. Te recomiendo encarecidamente que te quedes conmigo.

—Bueno, es obvio que no sabes dónde está —dijo Karras encogiéndose de hombros—, de modo que, aparentemente, no eres el demonio.

—¡Sí, lo soy! —rugió Regan dando un salto repentino hacia delante, con la cara contraída por la rabia. Karras tembló cuando la voz potente y terrible hizo crujir las paredes de la habitación—. ¡Sí, lo soy!

—Bueno, entonces déjame ver a Regan —insistió Karras—. Eso sería la prueba.

—¡Te lo voy a demostrar! ¡Te voy a leer la mente! —masculló furiosa—. ¡Piensa en un número del uno al diez!

—No, eso no demostraría nada. Tengo que ver a Regan.

Bruscamente, la muchacha emitió una risita sofocada, mientras se recostaba contra la cabecera de la cama.

—No, nada serviría de prueba, Karras. Qué espléndido. ¡Qué espléndido! Mientras tanto, procuraremos mantenerte convenientemente engañado. Después de todo, no quisiéramos perderte.

—¿Quiénes son «nosotros»? —tanteó Karras, alerta, con repentino interés.

—Somos un pequeño grupo aquí, dentro de la cerdita —dijo, asintiendo—. Ah, sí, una pequeña e impresionante multitud. Más adelante, puedo encargarme de hacer unas discretas presentaciones. Pero ahora siento un picor terrible y no puedo rascarme. ¿Podrías aflojar una correa solo un momento, Karras?

—No. Dime dónde te pica y yo te rascaré.

—¡Muy astuto, muy astuto!

—Muéstrame a Regan y quizá entonces te aflojaré una correa —ofreció Karras—. Si...

Se echó hacia atrás con brusquedad, espantado al contemplar aquellos ojos llenos de terror, al ver aquella boca que se abría desmesuradamente, en una silenciosa petición de ayuda.

Pero, de inmediato, la entidad Regan se esfumó en una rápida y borrosa remodelación de facciones.

—¿No vas a quitarme estas correas? —preguntó una voz zalamera, con evidente acento británico.

De pronto retornó la personalidad diabólica.

—¿Podría ayudar a un viejo monaguillo, padre? —graznó, y luego, riéndose, echó la cabeza hacia atrás.

Karras permanecía sentado y aturdido; sentía de nuevo las manos glaciales en la nuca, ahora más concretas, más firmes. La cosa-Regan interrumpió su risa y lo miró con ojos provocativos.

—A propósito, tu madre está aquí con nosotros, Karras. ¿Quieres dejarle un mensaje? Me ocuparé de que lo reciba.

—En ese momento, Karras tuvo que saltar de la silla para esquivar un chorro de vómito. Le salpicó una parte del jersey y una de las manos.

Súbitamente pálido, Karras miró hacia la cama. Regan se reía de regocijo. El vómito le caía por la mano hasta la alfombra.

—Si eso es verdad —dijo Karras, turbado—, tienes que saber el nombre de pila de mi madre. ¿Cuál es?

La cosa-Regan emitió un sonido sibilante, mientras sus ojos refulgían desorbitados y su cabeza se agitaba con movimientos ondulantes, como los de una cobra.

—¿Cuál es?

Regan lanzó un mugido furioso, como un becerro, que hizo vibrar los cristales de la ventana, y puso los ojos en blanco.

Karras la contempló por un momento; el mugido continuaba. Luego se miró la mano y salió de la habitación.

Chris se apartó rápidamente de la pared sobre la que estaba apoyada y contempló, acongojada, el jersey del jesuita.

—¿Qué ha ocurrido? ¿Regan ha vomitado?

—¿Tiene una toalla? —le preguntó Karras.

—¡El baño está aquí mismo! —contestó enseguida, señalando hacia una puerta del vestíbulo—. ¡Karl, vigílala un momento! —le ordenó Chris mientras seguía al sacerdote hasta el baño.

—¡Lo siento mucho! —exclamó, agitada, mientras sacaba una toalla de un tirón. El jesuita se acercó al lavabo.

—¿Le han dado algún tranquilizante? —preguntó. Chris abrió los grifos.

—Sí, Librium. Quítese el jersey, lo lavaremos.

—¿Qué dosis? —preguntó él, mientras se lo quitaba con la mano izquierda limpia.

—Espere, que le ayudaré. —Le tiró del jersey por la parte de abajo—. Hoy le hemos dado cuatrocientos miligramos, padre.

—¿Cuatrocientos?

Chris había conseguido levantarle el jersey hasta la altura del pecho.

—Sí, solo así conseguimos atarla con las correas. Y aun así, tuvimos que aunar nuestras fuerzas para...

—¿Le ha administrado usted a su hija cuatrocientos miligramos de una sola vez?

—Vamos, padre, levante los brazos. —Él los levantó, y ella tiró suavemente del jersey—. Es increíble la fuerza que tiene.

Descorrió la cortina y metió el jersey en la bañera.

—Willie se lo lavará, padre. Lo siento.

—No se moleste, no importa. —Se desabrochó la manga derecha de su camisa blanca almidonada y se la arremangó hasta dejar al descubierto un brazo velludo, fuerte y musculoso.

—Lo siento —repitió Chris mientras se sentaba en el borde de la bañera.

—¿Está comiendo algo? —preguntó Karras. Colocó la mano derecha bajo el grifo del agua caliente para lavarse el vómito.

Ella apretaba y soltaba la toalla. Era rosada y llevaba el nombre Regan bordado en azul.

—No, padre. Solo suero Sustagen cuando duerme. Pero se arrancó la sonda.

—¿Que se la arrancó?

—Sí, hoy.

Inquieto, Karras se enjabonó y enjuagó las manos, y, tras una pausa, dijo gravemente:

—Debería estar en un sanatorio.

—No puedo hacerlo —respondió Chris inexpresiva.

—¿Por qué no?

—¡Porque no puedo! —repitió con la voz trémula por la ansiedad—. No puedo permitir que intervenga nadie más. Ella ha... —Bajó la cabeza. Inhaló. Exhaló—. Ha hecho algo, padre. No puedo arriesgarme a que alguien más se entere. Un médico... una enfermera... —Levantó la mirada—. Nadie.

Karras, ceñudo, cerró los grifos. «¿Qué pasaría si una persona fuera, digamos, un criminal?». Cabizbajo, miró hacia el lavabo.

—¿Quién le administra el suero? ¿El Librium? ¿Los demás medicamentos?

—Nosotros. El médico nos enseñó a hacerlo.

—Pero necesitan recetas.

—Usted puede prescribirnos algunas, ¿no es verdad, padre?

Karras se volvió hacia ella, con las manos sobre el lavabo, como un cirujano después de asearse. Durante un momento se encontró con su mirada fantasmal y percibió en ella un terrible secreto escondido, un gran temor. Señaló con la cabeza la toalla que sostenía ella. Chris parecía ausente.

—Toalla, por favor —dijo en tono suave.

—¡Perdón! —Se apresuró a tendérsela mientras lo seguía observando, tensa por la expectación. El jesuita se secó las manos—. Bueno, padre, ¿qué opina? —preguntó finalmente Chris—. ¿Cree que está poseída?

—¿Lo cree usted?

—No lo sé. Yo creía que el experto era usted.

—¿Qué es lo que sabe usted acerca de la posesión?

—Solo lo poco que he leído. Algunas cosas que me han dicho los médicos.

—¿Qué médicos?

—Los de la clínica Barringer.

Karras dobló la toalla y la dejó en el toallero.

—¿Es católica?

—No.

—¿Y su hija?

—Tampoco.

—¿Qué religión profesan?

—Ninguna, pero yo...

—¿Por qué ha acudido a mí, entonces? ¿Quién la aconsejó?

—¡Lo he hecho porque estoy desesperada! —exclamó, agitada—. ¡Nadie me ha aconsejado!

Karras, de espaldas a ella, jugueteaba con los flecos de la toalla.

—Antes dijo que los psiquiatras le habían aconsejado que acudiera a mí.

—¡Ya no sé lo que digo! ¡Me estoy volviendo loca!

—Mire, sus motivos no me interesan en absoluto —respondió cuidando que la intensidad de su tono fuese moderado—. Lo único que me importa es hacer cuanto pueda por su hija. Pero puedo anticiparle que si lo que busca es el exorcismo como cura por medio del shock autosugestivo, será mejor que llame a la agencia de castings, señorita Mac-Neil, porque la Iglesia no la va a creer y habrá desperdiciado un tiempo precioso. —Karras asió el toallero para disimular el temblor de sus manos. ¿Qué fallaba? ¿Qué estaba ocurriendo?

—A propósito, es señora MacNeil —le dijo Chris secamente.

Él bajó la cabeza y suavizó el tono.

—Mire, ya sea el demonio o un trastorno mental, haré todo lo posible por ayudarla. Pero debo saber la verdad. Es importante para Regan. En este momento ando a tientas en un estado de ignorancia, lo cual no es nada extraño ni anormal en mí, sino mi condición habitual. ¿Por qué no salimos del baño y vamos abajo donde podamos conversar? —Se había vuelto hacia ella con una sonrisa reconfortante, tenue y cálida. Extendió una mano para ayudarla a levantarse—. Me tomaría una taza de café.

—Y yo, algo más fuerte.

Mientras Karl y Sharon cuidaban a Regan, se sentaron en el despacho. Chris, en el sofá y Karras, en una silla junto a la chimenea. Ella le contó la historia de la enfermedad de su hija, pero se cuidó muy bien de no mencionar ningún fenómeno relacionado con Dennings. El sacerdote escuchaba y decía muy poco: alguna pregunta de vez en cuando, un gesto de asentimiento, un ceño fruncido.

Chris reconoció que al principio había considerado el exorcismo como una cura por shock.

—Ahora no lo sé —dijo, sacudiendo la cabeza, al tiempo que retorcía con nerviosismo los dedos, llenos de pecas, entrelazados sobre la falda—. Honestamente no lo sé. —Levantó la vista hacia el sacerdote, que seguía con un aire pensativo—. ¿Qué piensa usted, padre?

—Quizá sea un comportamiento compulsivo, producto de un sentimiento de culpa, unido a una doble personalidad.

—¡Ya he tenido suficiente de esas estupideces, padre!

¿Cómo puede decirlo también usted después de lo que ha visto hace un momento?

—Si usted hubiera visto tantos pacientes como yo en salas de psiquiatría, lo podría decir muy fácilmente —le aseguró—. Venga, vale. Una posesión demoniaca, está bien. Asumamos que es un hecho, que puede ocurrir. Pero su hija no dice que ella sea un demonio, sino que insiste en que es el diablo en persona, ¡y eso es lo mismo que afirmar que usted es Napoleón Bonaparte! ¿Se da cuenta?

—Entonces explíqueme lo de los golpes y todas esas cosas.

—No los he oído.

—Pues en la clínica Barringer también los oyeron, padre, así que no ha sido solo aquí, en casa.

—Bueno, tal vez no necesitemos a un diablo para explicarlos.

—Pues bien, dígame de qué se trata —exigió.

—Psicoquinesia.

—¿Qué es eso?

—Habrá oído usted hablar de los fenómenos en que las cosas cambian de lugar, ¿verdad?

—¿Fantasmas que arrojan platos y otros objetos?

Karras asintió.

—No es tan raro y, por lo general, se presenta en adolescentes con alguna alteración emocional. Según parece, una tensión mental extrema puede originar, a veces, una energía desconocida que hace mover objetos a una cierta distancia. No hay nada sobrenatural en esto. Como la fuerza anormal de Regan. Le repito que es normal en estas patologías. Digamos, si lo prefiere, que la mente gobierna la materia.

—Yo digo que es raro.

—Bueno, de cualquier modo, eso sucede fuera de la posesión.

—¡Vaya, qué bonito! —exclamó con un tono cansino—. He aquí a una atea y un sacerdote...

—La mejor explicación para cualquier fenómeno —dijo Karras, pasando por alto la observación— es siempre la más sencilla que se presente y que incluya todos los hechos.

—Puede ser que yo sea tonta —replicó ella—, ¡pero no me aclara nada en absoluto que me diga que un gremlin que está en la cabeza de una persona se dedica a tirar platos al techo! ¿Qué es entonces? ¿Me puede decir, por todos los santos, qué es?

—No, nosotros...

—¿Qué diablos es eso del desdoblamiento de personalidad, padre? Usted lo dice, yo lo oigo; pero ¿qué es? ¿Soy acaso tan estúpida? ¿Me lo puede explicar de un modo que me entre de una vez en la cabeza?

En sus ojos enrojecidos había una súplica de desesperada, llena de perplejidad.

—Mire, no hay nadie en el mundo que pretenda entenderlo —le dijo amablemente el sacerdote—. Lo único que sabemos es que sucede; más allá del fenómeno, todo es pura especulación. Pero, si lo desea, piense que el cerebro humano contiene diecisiete mil millones de células.

Chris se inclinó hacia delante con el ceño fruncido, toda la atención puesta en él.

—Estas células cerebrales —continuó Karras— manejan, aproximadamente, cien millones de mensajes por segundo; ese es el número de sensaciones que bombardean su cuerpo. Y no solo asimilan todos estos mensajes, sino que lo hacen con eficiencia, sin vacilaciones y sin interponerse una en el camino de la otra. Ahora bien, ¿cómo podrían hacer eso sin forma alguna de comunicación? Bueno, parece ser que no pueden, de modo que cada una de esas células tendría conciencia, quizá propia. Imagínese por un momento que el cuerpo humano es un impresionante transatlántico, y que las células son la tripulación. Ahora bien, una de esas células está en el puente de mandos. Es el capitán. Pero él nunca sabe con exactitud qué hace el resto de la tripulación bajo cubierta. Lo único que sabe es que el barco sigue navegando suavemente, que hace su trabajo. El capitán es usted, es su conciencia alerta. Y lo que ocurre en el desdoblamiento de la personalidad es que, quizá, una de esas células de la tripulación que está bajo cubierta suba al puente y se haga cargo del mando. En otras palabras, un motín. ¿Le ayuda esto a entenderlo?

Ella miraba incrédula, sin pestañear.

—¡Eso es tan remoto para mí que casi me resulta más fácil creer en el diablo, padre!

—Bueno...

—Mire, yo no sé nada de esas tonterías —lo interrumpió, con voz baja pero cargada de intensidad—. Pero le voy a decir algo, padre. Si usted me mostrara una gemela idéntica a Regan, que tuviese la misma cara, la misma voz, el mismo olor, que fuese igual hasta en la manera de poner los puntos sobre las íes, aun así en un segundo sabría que no es ella. ¡Lo sabría! ¡Lo sabría en mis entrañas y por eso le digo que sé que eso que hay en el piso de arriba no es mi hija! ¡Lo sé! ¡Lo sé! —Se reclinó, exhausta—. Ahora dígame qué he de hacer —lo desafió—. Vamos, dígame que sabe con certeza que mi hija no tiene ningún problema que no sea mental, que no necesita un exorcismo, que sabe usted que no le haría ningún bien. ¡Vamos! ¡Dígamelo! ¡Dígame qué he de hacer!

Durante unos segundos inquietantes, el sacerdote permaneció en silencio. Luego respondió suavemente:

—Bueno, hay pocas cosas de ese mundo que sepa con certeza. —Meditó, hundido en la silla. Luego añadió—: ¿El tono de voz de Regan es grave por lo general? —preguntó.

—No, de hecho, yo diría que es bastante suave.

—¿La considera usted precoz?

—De ninguna manera.

—¿Sabe qué cociente intelectual tiene?

—Normal.

—¿Y sus hábitos de lectura?

—Principalmente, las novelas de Nancy Drew y cómics.

—¿Y cree usted que, ahora mismo, su forma de hablar es muy distinta de la normal?

—Totalmente. Ella nunca ha empleado ni la mitad de esas palabras.

—No, no me refiero al contenido de su lenguaje, sino al estilo.

—¿Estilo?

—Sí, la forma de coordinar las palabras.

—Creo que no termino de entender lo que me quiere decir.

—¿No tiene usted algunas cartas escritas por ella? ¿Redacciones? Una grabación de su voz sería...

—Sí, hay una cinta en que le habla a su padre —lo interrumpió—. La estaba grabando para mandársela como carta, pero nunca la terminó. ¿La quiere?

—Sí, y también necesito los informes médicos, especialmente el historial de la clínica Barringer.

—Mire, padre, ya he pasado por ahí y...

—Sí, sí, lo sé, pero tendré que ver los informes personalmente.

—De modo que todavía se opone a un exorcismo, ¿verdad?

—Solo me opongo a la posibilidad de hacerle a su hija más daño que bien.

—Pero ahora está hablando estrictamente como psiquiatra, ¿verdad?

—También hablo como sacerdote. Si voy al obispado, o adonde haya que ir, a pedir permiso para realizar un exorcismo lo primero que necesito es un indicio bastante sólido de que el estado de su hija no es puramente un problema psiquiátrico. Luego tendría que presentar evidencias que la Iglesia pudiera considerar como signos de posesión.

—¿Como qué?

—No lo sé. Tendré que averiguarlo.

—¿Está de broma? Creía que era usted un experto.

—En este preciso instante, tal vez sepa usted más que la mayoría de los sacerdotes sobre posesión diabólica. Entretanto, ¿cuándo me puede conseguir los informes de Barringer?

—¡Fletaré un avión si es necesario!

—¿Y la cinta grabada?

Chris se levantó.

—Voy a ver si la encuentro.

—Y otra cosa —agregó, mientras ella se detenía junto a la silla del sacerdote—. Ese libro que mencionó usted, en el que hay un capítulo sobre posesión, ¿cree que pueda haberlo leído Regan antes de comenzar su enfermedad?

Chris se concentró, pasándose las uñas por los dientes.

—Sí, me parece recordar que leyó algo el día antes de que se... antes de que empezara el problema —rectificó—, aunque, en realidad, no estoy segura del todo. Pero lo hizo en algún momento, creo. No, estoy segura. Bien segura.

—Me gustaría echarle una ojeada. ¿Me lo puede dar?

—Es suyo. Lo sacaron de la biblioteca de los jesuitas y

ya venció el plazo de préstamo para lectura. Se lo traigo enseguida —añadió mientras salía del despacho—. Creo que la cinta está en el sótano. Voy a ver. No tardaré.

Karras asintió con aire distraído y la mirada fija en el dibujo de la alfombra; tras algunos minutos se levantó, caminó despacio hasta el vestíbulo y se quedó inmóvil en la oscuridad, inexpresivo, como en otra dimensión, mirando a la nada con las manos en los bolsillos, mientras escuchaba el gruñido de cerdo en la planta alta, los aullidos de chacal, hipos, siseos.

—¡Ah, ahí está! Creí que seguía en el despacho. —Karras se volvió, al tiempo que Chris encendía la luz—. ¿Se va? —Se acercó a él con el libro y la cinta.

—Lo lamento, pero tengo que preparar una clase para mañana.

—¿Ah, sí? ¿Dónde?

—En la Facultad de Medicina. —Cogió el libro y la cinta que le tendía Chris—. Trataré de volver mañana, por la tarde o por la noche. Mientras tanto, si ocurre algo urgente, no deje de llamarme a la hora que sea. Diré en la centralita que la comuniquen conmigo. —Ella asintió. El jesuita abrió la puerta—. Bueno, ¿qué tal está de medicamentos? —le preguntó.

—Bien —respondió ella—. Tengo recetas renovables.

—¿No volverá a llamar a su médico?

La actriz cerró los ojos y, muy suavemente, negó con la cabeza.

—Tenga en cuenta que yo no soy médico generalista —la previno.

—No puedo —susurró—. No puedo.

Karras sentía su ansiedad, que rompía como las olas en una playa desconocida.

—Bueno, tarde o temprano tendré que informar a uno

de mis superiores acerca de este asunto, especialmente si voy a tener que venir a horas intempestivas de la noche.

—¿Tiene que hacerlo? —preguntó Chris frunciendo el ceño con preocupación.

—Si no fuera así, podría parecer algo extraño, ¿no cree?

Ella bajó la vista.

—Sí, entiendo —murmuró.

—¿Tiene algún inconveniente? Solo diré lo necesario. No se preocupe —le aseguró—. No se enterará nadie.

Chris elevó el rostro, en el que se leía el tormento y la impotencia, hacia los ojos enérgicos y tristes de Karras, en los que vio fortaleza y dolor.

—Bueno —dijo débilmente.

Y ella confió en el dolor.

Él asintió.

—Seguimos en contacto.

Iba ya a marcharse, pero se detuvo un momento en la puerta, pensativo, con una mano en los labios.

—¿Sabía su hija que iba a venir un sacerdote?

—No. No lo sabía nadie más que yo.

—¿Y sabía usted que mi madre ha muerto hace poco?

—Sí. Lo siento mucho.

—¿Estaba enterada Regan?

—¿Por qué?

—¿Estaba enterada Regan?

—No, en absoluto. —Él asintió—. ¿Por qué me lo pregunta? —repitió Chris, con las cejas levemente arqueadas por la curiosidad.

—No es importante. —Se encogió de hombros—. Solo quería saberlo. —Examinó las facciones de la actriz con ademán de preocupación—. ¿Consigue dormir algo?

—Solo un poco.

—Entonces, compre pastillas. ¿No toma Librium?

—Sí.

—¿Cuánto? —preguntó él.

—Diez miligramos dos veces al día.

—Pruebe con veinte, dos veces al día. Mientras tanto, trate de mantenerse alejada de su hija. Cuanto más expuesta esté a su comportamiento actual, mayor sería la posibilidad de que se produzca daño permanente en lo tocante a sus sentimientos por ella. Manténgase serena. Y relájese. No va a ayudar a Regan si tiene un colapso nervioso.

Ella asintió, abatida, con la vista baja.

—Y ahora, por favor, váyase a la cama —le dijo con dulzura—. ¿Me hará el favor de irse ahora mismo a dormir?

—Sí, vale —dijo ella suavemente—. Está bien, se lo prometo. —Lo miró, tratando de esbozar una sonrisa—. Buenas noches, padre. Gracias. Muchas gracias.

Durante un momento la contempló inexpresivo. Luego, con un ademán resuelto, se marchó.

Chris lo observó desde la puerta. Cuando cruzaba la calle, pensó que tal vez se habría perdido la cena. Después, se preguntó si tendría frío. Se iba bajando las mangas de la camisa.

En el cruce de las calles Prospect y P se le cayó el libro y se inclinó con rapidez para cogerlo; luego dobló la esquina y desapareció de la vista. Al verlo esfumarse, de pronto se dio cuenta de que se sentía aliviada. No vio a Kinderman sentado, solo, en un coche de incógnito.

Cerró la puerta.

Media hora más tarde, Damien Karras regresó, apresurado, a su habitación en la residencia de los jesuitas, con varios libros y periódicos de la biblioteca de Georgetown. Los depositó sobre la mesa y luego hurgó en los cajones en busca de cigarrillos. Encontró un paquete de Camel casi vacío, encendió uno, aspiró profundamente y mantuvo el humo en los pulmones mientras pensaba en Regan.

Histeria. Tenía que ser histeria. Exhaló el humo, insertó los pulgares en la correa y miró los libros. Se había traído *Posesión*, de Oesterreich; *Los demonios de Loudun*, de Huxley; *Parapraxis en el caso de Haitzmann*, de Sigmund Freud; *Posesión por el demonio y exorcismo en el cristianismo primitivo, a la luz de las ideas modernas sobre las enfermedades mentales*, de McCasland, así como extractos de revistas psiquiátricas sobre «Neurosis demoniaca del siglo XVII» y «La demonología de la psiquiatría moderna», de Freud.

El jesuita se tocó la frente, luego se miró los dedos y frotó el sudor pegajoso entre ellos. Se dio cuenta de que la puerta estaba abierta. Atravesó la habitación para cerrarla, luego se acercó a la estantería en busca de su edición, encuadernada en rojo, del *Ritual romano*, compendio de ritos y oraciones. Apretó el cigarrillo entre los labios y miró a través del humo, con los ojos entreabiertos; buscó, en las «Reglas generales» para los exorcistas, los síntomas de la posesión demoniaca. Al principio leyó por encima, pero luego empezó a hacerlo con más lentitud.

... El exorcista no debe creer de inmediato que una persona está poseída por un espíritu maligno, sino que debe asegurarse de los síntomas por los cuales una persona poseída se distingue de otra que sufre alguna enfermedad mental, especialmente de carácter psicológico. Los síntomas de la posesión pueden ser los siguientes: habilidad para hablar con cierta facilidad en un idioma extraño o entenderlo cuando lo habla otro; facultad de predecir el futuro o adivinar hechos ocultos; despliegue de poderes que van más allá de la edad o condición natural del sujeto, y otros varios estados que, considerados en conjunto, constituyen la evidencia.

Karras meditó durante un rato; después se apoyó contra la estantería y leyó el resto de las instrucciones. Cuando hubo terminado, se dio cuenta de que volvía a mirar la instrucción número ocho:

> Algunos revelan un crimen cometido y los nombres de los asesinos...

Levantó la vista al oír un golpe en la puerta.

—¿Damien?

—Entre.

Era Dyer.

—Chris MacNeil quería hablar contigo. ¿No la has visto?

—¿Cuándo? ¿Esta noche?

—No, esta tarde.

—Ah, sí, ya he hablado con ella.

—Bien —dijo Dyer—. Solo quería asegurarme de que habías recibido el mensaje.

El diminuto sacerdote se paseaba por la habitación, tocando los objetos como un enanito en una tienda de baratijas.

—¿Necesitas algo, Joe? —preguntó Karras.

—¿No tienes un caramelo de limón?

—¿Qué?

—He buscado por todas partes. Nadie tiene. De verdad, me muero por tomarme uno —dijo mientras seguía paseándose por el cuarto—. Hace tiempo me pasé un año escuchando confesiones de niños y curé a un adicto a los caramelos de limón. Y me contagió el mono. Dicho sea entre nosotros, me parece que crean adicción. —Levantó la tapa de la lata para mantener húmedo el tabaco en la que Karras había guardado pistachos—. ¿Qué es esto...? ¿Frijoles saltarines muertos?

Karras se volvió hacia la estantería, buscando un libro.

—Mira, Joe, tengo que...

—¿No te ha parecido encantadora Chris? —lo interrumpió Dyer, dejándose caer sobre la cama. Se estiró cuan largo era, con las manos cómodamente entrelazadas bajo la nuca—. Una mujer encantadora. ¿La has conocido?

—Sí, hemos hablado —contestó Karras, cogiendo un volumen de tapas verdes titulado *Satán*, una recopilación de artículos y ensayos sobre la posición católica, original de varios teólogos franceses. Lo llevó hasta su mesa—. Mira, de veras tengo que...

—Sencilla. Con los pies en el suelo. Sincera —continuó Dyer—. Podría ayudarnos con lo que tengo en mente para cuando los dos dejemos el sacerdocio.

—¿Quién va a dejar el sacerdocio?

—Los maricones. A puñados. El negro de siempre ha pasado de moda. Ahora, yo...

—Joe, tengo que preparar una clase para mañana —dijo Karras mientras dejaba los libros en la mesa.

—Sí, está bien. Mi plan es que vayamos a ver a Chris MacNeil, ¿lo captas?, con esta idea que tengo para un guion basado en la vida de san Ignacio de Loyola. El título es *Valerosos jesuitas en marcha*.

—¿Te vas a marchar de una puñetera vez o no? —lo aguijoneó Karras, aplastando la colilla de su cigarrillo en un cenicero.

—¿Te aburro?

—Tengo que trabajar.

—¿Y quién diablos te lo impide?

—Venga, vamos, te lo digo en serio. —Karras había empezado a desabrocharse la camisa—. Me voy a dar una ducha y después me pondré a trabajar.

—A propósito, no te he visto a la hora de la cena —dijo Dyer levantándose, reacio, de la cama—. ¿Dónde has comido?

—No he comido.

—Eso es una estupidez. ¿Por qué hacer régimen si solo usas sotana? —Se había acercado a la mesa y olía un cigarrillo—. Está pasado.

—¿Hay alguna grabadora en la residencia?

—En la residencia no hay ni siquiera un caramelo de limón. Utiliza el laboratorio de idiomas.

—¿Quién tiene llave? ¿El padre director?

—No, el padre portero. ¿La necesitas esta noche?

—Sí —dijo Karras, dejando la camisa sobre el respaldo de la silla—. ¿Dónde puedo encontrarlo?

—¿Quieres que te la consiga yo?

—¿Podrías hacerlo? De veras tengo mucho trabajo.

—No pasa nada, Gran Jesuita Beatífico Médico de Brujas. Ya voy.

Dyer abrió la puerta y se fue.

Karras se duchó y luego se vistió con pantalones y una camiseta. Al sentarse a la mesa vio un cartón de Camel sin filtro y, al lado, una llave con una etiqueta que decía: Laboratorio de idiomas; y otra: Frigorífico del refectorio. Unida a la segunda había una notita: «Es mejor que lo hagas tú en vez de las ratas». Karras sonrió al ver la firma: «El Niño del Caramelo de Limón». Dejó la nota a un lado y luego se quitó el reloj de pulsera y lo colocó frente a él, sobre la mesa. Eran las 22.58 de la noche. Comenzó a leer. Freud. McCasland. *Satán*. El estudio exhaustivo de Oesterreich. Poco después de las cuatro de la madrugada había terminado. Se restregó la cara. Los ojos. Le picaban. Miró el cenicero. Estaba lleno de cenizas y colillas retorcidas. El ambiente estaba cargado por el humo denso. Se puso de pie y caminó cansado hacia la ventana. La abrió. Contuvo el aliento ante el frío del aire húmedo de la madrugada y se quedó pensando. Regan tenía el síndrome físico de la posesión. Lo sabía. Sobre eso no tenía dudas. Porque en todos los casos, prescindiendo del lugar geográfico o del periodo histórico, los síntomas de la posesión eran, sustancialmente, constantes. Regan todavía no había mostrado algunos: estigmas, deseo de comidas repugnantes, insensibilidad al dolor, hipo frecuente, sonoro e irreprimible. Pero los otros los había manifestado con claridad: excitación motora involuntaria, aliento fétido, lengua saburral, caquexia, gastritis, irritaciones de la piel y membranas mucosas. Más ostensibles aún eran los síntomas de los casos que Oesterreich había caracterizado como posesión «genuina»: el sorprendente cambio de la voz y de las facciones, más la manifestación de una nueva personalidad.

Karras levantó la vista y miró con aire sombrío la calle. Por entre las ramas de los árboles alcanzaba a ver la casa y la gran ventana del dormitorio de Regan. Cuando la posesión era voluntaria, como en el caso de los médiums, la nueva personalidad era a menudo benigna. «Como el caso de Tia», reflexionó Karras. El espíritu de una mujer que había poseído a un hombre. Un escultor. Por poco tiempo. Una hora cada vez. Hasta que un amigo del escultor se enamoró locamente de ella. Imploraba al escultor que la dejara permanecer para siempre en posesión de su cuerpo. «Pero en

Regan no hay ninguna Tia», caviló ceñudo. La personalidad invasora era maligna. Depravada. Típica de los casos de posesión diabólica en los cuales la nueva personalidad buscaba la destrucción del cuerpo que la contenía. Y, a menudo, lo conseguía.

Pensativo, el jesuita volvió al escritorio, cogió el paquete de cigarrillos y encendió uno. «Bueno, está bien. Tiene los síntomas de una posesión demoniaca. Pero ¿cómo la curamos?».

Apagó la cerilla. «Depende de la causa desencadenante». Se sentó en el borde de la mesa. Pensó. Las monjas del convento de Lille. Poseídas. En la Francia de comienzos del siglo XVII. Habían confesado a sus exorcistas que, mientras estaban en estado de posesión, habían asistido regularmente a orgías satánicas y variado la oferta erótica regularmente: los lunes y los martes, copulación heterosexual; los jueves, sodomía, felaciones y cunnilingus con parejas homosexuales; los sábados, zoofilia con animales domésticos y dragones... «¿Dragones?». El jesuita sacudió la cabeza. Al igual que en el caso de Lille, pensaba que las causas de muchas posesiones eran una mezcla de fraude y mitomanía. Sin embargo, otras parecían causadas por enfermedades mentales: paranoia, esquizofrenia, neurastenia, psicastenia; sabía que este era el motivo por el que la Iglesia había recomendado, durante mucho tiempo, que el exorcista trabajara en presencia de un psiquiatra o un neurólogo. Pero no todas las posesiones tenían causas tan claras. Muchas habían llevado a Oesterreich a caracterizar la posesión como una alteración separada, totalmente única; a descartar la socorrida etiqueta de «desdoblamiento de personalidad», que la psiquiatría usa como un sinónimo, igualmente velado, de los conceptos de «demonio» y «espíritu de los muertos».

Karras se rascó con un dedo la arruga junto a la nariz. Según la clínica Barringer —le había dicho Chris—, la causa de la alteración de Regan podría ser la sugestión, por algo que de alguna manera estaba relacionado con la histeria. Y Karras opinaba que era posible. Creía que la mayor parte de los casos que había estudiado habían sido causados precisamente por estos dos factores. «Seguro. En primer lugar, porque afecta sobre todo a las mujeres. En segundo lugar, por todos esos brotes epidémicos de posesión. Y luego los exorcistas...». Frunció el ceño. A menudo, ellos mismos fueron víctimas de la posesión. Pensó en Loudun. Francia. El convento de las monjas ursulinas. De los cuatro exorcistas que fueron enviados allí para encargarse de una epidemia de posesión, tres —los padres Lucas, Lactance y Tranquille— no solo quedaron poseídos, sino que murieron poco después, al parecer, del shock. Y el cuarto, el padre Surin, que tenía treinta y tres años en ese momento, se volvió loco para los veinticinco restantes años de su vida.

Hizo un gesto afirmativo para sí mismo. Si el trastorno de Regan era histérico, si el origen de la posesión era puramente sugestivo, la fuente de la sugestión solo podría ser el capítulo de ese libro sobre brujería. «El capítulo sobre posesión. ¿Lo habrá leído?».

Estudió las páginas con atención. Parecía haber una asombrosa similitud entre cualquiera de esos detalles y el comportamiento de Regan. «Eso podría demostrarlo. Podría».

Encontró algunas correlaciones.

... El caso de una niña de ocho años, en cuya descripción se decía que «berreaba igual que un toro, con voz ronca y atronadora». («Regan mugía igual que un novillo»).

... El caso de Helene Smith, que había sido tratada por

el gran psicólogo Flournoy; la descripción que hiciera del cambio de voz y las facciones con «la rapidez de un relámpago», para convertirse después en las de distintas personalidades. («Regan hizo eso conmigo. La personalidad que habló con acento británico. Cambio rápido. Instantáneo»).

... Un caso en Sudáfrica, dado a conocer por el renombrado etnólogo Junod; la descripción que hiciera de una mujer que había desaparecido de su casa una noche y fue encontrada a la mañana siguiente «atada por finas lianas» a la copa de un árbol muy alto y que «se deslizó por el árbol cabeza abajo silbando, sacando y metiendo rápidamente la lengua en la boca, igual que una serpiente. Luego había quedado colgando, suspendida durante un rato, hablando en un idioma que nadie había escuchado nunca». («Regan se había deslizado como una víbora cuando persiguió a Sharon. El farfulleo. Un intento de hablar en un "idioma desconocido"»).

... El caso de Joseph y Thiebaut Burner, de ocho y diez años, respectivamente, que «yacían de espaldas y que, de pronto, empezaron a girar como peonzas, a una velocidad increíble». («Se parecía mucho a cuando ella había girado como un derviche»).

Había otras semejanzas y razones para sospechar que se trataba de una sugestión: la mención sobre la fuerza anormal, la obscenidad del lenguaje y los relatos de posesión de los Evangelios, los cuales eran la base —pensaba Karras— del contenido curiosamente religioso de los delirios de Regan en la clínica Barringer. Más aún, el capítulo mencionaba las sucesivas etapas de los ataques de posesión: «... La primera, la infección, consiste en el ataque a través del ambiente de la víctima: ruidos, olores, objetos cambiados de lugar; la segunda, la obsesión, es el ataque personal sobre el sujeto, tramado para inspirar terror por medio del tipo de ultraje que alguien puede infligirle a otra persona con golpes y patadas». Los golpes. Los objetos arrojados. Las agresiones del capitán Howdy.

«Quizá... quizá lo haya leído». Pero Karras no estaba convencido. «En absoluto... en absoluto». Ni Chris. Se había mostrado muy insegura acerca de esto.

Caminó nuevamente hasta la ventana. «Entonces ¿cuál es la respuesta? ¿Posesión genuina? ¿Un demonio?». Bajó la vista, mientras agitaba la cabeza. «De ninguna manera. De ninguna manera». ¿Fenómenos paranormales? «Seguro. ¿Por qué no?». Demasiados observadores competentes los habían descrito. Médicos. Psiquiatras. Hombres como Junod. «Pero el problema es este: ¿cómo interpreta uno estos fenómenos?». Volvió a pensar en Oesterreich. En la referencia a un chamán del Altai, en Siberia. Se había dejado poseer por voluntad propia y fue examinado en una clínica mientras realizaba una acción aparentemente paranormal: levitación. Poco antes, su pulso había alcanzado los cien latidos por minuto y, poco después, asombrosamente, los doscientos. Asimismo, se observaron violentos cambios térmicos. Y en la respiración. «De modo que su acción paranormal estaba unida a la fisiología. Era originada por alguna energía o fuerza corporal». Pero, como prueba de una posesión, la Iglesia quería fenómenos claros y exteriores que sugirieran...

Se había olvidado de la terminología precisa. Miró. Recorrió con el dedo índice la hoja de un libro que había sobre su mesa. Lo encontró: «... fenómenos exteriores verificables que sugieran la idea de que se deben a la extraordinaria invención de una causa inteligente ajena al hombre». ¿Sería ese el caso del chamán?, se preguntó Karras. «No. ¿Y es ese el caso de Regan?».

Buscó una página que había subrayado con lápiz: «El

exorcista tendrá sumo cuidado en no dejar sin explicación ninguna de las manifestaciones del paciente...».

Hizo un gesto afirmativo con la cabeza. «Bien. Veamos». Mientras caminaba de un lado a otro por la estancia examinó las manifestaciones de la alteración de Regan, junto con sus posibles explicaciones. Las tachó mentalmente, una por una:

El asombroso cambio en las facciones de Regan.

En parte, por su enfermedad. En parte, por la falta de alimentación. Sobre todo —concluyó— se debía a un cambio de fisonomía como expresión de la constitución psíquica. «¡Lo que sea que signifique eso!», agregó con desagrado.

El asombroso cambio en la voz de Regan.

Aún tenía que oír la voz original. Pero aunque hubiera sido suave como le dijo su madre, el gritar constantemente causaría la tumefacción de las cuerdas vocales, lo cual degeneraría en una voz grave. El único problema —reflexionó— era la portentosa tesitura de esa voz, porque aun admitiendo la tumefacción de las cuerdas, parecería fisiológicamente imposible. Y, sin embargo —pensaba—, en estados patológicos o de ansiedad eran corrientes los despliegues de fuerza paranormal a través de excesos de potencia muscular. ¿No podrían las cuerdas vocales y la laringe estar sujetas a los mismos efectos misteriosos?

El desarrollo repentino del vocabulario y la inteligencia de Regan.

Criptomnesia: reminiscencias enterradas de palabras y datos a los que quizá había estado expuesta en su infancia. En los sonámbulos —y, frecuentemente, en los moribundos—, los datos enterrados salían a menudo a la superficie con una fidelidad casi fotográfica.

El hecho de que Regan lo hubiera reconocido como sacerdote.

Un gran acierto. Si ella había leído el capítulo sobre posesión, podría haber estado a la espera de la visita de un sacerdote. Y, de acuerdo con Jung, la conciencia inconsciente y la sensibilidad de los histéricos podía ser, en ocasiones, cincuenta veces mayor que la normal, lo cual explicaba la aparente «lectura del pensamiento» auténtica que hacen los médiums valiéndose de golpes en la mesa, pues lo que el inconsciente del médium «leía», en realidad eran los temblores y vibraciones en la mesa creados por las manos de la persona a quien supuestamente leían los pensamientos. Los temblores trazaban letras y números. De este modo, era posible que Regan hubiera podido «leer» su identidad simplemente por su manera de comportarse, por el aspecto de sus manos, por el aroma a vino sacramental.

El hecho de que Regan supiera que había muerto la madre de Karras.

Una casualidad. Él tenía cuarenta y seis años.

«¿Podría ayudar a un viejo monaguillo, padre?».

Los textos usados en los seminarios católicos aceptaban la telepatía como una realidad y un fenómeno natural a la vez.

La precocidad intelectual de Regan.

Al observar personalmente un caso de personalidad múltiple que incluía supuestos fenómenos ocultos, el psiquiatra Jung había llegado a la conclusión de que en los casos de sonambulismo histérico no solo se incrementaban las percepciones inconscientes, sino también el funcionamiento del intelecto, ya que la nueva personalidad, en el caso en cuestión, parecería mucho más inteligente que la primera. Y, sin embargo, Karras estaba desconcertado. El mero hecho de describir el fenómeno, ¿lo explicaba?

Bruscamente se detuvo y se inclinó sobre la mesa, porque de pronto comprendió que el juego de palabras que hiciera Regan sobre Herodes era mucho más complicado aún de lo que al principio había parecido: recordó que cuando los fariseos le comunicaron a Jesús las amenazas de Herodes, Él les contestó: «Id, y decid a ese zorro que yo expulso demonios...».

Por un momento miró la cinta grabada con la voz de Regan; luego se sentó a su mesa con pesadez. Encendió otro cigarrillo..., exhaló el humo, pensó otra vez en los chicos Burner, en el caso de la niña de ocho años que había manifestado síntomas de posesión genuina. ¿Qué libro habría leído aquella niña, que había permitido a su inconsciente fingir los síntomas con tal perfección? ¿Y cómo había podido el subconsciente de las víctimas en China comunicar los síntomas al subconsciente de las personas poseídas en Siberia, Alemania y África, de modo que los síntomas fuesen siempre los mismos?

«A propósito, tu madre está aquí con nosotros, Karras...».

Miraba sin ver mientras el humo del cigarrillo se elevaba cual meandros de recuerdos susurrados. El sacerdote se reclinó, observando el cajón inferior izquierdo de la mesa. Lo siguió mirando un rato. Después se inclinó lentamente, abrió el cajón y extrajo un cuaderno de ejercicios descolorido. Educación para adultos. De su madre. Lo puso sobre la mesa y pasó las páginas con cariño. Las letras del abecedario, una y otra vez. Luego, ejercicios sencillos:

LECCIÓN VI
MI DIRECCIÓN COMPLETA

Entre las páginas, un intento de escribir una carta.

Querido Dimmy:
He estado esperando...

Enseguida, otro encabezamiento. Incompleto. Desvió la mirada. Vio los ojos de su madre en la ventana..., esperando...

—*Domine, non sum dignus...*

Los ojos se convirtieron en los de Regan..., ojos que gritaban..., ojos que esperaban...

—*Pero con una palabra tuya...*

Echó una mirada a la cinta de Regan.

Salió de la habitación. Llevó la cinta al laboratorio de idiomas. Encontró una grabadora. Se sentó. Enrolló la cinta en un carrete vacío. Se colocó los auriculares. Puso en funcionamiento el aparato. Luego se inclinó hacia delante y escuchó. Exhausto. Presa de la emoción.

Durante unos segundos, solo el zumbido de la cinta. Chirridos del mecanismo. De repente, el ruido del micrófono al activarse. Ruidos. «¿Hola...?». Un sonido agudo como respuesta. De fondo, la voz de Chris MacNeil, que hablaba bajito: «No tan cerca del micrófono, cariño. Sepárate un poco». «¿Así?». «No, más». «¿Así?». «Sí, está bien. Ya puedes hablar». Risitas. Un golpe del micrófono contra una mesa. Luego, la voz clara y dulce de Regan MacNeil.

«Hola, papá. Soy yo. Hummm...». Unas risitas; luego, un susurro aparte. «¡No sé qué decir!». «Cuéntale cómo estás, cariño. Dile qué has estado haciendo». Más risitas. Después: «Hummm, papi... Bueno..., espero que me puedas oír bien y... hummm... bueno, vamos a ver. Hummm, bueno, estamos... No, espera, ahora... Estamos en Washington, papi, ¿sabes? Aquí es donde vive el presidente, y esta casa, ¿sabes, papi?, es... No, espera. Mejor empiezo de nuevo. Papi, hay...».

Karras escuchó vagamente el resto, como un sonido lejano, a través del rugido de la sangre que se le agolpaba en los oídos, como el del océano, y el peso de una intuición abrumadora comenzó a subirle por el pecho y la cara

«¡Lo que vi en el dormitorio no era Regan!».

Regresó a la residencia de los jesuitas. Encontró un cuartito. Dijo misa antes de que todos se pusieran en movimiento. En la consagración, al levantar la hostia, esta tembló entre sus dedos, con una esperanza que no se animaba a esperar.

—Porque este es mi Cuerpo... —susurró, trémulo.

«¡Es pan! ¡Solo es pan!».

No se atrevía a amar para luego perder. Esa pérdida era demasiado grande; el dolor, demasiado punzante. Hizo una inclinación de cabeza y comulgó como si fuese una ilusión perdida. Por un momento, la hostia se le quedó pegada en la seca garganta.

Después de misa no desayunó. Tomó apuntes para la clase. Fue al aula en la Facultad de Medicina de Georgetown. Desgranó con voz ronca una charla mal preparada: «... y considerando los síntomas de muchos trastornos maniacos, se darán...». «Papi, soy yo... soy yo...».

Pero ¿quién era «yo»?

Karras terminó pronto la clase y regresó a su habitación, se sentó a la mesa, apoyó en ella las palmas de las manos y, concienzudamente, volvió a examinar la posición de la Iglesia acerca de los signos paranormales de la posesión demoniaca. «¿Me habré obcecado?», se preguntaba. Examinó con detenimiento los puntos principales en Satán: «telepatía..., fenómeno natural..., el movimiento de objetos a distancia hace sospechar..., del cuerpo puede emanar un fluido..., nuestros antepasados..., la ciencia... hoy debemos tener más cuidado. No obstante, la evidencia de una situación paranormal...». Empezó a leer más despacio: «... todas las conversaciones mantenidas con el enfermo deben ser cuidadosamente analizadas, ya que si evidencian el mismo sistema de asociación de ideas o de hábitos lógico-gramaticales que muestra en estado normal, se debe desconfiar de esa posesión».

Karras suspiró profundamente, exhausto. Inclinó la cabeza. «No hay manera. No encaja». Echó una mirada al grabado de la página opuesta. Un demonio. Su mirada se dirigió, distraídamente, a la inscripción que había debajo: «Pazuzu». Karras cerró los ojos. Algo andaba mal. Tranquille... Visualizó la muerte del exorcista, los estertores finales..., los mugidos..., los siseos..., los vómitos..., los «demonios» que lo arrancaron de la cama y lo arrojaron al suelo, furiosos porque pronto moriría y quedaría fuera del alcance de sus tormentos. ¡Y Lucas! Lucas. Arrodillado junto a su lecho. Rezando. Pero cuando murió Tranquille, Lucas asumió al instante la identidad de los demonios, empezó a patear con rabia el cadáver aún caliente, el cuerpo arañado y destrozado, cubierto de vómitos y excrementos, mientras seis hombres fuertes trataban de reducirlo, y no paró hasta que se llevaron el cadáver de la habitación. Karras lo vio. Lo vio claramente.

¿Podría ser? ¿Era posible, imaginable? ¿Sería el ritual del exorcismo la única esperanza de Regan? ¿Debía abrir él aquella caja de sufrimientos?

No podía desechar la idea. Tenía que intentarlo. Debería saber. Pero ¿cómo? Abrió los ojos. «... las conversaciones con el enfermo deben ser cuidadosamente...». Sí. Sí, ¿por qué no? Si descubría que el estilo del lenguaje de Regan y el del «demonio» eran los mismos, se descartaba la posesión, a pesar de los fenómenos paranormales... Entonces, sin duda... Claro..., una diferencia notable en el estilo significaría que probablemente ¡estaba poseída!

Se paseó por la habitación. «¿Qué más? ¿Qué más?

Algo rápido. Ella... ¡Un momento!». Se detuvo cabizbajo y con las manos entrelazadas en la espalda. «Ese capítulo... ese capítulo del libro sobre brujería. ¿Decía...?». Sí, decía que los demonios siempre reaccionan con furia cuando se hallan frente a la hostia consagrada..., a reliquias..., a... «¡Al agua bendita! ¡Eso mismo! ¡Ahí está! ¡Iré y la rociaré con agua del grifo! ¡Pero le diré que es agua bendita! Si reacciona como se supone reaccionan los demonios, entonces sabré que no está poseída..., que sus síntomas provienen de la sugestión..., que los sacó del libro. Pero si no reaccionara, significará...».

¿Una posesión genuina?

«Quizá...».

Febril, empezó a buscar un vial de agua bendita.

Willie lo dejó pasar. Desde la entrada, miró hacia el dormitorio de Regan. Gritos. Obscenidades. Y, sin embargo, no con la voz profunda y áspera del demonio. Cascada. Más suave. Con un claro acento inglés... «¡Sí...!». La manifestación que había aparecido fugazmente la última vez que vio a Regan.

Karras miró a Willie, que seguía esperando. Ella observaba, perpleja, el cuello del clérigo. Y la indumentaria sacerdotal.

—Perdone, ¿dónde está la señora MacNeil? —le preguntó Karras.

Willie hizo un ademán señalando hacia el piso de arriba.

—Muchas gracias.

Se dirigió a la escalera. Subió. Vio a Chris en el vestíbulo. Estaba sentada en una silla junto al dormitorio de Regan, con los brazos cruzados. Chris oyó el crujido de la sotana cuando el jesuita se acercó. Alzó la vista y, rápidamente, se puso de pie.

—Hola, padre.

Estaba muy ojerosa. Karras frunció el ceño.

—¿Ha dormido?

—Sí, un poco.

Karras sacudió la cabeza a modo de amonestación.

—La verdad es que no he podido —suspiró, señalando con la cabeza hacia el cuarto de Regan—. Ha estado así toda la noche.

—¿Ha vomitado?

—No. —Lo agarró por una manga, como si quisiera llevárselo a otro lado—. Vamos abajo, donde podamos...

—No, me gustaría verla —la interrumpió él amablemente. Resistió la insistencia imperiosa de ella por llevárselo de allí.

—¿Ahora?

Algo andaba mal, pensó Karras. Parecía tensa. Temerosa.

—¿Por qué no ahora? —le preguntó.

Ella echó una mirada furtiva a la puerta del dormitorio de Regan. Desde dentro chilló la áspera voz enloquecida:

—¡Naaazi de mierda! ¡Puta naaazi!

Chris desvió la mirada; luego, de mala gana, asintió.

—Está bien, entre.

—¿Tiene una grabadora?

Sus ojos sondearon los de él con rápidos parpadeos.

—¿Me la podrían traer al dormitorio con una cinta virgen, por favor?

Ella frunció el ceño, desconfiada.

—¿Para qué? —dijo, alarmada—. ¿Quiere usted grabar...?

—Sí, es impor...

—¡Padre, no puedo permitirle...!

—Necesito hacer comparaciones del estilo del lenguaje —la interrumpió él con firmeza—. ¡Ahora, por favor! ¡Ha de confiar en mí!

Cuando se volvieron hacia la puerta del dormitorio, un impresionante torrente de obscenidades pareció expulsar a Karl de la habitación. Tenía el rostro demudado y llevaba pañales y ropa de cama sucios.

—¿Le ha puesto las correas, Karl? —preguntó Chris cuando el sirviente cerraba la puerta detrás de sí.

Karl miró fugazmente a Karras y luego a Chris.

—Las tiene puestas —respondió con sequedad, y se dirigió hacia la escalera.

Chris lo observó. Se volvió hacia Karras.

—De acuerdo —dijo débilmente—. Haré que le suban la grabadora. —Y, bruscamente, se echó a andar por el pasillo.

Karras la observó durante un momento. Estaba desconcertado. ¿Qué pasaba? Entonces, notó un silencio repentino en el dormitorio. Fue breve. Oyó de nuevo una risa diabólica. Se adelantó. Tanteó el vial de agua en el bolsillo. Abrió la puerta y entró en la habitación.

El hedor era más penetrante aún que el día anterior. Cerró la puerta. Miró. Aquel horror. Aquella cosa sobre la cama.

Mientras se acercaba, la cosa lo iba observando con ojos burlones. Llenos de astucia. Llenos de odio. Llenos de poder.

—Hola, Karras.

El sacerdote escuchó el ruido de la diarrea al caer en las bragas de plástico. Le habló con calma desde los pies de la cama.

—Hola, diablo, ¿cómo te sientes?

—En este momento, muy contento de verte. Feliz. —La lengua le colgaba fuera de la boca, mientras los ojos examinaban a Karras con insolencia—. Veo que te estás poniendo pálido. Muy bien. —Otra descarga diarreica—. No te molesta un poco de hedor, ¿verdad, Karras?

—En absoluto.

—¡Mentiroso!

—¿Te molesta que lo sea?

—Sí, algo.

—Pero al diablo le gustan los mentirosos.

—Solo los buenos, querido Karras, solo los buenos —se rio—. Pero ¿quién te ha dicho que soy el diablo?

—¿No fuiste tú?

—¡Oh, puede que lo dijera! Puede. No estoy bien. ¿Me creíste?

—Por supuesto.

—Mil disculpas.

—¿Dices que no eres el diablo?

—Solo soy un pobre demonio en apuros. Un diablo. Una diferencia sutil, pero no he perdido enteramente mi influencia sobre nuestro Padre, que está en el infierno. A propósito, cuando lo veas no le digas que me he ido de la lengua, ¿eh?

—¿Cuando lo vea? ¿Acaso está aquí? —preguntó el sacerdote.

—¿En la cerda? De ninguna manera. Tan solo somos una pobre familia de almas en pena, amigo mío. No nos culparás por estar aquí, ¿verdad? Pero es que no tenemos adónde ir. No tenemos hogar.

—¿Y cuánto tiempo os pensáis quedar?

La cabeza dio una sacudida sobre la almohada, contraída con furia, mientras rugía:

—¡Hasta que la cerda se muera! —Inmediatamente, Regan volvió a adoptar una sonrisa con la saliva cayendo entre los labios—. A propósito, hace un día magnífico para un exorcismo, ¿no te parece, Karras?

«¡El libro! ¡Tiene que haberlo leído en el libro!».

Lo taladró con una mirada sardónica.

—Empieza pronto. Cuanto antes.

Era incongruente. Allí había algo extraño.

—¿Te gustaría?

—Muchísimo.

—Pero ¿no te expulsaría eso de Regan?

El demonio apoyó la cabeza, riendo como un maniaco; luego se interrumpió en seco.

—Nos uniría.

—¿A ti y a Regan?

—¡A ti con nosotros, mi buen amigo! —graznó el demonio—. Tú con nosotros. —Soltó una risa ahogada desde lo más profundo de aquella garganta.

Karras lo miraba fijamente. Sentía unas manos sobre la nuca. Frías como el hielo. Lo tocaban suavemente. Después desaparecieron. «Será por el miedo», pensó. Miedo.

¿Miedo a qué?

—Sí, Karras, te unirás a nuestra pequeña familia. Mira, el problema que hay con los signos de los cielos, mi querido bocadito, es que, una vez los has visto, ya no tiene uno excusa. ¿Te has dado cuenta de qué pocos milagros se ven hoy día? No es culpa nuestra, Karras. No nos culpes a nosotros. ¡Nosotros lo intentamos!

Karras volvió repentinamente la cabeza al oír un golpe estruendoso. Un cajón de la cómoda se había abierto y deslizado hacia fuera en toda su longitud. Sintió un pánico creciente al ver que de pronto se cerraba solo, de un golpe. «¡Ahí está!». Pero la emoción se desprendió enseguida,

como un pedazo podrido de la corteza de un árbol: psicoquinesia. Karras oyó risas. Volvió a mirar a Regan.

—Es estupendo charlar contigo, Karras —dijo el demonio, sonriente—. Me siento libre. Como un niño travieso. Extiendo mis grandes alas. De hecho, que yo te diga
esto solo contribuirá a tu perdición, doctor, mi querido e
ignominioso médico.

—¿Tú has hecho eso? ¿Has hecho que el cajón de la
cómoda se abriera hace un momento?

El demonio no lo oía. Había echado una rápida mirada
en dirección a la puerta, pues se oía el ruido de alguien que
se acercaba rápidamente por el vestíbulo; sus facciones se
convirtieron en las de la otra personalidad.

—¡Maldito carnicero, bastardo! ¡Nazi de mierda!
—aulló con la voz áspera de acento inglés.

Entró Karl, que se deslizó con la grabadora y la puso
junto a la cama; después salió rápidamente de la habitación.

—¡Fuera, Himmler! ¡Fuera de mi vista! ¡Ve a visitar a
tu hija de pies deformes! ¡Llévale chucrut! ¡Chucrut y he-
roína, Thorndike! ¡Nazi! ¡A ella le encantará! ¡A ella...!

Desapareció. Karl desapareció. Y entonces, de pronto,
la cosa que había dentro de Regan se volvió cordial y miró
a Karras mientras este preparaba la grabadora, la enchufa-
ba y enrollaba la cinta.

—¡Vaya, vaya! ¿Qué pasa? —dijo alegremente—. ¿Vamos a grabar algo, padre? ¡Qué divertido! ¡A mí me fasci-
nan estas cosas! ¡Me gustan con locura!

—Yo soy Damien Karras —dijo el sacerdote mientras
preparaba la grabación—. ¿Quién eres tú?

—¿Estás averiguando mis antecedentes, idiota? Es muy
osado de tu parte, ¿no te parece? —se rio—. Hice de Puck
en una obra de teatro de la escuela. —Miró a su alrede-

dor—. A propósito, ¿dónde hay algo para beber? Estoy seco.

El sacerdote apoyó con suavidad el micrófono sobre la mesita de noche.

—Si me dices tu nombre, trataré de buscarte algo de beber.

—Sí, claro —respondió con una risita ahogada y divertida—. Y supongo que luego te lo beberías.

Mientras apretaba el botón que decía GRABAR, Karras respondió:

—Quiero saber tu nombre.

—¡Puto saqueador! —exclamó con voz ronca.

Y luego desapareció de repente para ser reemplazado por el demonio anterior.

—¿Qué estás haciendo, Karras? ¿Grabando nuestra pequeña discusión?

Karras se irguió y lo miró con fijeza. Luego empujó una silla junto a la cama y se sentó.

—¿Te importa? —preguntó.

—En absoluto —graznó el demonio—. Siempre me han gustado los artilugios infernales.

De pronto, Karras percibió un olor nuevo y penetrante, parecido a...

—Chucrut, Karras, ¿lo has notado?

«Pues sí, huele como a chucrut», pensó el jesuita maravillado. El olor parecía emanar del lecho, del cuerpo de Regan. Luego se dispersó para dar paso al hedor putrefacto de antes. Karras frunció el ceño. «¿Me lo habré imaginado? ¿Habrá sido autosugestión?». Pensó en el agua bendita. «¿Ahora? No, mejor reservarla. Necesito más pruebas para cotejar el patrón del habla».

—¿Con quién estaba hablando antes? —preguntó.

—Simplemente con uno de la familia, Karras.

—¿Un demonio?

—Le das demasiada importancia.

—¿Por qué?

—La palabra «demonio» significa «sabio», y él es estúpido.

El jesuita se tensó.

—¿En qué idioma significa «sabio» la palabra «demonio»?

—En griego.

—¿Hablas griego?

—Con bastante fluidez.

«¡Una de las señales! —pensó Karras con emoción—. ¡Habla una lengua desconocida!». Era más de lo que hubiera podido esperar.

—*Pos egnokas hoti presbyteros eimi?* —preguntó Karras rápidamente en griego clásico.

—Ahora no tengo ganas, Karras.

—¡Ah! Entonces no sabes...

—¡No tengo ganas!

Qué decepción. Karras meditó.

—¿Eres tú el que ha hecho que se abriera el cajón de la cómoda? —preguntó.

—Desde luego.

—Muy impresionante. —Karras hizo un gesto afirmativo con la cabeza—. Verdaderamente eres un demonio muy poderoso.

—Lo soy.

—Me pregunto si serías capaz de hacerlo de nuevo.

—Sí, a su debido tiempo.

—Hazlo ahora, por favor... Me gustaría mucho verlo.

—En su momento.

—¿Por qué no ahora?

—Debemos darte alguna razón para que dudes —dijo

con voz ronca—. Alguna. Solo lo suficiente para asegurar el resultado final. —Echó la cabeza hacia atrás, con una risita maligna—. ¡Qué raro es atacar por medio de la verdad! ¡Ah, qué placer!

Sintió el leve roce de unas manos heladas sobre la nuca. Karras lo miró con fijeza. ¿Por qué el miedo de nuevo? ¿Miedo? ¿Era miedo?

—No, no es miedo —dijo el demonio. Sonreía—. Ese era yo.

Las manos dejaron de tocarlo. Karras frunció el ceño. Se sentía asombrado de nuevo. Lo cortó de raíz. «Telepatía. ¿O es que está poseída? Averígualo. Averígualo ahora».

—¿Puedes decirme en qué estoy pensando en este momento?

—Tus pensamientos son demasiado aburridos para entretenerme en leerlos.

—Entonces no puedes leerme la mente.

—Puedes creer lo que te plazca..., lo que te plazca.

«¿Y si pruebo con el agua bendita? ¿Ahora? —Oyó el chirrido del mecanismo de la grabadora—. No. Sigue profundizando. Consigue más muestras de su forma de hablar».

—Eres una persona fascinante —dijo Karras.

Regan se rio burlona.

—De verdad —añadió Karras—. Me gustaría saber más acerca de ti. Por ejemplo, nunca me has dicho quién eres.

—Un diablo —rugió el demonio.

—Sí, ya lo sé; pero ¿qué diablo? ¿Cómo te llamas?

—Ah, pero ¿qué importa el nombre, Karras? No te preocupes por eso. Llámame Howdy, si te resulta más cómodo.

—Ah, sí. El capitán Howdy —asintió Karras—. El amigo de Regan.

—Su amigo íntimo.

—¿De veras?

—Claro que sí.

—Pero, entonces, ¿por qué la atormentas?

—Porque soy su amigo. ¡A la cerdita le gusta!

—¿Le gusta?

—¡Le encanta!

—Pero ¿por qué?

—¡Pregúntaselo a ella!

—¿Le vas a permitir que me responda?

—No.

—Entonces ¿qué sentido tiene que le pregunte?

—¡Ninguno! —Los ojos del demonio lanzaban destellos de odio.

—¿Quién es la persona con la que estuve hablando anteriormente? —preguntó Karras.

—Ya lo preguntaste.

—Lo sé, pero nunca me diste una respuesta.

—Solo otro amigo de la dulce y querida cerdita, estimado Karras.

—¿Puedo hablar con él?

—No. Está ocupado con tu madre. ¡Le está chupando la polla hasta el fondo, Karras! ¡Hasta el fondo! —Emitió unas suaves risitas ahogadas. Luego, añadió—: Tu madre tiene una lengua maravillosa. Una buena boca.

Refulgía de burla y Karras sintió que la ira iba ganando terreno, un temblor de odio que el sacerdote reconoció, asombrado, que no iba dirigido contra Regan, sino contra el demonio. «¡El demonio! ¿Qué diablos te pasa, Karras?». El jesuita consiguió mantener la calma en lo posible, respiró profundamente, se puso de pie y se sacó del bolsillo de la camisa el vial con el agua. Lo destapó.

El demonio lo miró con suspicacia.

—¿Qué es eso?

—¿No lo sabes? —preguntó Karras, tapando a medias con el pulgar la boca del vial, mientras comenzaba a salpicar a Regan con su contenido—. Es agua bendita, diablo.

El demonio se encogió, se retorció, rugiendo de terror y sufrimiento:

—¡Quema! ¡Quema! ¡Ah, basta ya! ¡Para, sacerdote de mierda! ¡Para!

Inexpresivo, Karras dejó de rociarlo. «Histeria. Sugestión. Leyó el libro». Echó una mirada a la grabadora. ¿Para qué molestarse?

Notó que la habitación había quedado en silencio. Miró a Regan. Frunció las cejas. «¿Qué es esto? ¿Qué está sucediendo?». La personalidad diabólica se había evaporado y en su lugar había unas facciones parecidas y, aun así, diferentes. Tenía los ojos en blanco. Murmullo. Lento. Un sinsentido febril. Karras se acercó a la cama. Se inclinó para escuchar. «¿Qué es? Nada. Y, sin embargo... Tiene cadencia. Como un idioma. ¿No será...?». Sintió la vibración de unas alas en su estómago, las sujetó con fuerza, las inmovilizó. «¡Vamos, no seas idiota!». Y, sin embargo...

Echó una rápida mirada al control del volumen de la grabadora. No se encendía. Giró la ruedecita de amplificación y escuchó de nuevo, con el oído cerca de los labios de Regan. El parloteo cesó y fue reemplazado por una respiración áspera y profunda.

Karras se irguió.

—¿Quién eres? —preguntó.

—*Eidanyoson* —respondió el ente. El susurro de un gruñido. Dolorido. Los ojos en blanco. Se le agitaban los párpados—. *Eidanyoson*. —La voz gangosa y entrecortada, como el alma de su dueño, parecía enclaustrada en un espacio oscuro y velado, más allá del tiempo.

—¿Es ese tu nombre? —Karras frunció el ceño.

Los labios se movían. Sílabas febriles. Lentas. Ininteligibles. Enseguida cesaron.

—¿Me entiendes?

Silencio. Solo respiración. Profunda. Extrañamente ahogada. El inquietante zumbido de la respiración en una tienda de oxígeno.

El jesuita esperaba. Quería más. Pero no pasó nada.

Rebobinó la cinta, metió la grabadora en su caja, la levantó y cogió el rollo. Echó una última mirada a Regan. Cabos sueltos. Indeciso, salió de la habitación y fue a la planta baja.

Encontró a Chris en la cocina. Estaba sentada con Sharon, tomando café. Su expresión era sombría. Al ver que Karras se acercaba, ambas le dedicaron una mirada interrogante, ansiosas, expectantes.

—¿Por qué no vas a hacerle compañía a Regan? —le dijo Chris a Sharon con voz queda.

Sharon tomó un último trago de café, asintió débilmente a Karras y partió. Él se sentó a la mesa, agotado.

—¿Qué sucede? —le preguntó Chris, que lo miraba fijamente.

Karras iba a contestar, pero se detuvo, ya que Karl entraba despacio, procedente de la despensa, y se dirigía al fregadero a limpiar unas ollas.

Chris siguió la dirección de su mirada.

—No importa —dijo suavemente—, puede hablar. ¿Qué pasa?

—Ha habido dos personalidades desconocidas que no había visto antes. Bueno, no, una de ellas creo haberla visto por unos instantes; me refiero a esa que tiene acento británico. ¿Es alguien que usted conoce?

—¿Tiene importancia? —preguntó Chris.

Nuevamente, él percibió tensión en su cara.

—Es importante.

Chris bajó la vista y asintió.

—Sí, es alguien que conocí.

—¿Quién?

Ella levantó la mirada.

—Burke Dennings.

—¿El director?

—Sí.

—¿El director que...?

—Sí —lo interrumpió.

En silencio, el jesuita sopesó su respuesta durante un momento. Vio que el dedo índice de la actriz temblaba.

—¿Quiere café o alguna otra cosa, padre?

Karras hizo un gesto negativo con la cabeza.

—No, gracias. —Se inclinó hacia delante, apoyando los codos en la mesa—. ¿Lo conocía Regan?

—Sí.

—Y...

Un ruido seco. Asustada, Chris se sobresaltó y al volverse vio que a Karl se le había caído al suelo la tostadora y se agachaba para cogerla. Pero se le volvió a caer.

—¡Por Dios, Karl!

—Lo siento, señora.

—¡Vamos, Karl, salga de aquí! ¡Váyase al cine o a cualquier parte! ¡No podemos quedarnos todos enjaulados en esta casa! —Se volvió hacia Karras, cogió un paquete de cigarrillos y lo arrojó con fuerza sobre la mesa al oír que Karl protestaba:

—No, yo...

—¡Karl, se lo digo en serio! —le espetó Chris, nerviosa, levantando la voz, pero sin volverse—. ¡Váyase de aquí! ¡Salga de esta casa un rato! ¡Todos vamos a tener que marcharnos poco a poco! ¡Vamos, váyase!

—¡Sí, vete! —añadió Willie como un eco, cuando entró y le arrebató la tostadora de las manos. Irritada, lo empujó hacia la despensa.

Tras mirar brevemente a Chris y a Karras, Karl se marchó.

—Lo siento, padre —murmuró Chris, disculpándose. Tomó un cigarrillo—. Karl ha tenido que soportar muchas cosas últimamente.

—Tiene razón —dijo Karras cariñosamente. Cogió las cerillas—. Todos deberían hacer un esfuerzo por salir de la casa. —Le encendió el cigarrillo—. Usted también.

—¿Y qué decía Burke? —preguntó Chris.

—Solo obscenidades —contestó Karras encogiéndose de hombros.

—¿Nada más?

Advirtió un leve tono de miedo en su voz.

—Eso es todo —respondió. Luego bajó el tono—. A propósito, ¿tiene Karl una hija?

—¿Una hija? Que yo sepa, no. Y si la tiene, nunca lo ha mencionado.

—¿Está segura?

Willie estaba fregando los platos. Chris se volvió hacia ella.

—¿Tienes alguna hija, Willie?

—Murió hace mucho tiempo, señora.

—¡Oh, cuánto lo siento!

Chris se volvió hacia Karras.

—Ahora me entero —susurró—. ¿Por qué lo pregunta? ¿Cómo lo ha sabido?

—Por Regan. Ella lo mencionó —dijo Karras.

Chris lo miró fijamente.

—¿Nunca mostró signos de tener una percepción extrasensorial? —preguntó—. Quiero decir antes de esto.

—Bueno... —Chris vaciló—, no lo sé... No estoy segura. A ver, ha habido muchas veces en que ella parecía estar pensando lo mismo que yo; pero ¿no es corriente eso entre las personas que están muy unidas?

Karras asintió. Pensaba.

—Respecto a la otra personalidad, ¿es la que surgió aquella vez durante la hipnosis?

—¿Esa que dice cosas que no se entienden?

—Sí. ¿Quién es?

—No lo sé.

—¿No le suena?

—En absoluto.

—¿Ha pedido los informes médicos?

—Los traerán esta tarde. Los han mandado por avión. Se los entregarán directamente a usted. —Dio un sorbo al café—. Ha sido la única forma de conseguirlo y aun así, tuve que armar un escándalo.

—Sí, ya me imaginaba que iba a haber inconvenientes.

—Los hubo. Pero los informes ya están en camino. —Tomó otro sorbo de café—. Bueno, ¿y qué hay del exorcismo, padre?

Él bajó la vista; suspiró.

—No tengo muchas esperanzas de que pueda convencer al obispo.

—¿Qué quiere decir con eso de que «no tiene muchas esperanzas»?

Dejó la taza de café en la mesa y frunció el ceño con nerviosismo.

Él hurgó en su bolsillo, extrajo el vial y se lo mostró.

—¿Ve esto?

Chris asintió.

—Le he dicho que era agua bendita —explicó Karras—. Y cuando he empezado a rociarla, ha reaccionado violentamente.

—¿Y?

—Pues que no es agua bendita, sino del grifo.

—Pero puede ser que algunos demonios no conozcan la diferencia.

—¿Cree usted en serio que hay un demonio dentro de ella?

—Creo que hay algo en ella que está tratando de matarla, padre Karras, y opino que no tiene mucha importancia que distinga entre la orina o el agua, ¿no le parece? Mire, lo lamento mucho, pero me ha pedido usted mi opinión. —Aplastó el cigarrillo—. Después de todo, ¿qué diferencia hay entre el agua bendita y la del grifo?

—El agua bendita está bendecida.

—Felicidades, padre. Muy bien, un aplauso. Pero ¿qué propone usted, mientras tanto? ¿No hacer el exorcismo?

—Mire, hace muy poco que he comenzado a profundizar en esto —dijo Karras acalorado—. Pero la Iglesia tiene criterios que debemos considerar por una razón muy importante: ¡evitar todas esas supersticiones que la gente no hace más que achacarle año tras año! Le concedo lo de los «monjes que levitan», por ejemplo, y las estatuas de la Virgen María que supuestamente lloran cada Viernes Santo y demás días festivos. Sin embargo, ¡creo que puedo vivir sin contribuir a esas cosas!

—¿No quiere un poco de Librium, padre?

—Lo siento, pero ha sido usted la que me ha pedido mi opinión.

—Y me la ha dado.

Buscó sus cigarrillos.

—Deme uno a mí —dijo Chris, hosca.

Le alargó el paquete, y Chris cogió un cigarrillo. Él se puso otro en la boca y encendió los dos.

Exhalaron el humo con un suspiro audible y se dejaron caer en sendas sillas junto a la mesa.

—Perdóneme —dijo él, suavemente.

—Estos cigarrillos sin filtro lo van a matar.

Karras jugueteaba con el paquete, arrugando el celofán.

—Estos son los signos que la Iglesia puede aceptar: uno es el hablar en un idioma que el sujeto no conocía antes, que nunca había estudiado. Estoy trabajando en eso. Con las cintas. Veremos lo que saco en limpio. Luego tenemos la clarividencia, aunque hoy puede anularla la telepatía o la percepción extrasensorial.

—¿Cree usted en eso? —Frunció el ceño, escéptica.

Él la miró. Se dio cuenta de que hablaba en serio. Continuó:

—Y, por último, la manifestación de poderes superiores a sus habilidades y edad. Eso es como un comodín para cualquier cuestión relacionada con lo oculto.

—Bueno, ¿y qué hay de esos golpes en la pared?

—Por sí mismos no significan nada.

—¿Y la forma en que se sacudía en la cama?

—No bastan.

—¿Y esas cosas que le salieron en la piel?

—¿Qué cosas?

—¿No se lo he dicho?

—¿Decirme qué?

—¿No? Pues fue en la clínica —le explicó Chris—. Tenía... —dijo señalándose el pecho con el índice— como letras. Le salían en el pecho, y luego desaparecían. Así, sin más.

Karras frunció el ceño.

—Ha dicho usted «letras». ¿Palabras no?

—No, palabras no. Solo una M, una o dos veces. Luego una L.

—¿Y vio usted eso? —le preguntó.

—No. Me lo han contado.

—¿Quién?

—Los médicos de la clínica. Lo encontrará en el informe. Es cierto.

—No lo dudo. Pero eso también es un fenómeno natural.

—¿En dónde? ¿En Transilvania? —dijo Chris, incrédula.

Karras sacudió la cabeza.

—No, he leído casos de este tipo en las revistas médicas. En uno de ellos, el psiquiatra de una prisión informaba que un paciente suyo podía ponerse en trance voluntariamente y lograr que aparecieran en su piel los signos del zodiaco. —Con un gesto se señaló el pecho—. Se le levantaba la piel.

—¡Se ve que usted no cree muy fácilmente en milagros!

—Cierta vez se hizo un experimento —prosiguió Karras con delicadeza— en el cual hipnotizaron a un sujeto, lo indujeron en un trance; luego le hicieron incisiones en los dos brazos. Le dijeron que el brazo izquierdo sangraría, pero no el derecho. Pues bien, así ocurrió: sangró el brazo izquierdo y el derecho no. El poder de la mente reguló la pérdida de sangre. Por supuesto que no sabemos cómo, pero sucede. De modo que en los casos de estigmas, como el del recluso que le he citado (o en el de Regan), el inconsciente regula el flujo de la corriente sanguínea hacia la piel y manda más hacia las partes que quiere que se eleven. Y por eso les salen dibujos, letras o lo que fuere. Es un misterio, pero no sobrenatural.

—Es usted una persona muy difícil, padre Karras, ¿lo sabía?

Karras se mordió la uña del pulgar.

—Mire, tal vez esto le ayude a entender —dijo, finalmente—. La Iglesia (no yo, sino la Iglesia) publicó hace tiempo una declaración, una advertencia a los exorcistas. La leí anoche. Esta decía que la mayoría de las personas que se creen poseídas o que otros consideran poseídas (y cito textualmente), «necesitan mucho más un médico que un exorcista». —Levantó la mirada y la clavó en los ojos de Chris—. ¿A que no se imagina cuándo se publicó tal declaración?

—No. ¿Cuándo?

—En el año 1583.

Chris alzó la vista, sorprendida. Se quedó pensativa.

—Sí, claro, ese sí que fue un año infernal —murmuró.

Escuchó que el sacerdote se levantaba de su silla.

—Déjeme que espere hasta ver los informes de la clínica —le dijo.

Chris asintió.

—Entretanto —continuó—, voy a revisar las cintas grabadas; luego las llevaré al Instituto de Idiomas y Lingüística. Quizá ese parloteo incoherente sea algún idioma. Lo dudo, pero puede ser. Y si se comparan los estilos de lenguaje... Bueno, ya veremos. Si son los mismos, sabremos con certeza que no está poseída.

—Y entonces, ¿qué? —preguntó Chris ansiosa.

El sacerdote escudriñó los ojos de Chris. Estaban agitados. «¡Está preocupada por que su hija no esté poseída!». Pensó en Dennings. Algo andaba mal. Muy mal.

—Créame que me incomoda pedírselo, pero ¿podría prestarme su coche unos días?

Desolada, Chris bajó la mirada al suelo.

—Puede usted pedirme prestada hasta la vida por unos días —murmuró—. Eso sí, devuélvamelo el jueves. Nunca se sabe..., podría necesitarlo.

Con una pena profunda, Karras contempló aquel rostro inclinado e indefenso. Ansiaba poder cogerle la mano y decirle que todo saldría bien. Pero ¿cómo?

—Espere, le traeré las llaves —dijo ella.

La vio alejarse como un creyente rezando sin esperanza. Cuando se las hubo entregado, Karras regresó caminando a su habitación en la residencia. Allí dejó la grabadora y se metió la cinta de Regan en el bolsillo. Luego volvió a cruzar la calle, en busca del coche de Chris.

Al subir oyó que Karl lo llamaba desde la puerta de la casa:

—¡Padre Karras! —Karras miró. Karl bajaba corriendo la escalinata mientras se ponía apresuradamente la americana. Agitaba una mano—. ¡Padre Karras! ¡Un momento!

Karras se inclinó y bajó la ventanilla opuesta a la del asiento del conductor. Karl metió la cabeza.

—¿Hacia dónde va, padre?

—A Du Pont Circle.

—¡Ah, bien! ¿Me podría llevar? ¿No le molesta?

—Encantado de hacerlo. Suba.

Karl asintió.

—¡Se lo agradezco mucho, padre!

Karras giró la llave de contacto.

—Le vendrá bien salir.

—Sí. Voy a ver una película. Una muy buena.

Karras puso la primera y arrancó.

Durante un rato condujo en silencio. El jesuita trataba de encontrar respuestas a sus interrogantes. «Posesión. Imposible. El agua bendita». Pero...

—Karl, dijo usted que conocía muy bien al señor Dennings, ¿no es cierto?

Karl, que miraba a través del parabrisas, asintió con rigidez.

—Sí, lo conocía.

—Cuando Regan... cuando ella parece ser Dennings, ¿le da a usted la impresión de que de veras lo es?

Una larga pausa. Y luego un lacónico e inexpresivo:

—Sí.

Karras, turbado, asintió con la cabeza.

No hablaron más hasta llegar a Du Pont Circle, donde se detuvieron ante un semáforo en rojo.

—Yo me bajo aquí, padre Karras —dijo Karl, y abrió la portezuela—. Aquí puedo coger el autobús. —Se bajó y luego metió la cabeza por la ventanilla—. Muchas gracias, padre. Le estoy muy agradecido. Gracias.

Se quedó de pie en la mediana, a la espera de que cambiara la luz. Sonrió y agitó una mano al sacerdote cuando se alejó. Siguió el coche con la mirada hasta que desapareció en una curva, a la entrada de la avenida Massachusetts. Luego corrió a coger un autobús. Pidió un billete combinado. Hizo transbordo. Se cambió de autobús. Viajó en silencio hasta que se apeó en la zona de viviendas, al nordeste de la ciudad, por donde caminó hasta llegar a un edificio de apartamentos semiderruido. Entró.

Se detuvo al pie de una oscura escalera; olía a comida barata. De alguna parte llegaba el llanto de un niño. Agachó la cabeza. Por el zócalo se deslizó rápidamente una cucaracha, que cruzó la escalera con movimientos rítmicos. Se agarró al pasamanos y, durante unos momentos, pareció titubear, a punto de darse la vuelta; pero, al fin, sacudió la cabeza y empezó a subir la escalera. Cada paso quejumbroso crujía como un reproche.

Al llegar al primer piso se encaminó a una de las puertas de una lóbrega ala, y por un instante se quedó allí con una mano apoyada en el marco. Miró la pared desconchada: «Nicky» y «Ellen», escritos con lápiz, y debajo, una fecha y un corazón cuyo centro de yeso estaba resquebrajado. Karl llamó al timbre y esperó cabizbajo. Del interior del apartamento se oyó el chirrido de los muelles de una cama, la voz de alguien que mascullaba irritado y el ruido de unos pasos irregulares, el sonido sordo al arrastrar un zapato ortopédico. De pronto, la puerta se abrió parcialmente de un golpe, y la cadenita de seguridad repiqueteó al quedar extendida al máximo, mientras una mujer en ropa interior miraba hoscamente por la abertura; de la comisura de los labios le colgaba un cigarrillo.

—¡Ah, eres tú! —exclamó con sequedad mientras quitaba la cadena.

Karl tropezó con unos ojos duros y apagados a la vez, pozos macilentos de sufrimiento y vergüenza. Contempló brevemente la disoluta mueca de los labios y el rostro desfigurado, de una juventud y una belleza enterradas vivas en mil habitaciones de hoteluchos, en mil despertares de sueños agitados, ahogando el llanto ante la belleza perdida.

—¡Vamos, dile que se vaya a la mierda! —tronó una áspera voz masculina en el interior. Arrastraba las palabras. El novio.

La muchacha volvió rápidamente la cabeza y le espetó:

—¡Cállate, estúpido, es papá! —Luego se dirigió a Karl—. Está borracho, papá. Mejor no entres.

Karl asintió. Los ojos demacrados de su hija descendieron hasta la mano de Karl, que buscaba la cartera en el bolsillo de atrás.

—¿Cómo está mamá? —le preguntó, mientras le daba

una calada al cigarrillo, con la vista clavada en las manos que hurgaban en la billetera, en las manos que contaban billetes de diez dólares.

—Está bien —asintió Karl con sequedad—. Tu madre está bien.

Cuando le entregó el dinero, ella empezó a toser como si fuera a deshacerse. Se tapó la boca con una mano.

—¡Puto tabaco! —exclamó, sofocada.

Karl vio las marcas de los pinchazos en su brazo.

—Gracias, papá.

Sintió cómo le arrebataba el dinero de las manos.

—¡Acaba de una vez! —gruñó el novio desde el interior.

—Bueno, papá, mejor lo dejamos aquí. Ya sabes cómo se pone.

—¡Elvira...! —Karl había metido la mano por la abertura de la puerta de forma repentina, agarrándole la muñeca—. ¡Han abierto una clínica en Nueva York! —le susurró, implorante.

Ella hacía muecas y trataba de zafarse.

—¡Vamos, déjame!

—¡Te los mandaré! ¡Ellos te ayudarán! ¡No irás a la cárcel! Es...

—¡Por Dios, vamos, papá! —chilló, liberándose, al fin de su mano.

—¡No, no, por favor! Es...

Le cerró la puerta en la cara.

En la penumbra del vestíbulo, en la tumba alfombrada de sus expectativas, Karl se quedó mirando la puerta en silencio, y luego inclinó la cabeza, lleno de mudo dolor. Desde el interior del apartamento llegaba una conversación amortiguada. Luego, una fuerte carcajada cínica de mujer, seguida de una tos convulsa.

Al volverse sintió el repentino aguijonazo de un sobresalto, pues el teniente Kinderman le cerraba el paso.

—Tal vez ahora podamos charlar, señor Engstrom —jadeó, con las manos metidas en los bolsillos del abrigo y con ojos tristes—. Quizá podamos charlar ahora...

2

Karras rebobinó la cinta en un rollo vacío, en la oficina del director rechoncho y canoso del Instituto de Idiomas y Lingüística. Con cuidado, había vuelto a grabar parte de las cintas en distintos carretes, y ahora se disponía a oír la primera, junto con el director. Entonces puso en marcha la grabadora y se alejó unos pasos de la mesa. Escucharon la voz febril parloteando. Karras se volvió hacia el director.

—¿Qué le parece, Frank? ¿Es un idioma?

El director estaba sentado en el borde de la mesa. Al terminar la cinta, frunció el ceño, desconcertado.

—Muy extraño. ¿De dónde lo ha sacado?

Karras paró la cinta.

—Es algo que tengo desde hace años, de la época en que trabajé en un caso de doble personalidad. Estoy escribiendo un artículo sobre esto.

—¡Ah, ya!

—Bueno, ¿qué piensa?

El director se quitó las gafas y empezó a mordisquear los enganches de carey.

—Si es un idioma, jamás lo he oído. Sin embargo... —Frunció el ceño. Luego levantó la mirada hasta Karras—. ¿Quiere pasarla de nuevo?

Karras rebobinó enseguida la cinta y la volvió a pasar.

—Bien, ¿qué le parece? —preguntó.

—Tiene la cadencia de un lenguaje.

Karras sintió un atisbo de esperanzada. Trató de reprimirla.

—Eso es lo que me ha parecido a mí —dijo.

—Pero, naturalmente, no lo entiendo, padre. ¿Es antiguo o moderno? ¿Lo sabe?

—No, no lo sé.

—¿Por qué no me deja la cinta, padre? La estudiaré con algunos de los muchachos.

—¿Le importa sacar una copia, Frank? Me gustaría conservar el original.

—Sí, por supuesto.

—Entretanto, tengo otra cosa que hacer. ¿Dispone de tiempo?

—Sí, claro. Dispare, ¿de qué se trata?

—Le voy a entregar fragmentos de una conversación normal entre las que aparentemente son dos personas distintas. Por medio del análisis semántico, ¿podría usted determinar si una sola persona puede haber sido capaz de producir ambos modos de lenguaje?

—Creo que sí.

—¿Cómo?

—Pues por la frecuencia de una «muestra tipo». En muestras de mil o más palabras, basta probar la frecuencia con que se presentan las diversas partes de la oración.

—¿Y cree que eso sería concluyente?

—Sí. Bueno, por lo menos, bastante. Desde luego, esta clase de pruebas permite descartar cualquier cambio en el vocabulario básico. No cuentan las palabras, sino el modo de expresarlas, el estilo. Nosotros lo denominamos «índice de diversidad». Esto puede resultar difícil para un lego y, por supuesto, es lo que buscamos. —El director sonrió con afectada suficiencia. Luego señaló las cintas que Karras tenía en las manos—. Ahí tiene dos personas distintas, ¿no es así?

—No. Las palabras fueron emitidas por la misma persona, Frank. Como ya le he dicho, fue un caso de doble personalidad. Las palabras y las voces me parecen totalmente distintas, pero ambas salieron de la misma boca. Mire, necesito que me haga un gran favor...

—¿Quiere que analice las dos? Con mucho gusto. Se la daré a uno de los profesores.

—No, Frank, ese es el gran favor que le quiero pedir: me gustaría que lo hiciera usted mismo, y lo más rápido que pueda. Es muy importante.

El director advirtió la urgencia en sus ojos. Asintió.

—Vale, vale. Me pondré a hacerlo enseguida.

El director hizo copias de ambas cintas, y Karras regresó con los originales a la residencia de los jesuitas. Encontró una nota en su habitación. Habían llegado los informes de la clínica.

Se dirigió enseguida a la recepción y firmó el papel en el que constaba que había recibido el paquete. De vuelta en su cuarto, empezó a leer de inmediato. Pronto se convenció de que su visita al Instituto de Idiomas había sido una pérdida de tiempo.

... señales de complejo de culpabilidad, con el consiguiente sonambulismo histérico...

Había lugar para las dudas. Siempre había lugar. A la interpretación. «Pero los estigmas de Regan...». Abatido, Karras enterró el rostro cansado entre las manos. El estigma de la piel que le había descrito Chris figuraba en los informes. Pero estos también señalaban que Regan tenía la piel hiperreactiva, por lo cual ella misma podía haber dibujado simplemente las letras misteriosas en su carne poco antes de que fueran descubiertas. Dermatografía.

«Lo hizo ella misma», pensó Karras. Estaba seguro. Porque tan pronto como le inmovilizaron las manos con correas —decían los informes—, cesaron los fenómenos misteriosos y no volvieron a repetirse.

«Fraude. Consciente o inconsciente. Pero, a fin de cuentas, fraude».

Levantó la cabeza y miró al teléfono. Frank. ¿Debería llamarlo para decirle que no se molestara? Cogió el auricular. No le contestó, así que le dejó el recado para que lo llamase. Luego, exhausto, se levantó y, lentamente, se dirigió al cuarto de baño. Se lavó la cara con agua fresca. «El exorcista tendrá sumo cuidado en no dejar sin contestación ninguna de las manifestaciones del paciente». Se miró en el espejo. ¿Se le habría escapado algo? ¿El qué? «El olor a chucrut». Se volvió, cogió la toalla y se secó la cara. «Autosugestión», recordó. Y los enfermos mentales, en ciertos casos, parecían capaces de obligar inconscientemente a sus cuerpos a que emitieran distintos olores.

Karras se secó las manos. Los golpes..., el cajón que se abrió y se cerró. ¿Psicoquinesia? ¿Con toda seguridad? «¿Cree usted en eso?». Al dejar la toalla en su sitio se dio cuenta de que no estaba pensando con lucidez. «Demasiado cansado». Pero no se atrevía a dejar a Regan a merced de una suposición, una opinión, a exponerla a las peligrosas traiciones de la mente.

Salió de la residencia y fue a la biblioteca de la universidad. Buscó en la *Guía de publicaciones periódicas*: «Pol... Pol... Polter...». Encontró lo que buscaba y se sentó para leer en una revista científica un artículo del doctor Hans Bender, un psiquiatra alemán, sobre investigaciones de fenómenos poltergeist.

Al terminar la lectura quedó convencido de que existían los fenómenos psicoquinéticos, ya que se hallaban profusamente documentados, grabados y estudiados en clínicas psiquiátricas. En ninguno de los casos mencionados en el artículo se hacía referencia a la posesión demoniaca. Más bien, se establecía la hipótesis de una energía dirigida por la mente, producida de manera inconsciente y que, en general —lo cual era muy significativo, pensó Karras—, se daba en adolescentes sometidos a estados de «extrema tensión interior, frustración y rabia».

Karras se frotó los ojos cansados. Aún sentía que había pasado algo por alto. Volvió a analizar los síntomas, deteniéndose en cada uno como un niño que vuelve a tocar las tablas de una valla de madera blanca. ¿Cuál se le había escapado?, se preguntó. ¿Cuál?

La respuesta, concluyó agotado, era: ninguna. Dejó la revista en su lugar.

Regresó caminando a casa de los MacNeil. Willie acudió a abrirle y lo acompañó hasta el despacho. La puerta estaba cerrada. Willie llamó.

—El padre Karras —anunció.

—Pase.

Karras pasó y cerró la puerta detrás de sí. Chris estaba de espaldas, con la frente apoyada en una mano y el codo en la barra.

—Hola, padre.

Su voz era un susurro seco y desesperado. Preocupado, se acercó a ella.

—¿Está bien? —le preguntó con dulzura.

—Sí.

Era evidente que trataba de contener la tensión. Karras frunció el ceño. Chris se cubría el rostro. Le temblaba la mano.

—¿Qué hay, padre? —le preguntó.

—He examinado los informes de la clínica. —Esperó. Ella no hizo ningún comentario. Prosiguió—: Creo... —Se detuvo—. Bueno, mi humilde opinión, en este momento, es que lo que más ayudaría a Regan sería un tratamiento psiquiátrico intensivo.

Chris movió lentamente la cabeza una y otra vez.

—¿Dónde está su padre? —preguntó Karras.

—En Europa —susurró ella.

—¿Le ha dicho usted lo que pasa?

Ella había pensado muchas veces en decírselo. Había estado tentada de hacerlo. Eso podría volver a unirlos. Pero Howard y los curas... Por el bien de Regan había decidido, al fin, no contárselo.

—No —dijo en tono suave.

—Pues creo que sería una gran ayuda si él estuviera aquí.

—¡Y yo creo que nada va a ayudar, excepto algo ajeno a nosotros! —gritó Chris de repente. Alzó el rostro lleno de lágrimas hacia el sacerdote—. ¡Algo muy ajeno a nosotros!

—Insisto en que debería llamarlo.

—¿Por qué?

—Sería...

—¡Le he pedido que expulse a un demonio, maldita sea, no que traiga a otro! —gritó a Karras con una histeria repentina. Sus facciones estaban contraídas por la angustia—. ¿Qué ha pasado de pronto con el exorcismo?

—Bueno...

—¿Para qué diablos quiero yo a Howard?

—Ya hablaremos de eso después.

—¡No, ahora, joder! ¿Para qué demonios nos puede servir Howard? ¿En qué nos beneficia?

—Es muy posible que la alteración de Regan empezara con un sentimiento de culpabilidad por...

—¿Culpabilidad? ¿De qué? —gritó, con ojos desorbitados.

—Podría...

—¿Por el divorcio? ¿Todas esas tonterías que dicen los psiquiatras?

—Bueno...

—¡Tiene sentimientos de culpabilidad porque mató a Burke Dennings! —chilló Chris, apretándose las sienes con fuerza—. ¡Lo mató! ¡Lo mató y la van a meter en la cárcel, la van a meter en la cárcel! ¡Ay, Dios, ay...!

Karras logró sostenerla antes de que se desplomara, llorando, y la condujo hasta el sofá.

—Tranquilícese —empezó a decirle con suavidad—, tranquilícese.

—¡No, la van a... meter en la cárcel! —sollozó ella—. ¡La van a meter... a meter... aaah! ¡Ay, Dios! ¡Ay, Dios!

—Vamos, vamos...

La hizo tumbarse en el sofá, se sentó a su lado y le cogió una mano. Pensaba en Kinderman. Dennings. El llanto de Chris. La sensación de irrealidad.

—Venga, tranquila... Poco a poco... Tranquila...

Cuando se hubo calmado, la ayudó a incorporarse. Le trajo agua y una caja de pañuelos de papel que había encontrado sobre una repisa, detrás de la barra. Luego volvió a sentarse a su lado.

—Me he quitado un gran peso de encima —dijo ella, sonándose la nariz y gimoteando—. Necesitaba soltarlo.

Karras estaba consternado. El impacto que le causó la revelación de Chris crecía a medida que ella se calmaba. Se sorbía la nariz más tranquila. Nudos intermitentes en la garganta. Pero ahora el peso recaía de nuevo sobre él, abrumador, opresivo. Sintió que se tensaba por dentro. «¡Nada más! ¡No diga nada más!».

—¿Quiere decirme algo más? —le preguntó amablemente.

Chris asintió. Suspiró. Se secó los ojos y habló vacilante, entre sollozos espasmódicos, de Kinderman, del libro, de la certeza de que Dennings había subido al dormitorio de Regan, de la extraordinaria fuerza de su hija, de la personalidad de Dennings, que ella había creído reconocer al verlo, muerto, con la cabeza vuelta y mirando hacia atrás.

Terminó. Esperaba la reacción de Karras. Durante un rato, él no dijo nada mientras pensaba en todo lo que había escuchado. Al fin, dijo con suavidad:

—Usted no sabe si ella lo hizo.

—Pero tenía la cabeza vuelta hacia atrás —dijo Chris.

—Usted también se había golpeado fuertemente la cabeza contra la pared —respondió Karras—. También estaba conmocionada. Se lo imaginó.

—Ella me dijo que lo había hecho —declaró Chris, inexpresiva.

Una pausa.

—¿Y le dijo cómo? —preguntó Karras.

Chris agitó la cabeza. Él se volvió para mirarla.

—No —contestó ella—, no.

—Entonces, eso no quiere decir nada —le aseguró Karras—. No tiene ningún valor, a menos que ella le hubiera dado detalles que nadie, razonablemente, pudiera saber, aparte el asesino.

Ella sacudió la cabeza, dubitativa.

—No lo sé —respondió—. No sé si estoy haciendo lo correcto. Creo que ella lo hizo y que podría matar a alguien más. No sé... —Hizo una pausa—. Padre, ¿qué debo hacer? —le preguntó, desesperada.

El peso se había convertido en cemento que, al secarse, se había adherido a sus espaldas. Karras apoyó un codo sobre la rodilla y cerró los ojos.

—Bueno, ya se lo ha contado a alguien —le dijo serenamente—. Ha hecho lo que debía. Ahora olvídelo. No piense más en ello y déjeme todo a mí.

Sintió los ojos de Chris posados sobre él, y le devolvió la mirada.

—¿Se encuentra mejor?

Ella asintió.

—¿Me hará un favor? —le preguntó.

—¿Qué?

—Vaya al cine a ver una película.

Ella se secó un ojo con el dorso de la mano y sonrió.

—Detesto las películas.

—Pues vaya a visitar a una amiga.

Chris dejó las manos sobre el regazo y lo miró cariñosamente.

—Tengo un amigo aquí —dijo al fin.

Él sonrió.

—Descanse antes un poco —le aconsejó.

—Lo haré.

A Karras se le había ocurrido algo más.

—¿Cree usted que Dennings llevó el libro arriba? ¿O que ya estaba allí?

—Creo que ya estaba allí —respondió Chris. Karras reflexionó sobre esto. Luego se levantó.

—Vale, está bien. ¿Necesita el coche?

—No, puede seguir usándolo.

—De acuerdo. Vendré más tarde.

—Hasta luego, padre.

—Hasta luego.

Salió a la calle, rebosante de agitación. De actividad.

Regan. Dennings. «¡Imposible! ¡No!». Y, sin embargo, Chris estaba casi convencida; luego, estaba su reacción, la histeria. «Precisamente son eso: imaginaciones histéricas. Pero...». Rastreaba certezas como hojas en el viento cortante.

Al pasar junto a la escalinata cerca de la casa oyó un ruido abajo, junto al río. Se detuvo y miró en dirección al canal C&O. Una armónica. Alguien tocaba *Red River Valley*. La canción favorita de Karras desde su niñez. Escuchó hasta que las notas quedaron ahogadas por el ruido del tráfico, hasta que su reminiscencia errante quedó hecha pedazos por un mundo ahora atormentado que clamaba ayuda, que chorreaba sangre por los tubos de escape. Se metió las manos en los bolsillos. Pensaba febrilmente. En Chris. En Regan. En Lucas, dándole patadas a Tranquille. Debía hacer algo. Pero ¿qué? ¿Le sería posible ir más allá de donde habían llegado los médicos de Barringer? «... llamar a la agencia de castings...». Sí, sí, sabía que esa era la respuesta: la esperanza. Recordó el caso de Achille. Poseído. Como Regan, él también se había llamado demonio a sí mismo; como el de Regan, su trastorno se había originado por un sentimiento de culpabilidad: el remordimiento por su infidelidad conyugal. El psicólogo Janet había efectuado una cura al sugerirle durante la hipnosis que su esposa estaba presente; esta apareció ante los alucinados ojos de Achille y lo perdonó solemnemente. Karras asintió para sí. La sugestión podría resultar eficaz con Regan. Pero no a través de la hipnosis. Lo habían intentado en Barringer. No. La sugestión neutralizante para Regan —creía él— era el ritual del exorcismo. Ella sabía lo que era, conocía sus efectos. «Su reacción ante el agua bendita. Lo sacó del libro». Y en el libro había descripciones de exorcismos realizados con éxito. «¡Podría dar resultado! ¡Podría! ¡Podría funcionar!».

Pero ¿cómo obtener el permiso del obispado? ¿Cómo presentar el caso sin mencionar a Dennings? Karras no podía mentir al obispo. No falsificaría los hechos. «¡Pero puedes dejar que los hechos hablen por sí solos!».

«¿Qué hechos?».

Se pasó la mano por la frente. Necesitaba dormir. Pero no podía. Las sienes le latían a causa del dolor de cabeza. «Hola, papá».

«¿Qué hechos?».

Las cintas que estaban en el Instituto. ¿Qué encontraría Frank? ¿Podría haber encontrado algo? No. Pero ¿quién sabe? Regan no había distinguido el agua bendita del agua común. «Claro. Pero si se supone que puede leerme la mente, ¿cómo es que no reconoció la diferencia?». Se puso una mano en la frente. Le dolía la cabeza. Estaba confuso. «¡Por Dios, Karras, despierta! ¡Alguien se muere! ¡Despierta!».

De vuelta en su habitación, llamó al Instituto. Frank no estaba. Colgó el teléfono. Agua bendita. Agua del grifo. Algo. Abrió el *Ritual* por las «Instrucciones a los exorcistas»: «... espíritus malignos... respuestas engañosas..., de modo que puede parecer que el paciente no está poseído en absoluto...». Karras reflexionó. ¿Sería eso? «¿De qué diablos estás hablando? ¿Qué espíritu maligno?».

Cerró el libro de golpe y cogió de nuevo los informes médicos. Los releyó en busca de algo que pudiera ayudar con el obispo.

«Un momento. No hay antecedentes de histeria. Eso es algo. Pero poco. Alguna discrepancia. ¿Cuál?». Rastreó desesperadamente entre los recuerdos de cuanto había estudiado. Luego recordó. No mucho. Pero algo.

Cogió el teléfono y llamó a Chris. Por su voz, parecía estar adormilada.

—Hola, padre.

—¿Estaba dormida? Lo siento.

—No se preocupe.

—Chris, ¿dónde puedo ver al doctor... —recorrió el informe con un dedo— Klein?

—En Rosslyn.

—¿En el complejo médico?

—Sí.

—Por favor, llámelo y dígale que el doctor Karras irá a verlo, y que me gustaría echarle un vistazo al electroencefalograma de Regan. Dígale doctor Karras, Chris. ¿Lo entiende?

—Sí.

—Ya le diré algo.

Cuando hubo colgado, Karras se quitó el alzacuello, la sotana y los pantalones negros para vestirse enseguida con unos pantalones color caqui y un jersey. Encima se puso el impermeable negro de sacerdote, que se abotonó hasta el cuello. Al mirarse en el espejo frunció el ceño. «Curas y policías», pensó, mientras se desabrochaba aprisa el impermeable: el atuendo de ambos tenía un olor característico que era imposible disimular. Karras se quitó los zapatos y se puso el único par que tenía cuyo color no era negro: las zapatillas de tenis blancas gastadas.

Rápidamente se dirigió a Rosslyn en el coche de Chris. Mientras esperaba en la calle M que la luz verde le diera paso para cruzar el puente, miró de reojo por la ventanilla y vio algo inquietante: Karl se apeaba de un sedán negro en la calle Treinta y cinco, frente a la licorería Dixie. El conductor del coche era el teniente Kinderman.

La luz cambió. Karras aceleró y se adelantó para entrar en el puente. Miró por el espejo retrovisor. ¿Lo habrían visto? Creía que no. Pero ¿qué hacían juntos? ¿Pura casualidad? ¿Tendría algo que ver con Regan? ¿Con Regan y...?

«¡No te preocupes ahora de eso! ¡Cada cosa a su debido tiempo!».

Aparcó frente al complejo médico y subió al consultorio del doctor Klein. El doctor estaba ocupado, pero una enfermera le dio a Karras el electroencefalograma. No tardó en empezar a analizarlo en una sala: la tira larga y estrecha de papel se deslizaba suavemente entre sus dedos.

Klein llegó poco después y examinó, ligeramente desconcertado, la indumentaria de Karras.

—¿Doctor Karras?

—Sí. Mucho gusto.

Se dieron la mano.

—Soy Klein. ¿Cómo está la niña?

—Va mejorando.

—Me alegro mucho.

Karras volvió a examinar el gráfico. Klein lo imitó, recorriendo el trazado de las ondas con el dedo.

—¿Ve? Es muy regular. No hay fluctuaciones de ningún tipo.

—Sí, ya lo veo. —Karras frunció el ceño—. Muy curioso.

—¿Curioso?

—Eso si presuponemos que estamos tratando un caso de histeria.

—No lo entiendo.

—Supongo que no es muy conocido —murmuró Karras sin dejar de pasar el papel entre sus manos—, pero Iteka, un belga, descubrió que la histeria parecía ser la causa de algunas fluctuaciones raras en el gráfico: un trazado diminuto, pero siempre idéntico. Es lo que busco aquí y no lo encuentro.

—¿Qué me dice? —masculló Klein extrañado.

Karras lo miró.

—Estaba alterada cuando usted le tomó este encefalograma, ¿verdad?

—Sí, yo diría que lo estaba.

—Entonces ¿no es raro que el examen haya salido tan perfecto? Incluso las personas en estado normal pueden influir sobre sus ondas cerebrales, aunque siempre dentro de una escala normal, y Regan estaba alterada en ese momento. Debería haber algunas fluctuaciones. Si...

—Doctor, la señora Simmons se impacienta —interrumpió una enfermera tras abrir la puerta.

—Sí, ya voy —suspiró Klein. Cuando la enfermera se marchó, el médico dio un paso hacia el pasillo, pero luego se volvió hacia Karras, con una mano en el tirador de la puerta—. A propósito de la histeria —comentó secamente—. Lo lamento, pero tengo que irme.

Cerró la puerta detrás de sí. Karras oyó sus pasos, que se alejaban por el pasillo; el ruido de una puerta que se abría y una frase: «Bueno, ¿cómo se encuentra hoy, señora...?».

Se cerró la puerta. Karras volvió a examinar el gráfico y, cuando hubo acabado, lo dobló y lo sujetó con la goma. Luego lo devolvió a la enfermera de recepción. Algo. Era algo que podría esgrimir ante el obispo como prueba de que Regan no era una histérica y, por tanto, que podía tratarse de un caso de posesión. Pero el electroencefalograma había planteado otro misterio: ¿por qué no había fluctuaciones? ¿Por qué no había ninguna?

Cuando volvía a casa de Chris, al detenerse frente a un semáforo en la confluencia de las calles Prospect y Treinta y cinco, se quedó petrificado: entre Karras y la residencia de los jesuitas se hallaba aparcado el coche de Kinderman, el cual, sentado solo al volante, sacaba un codo por la ventanilla y miraba fijamente hacia delante. Karras giró a la derecha antes de que Kinderman pudiera verlo en el Jaguar de Chris. Encontró un sitio con rapidez, aparcó, se apeó y cerró con llave. Luego dobló la esquina caminando, como si se dirigiera a la residencia. «¿Estará vigilando la casa?», se dijo, preocupado. El espectro de Dennings reapareció una vez más para acosarlo. ¿Sería posible que Kinderman creyera que Regan...?

«Tranquilo. Ve más despacio. Tómatelo con calma».

Se acercó al coche y metió la cabeza por la ventanilla opuesta a la del conductor.

—Hola, teniente.

El detective se volvió con rapidez; parecía sorprendido. Luego sonrió, alegre.

—¡Padre Karras!

«Fuera de lugar —pensó Karras. Notó que sentía las manos sudorosas y frías—. ¡Actúa con normalidad! ¡No dejes que se dé cuenta de que estás preocupado! ¡Actúa con naturalidad!».

—¿No sabe que le pueden poner una multa? Los días laborables no se permite aparcar aquí entre las cuatro y las seis.

—No importa —jadeó Kinderman—. Estoy hablando con un cura. Todos o casi todos los policías del vecindario son católicos o lo simulan.

—¿Cómo le va?

—Pues si he de decirle la verdad, regular. ¿Y a usted?

—No me puedo quejar. ¿Y qué? ¿Ya ha aclarado ese asunto?

—¿Qué asunto?

—El del director.

—¡Ah, ese! —Hizo un gesto como desechando la idea—.

No me pregunte. Mire, ¿qué hace esta noche? ¿Está ocupado? Tengo pases para el cine Crest. Echan *Otelo*.

—¿Con qué actores?

—Molly Picon es Desdémona y Leo Fuchs, Otelo. ¿Le gusta? ¡Es gratis, padre Marlon Exigente! ¡Es William F. Shakespeare! ¡No importa quién actúe o quién deje de hacerlo! ¿Qué, vendrá?

—Me temo que no podré. Estoy hasta arriba de trabajo.

—Ya lo veo. Tiene usted muy mal aspecto, padre, y perdóneme que se lo diga. ¿Está trasnochando mucho?

—Siempre tengo muy mal aspecto.

—Pero ahora más que nunca. ¡Vamos! ¡Escápese una noche! Nos divertiremos.

Karras decidió tantearlo, comprobar qué buscaba en realidad.

—¿Está seguro de que proyectan esa película? —preguntó. Sus ojos sondeaban firmemente los de Kinderman—. Habría jurado que en el Crest daban una de Chris MacNeil.

El detective esquivó el golpe y replicó enseguida:

—No, estoy seguro. *Otelo*. Dan *Otelo*.

—A propósito, ¿qué lo trae por este barrio?

—¡Usted! ¡He venido solo para invitarlo al cine!

—Sí, claro, es más fácil coger el coche que llamar por teléfono —dijo Karras suavemente.

Las cejas del detective se elevaron con una expresión de inocencia que no convencía a nadie.

—Su teléfono comunicaba —arguyó con aspereza; alzó la palma de la mano en un ademán.

El jesuita clavó en él la mirada, inexpresivo.

—¿Qué hay de malo? —preguntó Kinderman al cabo de un momento.

Serio, Karras alargó una mano y levantó el párpado de Kinderman. Le examinó el ojo.

—No sé. Usted sí que tiene muy mal aspecto. Podría ser víctima de una mitomanía.

—No sé lo que significa todo eso —respondió Kinderman cuando Karras retiró la mano—. ¿Es grave?

—No es letal.

—¿Qué es? ¡Dígamelo! Porque a mí el suspense... no me deja vivir.

—Averígüelo —dijo Karras.

—Mire, no sea injusto. De vez en cuando debería darle un poquito al César. Yo soy la ley. ¿Sabe que podría hacer que lo deporten?

—¿Por qué?

—Un psiquiatra no debe andar por ahí preocupando a la gente. Es usted un problema público, porque hace que las personas se sientan avergonzadas. Y les encantaría desembarazarse de usted. ¿A quién le va a interesar un cura que viste con sudadera y calza zapatillas?

Karras asintió con una ligera sonrisa.

—Tengo que irme. Cuídese.

Golpeó dos veces con la mano el marco de la ventanilla como despedida; luego se volvió y caminó lentamente hacia la entrada de la residencia.

—¡Vaya a ver a un psicólogo! —le gritó el detective con voz ronca. Después, su afectuosa mirada dejó paso a la preocupación. Observó fugazmente la casa a través del parabrisas, encendió el motor y arrancó. Al pasar junto a Karras, tocó el claxon y agitó una mano.

Karras le devolvió el saludo y lo siguió con la vista hasta que desapareció por la esquina de la calle Treinta y seis. Luego permaneció inmóvil en la acera un momento, frotándose la frente con mano temblorosa. ¿Podría haberlo hecho? ¿Podría haber asesinado a Dennings de un modo tan horrible? Levantó la mirada febril hasta la ventana de Regan. «¡Por Dios!, ¿qué hay en esa casa?». ¿Y cuánto tiempo pasaría antes de que Kinderman exigiera ver a la niña? ¿O tuviera oportunidad de conocer la personalidad de Dennings? ¿De oírlo? ¿Cuánto tiempo pasaría antes de que internaran a Regan en un manicomio?

¿O de que muriese?

Tenía que preparar el caso para presentarlo al obispado.

Rápidamente cruzó la calle en dirección a la casa de Chris. Tocó el timbre. Willie lo hizo pasar.

—La señora está durmiendo la siesta —dijo.

Karras hizo un gesto afirmativo con la cabeza.

—Bien, muy bien.

Caminó junto a Willie y luego subió al dormitorio de Regan. Buscaba una certeza a la que poder aferrarse.

Al entrar vio a Karl sentado en una silla apoyada contra la ventana. Con los brazos cruzados, observaba a Regan. Su silenciosa presencia se le antojaba como un bosque denso y oscuro.

Karras se acercó a la cama y bajó la mirada. Tenía el blanco de los ojos lechoso. Murmullos. Hechizos desde otro mundo. Karras echó un vistazo a Karl. Luego se inclinó lentamente y empezó a desatar una de las correas que sujetaban a Regan.

—¡No, padre! ¡No!

Karl corrió hasta la cama y, de un tirón vigoroso, apartó el brazo del sacerdote.

—¡No lo haga, padre! ¡Es muy fuerte! ¡Déjele las correas puestas!

Sus ojos revelaban un pánico que Karras hubo de admitir como auténtico y, en ese momento, supo que la fuerza de Regan no era una teoría, sino un hecho. Ella podría haberlo hecho. Podría haberle retorcido la cabeza a Dennings. «¡Por Dios, Karras! ¡Date prisa! ¡Encuentra alguna prueba! ¡Piensa! ¡Pronto, antes de que...!».

—*Ich möchte Sie etwas fragen, Engstrom!*

Karras sintió una punzada ante el descubrimiento y el atisbo de esperanza. Se volvió con rapidez, mirando hacia la cama. El demonio le sonreía con aire burlón a Karl.

—*Tanzt Ihre Tochter gern?*

¡Alemán! ¡Le había preguntado a Karl si a su hija le gustaba bailar! Con el corazón latiéndole con fuerza, Karras se volvió y comprobó que Karl había enrojecido, que sus ojos llameaban furibundos.

—Karl, es mejor que salga —le aconsejó Karras.

El suizo sacudió la cabeza, apretando con tanta fuerza las manos que los nudillos se le pusieron blancos.

—¡No, me quedo!

—Váyase, por favor —dijo el jesuita en tono enérgico. Sostuvo con firmeza la mirada de Karl.

Tras un momento de obstinada resistencia, Karl cedió y se marchó apresuradamente.

La risa había cesado. Karras se volvió de nuevo hacia la cama. El demonio lo observaba. Parecía complacido.

—Conque has vuelto, ¿eh? Me sorprende. Creía que la vergüenza por lo del agua bendita te habría quitado las ganas de venir de nuevo. Pero, claro, me olvidaba de que un sacerdote nunca siente vergüenza.

Karras contuvo la respiración y trató de dominarse, de pensar con lucidez. Sabía que la prueba de los idiomas, en la posesión, exigía una conversación inteligente. Para descartarla se podía atribuir a recuerdos lingüísticos enterrados en la memoria. «¡Tranquilo! ¡Ve más despacio! ¿Te acuerdas de aquella niña?». Una sirvienta adolescente. Poseída.

En su delirio, farfullaba en un idioma que, finalmente, iden-
tificaron como sirio. Karras se obligó a pensar en la emoción que esto había causado y en cómo, por fin, se supo
que la niña había estado empleada en una pensión, y que
uno de los huéspedes era un estudiante de Teología. La vís-
pera de sus exámenes, este subía y bajaba las escaleras reci-
tando en voz alta las lecciones de sirio. Y la chica las había
oído. «¡Tranquilo! ¡No eches todo a perder!».

—*Sprechen Sie Deutsch?* —preguntó Karras cauteloso.

—¿Más jueguecitos?

—*Sprechen Sie Deutsch?* —repitió, mientras el pulso le
latía aún acelerado, ante esta esperanza remota.

—*Natürlich* —contestó el demonio para provocarlo—.
Mirabile dictu, ¿no te parece?

El corazón le dio un vuelco. ¡No solo alemán, sino latín! ¡Y dentro del contexto!

—*Quod nomen mihi est?* —preguntó rápidamente.
¿Cómo me llamo?

Karras.

Karras se apresuró a seguir, emocionado.

—*Ubi sum?* —¿Dónde estoy?

—*In cubiculo.* —En una habitación.

—*Et ubi cubiculum?* —¿Y dónde está la habitación?

—*In domo.* —En una casa.

—*Ubi est Burke Dennings?* —¿Dónde está Burke Dennings?

—*Mortuus.* —Está muerto.

—*Quomodo mortuus est?* —¿Cómo murió?

—*Inventus est capite reverso.* —Lo encontraron con la
cabeza del revés.

—*Quis occidit eum?* —¿Quién lo mató?

—Regan.

—*Quomodo ea occidit ittum? Dici mihi exacte!* —¿Cómo lo mató? ¡Cuéntamelo con detalle!

—Bueno, bueno, por el momento ya es suficiente emoción —dijo el demonio sonriente—. Suficiente. Más que suficiente. Pero a lo mejor piensas que mientras me hacías preguntas en latín, tú mismo te ibas formulando mentalmente respuestas en latín. —Se rio—. Producto del inconsciente, claro. Sí; ¿qué sería de nosotros sin el inconsciente? ¿Te das cuenta de a dónde quiero llegar, Karras? No sé nada de latín. Me he limitado a leerte los pensamientos. ¡Simplemente he extraído las respuestas de tu cabeza!

Karras experimentó un repentino desaliento, se sintió atormentado y frustrado por la duda irritante enraizada en su cerebro.

El demonio se rio.

—Sí, sabía que se te ocurriría, Karras —graznó—. Por eso me gustas. Por eso tengo en alta estima a los hombres razonables. —Echó la cabeza hacia atrás en un ataque de risa.

La mente del jesuita corría desenfrenada, se formulaba preguntas para las cuales no había una sola respuesta, sino muchas. «¡Pero quizá piense en todas ellas! —se percató—. Bueno, entonces haz una pregunta cuya respuesta no conozcas». Luego podría verificar si la respuesta era correcta.

Antes de hablar de nuevo, esperó que menguara la risa.

—*Quam profundus est imus Oceanus Indicus?* —¿Cuál es la profundidad del océano Indico en su punto más hondo?

Los ojos del demonio centellearon.

—*La plume de ma tante* —profirió con voz ronca.

—*Responde latine.* —Contesta en latín.

—*Bonjour! Bonne nuit!*

—*Quam...?*

Karras dejó la pregunta sin terminar al darse cuenta de

que a Regan se le habían puesto los ojos en blanco y aparecía la entidad que parloteaba incoherencias.

—¡Déjame hablar de nuevo con el demonio! —exigió Karras, impaciente y frustrado, en tono imperioso.

No hubo respuesta. Solo la respiración que llegaba desde otra orilla.

—*Qui es tu?* —preguntó de pronto con voz cascada.

Seguía la misma respiración.

—¡Déjame hablar con Burke Dennings!

Hipo. Respiración. Hipo. Respiración.

—¡Déjame hablar con Burke Dennings!

Continuaba el hipo con sacudidas regulares. Karras agitó la cabeza. Luego se dirigió a una silla y se sentó en el borde de la misma. Se inclinó. Tenso. Atormentado. Y esperando...

El tiempo transcurría. Karras se adormilaba. Luego levantó de pronto la cabeza. «¡No te duermas!». Miró a Regan a través de sus párpados temblorosos y pesados. Ya no hipaba. Estaba en silencio.

«¿Estará durmiendo?».

Se acercó a la cama y la miró. Tenía los ojos cerrados. La respiración pesada.

Le tomó el pulso; después se inclinó y le examinó cuidadosamente los labios. Estaban resecos. Se enderezó y esperó. Finalmente, abandonó la habitación.

Bajó a la cocina en busca de Sharon y la encontró comiendo sopa y un bocadillo.

—¿Quiere que le prepare algo, padre? —le preguntó—. Debe de tener hambre.

—No, gracias, no tengo apetito —respondió mientras se sentaba. Tomó una libreta y un lápiz que había junto a la máquina de escribir de Sharon—. Tiene hipo —le dijo—. ¿Le han recetado Compazine?

—Sí, tenemos un poco.

Él escribió en la libreta.

—Entonces póngale esta noche medio supositorio de veinticinco miligramos.

—Vale.

—Se empieza a deshidratar —continuó—, por lo cual habrá que recurrir a la alimentación intravenosa. Mañana a primera hora llame a una farmacia y diga que le manden esto enseguida. —Deslizó la libreta hacia Sharon—. Mientras tanto, como está durmiendo, puede empezar a darle el suero Sustagen.

—Bien —asintió Sharon—. Así lo haré. —Sin dejar de tomar la sopa, le dio la vuelta a la libreta y leyó la lista.

Karras la observaba. Luego frunció el ceño, en un gesto de concentración.

—¿Es usted su institutriz?

—Sí.

—¿Le ha enseñado algo de latín?

Ella lo miró, perpleja.

—No, no le he enseñado nada.

—¿Y alemán?

—Solo francés.

—¿A qué nivel? *¿La plume de ma tante?*

—Bastante adelantado.

—¿Pero nada de alemán ni de latín?

—No.

—¿Hablan a veces en alemán los Engstrom?

—Claro.

—¿Cerca de Regan?

Sharon se encogió de hombros.

—Supongo que sí. —Se levantó para llevar los platos al fregadero—. Sí, sí, estoy segura.

—¿Ha estudiado usted latín? —le preguntó Karras.

—No.

—Pero lo reconocería si lo leyera, ¿verdad?

—Sí, por supuesto.

Enjuagó el tazón y lo puso en el estante.

—¿Ha hablado en latín en presencia de usted?

—¿Quién? ¿Regan?

—Sí. Quiero decir desde que se puso enferma.

—No, nunca.

—¿Ningún otro idioma? —tanteó Karras.

Cerró el grifo, pensativa.

—Pues creo...

—¿Qué?

—Creo... —Frunció el ceño—. Bueno, juraría que la he oído hablar en ruso.

Karras la observaba fijamente.

—¿Lo habla usted? —le preguntó con la garganta seca.

Sharon se encogió de hombros.

—Digamos que algo. —Empezó a doblar el paño de la cocina— Lo estudié en la universidad, eso es todo.

Karras se desmoronó.

«Entonces sacó el latín de mi cerebro». Desolado, hundió la frente entre las manos, dudando, atormentado por el conocimiento y la razón: «La telepatía es más común en estados de gran tensión, hablar siempre en un idioma conocido por alguno de los que están en la habitación: "... piensa en las mismas cosas que yo pienso...". "*Bonjour...*". "*La plume de ma tante...*". "*Bonne nuit...*"».

¿Qué debía hacer? «Duerme un poco. Luego, vuelve e inténtalo de nuevo... inténtalo de nuevo...».

Se levantó y miró a Sharon con la vista borrosa. Ella estaba de espaldas al fregadero, apoyada en el mismo y con los brazos cruzados, escudriñándolo pensativa.

—Vuelvo a la residencia —dijo él—. Me gustaría que me llamara tan pronto como se despierte Regan.

—Sí, lo llamaré.

—Y no se olvide del Compazine —le recordó.

Sharon negó con la cabeza.

—No, enseguida me ocuparé de ello —dijo.

Karras asintió. Se metió las manos en los bolsillos y bajó la mirada, tratando de pensar si se le había pasado decirle algo a Sharon. Siempre quedaba algo por hacer. Siempre se escapaba algún detalle, por mucho cuidado que se pusiera.

—Padre, ¿qué ocurre? —oyó que le preguntaba con cierta preocupación—. ¿Qué es? ¿Qué es lo que le pasa a Regan realmente?

Le dedicó una mirada afligida. Le escocían los ojos.

—En realidad no lo sé —contestó inexpresivamente.

Dio media vuelta y salió de la cocina.

Al atravesar el vestíbulo, Karras oyó unos pasos rápidos detrás de él.

—¡Padre Karras!

Se detuvo. Vio a Karl, que traía su jersey.

—Perdóneme —dijo el sirviente, al tiempo que se lo entregaba—. Quería hacerlo mucho antes. Pero me olvidé.

Las manchas de vómito habían desaparecido y la prenda exhalaba un aroma dulce.

—Es muy considerado de su parte, Karl —dijo el sacerdote con amabilidad—. Muchas gracias.

—Gracias a usted, padre Karras.

Se advertía un temblor en su voz y tenía los ojos hinchados.

—Gracias por ayudar a la señorita Regan —terminó Karl. Luego desvió la mirada, cohibido, y abandonó rápidamente el vestíbulo.

Karras, al ver cómo se alejaba, lo recordó en el coche de Kinderman. Más misterio. Confusión. Abrió la puerta con un gesto cansado. Era de noche. Sin esperanzas, emergió de la oscuridad para sumergirse de nuevo en la oscuridad.

Caminó hasta la residencia, buscando a tientas el sueño; al entrar en su cuarto vio en el suelo un papelito de color rosa con algo escrito. Era de Frank. Las cintas. El teléfono de su casa. «Por favor, llámeme...».

Cogió el teléfono y dictó el número. Pasaron unos segundos. Sus manos temblaban con desesperada expectación.

—¡Diga! —Era la voz aguda de un niño.

—¿Puedo hablar con tu padre, por favor?

—Sí, un momento. —Se oyó el ruido del auricular al dejarlo sobre la mesa. Alguien lo cogió de nuevo al cabo de un momento. Otra vez el niño—: ¿Quién habla?

—El padre Karras.

—¿El padre Karits?

El corazón le latía con fuerza.

—Karras, padre Karras —repitió, separando las sílabas.

De nuevo, el niño dejó el auricular.

Karras se clavó los dedos en la frente.

Ruido del teléfono.

—¿Padre Karras?

—Sí. Hola, Frank. He estado tratando de localizarlo.

—Perdóneme, he estado trabajando con las cintas en casa.

—¿Ha terminado?

—Sí. A propósito, es algo muy extraño.

—Ya lo sé. —Karras procuraba apaciguar la tensión de su voz—. ¿De qué se trata, Frank? ¿Qué ha encontrado?

—Bueno, la frecuencia de la «muestra tipo»...

—¿Sí?

—Pues bien, la muestra no es suficiente para estar seguro por completo, ¿me entiende?, pero yo diría que es muy aproximada o, por lo menos, lo más aproximada que se pueda dar en estas cosas. De todos modos, me atrevería a decir que las dos voces de las cintas corresponden, probablemente, a dos personalidades distintas.

—¿Probablemente?

—Bueno, no me arriesgaría a jurarlo ante un tribunal. Pero yo diría que la variación es ínfima.

—Ínfima... —repitió Karras con un tono sombrío. «Bueno, no podía ser de otro modo»—. ¿Y qué pasa con el parloteo incoherente? —preguntó sin esperanzas—. ¿Es algún idioma?

Frank trató de contener la risa.

—¿Qué tiene de gracioso? —preguntó el jesuita, molesto.

—¿Es un experimento psicológico subrepticio, padre?

—No sé qué me quiere decir, Frank.

—Bueno, supongo que se le mezclaron las cintas o algo por el estilo. Es...

—Frank, ¿se trata o no de un idioma? —lo interrumpió Karras.

—Yo diría que sí.

Karras se puso rígido.

—¿Me está tomando el pelo?

—No.

—¿Qué idioma es? —preguntó, incrédulo.

—Inglés.

Durante un momento, Karras permaneció mudo y, cuando habló de nuevo, lo hizo con la voz quebrada.

—Frank, parece que la conexión no es buena. A menos que me quiera gastar una broma.

—¿Tiene ahí la grabadora? —preguntó Frank.

Estaba sobre la mesa.

—Sí.

—¿Tiene opción de rebobinar?

—¿Por qué?

—¿Lo tiene o no?

—Un momento. —Irritado, Karras dejó el auricular y quitó la tapa de la grabadora para comprobarlo—. Sí, lo tiene. ¿De qué se trata, Frank?

—Ponga la cinta en el aparato y pásela al revés.

—¿Qué?

—Hay duendes. —Frank rio—. Escuche la cinta y mañana hablamos. Buenas noches, padre.

—Buenas noches, Frank.

—Que se divierta.

Karras colgó. Parecía desconcertado. Buscó la cinta y la colocó en la grabadora. Primero, la escuchó del derecho. Negó con la cabeza. No había dudas. Era puro parloteo.

Dejó que llegase hasta el final y luego la reprodujo a la inversa. Oyó su propia voz hablando al revés. Luego Regan —o alguien—, ¡en inglés!

—... *Marin marin karras déjanos ser déjanos...*

Inglés. Sin sentido, ¡pero inglés! «¿Cómo diablos pudo hacerlo?», se preguntó Karras, maravillado.

Lo escuchó todo, luego rebobinó la cinta y la pasó otra vez. Y otra vez, hasta que, por fin, se dio cuenta de que el orden del discurso estaba invertido.

Detuvo la cinta y la rebobinó. Papel y lápiz en mano, se sentó a la mesa. Puso nuevamente la cinta desde el comienzo y empezó a transcribir las palabras, trabajando afanosamente, deteniéndose a cada momento y volviendo a poner en marcha la grabadora. Cuando, finalmente, hubo concluido, hizo una segunda transcripción en otra hoja de papel, repasando el orden de las palabras. Después se reclinó en el asiento y leyó:

... peligro. Todavía no [indescifrable] morirá. Poco tiempo. Ahora el [indescifrable]. Déjala que se muera. ¡No, no, es dulce! ¡Es dulce en el cuerpo! ¡Yo lo siento! Hay [indescifrable]. Mejor [indescifrable] que el vacío. Temo al sacerdote. Danos tiempo. ¡Temo al sacerdote! Él es [indescifrable]. No, este no: el [indescifrable], el que [indescifrable]. Está enfermo. ¡Ah!, la sangre, siente la sangre, cómo [¿canta?].

Al llegar aquí, Karras preguntó en la cinta: «¿Quién eres?», con su consiguiente respuesta:

No soy nadie. No soy nadie.

Luego Karras: «¿Es ese tu nombre?». Contestación:

No tengo nombre. No soy nadie. Muchos. Déjanos ser. Déjanos calentarnos en el cuerpo. No [indescifrable] del cuerpo hacia el vacío, hacia [indescifrable]. Déjanos. Déjanos. Déjanos ser. Karras. [¿Marin? ¿Marin?]...

Lo leyó una y otra vez, turbado por el tono, por el presentimiento de que hablaba más de una persona, hasta que la repetición misma embotó su percepción de los sonidos y le hizo que parecieran corrientes.

Dejó sobre la mesa la libreta en que había escrito y se restregó la cara, los ojos y hasta los pensamientos. No era un idioma desconocido. Y escribir al revés con facilidad no era nada paranormal y ni siquiera poco común.

Pero hablar al revés, adaptar y alterar la fonética de modo que al retroceder la cinta se hiciera inteligible, ¿no era acaso una hazaña que iba mucho más allá de un intelecto hiperestimulado?

Recordó algo. Fue hasta la estantería en busca de un libro: *Acerca de la psicología y patología de los llamados fenómenos ocultos*, de Jung. Esperaba encontrar allí algo parecido. Pero ¿qué?

Lo encontró: la descripción de un experimento con escritura automática, en el cual el subconsciente del sujeto parecía ser capaz de resolver sus preguntas y anagramas.

«¡Anagramas!».

Mantuvo el libro abierto sobre la mesa, se inclinó hacia delante y leyó el informe de una parte del experimento:

TERCER DÍA

¿Qué es el hombre? *Lis vaaon pamede azcs.*
¿Es un anagrama? Sí.
¿Cuántas palabras contiene? Cinco.
¿Cuál es la primera palabra? Piense.
¿Cuál es la segunda? Eeeeeennse.
¿Que piense? ¿Lo interpreto yo mismo? ¡Inténtelo!

El sujeto encontró esta solución: «La vida es menos capaz». Se quedó atónito ante aquella hazaña intelectual, que parecía demostrar la existencia de una inteligencia independiente de la suya. Por tanto, pasó a preguntarle:

¿Quién eres? Clelia.
¿Eres una mujer? Sí.
¿Has vivido en la Tierra? No.
¿Volverás a la vida? Sí.

¿Cuándo? Dentro de seis años.

¿Por qué hablas conmigo? *Y enil osla ato ice.*

El sujeto interpretó que esta respuesta era un anagrama de «Yo siento a Clelia».

CUARTO DÍA

¿Soy yo el que responde las preguntas? Sí.

¿Está Clelia ahí? No.

Entonces ¿quién eres? Nadie.

¿Clelia existe? No.

Entonces ¿con quién hablé ayer? Con nadie.

Karras interrumpió la lectura. Sacudió la cabeza. Ahí no veía ninguna proeza paranormal, solo las habilidades ilimitadas de la mente.

Buscó un cigarrillo, lo encendió y se sentó. «No soy nadie. Muchos». Inquietante. ¿De dónde provendría el contenido del discurso de Regan?, se preguntó

«Con nadie».

¿Del mismo lugar del que había venido Clelia? ¿Personalidades emergentes?

«Marin... Marin...», «¡Ah..., la sangre...!», «Está enfermo...».

Turbado, ojeó rápidamente el libro *Satán* y, pensativo, pasó las primeras hojas hasta la inscripción inicial: «No permitas que el dragón sea mi guía...».

Exhaló el humo del cigarrillo y cerró los ojos. Tosió. Sentía la garganta inflamada e irritada. Aplastó el cigarrillo; el humo le hizo lagrimear. Estaba exhausto. Sentía los huesos rígidos como barras de hierro. Se levantó para poner en la puerta, por fuera, el cartelito de «No molestar»; luego apagó la luz de la habitación, bajó las persianas, se quitó lentamente los zapatos y se desplomó sobre la cama. Fragmentos. Regan. Dennings. Kinderman. ¿Qué podía hacer? Tenía que ayudar. ¿Cómo? ¿Tantear al obispo con lo poco que sabía? Creía que no. Nunca podría argumentar el caso de forma convincente.

Pensó en desvestirse para meterse bajo las sábanas. Demasiado cansado. Aquella carga. Quería ser libre.

«¡... Déjanos ser!».

Déjame ser, le respondió él al fragmento. Y se sumió en un sueño inmóvil, oscuro, pesado como el granito.

Lo despertó el sonido del teléfono. Medio atontado, anduvo a tientas hasta dar con el interruptor. Encendió la luz. ¿Qué hora era? Pasaban unos minutos de las tres. Con gran esfuerzo, alargó la mano, tanteando, hasta coger el teléfono. Contestó. Era Sharon. ¿Podría ir enseguida a la casa? Iría. Al colgar el aparato se sintió atrapado, asfixiado, envuelto.

Fue al baño y se lavó la cara con agua fría, se secó y caminó hacia la puerta. Ya en el umbral, se volvió a buscar un abrigo. Se lo puso y salió a la calle.

El aire parecía ligero, suspendido, en la oscuridad. Unos gatos sobre un cubo de basura huyeron asustados cuando él cruzó hacia la casa.

Sharon lo recibió en la puerta. Tenía puesto un jersey y estaba envuelta en una manta. Parecía asustada, alterada.

—Perdóneme, padre —le susurró al entrar—, pero he creído que tenía que ver esto.

—¿De qué se trata?

—Ahora lo verá. Por favor, no haga ruido. No quiero despertar a Chris. Ella no debe verlo.

Le hizo un gesto para que la siguiera.

Subió tras ella, de puntillas, por la escalera, hacia el dormitorio de Regan. Al entrar, al jesuita se le helaron hasta los huesos. La habitación estaba congelada. Frunció el ceño, desconcertado, mirando a Sharon, quien asintió con seriedad.

—Sí, sí, la calefacción está encendida —susurró.

Luego se volvió para mirar a Regan, cuyos ojos brillaban de forma extraña al incidir la luz sobre ellos. Parecía estar en coma. Respiraba con dificultad. Permanecía inmóvil. La sonda estaba en su lugar; el suero penetraba lentamente en su cuerpo.

Sharon se acercó a la cama en silencio seguida por Karras, que temblaba aún de frío. Al llegar junto a ella, vio que la frente de Regan estaba perlada de finas gotas. Advirtió asimismo que las manos de la niña estaban firmemente sujetas por las correas.

Sharon, inclinada, desabrochaba suavemente la parte de arriba del pijama de Regan. Karras sintió una compasión abrumadora ante aquel pecho consumido, ante aquellas costillas salientes, donde uno podía contar las semanas o días que le quedaban de vida.

Sintió los ojos angustiados de Sharon posados en él.

—No sé si ha parado —susurró—. Pero observe, no deje de mirarle el pecho.

Se volvió para mirar a Regan y el jesuita, desconcertado, siguió la dirección de sus ojos. Silencio. La respiración. Observaba. El frío. Después, las cejas del sacerdote se levantaron, tensas, al ver que algo pasaba en la piel de Regan: un tenue color rojizo, aunque de forma bien definida, como letras escritas a mano. Se acercó para ver mejor.

—Ahí, ya empieza —susurró Sharon.

De pronto, la piel de gallina en los brazos de Karras no se debía al frío de la habitación, sino a lo que estaba viendo en el pecho de la niña. Como en bajorrelieve, surgían unas letras con nitidez sobre la piel, roja como la sangre, hasta concretarse en una palabra:

ayúdame

—Es su letra —musitó Sharon.

Aquella mañana, a las nueve, Damien Karras pidió permiso al rector de la Universidad de Georgetown para practicar un exorcismo. Lo obtuvo e inmediatamente después se dirigió al obispo de la diócesis, quien escuchó atentamente cuanto le dijo Karras.

—¿Está usted convencido de que es un caso auténtico? —preguntó, finalmente, el obispo.

—He emitido un juicio prudente, que cumple todas las condiciones expuestas en el *Ritual* —respondió Karras, evasivo. Aún no se atrevía a creerlo. No era la mente, sino el corazón, lo que lo había arrastrado hasta ese momento, la compasión y la esperanza de poder practicar una cura por sugestión.

—¿Querría llevar a cabo el exorcismo usted personalmente? —preguntó el obispo.

Vivió un momento de júbilo: tenía la posibilidad de poder abrir la puerta hacia los prados, escapar del peso agobiante de la preocupación y a aquel encuentro de cada atardecer con el fantasma de su fe.

—Sí, por supuesto —respondió.

—¿Cómo anda de salud?

—Estoy bien.

—¿Ha hecho alguna vez una cosa de este tipo?

—No, nunca.

—Bueno, vamos a ver. Tal vez sería mejor que lo hiciera alguien con experiencia. Por supuesto que no abundan, pero quizá encontremos a alguien que haya regresado de las misiones en el extranjero. Déjeme consultarlo. Le avisaré en cuanto sepamos algo.

Cuando se fue Karras, el obispo llamó al rector de la universidad y, por segunda vez aquel día, hablaron de Karras.

—Él conoce a fondo los antecedentes —dijo el rector en un momento de la conversación—. No creo que haya ningún problema en que actúe como ayudante. Sea como fuere, un psiquiatra debería estar presente.

—¿Y el exorcista? ¿Alguna idea? No conozco a nadie que pueda hacerlo.

—Lankester Merrin anda por aquí.

—¿Merrin? Creía que estaba en Irak. Me parece haber leído que trabajaba en unas excavaciones cerca de Nínive.

—Sí, al sur de Mosul. Pero terminó y regresó hace tres o cuatro meses, Mike. Está en Woodstock.

—¿Dando clases?

—No, trabajando en otro libro.

—¡Dios nos ampare! Pero ¿no crees que es algo viejo? ¿Cómo anda de salud?

—Creo que debe de encontrarse bien. De lo contrario, no iría excavando tumbas por el mundo, ¿no te parece?

—Sí, supongo que sí.

—Y, además, él tuvo ya una experiencia, Mike.

—No lo sabía.

—Por lo menos, eso es lo que comenta.

—¿Cuándo ocurrió?

—Hace diez o doce años, en África. Supuestamente el exorcismo duró varios meses. Oí que casi acaba con él.

—En tal caso, dudo que quiera llevar a cabo otro.

—Aquí hacemos lo que nos ordenan, Mike. Todos los rebeldes están entre el clero secular.

—Gracias por recordármelo.

—Bueno, ¿qué opinas?

—Pues que lo dejo en tus manos y en las del provincial.

Aquella tarde de silenciosa espera, un joven seminarista caminaba por los terrenos del seminario de Woodstock, en Maryland. Iba en busca de un viejo jesuita, canoso y erguido. Lo encontró en un sendero, paseando por un bosquecillo. Le entregó un telegrama. El anciano se lo agradeció con una mirada serena, amable. Luego, se dio la vuelta y se entregó de nuevo a la contemplación de la naturaleza, que tanto amaba, mientras caminaba. De vez en cuando se detenía a oír el canto de un petirrojo, a ver revolotear sobre una rama alguna mariposa de vivos colores. No abrió ni leyó el telegrama. Sabía lo que decía. Lo había leído en el polvo de los templos de Nínive. Y estaba preparado.

Continuó sus despedidas.

IV

«Y que mi clamor llegue hasta ti...»

El que vive en el amor, vive en Dios, y
Dios en él...

SAN PABLO

1

En la refrescante oscuridad de su tranquilo despacho, Kinderman cavilaba sentado a la mesa.

Ajustó levemente la dirección del rayo de luz de la lámpara. Ante él había grabaciones, transcripciones, pruebas, fichas policiacas, informes del laboratorio de criminalística, notas garabateadas. Pensativo, había ordenado el conjunto en forma de rosa, como para desmentir la horrible conclusión a la que lo habían llevado todos aquellos datos y que se resistía a aceptar.

Engstrom era inocente. En el momento de la muerte de Dennings, estaba en casa de su hija, a la que había llevado dinero para que comprara drogas. Había mentido sobre su paradero aquella noche para protegerla y ocultar todo a la madre, la cual creía que Elvira estaba muerta, a salvo de todo daño y degradación.

Pero no fue Karl quien informó a Kinderman de esto. La noche en que se encontraron en el pasillo de la casa de Elvira, el sirviente permaneció en un obstinado silencio. Solo al advertirle a la hija que su padre podría estar implicado en el caso Dennings, ella se ofreció a decir la verdad. Había testigos para confirmarlo. Engstrom era inocente.

Inocente y mudo respecto a lo que estaba ocurriendo en casa de Chris MacNeil.

Kinderman frunció el ceño ante la rosa formada por los papeles. Algo no encajaba en el *collage*. Movió un poquito más abajo, a la derecha, la punta de un pétalo (la esquina de un testimonio).

Rosas. Elvira. Le había advertido duramente que si en el plazo de dos semanas no se internaba en una clínica, le seguiría los pasos y registraría su casa hasta que tuviese pruebas para detenerla. Pero, sinceramente, no creía que ella lo hiciera. Había momentos en que él miraba fijamente a la ley, sin parpadear, como lo haría con el sol del mediodía, esperando que lo cegara momentáneamente para que alguna presa tuviera tiempo de escabullírsele.

Engstrom era inocente. ¿Qué quedaba?

Respirando con dificultad, Kinderman se puso cómodo. Luego cerró los ojos y se imaginó que se metía en una bañera llena de agua caliente y que esta lo acariciaba. «¡Liquidación por cierre mental! —se dijo—. ¡Nuevas conclusiones! ¡Debemos deshacernos de absolutamente todo!». Esperó un momento, no del todo convencido. Luego añadió con firmeza: «¡Absolutamente todo!».

Abrió los ojos y examinó de nuevo aquella información desconcertante.

Dato: La muerte del director Burke Dennings parece estar relacionada con las profanaciones cometidas en la iglesia de la Santísima Trinidad. Ambas tuvieron que ver con brujería y el profanador desconocido bien podría ser el asesino de Burke Dennings.

Dato: Se ha visto que un experto en brujería, un sacerdote jesuita, visitaba la casa de los MacNeil.

Dato: La hoja mecanografiada con las oraciones blasfemas que se encontró en el altar había sido examinada en busca de posibles huellas dactilares. Se encontraron impresiones en ambos lados. Algunas eran de Damien Karras. Pero otras, por su tamaño, podían atribuirse a alguien de manos pequeñas, muy probablemente, de un niño.

Dato: Se había analizado el tipo de letra de la máquina de escribir utilizada en la tarjeta del altar y comparado con el de la carta sin terminar que Sharon Spencer arrugó y arrojó a la papelera, pero que cayó fuera de la misma, mientras Kinderman interrogaba a Chris. Él la había cogido y se la llevó sin que nadie lo viera. Se comprobó que ambas habían sido escritas con la misma máquina. Sin embargo, de acuerdo con el informe, difería el tacto de las personas que habían mecanografiado ambos escritos. La persona que había escrito la hoja blasfema tenía una pulsación mucho más enérgica que la de Sharon Spencer. Además, denotaba que no la habían escrito con dos dedos, sino que fue ejecutada con gran destreza. Por tanto, la persona desconocida que había escrito la tarjeta del altar contaba con una fuerza extraordinaria.

Dato: Si su muerte no fue un accidente, Burke Dennings había sido asesinado por una persona de una fuerza fuera de lo común.

Dato: Engstrom ha dejado de ser considerado como sospechoso.

Dato: Al investigar en las oficinas de las líneas aéreas del interior del país, se había descubierto que Chris MacNeil había viajado con su hija a Dayton (Ohio). Kinderman sabía que la niña estaba enferma y que la llevaban a una clínica. Pero la clínica en Dayton tenía que ser la Barringer. Kinderman comprobó que la niña había sido internada para su observación. Aunque la clínica se negaba a declarar la naturaleza de su enfermedad, se trataba, obviamente, de un trastorno mental.

Dato: Los trastornos mentales graves provocan en ocasiones una fuerza extraordinaria.

Kinderman suspiró y cerró los ojos. Lo mismo. Llegaba a la misma conclusión. Sacudió la cabeza. Luego abrió los ojos y clavó la vista en el centro de la rosa de papel: el descolorido ejemplar de una revista de noticias. En la tapa estaban Chris MacNeil y Regan. Contempló a la hija: la dulce carita pecosa, las colitas de caballo atadas con cintas, la mella que descubría al sonreír. Miró hacia la ventana, invadida por la oscuridad. Había empezado a lloviznar.

Bajó al garaje, se metió en el sedán negro, sin distintivos, y condujo por las calles, brillantes y resbaladizas por la lluvia, hacia la zona de Georgetown; aparcó en la acera este de la calle Prospect. Y permaneció sentado en el interior del coche. Durante un cuarto de hora. Sentado. Con la vista clavada en la ventana de Regan. ¿Debería llamar a la puerta y exigir verla? Bajó la cabeza. Se restregó la frente. «William F. Kinderman, ¡estás enfermo! ¡Estás enfermo! ¡Vuélvete a casa! ¡Toma algún medicamento! ¡Duerme!».

Miró de nuevo hacia la ventana y movió tristemente la cabeza. Lo había conducido hasta allí su lógica atormentada.

Desvió la vista cuando un taxi se acercó a la casa. Puso en marcha el motor y el limpiaparabrisas.

Un hombre alto, ya entrado en años, se apeó del taxi. Vestía un impermeable y un sombrero negro y llevaba en la mano una maleta desvencijada. Pagó al conductor, se dio la vuelta y permaneció inmóvil, con la mirada fija en la casa. El taxi se alejó y desapareció por la esquina de la calle Treinta y seis. Kinderman arrancó rápidamente para seguirlo. Al doblar la esquina vio que el hombre de edad seguía de pie bajo la luz de la lámpara de la calle, en medio de la neblina, como un viajero melancólico congelado en el tiempo. El detective hizo señales luminosas al taxi.

En aquel momento, dentro de la casa, Karras y Karl

sujetaban los brazos de Regan mientras Sharon le inyecta-ba Librium; la cantidad total suministrada en dos horas llegaba ya a los cuatrocientos miligramos. Karras sabía que la dosis era muy elevada. Pero, tras un largo periodo de calma, la personalidad demoniaca se había despertado de repente en un ataque de furia tan frenético que el organismo debilitado de Regan no podría resistirlo mucho tiempo más.

Karras estaba exhausto. Después de su visita al obispado aquella mañana, regresó a la casa para contarle a Chris lo que había ocurrido. Luego dispuso la alimentación intravenosa para Regan, regresó a su cuarto y se desplomó en la cama. Al cabo de solo una hora y media de sueño, el teléfono le había hecho saltar de nuevo. Sharon. Regan seguía inconsciente y el pulso era cada vez más lento e imperceptible. Corrió a la casa con su maletín de médico y, ya junto a Regan, le pellizcó el tendón de Aquiles y esperó la reacción del dolor. No hubo ninguna. Le apretó con fuerza una uña. Tampoco reaccionó. Estaba preocupado. Aunque sabía que en casos de histeria y en estados de trance se observaba a veces insensibilidad al dolor, ahora temía el coma, un estado que podía desembocar fácilmente en la muerte. Le tomó la presión arterial: máxima, noventa; mínima, sesenta. Luego, el pulso: sesenta. Durante una hora y media permaneció en la habitación, examinándola cada quince minutos, antes de quedarse tranquilo porque la presión sanguínea y el pulso se habían estabilizado, lo cual significaba que Regan no sufría un shock, sino que se hallaba en estado de letargo. Le dejó instrucciones a Sharon para que le tomara el pulso cada hora. Entonces fue cuando logró conciliar el sueño. Pero nuevamente lo despertó el teléfono. Del obispado le informaron que el exorcista sería Lankester Merrin. Karras actuaría de ayudante.

La noticia lo había dejado pasmado. Merrin. El filósofo y paleontólogo. ¡Aquel intelecto elevado y asombroso! Sus libros habían causado revuelo en la Iglesia, ya que interpretaban su fe en términos de ciencia, en términos de una materia que se halla aún en transformación, destinada a convertirse en espíritu y a unirse a Dios.

Karras llamó a Chris de inmediato para darle la noticia, pero se encontró con que ella lo sabía ya directamente por el obispo, el cual le había informado que Merrin llegaría al día siguiente.

—Le he dicho al obispo que Merrin puede alojarse en casa —dijo Chris—. Total, serán uno o dos días, ¿no?

Antes de responder, Karras vaciló.

—No lo sé. —Y luego, tras una nueva pausa, añadió—: No se haga demasiadas ilusiones.

—Me refería a suponiendo que dé resultado —había respondido Chris. Había suavizado el tono.

—No pretendía implicar que no dará resultado —la tranquilizó—. Solo que puede llevar tiempo.

—¿Cuánto?

—Depende. —Él sabía que el exorcismo duraba, en ocasiones, semanas e incluso meses y que, a menudo, fracasaba por completo. Esperaba que sucediera esto último, estaba seguro de que la cura por sugestión recaería una vez más, al fin, sobre él—. Tal vez días o semanas —le dijo.

—¿Cuánto tiempo le queda a Regan, padre Karras...?

Cuando colgó el teléfono, se sentía pesado, inquieto. Recostado en la cama, pensó en Merrin. Merrin. Sintió un atisbo de emoción y esperanza seguidas por una inquietud deprimente. Lo lógico habría sido que lo eligieran a él como exorcista; sin embargo, el obispo lo había pasado por alto. ¿Por qué? ¿Porque Merrin ya lo había hecho antes?

Cerró los ojos y recordó que los exorcistas eran escogidos en consideración a su «devoción» y «grandes cualidades morales»; que, según un pasaje del Evangelio de san Mateo, cuando los apóstoles le preguntaron a Cristo por qué habían fallado en un exorcismo, él les había respondido: «Por vuestra poca fe».

Tanto el provincial como el rector sabían su problema. ¿Se lo habrían contado al obispo alguno de los dos?

Se dio la vuelta en la cama, decepcionado. En cierto modo, sentía que no era digno, que era un incompetente, que lo habían rechazado. Y eso le dolía. Irracionalmente, pero le dolía. Después, por fin, vino el sueño a llenar el vacío, los huecos y desgarros de su corazón.

Pero el teléfono lo despertó de nuevo. Chris lo llamaba para informarle del nuevo ataque de histeria de Regan. Al llegar, le tomó el pulso a la niña. Era firme. Le volvió a inyectar Librium. Finalmente, se encaminó a la cocina, donde se unió a Chris para tomar café. Estaba leyendo un libro de Merrin; había pedido por teléfono que se lo mandasen a casa.

—Es demasiado elevado para mí —le dijo en tono suave, aunque parecía conmovida y profundamente impresionada—. Pero hay unas cosas tan bonitas, tan extraordinarias... —Volvió atrás varias hojas, hasta llegar a un pasaje que había marcado, y le pasó el libro a Karras. Leyó:

> ... Tenemos conocimiento del orden, la constancia y la perpetua renovación del mundo material que nos rodea. A pesar de que cada una de sus partes es frágil y transitoria y que sus elementos son inquietos y migratorios, sin embargo, perdura. Está sometido a una ley de permanencia y, aunque muere una y otra vez, siempre vuelve a la vida. La disolución no hace más que dar nacimiento a nuevos modos de organización, y una muerte es la madre de mil vidas.

Por lo tanto, cada hora es solo un testimonio de cuán efímera y, sin embargo, segura y cierta es la gran totalidad. Es como una imagen en el agua, que siempre es la misma, aunque el agua fluya constantemente. El sol se esconde para alzarse de nuevo, el día es engullido por la oscuridad de la noche para nacer de ella, tan puro como si nunca se hubiera apagado. La primavera se convierte en verano y, a través del verano y el otoño, en invierno, para retornar, con mayor seguridad, a triunfar sobre esa tumba hacia la cual se ha acercado rápidamente desde su primera hora. Nosotros lloramos los capullos de mayo porque se van a marchitar, pero sabemos que mayo es un día que se vengará de noviembre, por la rotación de ese círculo solemne que nunca se detiene, el cual nos enseña, en la cúspide de nuestra esperanza, que hemos de ser siempre equilibrados y que, en la profundidad de la desolación, no debemos desesperarnos nunca.

—Sí, es hermoso —dijo Karras con suavidad. Mantenía los ojos clavados en la página. El bramido del demonio, en el primer piso, se hizo más fuerte.

—¡... bastardo... escoria... santurrón hipócrita!

—Ella siempre me ponía una rosa en el plato... por la mañana... antes de ir a trabajar.

Karras levantó la mirada, con una pregunta en sus ojos.

—Regan —le dijo Chris bajando la cabeza—. Perdone, pero me olvido de que usted no la conoció antes. —Se sonó la nariz y se secó las lágrimas—. ¿Quiere un poco de brandy en el café, padre Karras? —preguntó.

—No, gracias.

—La verdad es que el café no tiene gusto a nada —murmuró trémula—. Le pondré un poco de brandy. Con permiso.

Abandonó la cocina con rapidez.

Karras se quedó solo, sentado, tomándose el café con aire sombrío. Sentía la tibieza del jersey que llevaba debajo de la sotana; se sentía débil porque no había podido consolar a Chris. Luego, un recuerdo de su infancia brilló débil y triste, un recuerdo de Ginger, su perra de cruce, cada vez más flaca y aturdida dentro de una caja en el apartamento; Ginger temblaba de fiebre y vomitaba, mientras Karras la cubría con toallas y trataba de hacerle beber leche caliente, hasta que llegó un vecino y, al comprobar que tenía moquillo, movió la cabeza y dijo: «Tu perra necesita inyecciones enseguida». Después, a la salida de la escuela, una tarde... por la calle... en filas de a dos hasta la esquina... su madre que lo aguardaba allí... inesperadamente... aspecto triste... y le puso en la mano una reluciente moneda de medio dólar... júbilo... ¡Tanto dinero...! Y luego su voz, suave y tierna, «Ginger ha muerto...».

Bajó la vista hasta la amarga y humeante negrura de su taza; sintió sus manos vacías de consuelo y de remedio.

—¡... bastardo santurrón!

El demonio. Todavía enfurecido.

«Tu perra necesita inyecciones enseguida».

Se apresuró a volver al dormitorio de Regan. Allí la sujetó mientras Sharon le ponía una inyección de Librium, con lo cual la dosis ya alcanzaba los quinientos miligramos.

Sharon le pasó un algodón con alcohol por el punto en que había clavado la aguja mientras Karras observaba, desconcertado, a la niña. Parecía que las obscenidades delirantes no iban dirigidas a nadie de los presentes en la habitación, sino más bien a alguien no invisible... o ausente.

Desechó este pensamiento.

—Vuelvo enseguida —le dijo a Sharon.

Preocupado por Chris, bajó a la cocina, donde la encontró de nuevo sentada sola. Le estaba echando brandy al café.

—¿Está seguro de que no quiere un poco, padre? —preguntó.

Él negó con la cabeza, se acercó a la mesa y se sentó fatigado. Mantenía los ojos fijos en el suelo. Oyó el característico ruido de la cucharilla moviendo el azúcar en la taza de porcelana.

—¿Ha hablado con el padre de la niña? —preguntó.

—Sí. Sí, llamó. —Una pausa—. Quería hablar con Rags.

—¿Y qué le dijo usted?

Otra pausa. Luego:

—Pues que se había ido a una fiesta.

Silencio. Karras no oía ya el ruido de la cucharilla. Alzó la vista, vio que ella miraba el techo. Y entonces él también cayó en la cuenta de que habían cesado los gritos en la planta alta.

—El Librium debe de haberle hecho efecto —dijo él con alivio.

Sonó el timbre de la puerta. Miró hacia esta y luego a Chris, quien se topó con sus ojos que expresaban conjeturas y con una ceja arqueada en un gesto de interrogación y temor.

¿Sería Kinderman?

Transcurrieron unos segundos. Esperaron. Willie estaba descansando. Sharon y Karl, en la planta alta. Nadie iba a abrir. Tensa, Chris se levantó de pronto de la mesa y salió al recibidor. Se arrodilló en un sofá y miró por la ventana, levantando ligeramente el visillo. «Gracias a Dios». No era Kinderman, sino un anciano alto con un impermeable raído. Mantenía la cabeza pacientemente inclinada bajo la lluvia. Llevaba en la mano una maleta muy vieja y maltrecha. Por un momento, una de las hebillas brilló bajo el resplandor de la lámpara de la calle, al cambiársela de mano.

El timbre volvió a sonar.

«¿Quién será?».

Intrigada, Chris se bajó del sofá y caminó hasta el vestíbulo. Abrió la puerta, dejando solo una rendija, y escudriñó la oscuridad; una fina llovizna le salpicó los ojos. El ala del sombrero del hombre le oscurecía la cara.

—Buenas noches. ¿Qué desea?

—¿La señora MacNeil? —le llegó una voz amable, refinada, pletórica, desde las sombras.

Cuando hizo el ademán de quitarse el sombrero, Chris le indicó que pasara y entonces, de repente, se encontró mirando aquellos ojos abrumadores, que brillaban inteligentes y con una bondadosa comprensión; la serenidad emanaba de ellos y la atravesaban como un río de tibias aguas medicinales cuya fuente estaba en él y, a la vez, en algo más allá de él, cuyo fluir era contenido, pero impetuoso e interminable a la vez.

—Soy el padre Merrin.

Por un momento permaneció atónita, contemplando aquella cara enjuta y ascética, aquellos pómulos que parecían tallados, pulido como la piedra esteatita; luego, rápidamente, abrió del todo la puerta.

—¡Ay, cielos! Pase, por favor. Pase. Estoy... Sinceramente. No sé dónde...

Entró, y ella cerró la puerta.

—No lo esperaba hasta mañana.

—Sí, ya lo sé —oyó que decía.

Al volverse vio que el sacerdote tenía la cabeza inclinada hacia un lado y que miraba hacia arriba como si escuchara o, más bien, como si sintiera alguna presencia invisible... alguna vibración distante, conocida y familiar. Lo observaba perpleja. Su piel parecía curtida por vientos extraños, por un sol que brillaba en otra parte, en algún lugar remoto del espacio y del tiempo que ella habitaba.

«¿Qué está haciendo?».

—¿Me permite su maleta, padre? Debe de pesar mucho.

—No se moleste —dijo él con suavidad. Seguía atento. Explorando—. Es como una prolongación de mi brazo: muy vieja... y muy maltrecha. —Bajó la vista, con una cálida sonrisa en sus ojos—. Ya me he acostumbrado a su peso... ¿Está aquí el padre Karras? —preguntó.

—Sí, sí, en la cocina. A propósito, ¿ya ha cenado usted, padre?

Desvió la mirada hacia la planta alta al oír el ruido de una puerta que se abría.

—Sí, he comido en el tren.

—¿Está seguro de que no quiere tomar algo más?

Una pausa. El ruido de una puerta que se cerraba. Bajó la vista.

—No, gracias.

—¡Qué lluvia más inoportuna! —protestó ella, aturdida aún—. Si hubiera sabido que venía, habría ido a recogerlo a la estación.

—No importa.

—¿Le ha costado mucho encontrar un taxi?

—Solo unos minutos.

—Ya se la llevaré yo, padre.

Era Karl, que había bajado corriendo la escalera y, tras cogerle la maleta, se la llevó por el pasillo.

—Le hemos puesto una cama en el despacho, padre. —Chris estaba inquieta—. Es muy cómoda y he creído que querría tener intimidad. Le mostraré dónde está. —Se había puesto en movimiento, pero se detuvo—. ¿O prefiere saludar antes al padre Karras?

—Antes me gustaría ver a su hija —dijo Merrin. Ella pareció desconcertada.

—¿Ahora mismo, padre?

Él volvió a mirar hacia arriba, con esa atención distante.

—Sí, ahora mismo.

—Debe de estar durmiendo.

—Creo que no.

—Bueno, si...

De repente, Chris retrocedió al oír un ruido que venía de la planta alta. Era la voz del demonio, estridente y amortiguada a la vez, que gruñía como si pronunciara un sepelio.

—¡Merriiinnn!

Luego, un puñetazo tremendo y escalofriante asestado contra una pared del dormitorio.

—¡Por todos los santos! —musitó Chris mientras apretaba una mano pálida contra su pecho. Atónita, miró a Merrin. El sacerdote no se había movido. Seguía mirando hacia arriba con intensidad pero sereno y, en sus ojos, no había el más leve atisbo de sorpresa. Más aún, pensó Chris, parecía como si lo reconociera.

Otro golpe hizo temblar las paredes.

—¡Merriiinnn!

El jesuita se adelantó lentamente, absorto, ignorando la presencia de Chris, que abría la boca del asombro; de Karl, que salía con agilidad y expresión incrédula del despacho; de Karras, que surgía azorado de la cocina mientras continuaban los gruñidos y los golpes de pesadilla. Lentamente subió las escaleras; su fina mano de alabastro se deslizaba por la barandilla.

Karras se acercó a Chris y, juntos, observaron desde abajo mientras Merrin entraba en el dormitorio de Regan y cerraba la puerta detrás de sí. Durante un rato hubo silencio. Luego, de pronto, el demonio lanzó una carcajada y Merrin salió. Cerró la puerta y caminó por el pasillo. A su espalda, la puerta se abrió de nuevo; Sharon asomó la cabeza y lo vio alejarse con una expresión extraña en sus ojos.

El jesuita bajó rápidamente las escaleras, extendiéndole la mano a Karras, que esperaba.

—Padre Karras...

—Hola, padre.

Merrin tomó la mano del sacerdote entre las suyas y la apretó con fuerza; escudriñaba la cara de Karras con una mirada seria y preocupada, mientras en la planta alta la risa había sido sustituida por unas obscenidades maliciosas dirigidas a Merrin.

—Lo veo terriblemente cansado —dijo—. ¿Lo está?

—No, no, en absoluto. ¿Por qué me lo pregunta?

—¿Tiene un impermeable aquí?

Karras negó con la cabeza.

—No.

—Entonces tome el mío —dijo Merrin, desabrochándoselo—. Me gustaría que fuera a la residencia, Damien, y cogiera una sotana, dos sobrepellices, una estola roja, agua bendita y dos ejemplares del *Ritual romano*. —Le tendió el impermeable a Karras, que estaba desconcertado—. Creo que deberíamos empezar enseguida.

Karras frunció el ceño.

—¿Ahora? ¿Enseguida?

—Sí, creo que es lo mejor.

—¿No quiere oír primero los antecedentes del caso, padre?

—¿Por qué?

Las cejas de Merrin se levantaron en un gesto de absoluta franqueza.

Karras se dio cuenta de que no tenía respuesta. Y esquivó la mirada de aquellos ojos desconcertantes.

—Tiene razón —dijo. Se puso el impermeable y se dirigió a la puerta—. Le traeré lo que me ha pedido.

Karl cruzó corriendo la estancia, se adelantó a Karras y le abrió la puerta. Tras intercambiar rápidas miradas, Karras se internó en la noche lluviosa. Merrin volvió a mirar a Chris.

—¿No tiene inconveniente en que empecemos de inmediato? —le preguntó con tono suave.

Ella lo había estado observando y se sintió profundamente aliviada por la sensación de resolución, dirección y manejo de la situación que la invadía, como un grito jubiloso en un día de sol.

—No, al contrario —contestó, agradecida—. Pero debe de estar cansado, padre.

Él vio que miraba con nerviosismo hacia la planta de arriba, con el oído atento al bramido del demonio.

—¿Quiere una taza de café? —le preguntó—. Está recién hecho. —Su voz era implorante—. Está caliente. ¿No quiere un poco, padre?

Vio que Chris entrelazaba las manos con nerviosismo. Vio las profundas cavernas de sus ojos.

—Sí, gracias —dijo con calidez. Con delicadeza, había dejado a un lado algo pesado, relegado a la espera—. Si está segura de que no hay inconveniente...

Chris lo acompañó a la cocina y pronto estuvo apoyado contra la placa de la cocina con una taza de café negro en la mano.

—¿No quiere echarle un poco de brandy, padre? —Chris alzó la botella.

Él bajó la cabeza y miró su taza, inexpresivo.

—Según los médicos, no debo tomarlo —dijo, acercándole la taza—. Pero, gracias a Dios, no tengo mucha fuerza de voluntad.

Chris dudó un instante, insegura; luego vio la sonrisa en los ojos del sacerdote cuando levantó la cabeza.

Le sirvió.

—Tiene un nombre muy bonito —le dijo—. Chris Mac-Neil. ¿Es su nombre artístico?

Chris se echó un chorrito de brandy en el café y movió negativamente la cabeza.

—No. ¿O acaso cree que me llamo Esmeralda Glutz?

—¡Gracias a Dios! —murmuró Merrin.

Chris sonrió y tomó asiento.

—¿Y qué es Lankester, padre? No es muy común. ¿Se lo pusieron por alguien en particular?

—Un barco de carga —musitó con aire ausente mientras se llevaba la taza a los labios. Tomó un sorbo de café—. O un puente. Sí, creo que era un puente. —Parecía afligido—. Cuánto me habría gustado tener un nombre como Damien. ¡Es tan eufónico!

—¿De dónde viene ese nombre, padre?

—¿Damien? —Miró la taza—. Era el nombre de un sacerdote que dedicó su vida al cuidado de los leprosos en la isla de Molokai. Finalmente, contrajo la enfermedad. —Hizo una pausa—. Precioso nombre —dijo de nuevo—. Creo que con un nombre de pila como Damien, me contentaría con el apellido Glutz.

Chris soltó una risita. Se relajó. Se sintió más cómoda. Y, durante varios minutos, ella y Merrin hablaron de pequeñas cosas cotidianas. Al fin, Sharon apareció en la cocina y solo entonces Merrin hizo el ademán de irse. Fue como si hubiera estado esperando su llegada, porque de inmediato llevó la taza al fregadero, la enjuagó y la colocó con cuidado en el secador.

—Muy rico el café. Era justamente lo que necesitaba —dijo.

Chris se levantó.

—Lo acompañaré a su cuarto.

Él le dio las gracias y la siguió hasta la puerta del despacho.

—Si necesita algo, padre —dijo—, no tiene más que decírmelo.

Merrin le puso una mano en el hombro y le dio un apretón para tranquilizarla. Chris sintió que una fuerza y un afecto indefinibles fluían en su interior. Paz. Sintió paz. Y un extraño sentimiento de... ¿seguridad?, se preguntó.

—Es usted muy amable. —La sonrisa le llegó a los ojos—. Gracias.

Retiró la mano y la vio alejarse. Tan pronto como ella se fue, un agudo dolor le hizo contraer la cara. Entró en el despacho y cerró la puerta. Extrajo una cajita de Aspirina Bayer de un bolsillo del pantalón; la abrió, sacó una píldora de nitroglicerina y la puso cuidadosamente bajo su lengua.

Chris entró en la cocina. Se detuvo junto a la puerta y miró a Sharon, que estaba de pie al lado de la placa de la cocina, con la palma de la mano apoyada en la cafetera, esperando que el café volviera a calentarse.

Chris se acercó a ella, preocupada.

—Cielo —le dijo suavemente—, ¿por qué no descansas un poco?

No hubo respuesta. Sharon parecía absorta en sus pensamientos. Luego, se volvió y le dedicó a Chris una mirada inexpresiva.

—Perdón, ¿me has dicho algo?

Chris observaba la expresión de su cara, su mirada ausente.

—¿Qué ha pasado ahí arriba, Sharon? —preguntó.

—¿Qué ha pasado dónde?

—Cuando ha subido el padre Merrin.

—Ah, sí... —Sharon frunció el ceño. Desvió la mirada ausente hacia un punto del espacio, entre la duda y el recuerdo—. Sí, ha sido curioso.

—¿Curioso?

—Extraño. Ellos solo... —Hizo una pausa—. Bueno, solo se miraron fijamente un rato y luego Regan, esa cosa, dijo...

—¿Qué?

—«Esta vez vas a perder».

Chris la observaba, esperando.

—¿Y después?

—Eso fue todo —respondió Sharon—. El padre Merrin dio media vuelta y salió de la habitación.

—¿Y qué aspecto tenía?

—Curioso.

—¡Por Dios, Sharon, piensa en otra palabra! —exclamó Chris; iba a decir algo más cuando se dio cuenta de que Sharon había inclinado la cabeza, abstraída, como si estuviera escuchando.

Chris miró hacia arriba y lo oyó también: el silencio, el repentino cese del rugido demoniaco. Pero también algo más... algo... que crecía.

Las dos mujeres se miraron de reojo.

—¿Tú también lo sientes? —preguntó Sharon con un hilillo de voz.

Chris asintió. La casa. Había algo en la casa. Una tensión. Pero ese algo iba haciéndose cada vez más denso. Un latido, como un cúmulo de energías que aumentaba lentamente.

El sonido del timbre pareció irreal.

Sharon se volvió.

—Abriré yo.

Caminó hasta el vestíbulo y abrió la puerta. Era Karras. Traía una caja grande de cartón.

—Gracias, Sharon.

—El padre Merrin está en el despacho —le dijo.

Karras se encaminó rápidamente hacia allí, llamó con suavidad y entró con la caja.

—Perdón, padre —dijo—, he tenido un pequeño...

Se detuvo en seco. Merrin, vestido con un pantalón y una camiseta, estaba arrodillado rezando al lado de la cama, con la frente apoyada sobre las manos entrelazadas con fuerza. Karras se quedó petrificado un instante, como si al volver una esquina se hubiese encontrado con un niño, que era él mismo, pasando apresuradamente a su lado, con la casulla doblada sobre el brazo, sin reconocerlo.

Karras desvió la mirada hacia la caja abierta, hacia las gotitas de lluvia que habían caído sobre la ropa almidonada. Luego, lentamente, se acercó al sofá y esparció en él, sin hacer ruido, el contenido de la caja. Cuando hubo terminado, se quitó el impermeable, lo dobló cuidadosamente y lo dejó en una silla. Al observar a Merrin vio que el sacerdote se santiguaba; miró hacia otro lado, cogió la sobrepelliz blanca de algodón más grande. Empezó a ponérsela sobre la sotana. Oyó que Merrin se ponía en pie.

—Gracias, Damien. —Karras se volvió para mirarlo; se puso la sobrepelliz mientras Merrin se acercaba al sofá y sus ojos se posaban con ternura sobre los indumentos litúrgicos.

Karras cogió un jersey.

—He creído que podría ponerse esto debajo de la sotana, padre —le dijo, alargándoselo—. La habitación se enfría a veces.

Merrin pasó suavemente la mano por el jersey.

—Es muy considerado por su parte, Damien.

Karras cogió del sofá la sotana de Merrin y lo observó mientras se ponía el jersey. En ese momento, y de pronto, mientras presenciaba una acción tan común y trivial, fue cuando Karras sintió el impacto avasallador del hombre, del momento, de aquella quietud que se advertía en la casa y que lo aplastaba, cortándole la respiración.

Volvió a la realidad al notar que le quitaban la sotana de las manos. Merrin. Se la puso.

—¿Conoce las reglas del exorcismo, Damien?

—Sí —respondió Karras.

Merrin empezó a abotonarse la sotana.

—Es esencial evitar cualquier conversación con el demonio...

«El demonio». Le dio escalofríos la manera tan natural en que lo dijo.

—Hemos de preguntar solo aquello que sea importante —dijo Merrin mientras se abrochaba el cuello de la sotana—. Todo lo demás sería peligroso. Sumamente peligroso. —Cogió la sobrepelliz de las manos de Karras y empezó a ponérsela sobre la sotana—. Especialmente, no preste atención a nada de lo que diga el demonio. Es un mentiroso. Mentirá para confundirnos, pero también mezclará mentiras con verdades para atacarnos. La ofensiva es psicológica, Damien. Y poderosa. No escuche. Recuérdelo: no escuche.

Al alargarle Karras la estola, el exorcista añadió:

—¿Quiere preguntarme algo ahora, Damien?

Karras negó con la cabeza.

—No. Pero creo que puede ser útil que lo ponga en antecedentes sobre las distintas personalidades que Regan ha manifestado. Hasta ahora parece que hay tres.

—Hay una sola —dijo Merrin suavemente, deslizando la estola alrededor de sus hombros. Durante unos momentos, la sostuvo y permaneció inmóvil, al tiempo que una expresión atormentada apareció en sus ojos. Luego cogió los ejemplares del *Ritual romano* y le dio uno a Karras—. Omitiremos la letanía de los santos. ¿Tiene el agua bendita?

Karras sacó el frasco de su bolsillo. Merrin lo cogió y, con un gesto sereno, señaló hacia la puerta.

—Por favor, vaya delante, Damien.

Arriba, junto a la puerta del dormitorio, Sharon y Chris esperaban tensas. Estaban envueltas en gruesos jerséis y chaquetas. Al oír el ruido de una puerta que se abría, se volvieron, miraron abajo y vieron que Karras y Merrin venían por el vestíbulo para subir la escalera, en una procesión solemne. Altos. «Qué altos son», pensó Chris. El rostro de Karras, oscuro y afilado, destacaba sobre la blancura de la sobrepelliz de un monaguillo inocente. Al verlos subir con paso firme, Chris se sintió profunda y extrañamente conmovida. «Aquí viene mi hermano mayor a volarte la tapa de los sesos, ¡cretino!». Pensó que lo que sentía se parecía mucho a eso. Notó que el corazón comenzaba a latirle con fuerza.

Los jesuitas se detuvieron frente a la puerta del dormitorio. Karras frunció el ceño al ver el jersey y la chaqueta de Chris.

—¿Va a entrar?

—Creo que debo hacerlo.

—Por favor, no lo haga —le dijo en tono imperioso—. Cometería un grave error.

Chris se volvió hacia Merrin con una mirada interrogante.

—El padre Karras sabe lo que le conviene —dijo lentamente el exorcista.

Chris volvió a mirar a Karras. Bajó la cabeza.

—Está bien —dijo desalentada. Se apoyó contra la pared—. Esperaré aquí fuera.

—¿Cuál es el segundo nombre de su hija? —preguntó Merrin.

—Teresa.

—Qué nombre tan bonito —dijo el padre Merrin con calidez.

Sostuvo su mirada durante un momento para animarla. Luego miró hacia la puerta y, de nuevo, Chris sintió aquella tensión, aquella espiral de oscuridad que se hacía cada vez más densa. Dentro. En el dormitorio. Detrás de aquella puerta. Se dio cuenta de que Karras y Sharon también lo percibían.

Merrin hizo un gesto con la cabeza.

—Vamos —dijo suavemente.

Al abrir la puerta, una vaharada de aire frío y hediondo hizo que Karras casi se echase hacia atrás. En una esquina de la habitación, Karl se había acurrucado en una silla. Vestido con cazadora color verde oliva, desteñida, se volvió, expectante hacia Karras. Rápidamente, el jesuita dirigió la mirada al demonio. Los ojos, llameantes de furor, estaban fijos más allá, detrás de él, en el vestíbulo: en Merrin.

Karras se adelantó, al tiempo que Merrin entraba lentamente, alto y erguido, hasta quedar al lado de la cama. Allí se detuvo y bajó la vista hacia aquellos pozos de odio.

Una quietud asfixiante pesaba sobre el dormitorio. A continuación, Regan sacó la lengua negruzca, como la de un lobo, y se lamió los labios agrietados e hinchados. El ruido era semejante al de una mano que alisa un pergamino arrugado.

—Bueno, ¡escoria arrogante! —graznó el demonio—. ¡Al fin! ¡Al fin has venido!

El anciano sacerdote levantó una mano e hizo la señal de la cruz sobre la cama; luego repitió el gesto por toda la habitación. Se dio la vuelta y quitó el corcho del frasco de agua bendita.

—¡Ah, sí! ¡Ahora viene la orina sagrada! —exclamó el demonio con voz ronca—. ¡El semen de los santos!

Merrin levantó el frasco y la cara del demonio se contrajo, lívida.

—¡Ah!, pero ¿lo vas a hacer, bastardo? —le dijo bullendo de furia—. ¿Lo vas a hacer?

Merrin empezó a salpicarlo.

El demonio levantó violentamente la cabeza; la boca y los músculos del cuello le temblaban con furia.

—¡Sí, salpica! ¡Salpica, Merrin! ¡Empápanos! ¡Ahóganos en tu sudor! ¡Tu sudor está santificado, san Merrin! ¡Inclínate y tírate pedos de nubes de incienso! ¡Inclínate y enséñanos el culo sagrado para que podamos venerarlo, adorarlo! ¡Besarlo! ¡Lamer el sagrado...!

—¡Silencio!

Las palabras saltaron como dardos. Karras retrocedió y desvió la mirada hacia un lado, maravillado ante la firmeza de Merrin, que miraba a Regan de una manera fija y dominante. Y el demonio se calló. Le devolvió la mirada. Pero ahora los ojos eran vacilantes. Parpadeaban cautelosos.

Con un gesto rutinario, Merrin tapó el frasco y se lo devolvió a Karras. El psiquiatra lo deslizó en su bolsillo y observó que Merrin se arrodillaba junto a la cama, cerraba los ojos y empezaba a murmurar una oración.

—Padre nuestro... —empezó.

Regan escupió y le dio a Merrin en la cara; el escupitajo amarillento resbaló lentamente por su mejilla.

—... Venga a nosotros tu reino... —Aún con la cabeza gacha, Merrin continuó la oración sin pausa, mientras se sacaba un pañuelo del bolsillo y, sin prisa, se limpió el salivazo—. No nos dejes caer en la tentación... —terminó suavemente.

—Mas líbranos del mal. Amén —respondió Karras.

Levantó la mirada un instante. Regan tenía los ojos vueltos hacia atrás de manera que solo se veía el blanco. Karras estaba inquieto. Sentía que algo se solidificaba en la habitación. Volvió al texto y continuó la oración de Merrin:

—Dios y Padre de Nuestro Señor Jesucristo, apelo a tu santo nombre, implorando humildemente tu bondad para que me asistas con tu generosidad contra este espíritu inmundo que atormenta a una de tus criaturas. Por Cristo Nuestro Señor.

—Amén —respondió Karras.

Merrin se levantó y oró fervorosamente:

—¡Dios, Creador y defensor de la raza humana! Dirige tu mirada con piedad a esta sierva tuya, Regan Teresa Mac-Neil, ahora atrapada en las garras del más antiguo enemigo del hombre, enemigo acérrimo de nuestra raza, que...

Karras levantó la vista al oír que Regan siseaba; vio que se erguía con los ojos en blanco, que sacaba la lengua y balanceaba la cabeza lentamente hacia delante y atrás, como una cobra.

Una vez más, Karras experimentó un sentimiento de inquietud. Volvió a seguir el texto.

—Salva a tu sierva —rezaba Merrin, de pie, mientras leía el *Ritual*.

—Que confía en ti, Dios mío —respondió Karras.

—Sé para ella, Señor, una torre de fortaleza.

—Contra el enemigo.

Mientras Merrin leía la línea siguiente, Karras oyó el grito ahogado de Sharon detrás de él, se volvió rápidamente y vio que ella miraba estupefacta hacia la cama. Perplejo, miró también en dirección al lecho. Se quedó petrificado al instante. ¡La cabecera de la cama se levantaba del suelo!

Se quedó mirando la escena, incrédulo. Diez centímetros. Quince centímetros. Treinta centímetros. Luego empezaron a levantarse también los pies de la cama.

—*Gott im Himmel!* —susurró Karl, aterrorizado. Pero Karras no lo oyó ni vio que se santiguaba cuando se levantaron los pies de la cama para quedar al mismo nivel de la cabecera. «Esto no está pasando», pensó mientras observaba paralizado.

La cama se elevó treinta centímetros más, y luego permaneció así suspendida, balanceándose como si estuviera flotando sobre un lago estancado.

—¿Padre Karras?

Regan ondulándose. Siseando como una serpiente

—¿Padre Karras?

Karras se volvió. El exorcista lo observaba sereno, indicándole con un gesto de la cabeza el ejemplar del *Ritual* que tenía en sus manos.

—La respuesta, por favor, Damien.

Karras, perplejo, parecía no entender. Sharon salió corriendo de la habitación.

—Que el enemigo no tenga poder sobre ella —repitió Merrin amablemente.

Presuroso, Karras volvió a seguir el texto y leyó la respuesta, mientras el corazón le latía con fuerza.

—Y que el hijo de la impiedad no pueda añadir más dolor.

—Señor, escucha mi oración —continuó Merrin.

—Y llegue a Ti mi clamor.

—El Señor esté con vosotros.

—Y con tu espíritu.

Seguidamente, Merrin leyó una larga oración y, una vez más, Karras volvió su mirada a la cama, a sus esperanzas en Dios y en lo sobrenatural, que flotaban en el aire vacío. Sintió en todo su ser una oleada de júbilo. «¡Ahí está!

¡Ahí está! ¡Frente a mí! ¡Ahí!». De pronto, se dio la vuelta al oír el ruido de la puerta que se abría. Sharon entró apresuradamente con Chris, la cual se detuvo boquiabierta, incapaz de dar crédito a sus ojos.

—¡Dios mío!

—Padre Todopoderoso, Dios eterno...

El exorcista levantó la mano e hizo tres veces la señal de la cruz sobre la frente de Regan, en tanto proseguía leyendo del *Ritual*:

—... que enviaste al mundo a tu único Hijo, engendrado para aplastar al león rugiente...

El siseo cesó y de la boca de Regan, abierta y tirante en forma de O, salió un berrido estremecedor.

—... libra de la perdición y de las garras del demonio a este ser humano creado a tu imagen y...

El berrido se hizo más fuerte, desgarrador.

—Dios y Señor de todo lo creado... —Merrin estiró la mano y apretó una punta de su estola contra el cuello de Regan mientras seguía rezando—, por cuyo poder hiciste caer del cielo a Satán como un rayo; infunde terror en la bestia que causa desolación en tu viña.

El berrido cesó. Un silencio sonoro. Luego, un espeso vómito pútrido y verdoso empezó a manar de la boca de Regan en lentos y regulares borbotones, que fluían como lava e iban cayendo en la mano de Merrin. Pero él no la retiró.

—Permite que tu poderosa mano arroje a este cruel demonio fuera de Regan Teresa MacNeil, que...

Karras apenas se dio cuenta de que se abría la puerta y de que Chris salía corriendo de la habitación.

—Ahuyenta a este perseguidor de los inocentes...

La cama empezó a balancearse lentamente, a dar sacudidas, a cabecear. El vómito aún fluía de la boca de Regan cuando Merrin, con calma, le arregló la estola de modo que quedara firme en su cuello.

—Da ánimo a tus siervos para oponerse valientemente a este réprobo dragón, a fin de que él no menosprecie a aquellos que ponen su confianza en Ti, y...

De pronto cesaron los movimientos y, mientras Karras observaba fascinado, la cama descendió suavemente, como una pluma, hasta el suelo para posarse, al fin, en la alfombra con un sonido sordo.

—Señor, permite que esta...

Aturdido, Karras desvió la mirada. La mano de Merrin. No podía verla. Estaba enterrada bajo una humeante capa de vómito.

—¿Damien?

Karras levantó los ojos.

—Señor, escucha mi oración —dijo suavemente el exorcista.

Karras se volvió despacio hacia la cama y respondió:

—Y llegue a Ti mi clamor.

Merrin le quitó la estola, dio un paso corto hacia atrás y luego sacudió la habitación con el latigazo de su voz al ordenar:

—Yo te expulso, espíritu inmundo, junto con todos los poderes satánicos del enemigo. Todos los espectros del infierno. Todos tus salvajes compañeros. —La mano de Merrin chorreaba vómito sobre la alfombra—. Es Cristo quien te lo ordena, Él, que una vez aplacó los vientos, el mar y la tormenta. Que...

Regan dejó de vomitar. Estaba sentada, en silencio. Inmóvil. Sus ojos en blanco relucieron con aire amenazador, clavados en Merrin. Desde los pies de la cama, Karras la observaba de hito en hito. A medida que se iban desvaneciendo en él el shock y la excitación, su mente febril empezaba a animarse, tratando de hurgar profundamente, de manera espontánea y compulsiva, en los rincones dudosos de la lógica: poltergeists, acción psicoquinética, tensiones adolescentes y fuerza dirigida por la psiquis. Frunció el ceño al acordarse de algo. Se acercó a la cama y se inclinó para tocar la muñeca de Regan. Y descubrió lo que temía. Como ocurrió con el chamán en Siberia, el pulso latía con una rapidez increíble. Sintió un profundo desaliento y, comprobando su reloj, contó los latidos del corazón como si cada uno de ellos hubiera sido un argumento en contra de su propia vida.

—Es Él quien te lo ordena; Él, que te precipitó desde la altura de los cielos.

El poderoso conjuro de Merrin sacudió los límites de la conciencia de Karras con golpes huecos e inexorables, mientras el pulso se aceleraba cada vez más. Y más. Karras miró a Regan. Todavía en silencio. Quieta. En el aire helado, tenues vahos de vapor se elevaban del vómito cual ofrenda maloliente. Karras se sentía inquieto. Luego se le empezó a erizar el vello de los brazos al ver que poco a poco, con una lentitud de pesadilla, la cabeza de Regan giraba como la de un maniquí, crujiendo igual que un mecanismo oxidado, hasta que los fantasmales ojos en blanco se quedaron fijos en los suyos.

—Y ahora, Satán, tiembla aterrorizado...

Lentamente, la cabeza volvió a girar en dirección a Merrin.

—¡... tú, corruptor de la justicia! ¡Engendrador de la muerte! ¡Traidor de las naciones! ¡Ladrón de la vida...! ¡Tú...!

Karras paseó la mirada cautelosamente a su alrededor cuando las luces de la habitación comenzaron a titilar, a perder potencia y a adquirir un tono ámbar vibrante sobrenatural. Tembló. Hacía más frío. Cada vez hacía más frío en la habitación.

—... tú, príncipe de los asesinos; tú, inventor de todas las obscenidades; tú, enemigo de la raza humana; tú...

Un golpe seco sacudió la habitación. Luego otro. Después constantemente haciendo temblar las paredes, el suelo, el techo, fragmentándose, latiendo a un ritmo pesado como los latidos de un corazón gigantesco y enfermo.

—¡Aléjate, monstruo! ¡Tu lugar es la soledad! ¡Tu morada, un nido de víboras! ¡Desciende y arrástrate con ellas! ¡Es Dios mismo quien te lo manda! ¡La sangre de...!

Los golpes se hicieron cada vez más fuertes y rápidos como un mal presagio.

—Yo te conjuro, antigua serpiente...

Y más rápido.

—... por el juez de vivos y muertos, por tu Creador, por el Creador de todo el Universo, a que...

Sharon dio un grito y se apretó los puños contra los oídos, mientras los golpes se hacían ensordecedores; de pronto se aceleraron tanto que latieron a un ritmo espantoso.

El pulso de Regan era alarmante. Martilleaba a una velocidad demasiado elevada para poder medirlo. Al otro lado de la cama, Merrin alargó serenamente la mano y, con la punta del pulgar, trazó la señal de la cruz sobre el pecho, cubierto de vómito, de Regan. Las palabras de su plegaria quedaban ahogadas por los ruidos.

Karras comprobó que el pulso había disminuido con brusquedad y, mientras Merrin rezaba y hacía la señal de la cruz sobre la frente de Regan, los ruidos de pesadilla cesaron de repente.

—¡Oh, Dios de cielo y tierra, Dios de los ángeles y arcángeles...! —Karras podía oír ahora la oración de Merrin, mientras el pulso se hacía cada vez más lento.

—¡Merrin, orgulloso bastardo! ¡Escoria! ¡Perderás! ¡Morirá! ¡La cerda morirá!

La niebla empezó a disiparse. La entidad demoniaca había vuelto, llena de cólera contra Merrin.

—¡Vicioso fanfarrón! ¡Viejo hereje! ¡Yo te conjuro a que te vuelvas y me mires! ¡Mírame ahora, escoria! —El demonio dio un salto hacia delante, escupió a Merrin en la cara y luego le espetó—: ¡Así cura tu Maestro a los ciegos!

—Dios y Señor de todo lo creado... —oró Merrin mientras, sin inmutarse, buscaba su pañuelo y se limpiaba el salivazo.

—¡Sigue sus enseñanzas, Merrin! ¡Hazlo! ¡Mete tu polla consagrada en la boca de la cerda y purifícala, empápala con la reliquia arrugada y se curará, san Merrin! ¡Milagro! ¡Un...!

—... libra a esta tu sierva de...

—¡Hipócrita! ¡A ti no te importa la cerda! ¡No te importa nada! ¡La has convertido en un duelo entre nosotros dos!

—Yo, humildemente...

—¡Mentiroso! ¡Bastardo mentiroso! Dinos, ¿dónde está tu humildad, Merrin? ¿En el desierto? ¿En las ruinas? ¿En las tumbas a las que huiste para escapar de tus hermanos? ¿Para escapar de tus inferiores, de los pobres y débiles de espíritu? ¿Hablas con los hombres, vómito piadoso?

—... libra...

—¡Tu morada es un nido de engreídos, Merrin! ¡Tu lugar está dentro de ti mismo! ¡Vuelve a la cima de la montaña y habla con tu único igual!

Merrin continuó con sus oraciones sin prestar atención, al tiempo que el torrente de insultos continuaba de forma violenta.

—¿Tienes hambre, san Merrin? ¡Ten, te daré néctar y ambrosías, te daré la dádiva de Dios! —graznó el demonio. Defecó diarrea con aire burlón—. ¡Pues este es mi cuerpo! ¡Consagra eso ahora, san Merrin!

Asqueado, Karras concentró su atención en el texto, en tanto que Merrin leía un pasaje de san Lucas:

—... «Mi nombre es Legión», respondió, porque eran muchos los demonios que habían entrado en él, y le suplicaban que no les ordenara precipitarse al abismo. Había allí una gran piara de cerdos que estaban paciendo en la montaña. Los demonios suplicaron a Jesús que les permitiera entrar en los cerdos. Él se lo permitió. Entonces salieron de aquel hombre, entraron en los cerdos y, desde lo alto del acantilado, la piara se precipitó al lago y se ahogó. Y...

—¡Willie, te traigo buenas noticias! —bramó el demonio. Karras levantó la mirada y vio que Willie, cerca de la puerta, se paraba en seco con su carga de toallas y sábanas—. Te traigo la buena nueva de redención —se regodeó—. ¡Elvira está viva! ¡Vive! ¡Es...!

Willie miraba como alelada. Entonces Karl se dirigió a ella, gritándole:

—¡No, Willie! ¡No!

—¡... una toxicómana, Willie, un caso perdido...!

—Willie, ¡no escuches! —aullaba Karl.

—¿Quieres que te diga dónde vive?

—¡No escuches! ¡No escuches! —Karl la empujaba fuera de la habitación.

—¡Ve a visitarla el día de la madre, Willie! ¡Sorpréndela! ¡Ve y...!

Bruscamente, el demonio se interrumpió, clavando los ojos en Karras, que tomaba de nuevo el pulso de Regan; lo encontró fuerte, lo cual indicaba que se le podía administrar más Librium. Se acercó a Sharon para indicarle que preparara otra inyección.

—¿La quieres? —dijo lujuriosamente el demonio—. ¡Es tuya! ¡Sí, esa ramera es tuya! ¡Puedes montarla como quieras! ¡Fantasea contigo todas las noches, Karras! ¡Se masturba y sueña con tu gran y sacerdotal...!

Sharon se puso colorada y apartó la vista cuando Karras le dio instrucciones para el Librium.

—Y un supositorio de Compazine si vuelve a vomitar —añadió.

Sharon hizo un gesto afirmativo con la cabeza baja y se marchó. Al pasar junto a la cama, aún cabizbaja, Regan le gritó: «¡Puta!»; luego dio un salto, le alcanzó en la cara con un borbotón de vómito y, mientras Sharon se quedaba paralizada y chorreando, apareció la personalidad de Dennings, quien, con voz ronca, exclamó: «¡Ramera de mierda! ¡Zorra!».

Sharon huyó de la habitación.

La personalidad de Dennings hacía ahora muecas de disgusto. Paseando la vista a su alrededor, preguntó:

—¿Puede alguien abrir un poco la ventana, por favor? ¡Esta habitación apesta a mierda! Es simplemente... ¡No, no, no, no lo hagáis! —se corrigió—. ¡No, por todos los cielos, no lo hagáis! ¡Podría morir alguien más, joder!

Luego estalló en carcajadas, le guiñó un ojo monstruosamente a Karras y desapareció.

—Es Él quien te expulsa...

—¿De verdad, Merrin? ¿De verdad?

Había vuelto el demonio. Merrin prosiguió con sus conjuros, las aplicaciones de la estola y el constante trazado de la señal de la cruz, mientras el demonio seguía vomitando obscenidades. Demasiado largo, se decía Karras: el paroxismo se prolongaba demasiado.

—¡Ahora viene la cerda! ¡La madre de la cerdita! —se burló el demonio.

Al volverse, Karras vio que Chris se le acercaba con un trozo de algodón y una jeringuilla. Cabizbaja, oía los insultos del demonio; Karras frunció el ceño y se adelantó hacia ella.

—Sharon se está cambiando de ropa —le explicó Chris—, y Karl está...

Karras la interrumpió con un «Está bien», y ambos se acercaron a la cama.

—¡Ven a ver tu obra, guarra! ¡Ven!

Chris trataba desesperadamente de no escuchar, de no mirar, mientras Karras sujetaba los brazos de Regan, que no oponía resistencia.

—¡Mirad a esta asquerosa! ¡Mirad a la puta asesina! —se enfureció el demonio—. ¿Estás contenta? ¡Tú has sido la causa! ¡Sí, tú, con tu carrera antes que nada, tu carrera antes que tu marido, antes que ella, antes que...!

Karras miró en torno a sí. Chris estaba como petrificada.

—¡Siga! —le ordenó—. ¡No le haga caso! ¡Prosiga!

—¡... tu divorcio! ¡Acude a los curas! ¡Los curas no te ayudarán! —La mano de Chris empezó a temblar—. ¡Está loca! ¡Está loca! ¡La cerda está loca! ¡Tú la has llevado a la locura, al asesinato y...!

—¡No puedo! —Con la cara contraída, Chris miraba la jeringuilla vacilante. Agitó la cabeza—. ¡No puedo hacerlo!

Karras se la arrancó de las manos.

—¡No importa, desinfecte! ¡Desinfecte el brazo! ¡Aquí! —le dijo en tono firme.

—¡... en su ataúd, hija de perra, por...

—¡No preste atención! —le reiteró Karras; entonces el

demonio se volvió bruscamente hacia él con los ojos desorbitados de furia—. ¡Y tú, Karras!

Chris desinfectó el brazo de Regan.

—¡Ahora váyase! —le ordenó Karras mientras clavaba la aguja en la carne consumida.

Ella salió corriendo.

—¡Sí, nosotros sabemos de tu cariño por las madres, querido Karras! —rugió el demonio.

El jesuita retrocedió acobardado y, por un momento, no se movió. Después, lentamente, retiró la aguja y miró aquellos ojos en blanco. De la boca de Regan brotaba un canturreo, una especie de salmo, con voz clara y dulce, como la de un niño corista: *Tantum ergo, sacramentum, veneremur cernui...*

Era un himno que se canta en la bendición católica. Karras parecía exangüe, mientras seguía el canto. Extraño y escalofriante, el himno sacro era un vacío en el que Karras sintió, con una terrible claridad, el horror de la noche que se aproximaba. Alzó la mirada y vio a Merrin, toalla en mano. Con movimientos cansados y suaves, el anciano limpiaba el vómito de la cara y cuello de Regan.

—*... et antiquum documentum...*

El canto. «¿De quién será la voz?», se preguntaba Karras. Y luego, fragmentos: «Dennings... La ventana...». Turbado, vio que Sharon regresaba y le quitaba la toalla a Merrin.

—Yo terminaré, padre —le dijo—. Ya estoy bien. Quiero cambiarla y limpiarla antes de administrarle el Compazine. ¿Podrían esperar fuera un ratito?

Los dos sacerdotes salieron a la tibieza y oscuridad del vestíbulo y se apoyaron, cansados, contra la pared.

Karras escuchaba el misterioso canturreo que venía de la habitación de Regan. Al cabo de unos momentos, se dirigió suavemente a Merrin:

—Usted dijo... usted dijo antes que había solo... una entidad.

—Sí.

Hablando en voz baja, con las cabezas juntas, parecían estar confesándose.

—Todas las otras no son más que formas de ataque —continuó Merrin—. Hay uno... solo uno. Es un demonio. —Hizo una pausa. Luego, Merrin afirmó con sencillez—: Yo sé que usted duda de esto. Pero mire, a este demonio... lo conocí una vez. Y es poderoso... poderoso...

Silencio. Karras volvió a hablar:

—Decimos que el demonio... no puede afectar la voluntad de la víctima.

—Sí, así es... así es... No hay pecado.

—Entonces ¿cuál es el propósito de la posesión? —preguntó Karras con el ceño fruncido—. ¿Qué sentido tiene?

—¿Quién sabe? —respondió Merrin—. ¿Quién puede albergar la esperanza siquiera de saberlo? —Pensó un momento. Después continuó tanteando—: Pero yo creo que el objetivo del demonio no es la poseída, sino nosotros... los observadores... cada persona de esta casa. Y creo... creo que lo que quiere es que nos desesperemos, que rechacemos nuestra propia humanidad, Damien, que nos veamos, a la larga, como bestias, como esencialmente viles e inmundos, sin nobleza, horribles, indignos. Y tal vez ahí esté el centro de todo: en la indignidad. Porque yo pienso que el creer en Dios no tiene nada que ver con la razón, sino que, en última instancia, es una cuestión de amor, de aceptar la posibilidad de que Dios puede amarnos... —Merrin hizo otra pausa. Prosiguió más despacio, abriendo su alma en un susurro—: Él sabe..., el demonio sabe dónde atacar... Hace mucho tiempo que me sentía desesperado por no poder amar a mi prójimo. Ciertas personas... me repelían.

¿Cómo podría amarlas?, pensaba. Y eso me atormentaba, Damien; me llevó a desconfiar de mí mismo... y, partiendo de aquí, desconfiar de mi Dios. Mi fe se hizo añicos...

Karras miró a Merrin con interés.

—¿Y qué pasó? —preguntó.

—Pues que, al fin, me di cuenta de que Dios nunca me pediría aquello que me es psicológicamente imposible, que el amor que Él me pedía estaba en mi voluntad y no quería decir que debía sentirlo como una emoción. En absoluto. Me pedía que obrara con amor hacia los demás, y el hecho de que lo hiciera con aquellos que me repelían, era un acto de amor más grande que cualquier otro. —Movió la cabeza—. Sé que todo esto debe parecerle muy obvio, Damien. Lo sé. Pero entonces no alcanzaba a verlo. Extraña ceguera. ¡Cuántos maridos y mujeres —exclamó con tristeza— creerán que ya no se aman porque sus corazones no se conmueven al verse! ¡Santo Dios! —Sacudió la cabeza y luego asintió—. Damien, ahí radica la posesión; no tanto en las guerras, como algunos quieren creer; y muy pocas veces en intervenciones extraordinarias como esta... la de esta niña... esta pobre criatura. No, yo lo veo mucho más a menudo en cosas pequeñas, Damien; en el rencor mezquino y absurdo, en los malentendidos, en la palabra cruel e insidiosa que se lanzan entre amigos cuando se les va la lengua. Entre amantes. Unas cuantas de estas cosas —susurró Merrin—, y ya no es necesario que sea Satán el que dirija nuestras guerras, pues las dirigimos nosotros mismos... nosotros mismos...

Aún llegaba el canto del dormitorio. Merrin miró hacia la puerta y escuchó un momento.

—Y, sin embargo, a pesar de esto, del mal, vendrá el bien. De algún modo. De algún modo que nunca podremos entender, ni siquiera ver. —Merrin hizo una pausa—. Quizá el mal sea el crisol de la bondad —manifestó—. Y tal vez el propio Satán, a pesar de sí mismo, sirva de alguna manera para cumplir la voluntad de Dios.

No dijo más y durante un rato permanecieron en silencio mientras Karras reflexionaba. Le vino a la mente otra objeción.

—Una vez que el demonio es expulsado —tanteó—, ¿cómo se le puede impedir que vuelva a entrar?

—No lo sé —le respondió Merrin—. No lo sé. Y aun así parece ser que nunca vuelve. Nunca. Nunca. —Merrin se puso una mano en la cara y se pellizcó suavemente las comisuras de los ojos—. Damien..., qué nombre tan maravilloso —murmuró. Karras percibió agotamiento en su voz. Y algo más. Ansiedad. Como un dolor reprimido.

De repente, Merrin se apartó de la pared y, con la cara escondida entre las manos, se excusó y corrió por el pasillo en dirección al baño. «¿Qué pasa?», se preguntó Karras. Sintió una envidia y admiración repentinas por la fe profunda y sencilla del exorcista. Se volvió hacia la puerta. El canto. No se oía nada más. ¿Habría terminado, por fin, la noche?

Minutos más tarde, Sharon salió del dormitorio con un montón de ropas y sábanas pestilentes.

—Está durmiendo —dijo. Rápidamente, desvió la mirada y se alejó por el pasillo.

Karras respiró hondo y regresó al dormitorio. Sintió el frío, percibió el hedor. Caminó despacio hasta la cama. Regan. Dormida. Por fin. Y, por fin —pensó—, él podría descansar.

Tomó la delgada muñeca de Regan y miró la manecilla de su reloj.

—¿Por qué me haces esto, Dimmy?

Se le heló el corazón.

—¿Por qué haces esto?

El sacerdote no podía moverse; no respiraba, no se atrevía a mirar en la dirección de la que procedía aquella voz doliente; no se animaba a ver aquellos ojos que estaban realmente allí: ojos acusadores, ojos solitarios. Su madre. ¡Su madre!

—Me abandonaste para ser sacerdote, Dimmy; me mandaste a un asilo...

«¡No mires!».

—¿Ahora me ahuyentas...?

«¡No es ella!».

—¿Por qué haces esto?

Le zumbaba la cabeza, tenía el corazón en la boca. Cerró con fuerza los ojos mientras la voz se hacía implorante, asustada, llorosa.

—Siempre fuiste un niño bueno, Dimmy. ¡Por favor! ¡Tengo miedo! ¡Por favor, no me eches, Dimmy! ¡Por favor!

«¡... no es mi madre!».

—¡Fuera no hay nada! ¡Solo oscuridad, Dimmy! ¡Estoy sola! —Parecía llorar.

—¡No eres mi madre! —susurró Karras con vehemencia.

—¡Dimmy, por favor!

—No eres mi...

—¡Oh, por el amor de Dios, Karras!

Dennings.

—¡Mire, sencillamente no es justo que nos echen de aquí! ¡Por lo que a mí respecta, es una cuestión de justicia que esté aquí! ¡Pequeña zorra! Ella tomó mi cuerpo, y tengo derecho a que se me permita permanecer en el de ella, ¿no le parece? ¡Oh, por Dios, Karras, míreme! ¡Vamos! No muy a menudo se me deja representar mi papel. Solo dese la vuelta... Ahora.

Karras abrió los ojos y vio la personalidad de Dennings.

—Así está mejor. Mire, ella me mató. No la dueña de la casa, Karras, sino ¡ella! Sí, ¡ella! Yo estaba solo en el bar, cuando me pareció sentir que se quejaba. En el piso de arriba. Bueno, después de todo, yo tenía que ver qué le dolía, por lo cual subí, ¡y entonces me cogió por el maldito cuello la cabrona! —La voz era ahora plañidera, patética—. ¡Joder, nunca en mi vida había visto tanta fuerza! Comenzó a gritar que me estaba tirando a su madre o algo por el estilo, o que yo fui la causa del divorcio. Algo así. No fue muy amable. ¡Pero le aseguro, encanto, que ella me empujó por la puta ventana! —Voz cascada. Tono agudo—. ¡Ella me mató! ¡Me mató, joder! ¿Le parece que es justo echarme de aquí, maldita sea? ¡Vamos, Karras, respóndame! ¿Cree que de verdad es justo? ¿Lo cree usted?

Karras tragó saliva.

—¿Sí o no? —lo apremió—. ¿Es justo?

—¿Cómo... le quedó la cabeza vuelta hacia atrás? —preguntó Karras con voz ronca.

Dennings paseó a su alrededor una mirada evasiva.

—¡Ahí! Eso fue un accidente... una monstruosidad... Me di contra los escalones, ¿sabe? Fue raro.

Karras meditaba, con la garganta seca. Cogió de nuevo la muñeca de Regan y le echó una mirada al reloj para desviar la atención.

—¡Dimmy, por favor! ¡No permitas que me quede sola! Su madre.

—Si en vez de sacerdote hubieras sido médico, yo vivía en una bonita casa, Dimmy; no con cucarachas, ¡no sola en el apartamento! Entonces...

Luchaba por bloquearlo, pero la voz lloraba de nuevo.

—¡Dimmy, por favor!

—No eres mi...

—¿No quieres enfrentarte con la verdad, escoria inmunda? —Era el demonio—. ¿Crees lo que te dice Merrin? ¿Crees que es bueno y santo? Pues bien, ¡no lo es! ¡Es orgulloso e indigno! ¡Te lo demostraré, Karras! ¡Te lo demostraré matando a la cerda!

Karras abrió los ojos. Pero aún no se atrevía a mirar.

—Sí, ella morirá, y el Dios de Merrin no la salvará, Karras. ¡Tú no la salvarás! ¡Morirá por el orgullo de Merrin y por tu incompetencia! ¡Chapucero! ¡No tendrías que haberle inyectado Librium!

Entonces, Karras se volvió y lo miró a los ojos. Brillaban con lacerante y triunfante maldad.

—¡Tómale el pulso! —El demonio sonreía—. ¡Vamos, Karras! ¡Tómaselo!

Todavía tenía la muñeca de Regan apretada entre sus dedos; Karras frunció el ceño, preocupado. El pulso era rápido y...

—Débil, ¿eh? —bramó el demonio—. ¡Ah, sí! Un poco. Por el momento, solo un poco.

Karras cogió el maletín y sacó el fonendoscopio.

—¡Escucha, Karras! ¡Escucha bien! —profirió el demonio con voz ronca.

Escuchó. Los latidos del corazón sonaban distantes y apagados.

—¡No la dejaré dormir!

Karras miró rápidamente al demonio. Sintió un escalofrío.

—Sí, Karras —gruñó—. ¡No dormirá! ¿Me oyes? ¡No dejaré dormir a la cerda!

Mientras el sacerdote observaba aturdido, el demonio echó la cabeza hacia atrás con una carcajada de satisfacción. No oyó que Merrin entraba de nuevo en la habitación.

El exorcista se detuvo junto a él y lo miró detenidamente.

—¿Qué pasa? —preguntó.

—El demonio... ha dicho que no la dejaría dormir. —respondió Karras inexpresivo. Posó en Merrin sus ojos atormentados—. El corazón ha empezado a fallarle, padre. Si no descansa pronto, morirá de insuficiencia cardiaca.

Merrin parecía serio.

—¿Le puede administrar algo que la haga dormir? Karras movió la cabeza.

—No, es peligroso. Puede entrar en coma. —Se dio la vuelta cuando Regan se puso a cloquear como una gallina—. Si la tensión arterial sigue bajando... —Su voz se fue apagando a medida que lo dijo.

—¿Qué se puede hacer? —preguntó Merrin.

—Nada... nada... —respondió Karras—. Pero no sé... tal vez nuevos adelantos... Voy a llamar a un cardiólogo, padre —le dijo a Merrin con brusquedad.

Merrin asintió.

Karras bajó las escaleras. Encontró a Chris velando en la cocina, y en la estancia contigua oyó el llanto de Willie y la voz de Karl, que trataba de consolarla. Le explicó que necesitaban consultar a un médico, si bien le ocultó el peligro que corría Regan. Chris dio su autorización y Karras llamó por teléfono a un amigo, un especialista famoso de la Facultad de Medicina de la Universidad de Georgetown, al que despertó para informarle brevemente del caso.

—Enseguida voy —dijo el especialista.

En menos de media hora estuvo en la casa. Ya en el dormitorio, reaccionó con asombro ante el frío y el hedor, y con horror y compasión ante el estado de Regan. En ese momento la niña balbuceaba un parloteo incoherente. Mientras el cardiólogo la examinaba, la niña, alternativamente, cantaba e imitaba sonidos de animales. Luego apareció Dennings.

—¡Oh, es terrible! —se quejó ante el especialista—. ¡Simplemente espantoso! ¡Confío en que pueda usted hacer algo! ¿Puede hacerlo? Si no, no tendremos adónde ir y todo porque... ¡Oh, este maldito diablo es un terco! —El especialista observaba con expresión extraña mientras le tomaba la tensión a Regan; Dennings miró a Karras y se quejó—: ¿Qué mierda está haciendo? ¿No se da cuenta de que la muy cretina tendría que estar en un sanatorio? ¡En un manicomio, Karras! ¡Usted lo sabe! ¡De veras! ¡Suspendamos esta maldita monserga! ¡Si ella muere, usted sabe que será culpa suya! ¡Toda suya! ¡Yo creo que por el hecho de que él sea terco, usted no tiene que portarse como un estúpido! ¡Es usted médico! ¡Tendría que saber lo que le conviene, Karras! Vamos, hay escasez de alojamiento en este momento. Si nos...

El demonio volvió, aullando como un lobo. El cardiólogo, inexpresivo, se guardó el esfigmomanómetro. Luego le hizo un gesto a Karras. Había concluido.

Salieron al pasillo. El especialista miró por un momento hacia el dormitorio y preguntó, intrigado:

—¿Qué diablos pasa ahí dentro, padre?

El jesuita desvió la mirada.

—No puedo decirlo —le contestó en tono suave.

—Está bien.

—¿Qué opina?

La expresión del especialista era sombría.

—Tiene que detener esa actividad... tiene que dormir..., dormir antes de que le baje la presión arterial...

—¿Qué puedo hacer, Bill?

El especialista miró fijamente a Karras y dijo:

—Rezar.

Le dio las buenas noches y se fue. Karras lo vio marcharse; cada una de sus arterias y nervios imploraban descanso,

esperanza, milagros, que sospechaba no se producirían...
«¡No tenías que haberle inyectado Librium!».

Se encaminó de nuevo al dormitorio y empujó la puerta con una mano, que le pesaba como su alma.

Merrin permanecía junto a la cama, vigilando a Regan, que ahora relinchaba como un caballo. Al oír que Karras entraba, lo miró inquisitivamente. Karras movió la cabeza con desaliento. Merrin comprendió. Había tristeza en su cara; luego, aceptación y, al volverse hacia Regan, una determinación sombría.

El anciano se arrodilló al lado de la cama.

—Padre nuestro... —empezó a rezar.

Regan le escupió una bilis oscura y maloliente.

—¡Perderás! ¡Ella morirá! ¡Morirá! —gruñó.

Karras cogió su ejemplar del *Ritual*. Lo abrió. Levantó la vista y miró a Regan.

—Salva a tu sierva —rezó Merrin.

—En presencia del enemigo.

En el alma de Karras bullía un tormento desesperado. «¡Duérmete! ¡Duérmete!», rugía su voluntad con frenesí.

Pero Regan no se durmió.

Ni al alba.

Ni al mediodía.

Ni al anochecer.

Ni el domingo, cuando el pulso alcanzó los ciento cuarenta latidos y su vida pendía de un hilo. Los ataques se sucedían sin descanso, mientras Karras y Merrin repetían una y otra vez el ritual, sin dormir, y Karras se devanaba los sesos febrilmente en busca de un remedio. Trató de reducir los movimientos de Regan a un mínimo, atándola a la cama con una sábana y manteniendo a todos fuera de la estancia, para ver si la falta de provocación acababa con las convulsiones. No lo consiguió. Y los gritos de Regan eran tan agotadores como sus movimientos. Sin embargo, la tensión arterial se mantenía. «Pero ¿por cuánto tiempo más? —se decía Karras, angustiado—. ¡Dios mío, no permitas que se muera! —gritaba por dentro una y otra vez—. ¡No dejes que se muera! ¡Permite que se duerma! ¡Permite que se duerma!». En ningún momento tuvo conciencia de que sus pensamientos eran oraciones: solo se daba cuenta de que no eran atendidas.

A las siete de la tarde de aquel domingo, Karras estaba sentado junto a Merrin en la habitación, exhausto y deshecho por los ataques demoniacos: su falta de fe, su incompetencia. Y Regan. Su culpa. «No tenías que haberle inyectado Librium...».

Los sacerdotes acababan de terminar un ciclo del ritual. Estaban descansando mientras Regan entonaba el *Panis Angelicus*. Raramente salían de la habitación. Karras lo hizo solo una vez para cambiarse de ropa y darse una ducha. Pero era más fácil permanecer despierto en ese frío, incluso a pesar del hedor que, desde aquella mañana, se había convertido en repugnante olor a carne podrida.

Con los ojos enrojecidos y mirando febrilmente a Regan, Karras creyó percibir un ruido. Algo que crujía. De nuevo. Cuando pestañeaba. Entonces comprendió que el ruido provenía de sus propios párpados resecos. Se volvió en dirección a Merrin. Durante aquellas horas, el exorcista había hablado muy poco: de vez en cuando, algún recuerdo de su niñez, reminiscencias, pequeñas cosas, una historia acerca de un pato que tenía, llamado Clancy. Karras estaba muy preocupado por él. La falta de sueño. Los ataques del demonio. A su edad. Merrin cerró los ojos y apoyó la barbilla en el pecho. Karras miró a Regan y luego, cansado, se acercó a la cama. Le tomó el pulso y se aprestó a medirle la tensión arterial. Al envolverle el brazo con la tela negra del esfigmomanómetro, tuvo que pestañear repetidas veces, pues se le nublaba la vista.

—Hoy es el día de la Madre, Dimmy.

Por un momento fue incapaz de moverse; sintió que el corazón se le retorcía dentro del pecho. Luego miró aquellos ojos que ya no se parecían a los de Regan, sino que eran los ojos acusadores y tristes de su madre.

—¿No soy buena para ti? ¿Por qué me abandonas para que muera sola, Dimmy? ¿Por qué? ¿Por qué me...?

—¡Damien!

Merrin le aferraba el brazo con firmeza.

—Por favor, vaya y descanse un poco, Damien...

—¡Dimmy, por favor! ¿Por qué me...?

Sharon entró para cambiar la ropa de cama.

—¡Vaya y descanse un poco, Damien! —insistió Merrin.

Con un nudo en la garganta, Karras dio media vuelta y salió de la habitación. Se quedó de pie en el pasillo. Se sentía débil. Luego bajó las escaleras y se detuvo indeciso. ¿Un café? Lo ansiaba. Pero la ducha aún más, cambiarse de ropa, afeitarse.

Abandonó la casa y cruzó la calle en dirección a la residencia de los jesuitas. Entró. Fue a tientas hasta su habitación. Y al mirar hacia la cama... «Olvídate de la ducha. Duerme. Media hora». Cuando se acercaba al teléfono para avisar a recepción de que lo despertaran, sonó.

—Diga —contestó con voz ronca.

—Hay una persona que desea verlo, padre Karras; un tal señor Kinderman.

Durante unos momentos contuvo la respiración y, luego, resignado, contestó:

—Dígale, por favor, que voy enseguida.

Al colgar el teléfono, Karras vio el cartón de Camel so-

bre la mesa. Tenía una notita de Dyer. La leyó con la vista
nublada.

> Se ha encontrado una llave del Club Playboy en el re-
> clinatorio de la capilla, frente a las luces votivas. ¿Es tuya?
> Puedes reclamarla en la recepción.

Inexpresivo, Karras dejó la nota, se puso ropa limpia y
salió de la habitación. Se olvidó de coger los cigarrillos.

Ya en la recepción, vio a Kinderman junto al mostrador de la centralita telefónica, arreglando con delicadeza
las flores de un jarrón. Al oír que Karras llegaba, se volvió
mientras sostenía una camelia rosada por el tallo.

—¡Ah, padre! ¡Padre Karras...! —exclamó Kinderman;
pero cambió su expresión alegre por otra de preocupación
al ver el agotamiento en la cara del jesuita. Rápidamente
dejó la camelia en su sitio y salió al encuentro de Karras—.
¡Tiene muy mal aspecto! ¿Qué pasa? ¡Eso le ocurre de tanto correr por la pista! ¡Deje de hacerlo! ¡Venga conmigo!
—Lo agarró por el codo y lo llevó hacia la calle—. ¿Tiene
un minuto disponible? —le preguntó al pasar por la puerta
de la entrada.

—Apenas... —murmuró Karras—. ¿De qué se trata?

—Cuatro palabras. Necesito un consejo, solo un consejo.

—¿Sobre qué?

—Se lo diré enseguida. —Kinderman hizo un gesto
con la mano como si rechazara una idea—. Caminemos,
tomemos el aire. Nos vendrá bien. —Pasó su brazo por el
del jesuita y, juntos, cruzaron en diagonal la calle Prospect—. ¡Ah, mire eso! ¡Hermoso! ¡Magnífico! —Señalaba la
puesta del sol sobre el Potomac. En la quietud resonaban
las risas y las voces mezcladas de los estudiantes de George-

town frente a un bar situado cerca de la esquina de la Calle Treinta y seis. Uno le pegó un puñetazo a otro en el brazo y los dos empezaron a luchar de forma amistosa—. ¡Ah, la universidad, la universidad...! —se lamentó Kinderman, señalando con la cabeza en dirección a los estudiantes—. Yo nunca fui..., pero me habría gustado... me habría gustado... —Advirtió que Karras contemplaba el crepúsculo—. Le digo en serio que tiene mal aspecto —repitió—. ¿Qué le pasa? ¿Ha estado enfermo?

«¿Cuándo irá al grano?», se preguntó Karras.

—No, solo muy ocupado —respondió.

—¡Afloje un poco, entonces! —exclamó Kinderman—. ¡Vamos, afloje! Usted sabe muy bien lo que le conviene. A propósito, ¿ha visto el Ballet Bolshói en el Watergate?

—No.

—Yo tampoco. Pero me habría gustado. Las chicas son tan gráciles... tan agradables...

Habían llegado a la barandilla del puente, sobre el río. Karras apoyó un brazo y miró de frente a Kinderman, quien, con las manos sobre el antepecho, contemplaba pensativo la otra orilla.

—¿Qué desea, teniente? —preguntó Karras.

—¡Ah, padre! —suspiró Kinderman—. Tengo un problema.

Karras echó una brevísima mirada en dirección a la ventana, cerrada, del cuarto de Regan.

—¿Profesional?

—Bueno, en parte... solo en parte.

—¿De qué se trata?

—Es un problema, sobre todo... —vacilante, Kinderman miró de soslayo— ético, padre Karras... Una pregunta... —El detective se volvió y apoyó la espalda contra la pared. Frunció el ceño, con la vista en el suelo. Luego se encogió de hombros—. No podía comunicárselo a nadie, y menos a mi superior. Simplemente no podía. De modo que he pensado... —La cara se le iluminó repentinamente—. Yo tenía una tía... Oiga, oiga esto, que es muy gracioso. Durante años, ella le tuvo terror a mi tío. Nunca se atrevía a decirle una palabra, y menos aún a levantar la voz. ¡Nunca! Así, cuando se enojaba con él, por lo que fuere, corría al armario de su dormitorio y allí, en la oscuridad, ¡tal vez no lo crea usted!, en la oscuridad, ella sola, entre las ropas colgadas y las polillas, insultaba, ¡insultaba a mi tío durante unos veinte minutos! ¡Le decía exactamente lo que pensaba de él! ¡Gritaba! Luego salía, aliviada, e iba a besarle en la mejilla. Dígame, ¿qué es eso, padre Karras? ¿Una buena terapia o no?

—Muy buena —dijo Karras, sonriendo—. Y ahora yo soy su armario. ¿Es eso lo que quería decirme?

—En cierto modo —replicó Kinderman. Nuevamente bajó la vista—. En cierto modo, pero hay algo más serio, padre Karras. —Hizo una pausa—. Porque el armario debe hablar —agregó en tono grave.

—¿Tiene un cigarrillo? —preguntó Karras; le temblaban las manos.

El detective lo miró, incrédulo.

—¿Cree usted que voy a fumar con mi enfermedad?

—No, claro —murmuró el sacerdote, entrelazándose las manos sobre la barandilla y mirándoselas. «¡Deja de temblar!».

—¡Qué médico! ¡No permita Dios que me ponga enfermo en la selva y, en vez de Albert Schweitzer, me encuentre solo con usted! ¿Cura usted aún las verrugas con ranas, doctor Karras?

—No, con sapos —respondió Karras con voz apagada.

—Hoy no se ríe —dijo Kinderman, preocupado—. ¿Pasa algo?

Karras negó con la cabeza sin decir nada.

—Prosiga —le dijo suavemente.

El detective suspiró, mirando hacia el río.

—Como le iba diciendo... —jadeó. Se rascó la frente con la uña del pulgar—. Le decía que... digamos que estoy trabajando en un caso, padre Karras. Un homicidio.

—¿Dennings?

—No, no, puramente hipotético. Usted no lo conoce. En absoluto.

Karras asintió.

—Parece ser un asesinato ritual de brujería —continuó pensativo el detective. Tenía el ceño fruncido. Elegía lentamente las palabras—. Y digamos que en esta hipotética casa viven cinco personas y que una de ellas ha de ser el asesino. —Hacía movimientos enfáticos con las manos—. Eso lo sé, lo sé, lo sé positivamente. —Luego hizo una pausa, respirando despacio—. Pero el problema... todas las evidencias... señalan a una criatura, padre Karras, a una niña de diez años, quizá doce..., tan solo una niña. Podría ser mi hija —Mantenía la vista fija en el dique que se divisaba a lo lejos—. Sí, ya sé que parece fantástico... ridículo... pero es verdad. Entonces, padre, llega a dicha casa un sacerdote muy famoso y, comoquiera que se trata de un caso puramente hipotético, me entero, por mi también hipotético genio, que este sacerdote ha curado ya cierto tipo de enfermedad. Una enfermedad mental, hecho que menciono solo de pasada, por si le interesa.

Karras sintió que palidecía por momentos.

—Bueno, también hay... satanismo implicado en esta enfermedad y... fuerza... Sí, una fuerza increíble. Y esa... niña hipotética, digamos entonces, podría... retorcer la cabeza de un hombre. Sí, podría. —Hacía gestos afirmativos con la cabeza—. Sí... sí, podría. Ahora se pregunta uno... —Hizo una mueca, pensativo—. Esa niña no es responsable, padre. Es una demente. —Se encogió de hombros—. ¡Y es solo una niña! ¡Una niña! —Movió la cabeza—. Sin embargo, la enfermedad que tiene... puede ser peligrosa. Podría matar a otra persona. ¿Quién sabe? —Nuevamente miró de soslayo hacia el río—. Es un problema. ¿Qué debo hacer? Hipotéticamente, por supuesto. ¿Olvidarlo y esperar que... —Kinderman hizo una pausa— «mejore»? —Buscó el pañuelo—. No lo sé, padre... no lo sé. —Se sonó la nariz—. Es una decisión horrible; simplemente terrible. —Rebuscó una parte limpia del pañuelo—. Terrible. Y odio ser yo el que tenga que tomarla. —Se sonó de nuevo y se metió un dedo ligeramente en la nariz—. Padre, ¿qué sería lo correcto en tal caso? ¡Hipotéticamente! ¿Qué cree usted que sería lo correcto hacer?

Por un instante, el jesuita vibró de rebeldía, una rabia sorda y agotadora por la acumulación de tensión. Dejó que fluyera. Se encontró con los ojos de Kinderman y respondió en tono suave:

—Lo pondría en manos de una autoridad superior.

—Creo que en este momento ya está ahí —musitó Kinderman.

—Pues bien, yo lo dejaría ahí.

Sus miradas se encontraron de nuevo. Kinderman se guardó el pañuelo.

—Sí... sí. He pensado que me diría eso. —Contempló el ocaso—. ¡Qué vistas tan hermosas! —Se levantó la manga para mirar la hora—. Tengo que irme. Mi señora estará ya protestando de que la cena se enfría. —Se volvió hacia Karras—. Gracias, padre. Me siento mejor... mucho mejor. A propósito, ¿podría hacerme el favor de dar un recado? Si ve a un señor llamado Engstrom, dígale: «Elvira se halla en una clínica: está bien». Él lo entenderá. ¿Lo hará? Si lo ve, quiero decir.

Karras estaba desconcertado.

—Faltaría más —dijo—. Claro.

—¿No podríamos ir al cine una de estas noches, padre?

El jesuita bajó la vista y murmuró:

—Sí, pronto.

—«Pronto». Es usted como un rabino cuando habla del Mesías: siempre «Pronto». Hágame otro favor, padre. —El detective parecía seriamente preocupado—. Deje de correr por la pista durante un tiempo. Camine. Solo camine. Descanse un poco. ¿Lo hará?

—Lo haré.

Con las manos en los bolsillos, el detective miraba la calzada, con aire resignado.

—Sí, ya lo sé —suspiró cansado—, pronto. Siempre pronto. —Cuando se disponía a marcharse, cabizbajo aún, levantó una mano y la puso sobre el hombro del jesuita. Lo apretó—. Elia Kazan le manda recuerdos.

Durante un rato, Karras lo observó alejarse por la calle. Lo miró con asombro. Con cariño. Y con sorpresa al comprobar cuán misteriosos eran los laberintos del corazón. Levantó la mirada hasta las nubes teñidas de color rosado que flotaban sobre el río y, luego, más al oeste, donde parecían deslizarse hasta los límites del mundo, resplandeciendo tenues como el recuerdo de una promesa. Apoyó el dorso de sus manos contra los labios y bajó la vista para esconder la tristeza que le subía desde la garganta hasta los ojos. Esperó. Ya no se atrevía a enfrentarse a la puesta de sol. Miró de nuevo hacia la ventana de Regan; luego regresó a la casa.

Sharon le abrió la puerta y le informó de que no había novedades. Llevaba un bulto de ropa maloliente.

—Tengo que llevar esto abajo, a la lavadora —se excusó.

La miró. Pensó en lo bueno que sería tomar una taza de café. Pero escuchó que el demonio lanzaba de nuevo vituperios contra Merrin. Se dirigió a la escalera. Luego se acordó del recado. Karl. ¿Dónde estaría? Se volvió para preguntárselo a Sharon, pero vio que desaparecía por la escalera del sótano. Dominado por la confusión, se encaminó a la cocina.

Karl no estaba. Solo Chris. Sentada a la mesa mirando... ¿un álbum? Fotos. Recortes de papel. No podía verle la cara porque tenía la frente apoyada en las manos.

—Perdón —dijo Karras suavemente—. ¿Está Karl en su dormitorio?

Ella negó con la cabeza.

—Ha salido a hacer un recado —murmuró con voz ronca, voz de llanto—. Ahí tiene café, padre. Se filtrará en un minuto.

Cuando Karras miró el indicador luminoso de la cafetera eléctrica, oyó que Chris se levantaba de la mesa y, al volverse, la vio salir apresuradamente, desviando la cara.

—Perdone —dijo con voz temblorosa. Salió de la cocina.

Su vista se posó en el álbum. Se acercó a mirarlo. Instantáneas. Una niña pequeña. Con un dolor agudo, Karras se dio cuenta de que aquella era Regan: aquí, soplando velitas de un pastel de cumpleaños; allí, sentada sobre un muelle del lago en pantalones cortos y camiseta, haciendo un gesto alegre con el brazo ante la cámara. Tenía una inscripción en la camiseta: CAMPAMENTO... No pudo distinguirlo bien.

En la página contigua, una hoja de papel con renglones escrita con letra de niño:

Si en vez de barro solamente,
pudiera tomar las cosas más bonitas,
como un arcoíris
o las nubes o el canto de un pájaro,
tal vez entonces, queridísima mamá,
si pudiera juntarlas todas,
podría hacer de veras una estatua tuya.

Y debajo de los versos: ¡TE QUIERO! ¡FELIZ DÍA DE LA MADRE! La firma, escrita en lápiz, decía: Rags.

Karras cerró los ojos. No podía soportar aquello. Se dio la vuelta con un gesto cansado y esperó a que se filtrara el café. Cabizbajo, se agarró al mármol de la cocina y volvió a cerrar los ojos. «¡Ciérrale la puerta! —pensó—. ¡Ciérrale la puerta a todo!». Pero no podía y mientras oía el sordo ruido del café que se filtraba, las manos comenzaron a temblarle y la compasión creció hasta convertirse en una furia ciega contra la enfermedad y el dolor, contra el sufrimiento de los niños y la del cuerpo, contra la corrupción de la muerte monstruosa y ultrajante.

«Si en vez de barro solamente...».

La furia se agotó; ahora era pena y frustración por la impotencia.

«... las cosas más bonitas...».

No podía esperar que se filtrara el café. Debía irse... debía hacer algo... ayudar a alguien... intentar...

Salió de la cocina. Al pasar por el vestíbulo, miró hacia dentro. Chris estaba en el sofá, llorando convulsivamente; Sharon la consolaba. Él desvió la vista y se dirigió a la escalera; oyó que el demonio le gritaba enajenado a Merrin.

—¡... hubieras perdido! ¡Hubieras perdido y lo sabías! ¡Tú, escoria, Merrin! ¡Bastardo! ¡Vuelve! ¡Ven y...! —Karras trató de no escucharlo.

«... o el canto de un pájaro...».

Al entrar en el dormitorio se dio cuenta de que se había olvidado de ponerse un jersey. Miró a Regan. Estaba acostada de lado, mientras el demonio seguía hecho una furia.

«... las cosas más bonitas...».

Lentamente se acercó a su silla y cogió una manta. Solo entonces, de tan agotado que estaba, notó la ausencia de Merrin. Al acercarse a la cama para tomarle el pulso a Regan, casi tropezó con él. Yacía extendido boca abajo, junto a la cama. Descoyuntado. Horrorizado, Karras se arrodilló. Le dio la vuelta. Vio la coloración azulada de su cara. Le tomó el pulso. En un sobrecogedor instante de angustia, se dio cuenta de que Merrin estaba muerto.

—¡... sagrada flatulencia! ¡Muérete! ¿Lo harás? ¡Karras, cúralo! —rugió el demonio—. Resucítalo y déjanos terminar, déjanos...

Fallo cardiaco. Arteria coronaria.

—¡Ay, Dios! —gruñó Karras en un susurro. —¡Dios, no! —Cerró los ojos, agitando la cabeza sin poder creerlo, desesperado. Luego, de repente, en un arrebato de aflicción, hundió el pulgar con una fuerza salvaje en la muñeca pálida de Merrin, como si quisiera extraer de sus fibras el pulso de la vida perdido.

—... piadoso...

Karras retrocedió y respiró profundamente. Entonces vio las píldoras envueltas en papel de estaño, esparcidas por el suelo. Al coger una comprobó con desaliento lo que Merrin ya sabía. Nitroglicerina. Lo había sospechado. Karras, con ojos enrojecidos y llenos de dolor, contempló el rostro de Merrin. «... vaya a descansar un poco, Damien».

—Ni los gusanos se comerán tu carroña.

Al oír las palabras del demonio, Karras empezó a temblar, dominado por una furia incontenible.

«¡No lo escuches!».

—... homosexual...

«¡No lo escuches, no lo escuches!».

La cólera le hinchó en la frente una vena, que latía amenazadora. Al coger las manos de Merrin y ponerlas, piadosamente, en forma de cruz, oyó que el demonio gruñía:

—Ahora ponle la polla en las manos. —Un escupitajo pútrido se estrelló en un ojo del muerto—. ¡Los últimos ritos! —exclamó el demonio con tono burlón. Volvió a apoyar la cabeza y rio salvajemente.

Estremecido, Karras contemplaba el salivazo con los ojos desorbitados. No se movió. No podía oír más que el rugido de su sangre. Luego, lentamente, levantó la cara temblando de manera violenta, demudada por un paroxismo electrizante de odio y furia.

—¡Hijo de perra! —silabeó Karras en un susurro, que restalló en el aire como un látigo—. ¡Bastardo! —Aunque no se movía, parecía como si se desenroscara, mientras los tendones del cuello se le tensaban como cables. El demonio dejó de reír y lo observó con malicia—. ¡Ibas perdiendo! ¡Eres un perdedor! ¡Siempre has sido un perdedor! —Regan vomitó encima de él; pero Karras lo ignoró—. ¡Sí, se te dan muy bien los niños! —dijo, temblando—. ¡Las niñas pequeñas! ¡Venga, vamos! ¡Inténtalo con algo más grande! ¡Vamos! —Las manos extendidas como grandes ganchos carnosos lo invitaban con ademanes lentos—. ¡Vamos! ¡Vamos, perdedor! ¡Inténtalo conmigo! ¡Abandona a la niña y tómame a mí! ¡Tómame a mí! ¡Entra..., entra en mí...!

Apenas un minuto después, Chris y Sharon oyeron los ruidos procedentes de arriba. Se encontraban en el despacho y, ya más tranquila, Chris estaba apoyada en el pequeño mostrador del bar, mientras Sharon, al otro lado, preparaba unos cócteles. Sharon dejó sobre la barra las botellas de vodka y tónica, y ambas mujeres levantaron la mirada hacia el techo. Tropezones. Golpes sordos contra los muebles. Paredes. Luego la voz de... ¿el demonio? El demonio. Obscenidades. Pero había otra voz. Se alternaban. Karras. Sí, Karras. Pero más fuerte. Más profunda.

—¡No! ¡No permitiré que les hagas daño! ¡No vas a hacerles ningún mal! ¡Vas a venir con...!

Chris volcó el vaso al sobresaltarse, pues había oído un ruido violento como de algo que se hacía añicos —la rotura de un vidrio—. Salieron corriendo del despacho y subieron precipitadamente las escaleras hacia la habitación de Regan, en la que irrumpieron violentamente. En el suelo vieron la persiana de la ventana. ¡La habían arrancado de sus soportes! ¡Y la ventana! ¡El cristal estaba hecho pedazos!

Alarmadas, se abalanzaron hacia la ventana y, al hacerlo, Chris vio a Merrin en el suelo, junto a la cama. La impresión la paralizó. Luego corrió hacia él. Se arrodilló. Contuvo el aliento.

—¡Ay, Dios! —gimió—. ¡Sharon! ¡Shar, ven aquí! ¡Rápido...!

Sharon lanzó un grito de horror desde la ventana, y cuando Chris levantó la vista, pálida, boquiabierta, Sharon pasó corriendo hacia la puerta.

—Shar, ¿qué pasa?

—¡El padre Karras! ¡El padre Karras!

Salió atropelladamente de la habitación. Chris se levantó y, temblando, corrió a la ventana. Miró hacia abajo. Sintió como si el corazón le dejara de latir. Al pie de la escalinata que daba a la concurrida calle M yacía Karras, tumbado en medio de una muchedumbre que se iba congregando.

Miró con horror. Estaba paralizada. Trató de moverse.

—¿Mamá?

La llamaba una vocecita lánguida y llorosa. Chris contuvo el aliento. No se atrevía a creerlo...

—¿Qué pasa, mamá? ¡Oh, por favor! ¡Por favor, ven! ¡Mamá, por favor! ¡Tengo miedo! Tengo m...

Chris se dio la vuelta rápidamente y vio en el rostro de su hija lágrimas de confusión, una mirada suplicante. De pronto se precipitó hacia la cama, llorando.

—¡Rags! ¡Oh, mi pequeña! ¡Ay, Rags!

Abajo. Sharon salió corriendo, enloquecida, hacia la residencia de los jesuitas. Pidió hablar urgentemente con Dyer. Este acudió de inmediato a la recepción. Sharon le explicó lo ocurrido. Dyer la miró con el rostro demudado.

—¿Ha pedido una ambulancia?

—¡Dios, no he pensado en eso!

Dyer dio enseguida instrucciones a la telefonista de la centralita y luego salió corriendo, seguido de cerca por Sharon. Cruzaron la calle. Bajaron la escalinata.

—¡Déjenme pasar, por favor! ¡Abran paso! —Empujando a los curiosos, Dyer oyó desgranar las letanías de la indiferencia: «¿Qué ha pasado?». «Un tipo se ha caído por la escalinata». «¿Qué...?». «Sin duda estaba borracho. ¿Ve cómo ha vomitado?». «Vamos, que se nos va a hacer tarde...».

Por fin, Dyer pudo abrirse paso y durante un momento sobrecogedor se quedó helado en una dimensión eterna de dolor, en un espacio donde el aire era demasiado angustioso como para poder respirar. Karras yacía contorsionado como una marioneta, de bruces, con la cabeza en el centro de un charco de sangre, cada vez más amplio. Parecía mirar a lo lejos, con la boca abierta y la mandíbula dislocada. Y sus ojos se posaron como anestesiados en Dyer. Aún con vida. Daban la impresión de brillar con júbilo. Una súplica. Algo urgente.

—¡Vamos, circulen! ¡Aléjense!

Un policía. Dyer se arrodilló y puso una mano, suave y tierna como una caricia, sobre la cara magullada y herida. Un hilillo de sangre fluía de su boca.

—Damien... —Dyer hizo una pausa, para calmar el temblor de su voz, y vio en los ojos del moribundo un brillo tenue y ansioso, una cálida súplica. Se acercó más—. ¿Puedes hablar?

Lentamente, Karras estiró una mano hacia la muñeca de Dyer. Lo miró fijamente, la agarró. Le dio un breve apretón.

Dyer luchaba por contener las lágrimas. Se inclinó aún más, hasta acercar la boca junto al oído de Karras.

—¿Quieres confesarte, Damien?

Un apretón.

—¿Te arrepientes de todos los pecados de tu vida y de haber ofendido a Dios Padre Todopoderoso?

Un apretón.

Dyer se irguió y mientras trazaba lentamente la señal de la cruz sobre Karras, recitó las palabras de la absolución:

—*Ego te absolvo...* —Unas lágrimas gruesas rodaron por las comisuras de los ojos de Karras. Dyer sentía que le apretaba con fuerza la muñeca mientras él terminaba la fórmula de la absolución—: *in nomine Patris, et Filii, et Spiritus Sancti. Amen.*

Dyer volvió a inclinarse hasta poner de nuevo la boca junto a la oreja de Karras. Esperó. Luchaba contra el nudo que le atenazaba la garganta. Luego murmuró:

—¿Estás...?

Se detuvo de pronto al sentir que la presión sobre su

muñeca se aflojaba bruscamente. Irguió de nuevo el busto y vio aquellos ojos llenos de paz y de algo más: algo misteriosamente parecido a la alegría ante el fin de una añoranza del corazón. Los ojos seguían abiertos. Pero ya no miraban nada de este mundo. No aquí.

Despacio y con suavidad, Dyer le cerró los párpados. Oyó a lo lejos el silbido de la sirena de la ambulancia. Empezó a decir «Adiós», pero no pudo terminar. Bajó la cabeza y se echó a llorar.

Llegó la ambulancia. Pusieron a Karras en una camilla y cuando lo estaban cargando, Dyer subió y se sentó junto al médico. Estiró la mano y tomó la de Karras.

—Ya no puede hacer nada por él, padre —dijo el médico con voz amable—. No lo haga más duro para usted. No venga.

Dyer mantuvo la vista clavada en la cara partida, rota. Movió la cabeza.

El médico dirigió la mirada hacia la puerta trasera de la ambulancia, donde el conductor esperaba pacientemente. Le hizo un gesto afirmativo y el hombre cerró la puerta.

Desde la acera, Sharon observaba atónita mientras la ambulancia partía lentamente. Oyó murmullos de los curiosos.

—¿Qué ha pasado?

—¡Qué sé yo!

El estridente silbido de la sirena rasgó la noche y quedó flotando sobre el río, hasta que el conductor recordó que el tiempo ya no tenía importancia, y cortó el sonido. El río discurría nuevamente en silencio, para dirigirse a unas orillas más apacibles.

Epílogo

El sol de finales de junio se filtraba por la ventana del dormitorio de Chris. Dobló una blusa sobre el contenido de la maleta y cerró la tapa. Rápidamente se dirigió a la puerta.

—Bueno, eso es todo —le dijo a Karl mientras este se acercó a cerrar la maleta con llave. Chris salió al pasillo y fue al dormitorio de Regan—. Rags, ¿qué tal va el equipaje?

Habían pasado seis semanas desde la muerte de los dos sacerdotes. Desde la horrible escena. Desde que Kinderman cerrara el caso. Y aún no había respuestas. Solo especulaciones inquietantes y pesadillas que hacían que se despertase llorando. Merrin había muerto de un ataque cardiaco como consecuencia de una afección en la arteria coronaria. En cuanto a Karras... «Desconcertante», resolló Kinderman. En su opinión, no había sido la niña, que entonces estaba bien sujeta con las correas. Obviamente, el propio Karras había arrancado la persiana para saltar por la ventana en busca de la muerte. Pero ¿por qué? ¿Miedo? ¿Un intento de escapar de algo horrible? No. Kinderman lo había descartado de inmediato. De haber querido huir, lo habría hecho por la puerta. Por otra parte, Karras no era en modo alguno de los que huyen.

Pero, entonces, ¿por qué aquel salto fatal?

Para Kinderman, la respuesta empezó a tomar forma a

partir de un comentario de Dyer sobre los conflictos emocionales de Karras: el complejo de culpabilidad por haber abandonado a su madre y por la muerte de esta, así como su problema de fe; y cuando Kinderman añadió a esto la falta de sueño durante varios días, la preocupación y el remordimiento por la muerte inminente de Regan, así como el shock por la muerte trágica de Merrin, sacó la triste conclusión de que la mente de Karras se había venido abajo, que se había hecho pedazos abrumado por el peso de las culpas, que no podía soportar por más tiempo. Más aún, al investigar la muerte de Dennings, el detective se había enterado —por lo que había leído sobre la materia— de que los exorcistas acababan a menudo poseídos y por las mismas causas que se daban en aquel caso: sentimientos profundos de culpabilidad y la necesidad de sentirse castigados, así como el poder de la autosugestión. Karras había alcanzado el punto justo. Y los ruidos de lucha y la voz alterada del sacerdote que oyeron Chris y Sharon parecían dar crédito a la hipótesis del detective.

Pero Dyer se había negado a aceptarla. Volvió a la casa una y otra vez, durante la convalecencia de Regan, para hablar con Chris. Y una y otra vez preguntó si Regan podía recordar ya lo que había ocurrido en el dormitorio aquella noche. Pero la respuesta fue siempre una sacudida de cabeza o un «no», hasta que, al fin, se cerró el caso.

Ahora, Chris se asomó al dormitorio de Regan; vio que su hija abrazaba dos animales de peluche y miraba con un descontento infantil la maleta ya lista y abierta sobre su cama.

—¿Qué tal vas con las maletas, cariño? —le preguntó Chris.

Regan levantó la vista. Algo pálida. Un poco demacrada. Con algo de ojeras.

—¡No cabe todo! —dijo con el ceño fruncido.

—Bueno, no te lo puedes llevar todo ahora, cariño. Déjalo, Willie traerá después lo que quede. Vamos, nenita, date prisa o perderemos el avión.

Aquella tarde cogerían el avión para volar hasta Los Ángeles, dejando a Sharon y a los Engstrom encargados de cerrar la casa. Luego Karl cruzaría el país en el Jaguar para volver a casa.

—Bueno. —Regan hizo pucheros.

—Esa es mi niña.

Chris la dejó y bajó rápidamente las escaleras. Al llegar al vestíbulo sonó el timbre. Abrió la puerta.

—Hola, Chris. —Era el padre Dyer—. Vengo a despedirme.

—Me alegro. Ahora iba a llamarle. —Dio un paso hacia atrás—. Adelante.

—No, Chris, sé que tiene prisa.

Ella lo cogió de la mano y lo hizo entrar.

—¡Oh, por favor, entre! Precisamente iba a tomar una taza de café.

—Bueno, si es así...

Fueron a la cocina, se sentaron a la mesa y hablaron mientras Sharon y los Engstrom se movían ajetreados a su alrededor. Chris le habló de Merrin, de lo asombrada y sorprendida que había quedado al ver las personalidades y los dignatarios extranjeros que asistieron a su entierro. Luego permanecieron en silencio mientras Dyer miraba el contenido de su taza con expresión de tristeza. Chris pareció leerle el pensamiento.

—Todavía no se acuerda de nada —dijo en tono amable—. Lo siento mucho.

Aún abatido, el jesuita asintió. Chris miró el plato del desayuno. Demasiado excitada y nerviosa, no había comido nada. La rosa que siempre le ponía Regan aún estaba allí. La cogió y empezó a hacerla girar por el tallo.

—Y él ni siquiera llegó a conocerla —murmuró en un tono ausente.

Luego dejó la rosa y posó sus ojos en Dyer. Vio que él la miraba.

—Chris, ¿qué cree usted que pasó de verdad? —le preguntó en voz baja—. Como una no creyente, ¿opina que su hija estuvo realmente poseída?

Lo meditó un momento, cabizbaja, todavía jugueteando con la rosa.

—Como ha dicho usted... en lo que a Dios concierne no soy creyente y, aunque no estoy muy segura, creo que lo sigo siendo. Pero en lo que respecta al diablo... bueno, eso es distinto. Podría creer que existe y, de hecho, lo creo. Pero no solo por lo que le ha pasado a Rags. Hablando en general, quiero decir. —Se encogió de hombros—. Cuando pensamos en Dios, tenemos que imaginarnos que existe uno y, en ese caso, debe de necesitar dormir como un millón de años cada noche para no irritarse. ¿Se da cuenta de lo que quiero decir? Él nunca habla. Pero el diablo no hace más que hacerse propaganda, padre. El diablo hace muchos anuncios.

Durante un momento, Dyer la miró; luego dijo en voz baja:

—Pero si todo el mal del mundo le hace pensar que puede existir el demonio, ¿cómo explica usted todo el bien que hay en el mundo?

Aquella idea la hizo pestañear mientras le sostenía la mirada. Luego bajó los ojos.

—Sí... sí —murmuró—. Buen argumento. —La tristeza y la impresión por la muerte de Karras se habían asentado sobre su espíritu como una niebla melancólica. Sin embargo, a través de aquella niebla, vislumbraba un rayito de luz, y trató de centrarse en él al acordarse de Dyer cuando la acompañó hasta el coche en el cementerio, después del entierro de Karras.

—¿*Puede venir un rato a casa?* —le había preguntado ella.

—*Me gustaría, pero no me puedo perder la fiesta* —contestó él.

Chris lo miró sorprendida.

—*Cuando un jesuita fallece* —le explicó Dyer— *hacemos siempre una fiesta. Para él es un comienzo, por eso lo celebramos.*

Había otra cosa que preocupaba a Chris.

—Usted dijo que el padre Karras tenía un problema de fe.

Dyer asintió.

—Me cuesta creerlo —dijo ella—. Nunca en mi vida he visto a alguien con tanta fe.

—El taxi la espera, señora.

Chris salió de sus ensoñaciones.

—Gracias, Karl. —Ella y Dyer se levantaron—. No, quédese, padre. Enseguida bajo. Solo voy arriba a buscar a Rags.

Él asintió con aire abstraído mientras la veía alejarse. Pensaba en lo desconcertantes que fueron las últimas palabras de Karras, en los gritos que se habían oído desde abajo antes de su muerte. Había algo allí. ¿Qué era? No lo sabía. Los recuerdos de Chris y Sharon habían sido imprecisos. Pero ahora volvió a pensar en aquella misteriosa mirada de alegría que viera en los ojos de Karras. Y, de repente, se acordó de algo más: había observado un fulgor intenso y profundo, como de... ¿triunfo? No estaba seguro, pero, extrañamente, se sintió más aliviado. «¿Por qué?», se preguntó.

Caminó hasta el vestíbulo. Con las manos en los bolsillos, se apoyó contra el marco de la puerta y vio cómo Karl metía el equipaje en el coche. Hacía calor y humedad, así que se secó la frente; luego se volvió al oír ruido de pasos en la escalera. Chris y Regan, de la mano. Se acercaron a él. Chris lo besó en la mejilla. Luego le puso una mano en el lugar en que lo había besado, sondeando cariñosamente sus ojos.

—Está bien —dijo él, encogiéndose de hombros—. Tengo la sensación de que todo está bien.

Ella asintió.

—Lo llamaré desde Los Ángeles. Cuídese.

Dyer miró a Regan, que fruncía el ceño, como si de pronto hubiese recordado una preocupación olvidada. Impulsivamente alargó los brazos hacia él. Él se inclinó, y ella le dio un beso. Después se quedó un momento inmóvil, mirándolo de forma extraña, pero no a él, sino su alzacuello.

Chris desvió la mirada.

—Vamos —dijo con voz ronca, tomando de la mano a Regan—. Llegaremos tarde, cariño. Vamos.

Dyer las observó mientras se iban. Devolvió con la mano el saludo de Chris. Vio que ella le mandaba un beso y, rápidamente, se metió en el coche detrás de la niña. Y cuando Karl subió al asiento del copiloto, Chris volvió a saludarlo por la ventanilla. El taxi se alejó. Dyer caminó hasta la acera. Lo observó. El coche dobló la esquina y desapareció.

Desde el otro lado de la calle oyó el chirriar de unos frenos. Miró. Un coche de policía. Kinderman se bajó. El detective rodeó el coche despacio y, con paso vacilante, se acercó a Dyer. Le hizo un gesto de saludo.

—He venido a despedirme.

—Se acaban de marchar.

Kinderman se detuvo, desilusionado.

—¿Se han ido?

Dyer asintió.

Kinderman contempló la calle y movió la cabeza. Luego se volvió hacia Dyer.

—¿Cómo está la pequeña?

—Parecía estar bien.

—¡Estupendo! Eso es lo único que importa. —Desvió la mirada—. Bueno, a trabajar de nuevo —resolló—. ¡Adiós, padre! —Se dio la vuelta y dio un paso hacia el coche patrulla y luego se detuvo y se volvió de nuevo para mirar a Dyer con aire especulativo—. ¿Va usted al cine, padre? ¿Le gusta?

—Sí.

—A mí me regalan entradas. —Vaciló un momento—. Y tengo una para la sesión de mañana por la noche en el Crest. ¿Le gustaría ir?

Dyer tenía las manos en los bolsillos.

—¿Qué proyectan?

—*Cumbres borrascosas.*

—¿Quién sale?

—Jackie Gleason como Heathcliff y, en el papel de Catherine Earnshaw, Lucille Ball. ¿Qué le parece?

—Ya la he visto —dijo Dyer inexpresivo.

Kinderman lo miró, con aspecto derrotado. Desvió la mirada.

—Otro —murmuró. Luego pasó su brazo por el del sacerdote y, lentamente, empezaron a caminar por la calle—. Me hace recordar una frase de la película *Casablanca* —dijo cariñosamente—. Al final, Humphrey Bogart la dice a Claude Rains: «Louis, creo que este es el comienzo de una hermosa amistad».

—¿Sabe que se parece un poco a Bogart? —comentó el sacerdote.

—Conque usted también se ha dado cuenta, ¿eh?

En el olvido, trataban de recordar.

Nota del autor

Me he tomado ciertas libertades con la geografía actual de la Universidad de Georgetown, en especial en lo referente al emplazamiento que ocupa hoy la Facultad de Idiomas y Lingüística. Más aún, la casa de la calle Prospect no existe, ni tampoco la oficina de recepción de la residencia de los jesuitas, tal como la he descrito.

El fragmento de prosa atribuido a Lankester Merrin no es creación mía, sino que lo he tomado de un sermón de John Henry Newman titulado «La segunda primavera».

Agradecimientos

Gracias en especial al doctor Herbert Tanney; a Joseph E. Jeffs, bibliotecario de la Universidad de Georgetown; a William Bloom y a Ann Harris, de Harper & Row, por su inapreciable ayuda y generosidad en la preparación de esta obra. Quiero agradecer, además, al padre Thomas V. Bermingham, viceprovincial del Noviciado de la Compañía de Jesús de la Provincia de Nueva York, por sugerirme el tema de esta novela, y a Marc Jaffe, de Bantam Books, por ser el único que tuvo fe en su valor eventual. A estas menciones me gustaría añadir la del doctor Bernard M. Wagner, de la Universidad de Georgetown, por enseñarme a escribir, y a los jesuitas, por enseñarme a pensar.

Índice